U0126456

杭州聲華

以張鎡家族、姜夔、周密之詞為探討核心

林佳蓉 著

臺灣學生書局印行

杭州聲華
——以張鎡家族、姜夔、周密之詞為探討核心

目　次

第一章　緒　論

第一節　研究的旨趣

宋代文化是華夏歷史進程中一次高度的總體成就。其科技、經濟、社會昌明發展，文學、理學、藝術繁榮興盛，超越漢唐，睥睨明清，是一個精粹深醇的輝煌時代。陳寅恪曾如是言：「華夏民族之文化，歷數千載之演進，造極於趙宋之世。」[1]法國漢學家謝和耐認為，宋代是中國出現的第一次「文藝復興」時代。[2]趙宋王朝於西元 960-1279 年建立的文明，產生的文化，放在東亞國家整體的區域視野中，乃至於當時整部世界的版圖中，其高度、深刻、嚴密、細緻的進化規模，有著相對於過去傳統的令人震驚與動人的「新變」。

此一新變具體落實在「城市」空間之中。從北方的汴京、洛

1　陳寅恪：〈鄧廣銘「宋史職官志考證」序〉，劉桂生、張步洲編：《陳寅恪學術文化隨筆》（北京：中國青年出版社，1996 年），頁 42。

2　法·謝和耐：《中國社會史》（北京：中國藏學出版社，2006 年），頁 239。

陽、大名、商丘，到南方的杭州、湖州、廣州、泉州、明州，[3]城市經濟活躍，市民生活富庶多元，張擇端的「清明上河圖」，以具體圖畫反映汴京的繁榮，孟元老的《東京夢華錄》，則是以文獻記述汴京的盛況；繼之之作是耐得翁的《都城紀勝》、吳自牧的《夢粱錄》、與周密的《武林舊事》等，對杭州的繁華進行細膩的刻畫。但是，整個宋代的文明與文化，更令人驚豔的成就，不在其創造發明的高度與多維，而是，它以一種絕別於任何時代的優雅、詩意性的面貌進行民族文化的改變，它不是漢唐的氣勢磅礡，華貴喧騰；也異於明清的世俗趣味，五光十色；宋代的文化風貌，乃因趙宋朝廷對文官前所未有的禮遇，使社會的士大夫族群巨幅地增加，並其內在精神的自尊自重，而造就宋代科技或文藝產物，特有一種人文的深美元素注入其中。城市是含納這一切產物的巨大空間，而其中最典型，最能表徵宋代人文優雅氣質的城市，推屬南宋時期的杭州。

杭州，山水明秀，人文薈萃，號稱東南第一州。[4]西元前六世紀，杭州已納入春秋吳、越的版圖；自秦開始，歷經兩漢、東吳、東晉、南北朝各代以錢唐為名設縣，陳朝設郡，至隋朝設州築城，始稱杭州。接著是隋煬帝開鑿運河，唐代李泌修築六井，五代十國

3　汴京、洛陽、大名、商丘、杭州、湖州，屬於政治或文化中心的城市；廣州、泉州、明州，則是宋代三大外貿港都。

4　宋仁宗趙禎〈賜梅摯知杭州〉詩云：「地有湖山美，東南第一州。」北京大學古文獻研究所編：《全宋詩》（北京：北京大學出版社，1992年），第7冊，頁4399。

中的吳越以杭州為都，[5]杭州節節邁往世界舞台的中央，已是不可阻擋的歷史進程。北宋王朝統一中國以後，杭州城市的風貌乃是「煙柳畫橋，風簾翠幕，參差十萬人家」，「市列珠璣，戶盈羅綺，競豪奢」，柳永筆下〈望海潮〉的杭州，豐足、富麗、繁華，荷豔桂香，湖山清麗，羌管弄晴，菱歌泛夜，金主完顏亮為這闋詞，為杭州，投鞭發動一場長江之戰。[6]但江南的歷史並未讓金人改寫，失去中原的趙宋王朝，經過靖康之難，金兵連番南下後的風濤雨霧，竟以半壁江山重新屹立。宋高宗於紹興八年（1138）以杭州為「行在」，改名臨安。[7]紹興十一年（1141）和議成功之後，開啟南宋偏安江南的史頁，[8]也開啟杭州作為全國政治、經濟、文化中心的歷史地位，杭州此後延續的全盛風華，到十三世紀還讓馬可·波羅（Marco Polo）為它寫下世界第一大都的不朽傳奇，[9]聲名

5　參閱李遇春、陳良偉：《七大古都史話》（臺北：國家出版社，2004年），頁137-143。

6　宋·羅大經：《鶴林玉露》（上海：上海古籍出版社，2007年《宋元筆記小說大觀》本），第5冊，卷14，頁5315-5316。

7　本文為行文方便，文中概以杭州稱之，而略其臨安之名。臨安，取義臨時安居之地。又，南宋雖以臨安為首都，而官方文字始終稱臨安為「行在」，「行在」即朝廷的臨時駐地之意。王學初云：「南宋都臨安，雖不思恢復中原，而臨安始終稱行在，不云都城。《都城紀勝》之都城，乃民間所呼，官方無此稱也。」《李清照集校注》（臺北：里仁書局，1982年），頁326。

8　宋高宗趙構於靖康二年（1127）五月一日正式即位於歸德，史稱南宋。但此時南宋朝廷並未穩定大局，與金兵戰事始終接連不斷，直到紹興十一年（1141）宋金和議成功，南宋才獲得相對穩定的太平。

9　夏承燾云：「在十二世紀的世界上最繁榮富盛的大都市裡，就首推這南宋

遠播歐洲大陸。

高宗定都臨安之後，杭城經過前後百餘年的經營，人口繁阜，已達一百二十餘萬以上。[10]市井駢集，船楫如梭，其富庶繁華，進入全盛發展階段，這是杭州在歷史上的黃金時代。城中內外的珠樓畫閣，湖光山色，於花朝月夕，燈宵雪際之時，更是節物風流，人情和美，超過北宋時期的汴京，也遠遠超過當時歐洲的大城威尼斯。杭州實有太多風俗掌故、城坊舊聞、山川郡縣的歷史陳跡，亦或是富貴風流，閒雅隱逸，寄寓感慨的文學議題值得深書。宋代的杭州，是史學家，也是文人好於垂意筆書的一座重要的城市。

因此，杭州城市的書寫，成為南宋到入元時期，一個流行而又流衍百餘年的重要議題。書寫杭州地方府志的作品，有周淙《乾道臨安志》、施諤《淳佑臨安志》、潛說友《咸淳臨安志》等。筆記散文有灌園耐得翁《都城紀勝》、西湖老人《西湖老人繁勝錄》、吳自牧《夢粱錄》、周密《武林舊事》、李東有《古杭雜記》等。以杭州為小說場景者有洪邁《夷堅志》的〈錢塘潮〉、〈西湖女子〉，皇都風月主人《綠窗新話》的〈邢鳳遇西湖水仙〉、〈張詵

半壁江山的首都了。錢鏐以來的『東南第一州』，在北宋時期躍升為全國第一州，到南宋這時又躍進為世界第一大都市。馬可孛羅在南宋亡後來游杭州，還驚歎為『世界上最美麗華貴的天城。』」〈西湖與宋詞〉，《夏承燾集》（杭州：浙江古籍出版社、浙江教育出版社，1997 年），第 8 冊，頁 140。

10 宋·潛說友：《咸淳臨安志·戶口》（臺北：大化書局，1987 年《宋元地方志叢書》本），第 7 冊，卷 58，頁 4409。

游春得佳偶〉，崔公度的〈金華神記〉等。[11]詩之作者有王希呂、趙公鼎、陸游、陳昉、范成大、楊萬里、王洧、汪元量等。詞之作者如范成大、趙長卿、張孝祥、辛棄疾、姜夔、史達祖、劉過、嚴羽、吳文英、陳允平、劉辰翁、周密、汪元量、王沂孫、蔣捷、陳德武、仇遠、張炎……等人，都寫過關乎杭州山水名勝與人物歷史的詞作。詞家競出，詞藻競麗，匯為一股當時流行的風尚。如專寫杭州西湖十景的就有周密、陳允平、張矩三人，曾各寫下〈木蘭花慢〉、〈探春·蘇堤春曉〉、〈應天長〉等一組 10 首的西湖詞，[12]歌詠西湖的春花秋月，朝霞暮波。而宋元之際的詞人，如張炎、周密、陳德武等人，於宋亡之後所寫的杭州詞，則充滿黍離之悲，麥秀之感，如〈高陽臺·西湖春感〉、〈探芳訊·西泠春感〉、〈水龍吟·西湖懷古〉，皆有家國無窮之慨，憂患飄零之痛寓乎其中，這是整個宋代詞中最為沈重的悲音。

詞裡的杭州，與詩歌、小說、散文、筆記、歷史中的杭州迴然不同。它不是小說，可以將人物性格、聲口笑貌，刻鏤深畫明白，並有變化曲折的故事情節。它也不是隨筆、雜記、散文中事項與物項的鋪陳，可以琳瑯滿目，各種兼備。它是一種非常純粹的精神文

11　以宋代杭州為場景的小說可參閱張慧禾《古代杭州小說研究》第一章「宋元杭州小說」（杭州：浙江大學中國古代文學博士論文，2007 年），頁 8-28。

12　西湖十景為：蘇堤春曉、平湖秋月、斷橋殘雪、雷峰落照、麴院風荷、花港觀魚、南屏晚鐘、柳浪聞鶯、三潭印月、兩峰插雲。除詞之外，南宋王洧另有〈湖山十景詩〉寫西湖十景。見宋·潛說友：《咸淳臨安志·紀遺 9·紀文·詩》，第 7 冊，卷 97，頁 4791。

明產物，透過音樂文學的形式，將人之性情，人之內在深細的世界予以表發。宋代在中國歷史長河中，出現過最精緻、深美、高華的文學彩度，無疑要從詞這個世界來打開，來觀看。詞是宋代之獨藝，宋代的杭州，杭州的西湖，乃是以詞承載這座城市最為動人的風貌。夏承燾曾言：「在我國文學裏，最早出現西湖的，雖然是第七世紀的唐詩，但作品的思想內容最豐富、風格最高的卻是十三世紀的宋詞。」[13]誠哉斯言。宋代各色文學體裁中，詞為其時代之代表。

本文：「杭州聲華——以張鎡家族、姜夔、周密之詞為探討核心」，此一議題的設定，是在檢閱南宋詞論之資料過程中所發現的議題。筆者認為，南宋中葉到南宋晚期，直至入元初期的詞壇，約百年間，[14]其中一個非常重要的核心，是環繞在杭州張鎡家族成員：張鎡、張鑑、張樞、張炎，以及其詞友，包括姜夔、楊纘、周密等人所形成的文學圈。張氏家族與當時的文人在杭州彼此激盪、論辯、唱和投射而出的光華，是南宋詞界深受矚目的焦點，主盟文壇的張鎡家族，以及繼其後續，與張家往來密切的姜夔、周密，對詞林產生過決定性而顯著的影響，這是值得注意觀察的研究課題。

13 夏承燾：〈西湖與宋詞〉，《夏承燾集》，第 8 冊，頁 152。

14 張鎡於淳熙十二年（1185）三十三歲在通判臨安、直秘閣任上，是年建南湖園；而南宋亡於西元 1276 年。若以張鎡三十三歲左右開始主盟文壇計，至宋亡元初，約百年。張鎡〈玉照堂梅品序〉云：「淳熙歲乙巳（1185），予得曹氏荒圃於南湖之濱。」宋·戴表元〈牡丹讌集詩序〉：「渡江兵休久，名家文人漸漸修還承平館閣故事，而循王孫張功父使君以好客聞天下。當是時，遇佳風日，花時月夕，功父必開玉照堂置酒樂客。」《剡源戴先生文集》（臺北：臺灣商務印書館，1979 年《四部叢刊》正編本），卷 10，頁 92。

南宋詞人如陸游、辛棄疾、姜夔、王沂孫、周密、吳文英、趙孟堅、趙與仁、李彭老、李萊老、陳允平、仇遠、王英孫、薛夢桂、王易簡、陳恕可、唐鈺……，琴律家徐理、楊纘，詞樂家施岳、徐宇、毛仲敏等人，時常聚會於杭州張家的南湖府第，講論詞法、詞風、與詞樂，彼此交相酬唱品題，如張鎡〈木蘭花慢〉詞序云：

甲寅三月中澣，邀樓大防、陳君舉中書兩舍人，黃文叔待制、彭子壽右使、黃子由匠監、沈應先大著過桂隱即席作。[15]

又，張樞〈壺中天〉詞序云：

月夕登繪幅堂，與篔房各賦一解。[16]

姜夔〈喜遷鶯慢〉詞序云：

功甫新第落成。[17]

周密的詞序中更有多則的記載，如：

---

15 唐圭璋編：《全宋詞·張鎡》（北京：中華書局，1998 年），第 3 冊，頁 2139。

16 唐圭璋編：《全宋詞·張樞》，第 4 冊，頁 3030。

17 宋·姜夔著，夏承燾箋校：《姜白石詞編年箋校》（上海：上海古籍出版社，1998 年），頁 71。姜夔這闋〈喜遷鶯慢〉是為張鎡杭州南湖新第落成而作。

〈一枝春·寄閒飲客春窗，促坐款密，酒酣意洽，命清吭歌新製，余因為之沾醉，且調新弄以謝之。〉[18]

〈瑞鶴仙·寄閒結吟臺，出花柳半空間，遠迎雙塔，下瞰六橋，標之曰「湖山繪幅」，霞翁領客落成之。初筵，翁俾余賦詞，主賓皆賞音。酒方行，寄閒出家姬侑尊，所歌則余所賦也，調閒婉而辭甚習，若素能之者。坐客驚詫敏妙，為之盡醉。越日過之，則已大書刻之危棟間矣。〉[19]

序中提到的「桂隱」、「繪幅堂」（或稱「湖山繪幅樓」）、功甫（張鎡）的「新第」、寄閒（張樞）飲客的「春窗」都是指張家杭州南湖府第，或府第裡的空間場景。這些「空間」經過文人長期聚會，大量的書寫，集體的塑造：調新弄，歌新製，即席作詞，遊戲次韻之後，乃成為杭州重要的「地景」，是提供激發新思維與無數文學創作的空間產房。此外，南宋中葉以後，杭州重要的詞社——西湖吟社（或稱之為臨安吟社）的形成與設立，張鎡家族更是重要的推手。南宋詞壇大家如姜夔、周密、王沂孫等人不少的名篇作品，也是在張鎡、張鑑、張樞的推波助瀾影響之下產生的作品。

除卻張家南湖府第，西湖、吳山、錢塘海潮更是杭州重要的文學地景。另有楊纘的故居「東園」、吳山南邊的「寶山園」、周密

18 宋·周密著，史克振校注：《草窗詞校注》（濟南：齊魯書社，1993年），頁 65。又，《草窗詞校注》之「寄閒」均作「寄閑」，為統一本文起見，均寫作「寄閒」。

19 史克振校注：《草窗詞校注》，頁 57。

遷居杭州的駐地「癸辛街」……等，張鎡家族成員、姜夔與周密詞中關於杭州地方的書寫，一方面記錄杭州自然風光、地理景觀與城市特色，此一環境特質決定了住民的生活方式，與創作的作品內容；而另一方面，住民性格與人文藝術作品所發展出來的精神文明與文化，時常又反過來影響，甚至主導一座城市的發展，對地方文化進行再建構。在南宋當時，上層社會的精神文明與文化，主要就是由士大夫與布衣文人所主導，張鎡家族詞人，除張炎是純粹的文人以外，都在朝廷為官；姜夔未曾仕宦，卻是一位影響力深遠，直達清代的文人；周密的官階不高，卻也是影響宋元之際的文史巨擘。他們在杭州形成的文學圈，衍化出的書寫意識，逐漸匯成的文化風潮，深深雕琢了這座城市的歷史風貌。杭州是南宋的首都，但其帝都的政治氣息不若北宋的汴京濃厚，反而是文學性的色彩與影像，成為杭州最濃郁的城市圖景。此正是因為文人大量書寫杭州，宣揚杭州，擴大了杭州的城市想像，姜夔的〈暗香〉、周密的〈木蘭花慢〉組詞、張炎的〈南浦·春水〉……，西湖因「名作」的傳播而形成絕美的「文學地方」，杭州「西湖」的聲名，遠遠超越穎州（今安徽阜陽）的「西湖」、紹興的「西湖」、福州的「西湖」，乃是「名作現象」產生的效應。南宋文人在杭州相互酬唱的風雅生活，即所謂的「南宋遺風」，就是在一片乘醉聽簫鼓，吟賞煙霞的無限好景裡，透過一次次次韻結社，分題吟詠中進行與形成，南宋文人的作品為杭州歷史的發展，再一次翻新與雅化杭州的城市圖像。文學與地方的緊密結合，張鎡等人的杭州詞具有標竿性的重要意義，提供後人審視南宋文人豐沛的創造力，形塑文學地景，與地方文化氛圍的動人魅力。

但是目前學界專門而深入研究張鎡家族詞人、姜夔、周密與杭州地方關係的專門論著尚未出現。楊海明《張炎詞研究》的第一章「張炎的家世」旁涉之。[20]劉學《詞人家庭與宋詞承傳——以父子詞人為中心》有一個案分析：「張炎家庭的詞學活動」，從「詞學環境」與「教習作詞」兩方面分析張氏家庭環境對宋詞承傳的影響，有助於理解張家詞學傳承的特點及其成因，可惜詞作的分析甚少，僅有張炎詞一闋。[21]楊眉《張鎡研究》有一小節談「張鎡的前期生活」，略述張鎡在杭州的詞學活動，然而內容稍簡。[22]方瑩《張鎡詞研究》，雖以張鎡詞為討論題材，但未言及其詞與杭州地方的關係。[23]曾維剛《張鎡年譜》是一部力作，[24]有關張鎡生平活動的文獻資料積累豐富，值得參考，但《年譜》的重點並不在詞作的闡述。歐陽光《宋元詩社研究叢稿》，有二小節：「張鎡詩社」、「楊纘、周密等詩社」述及之，但是文僅數頁。[25]餘者多於單篇論文中，以寥寥數語或數行文字帶過。而姜夔與周密之詞的研究者較多，尤其是姜夔，但是獨立將杭州詞提出，並鉤稽二人與張

20 楊海明：《張炎詞研究》（濟南：齊魯書社，1989 年），頁 1-22。

21 劉學：《詞人家庭與宋詞承傳——以父子詞人為中心》（南昌：百花洲文藝出版社，2008 年），頁 92-102。

22 楊眉：《張鎡研究》（南京：南京師範大學古代文學碩士論文，2007 年），頁 5-9。

23 方瑩：《張鎡詞研究》（北京：首都師範大學中國古代文學碩士論文，2007 年）。

24 曾維剛：《張鎡年譜》（北京：人民出版社，2010 年）。

25 歐陽光：《宋元詩社研究叢稿》（廣州：廣東高等教育出版社，1998 年），頁 262-263。

鎡家族關係的研究，則少有學人深入探討，涉及此一領域重要的著作為：劉漢初〈姜夔詞的情性與風度——從卜算子梅花八詠說起〉一文之二「曾三聘、張鎡、姜夔〈卜算子〉梅花詞的相互關係」；[26]徐煉〈張力的叩求——詞本色論之三〉；[27]張薰《宋代西湖詞壇研究》；[28]張薰《周密及其韻文學研究》的第二章第三節「晚年生涯」；[29]與蕭鵬、金啟華《周密及其詞研究》第三章「周密與宋末元初詞壇」，第四章之五「張樞、張炎父子」探觸之。[30]另有單篇論文數篇，於著墨西湖詞壇的研究時旁涉之。

因此，本文欲以張鎡家族詞人，以及與張家往來極為密切的兩大詞人姜夔與周密之杭州詞作為論文探討的文本。從張鎡家族、姜夔與周密之詞觀看其人書寫的杭州，可具體反映出當時杭州的城市景象，杭州文人的城市觀點，張鎡家族詞人、姜夔與周密，其杭州詞中的表徵意義，詞人心靈和城市的關係其間的融攝情形，以及詞作內容、風格與其內在世界觀的對應關係。此論題是研究南宋杭州地方文學發展與詞壇走向的一個重要的環節，本文欲以此作為切入

---

26 劉漢初：〈姜夔詞的情性與風度——從〈卜算子〉梅花八詠說起〉，《國文學誌》，2006 年第 12 期，頁 197-203。

27 徐煉：〈張力的叩求——詞本色論之三〉，《中國韻文學刊》，2001 年第 2 期。

28 張薰：《宋代西湖詞壇研究》（臺北：臺灣大學中文研究所碩士論文，1986 年）。

29 張薰：《周密及其韻文學研究》（臺北：臺灣大學中文研究所博士論文，1994 年），頁 118-143。

30 蕭鵬、金啟華：《周密及其詞研究》（濟南：齊魯書社，1993 年），頁 45-68，頁 89-92。

南宋詞壇核心的一個重要路徑，祈使本文的研究，能為詞壇重構出南宋中、晚期，環繞在以張鎡家族等人為中心的文學景象。此一文學圈，在歷史上上承北宋張先、蘇軾等人在杭州的詞壇活動；下啟元代仇遠、戴表元、趙孟頫、鄧文原等人的杭州詞會雅集；與明代杭州府學詞人莫昌、凌雲翰、王裕、瞿佑等人的酬唱。明代杭州府學詞人以莫昌輩分最高，他曾受教於仇遠。[31]仇遠是宋末元初《樂府補題》作家之一，與周密、張炎等人互有關連，曾為張炎的門生。而周密學自楊纘，瓣香姜夔；張炎習自張樞，亦承傳姜夔。故杭州詞人之間交流創作，講習、傳授詞法，自南宋中期始，經歷宋亡，蒙元，直達明代，有其綿綿瓜瓞的關係存在，「這一過程始於姜夔而備於張炎」，[32]姜夔、張炎等人的影響實居於不可忽視之地位。

第二節　地方書寫的性質及其研究價值

一、地方書寫的性質

「時間」與「空間」，一直是人理解其存在的兩種重要的座標。世間萬物在時間的遞嬗中，有生滅興衰的變化與流轉；然而其

31　明代杭州府學詞人的研究，參閱黃文吉：〈明初杭州府學詞人群體研究〉，《黃文吉詞學論集》（臺北：臺灣學生書局，2003 年），頁 343-382。

32　吳熊和：《唐宋詞通論》（北京：商務印書館，2003 年），頁 299。又，如說家族之外，詞人彼此講授詞法是始於姜夔，則可；但是南宋家族之間傳授詞法，則非始於姜夔，張鎡家族即是一例。

變化與流轉，勢必要立足於空間之中進行演化。在文學研究的領域中，以時間為主軸對文本進行分析，一直為人所重視；但在時間之外，以空間來探討文本，也是構成理解文本的重要進路。

空間是人、事、物之所在或發生的位置，也是人感知各種變化的知覺場域。[33]當空間經由人的居住、活動，「經由親密性及記憶的累積過程；經由意象、觀念及符號等等意義的給予；經由充滿意義的『真實的經驗』或移動事件以及個體或社區的認同感、安全感及關懷的建立；空間及其實質特徵於是被動員並轉形為地方。」[34]「空間」因「歷久」之後，因人之活動的涉入，意義的給予之後，而轉形為「地方」（locality）。所以，「地方」不只是一個外在的客體，雖然相對於主體（人）來說，它經常是一個客體；但是當人與地方建立聯繫的關係，當其聯繫關係逐漸加深增厚，一種對地方的認同、歸屬、關懷或愛就會在意識或潛意識中產生，地方於是轉化為具有「意義、意向或感覺價值的中心；一個動人的，有感情附著的焦點；一個令人感到充滿意義的地方。」[35]

---

33 文學的空間可區分為兩種：「視空間為三向度的幾何形；或為知覺場（perceptual field）。」見挪威·克里斯提安·諾伯－舒茲（Christian Norberg-Schulz）著，施植明譯：《場所精神——邁向建築現象學》（臺北：田園城市文化公司，2002 年），頁 11。原書中本是指「現代文學」可將空間分為這兩種用法，筆者將之擴大，涵蓋古典文學的作品。

34 美·艾倫·普瑞德（Allan Pred）著，許坤榮譯：〈結構化歷程和地方——地方感和感覺結構的形成過程〉，見夏鑄九編譯：《空間的文化形式與社會理論讀本》（臺北：明文書局，1989 年），頁 119-120。

35 美·艾倫·普瑞德（Allan Pred）著，許坤榮譯：〈結構化歷程和地方——地方感和感覺結構的形成過程〉，頁 119。

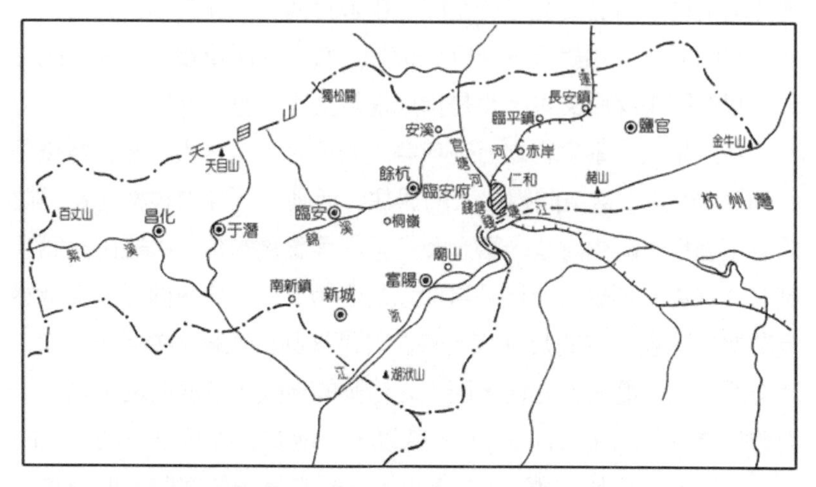

南宋杭州臨安圖　據周峰主編《南宋京城杭州》附圖

再者，地方通常有其邊界，特別是以「地域」或「區域」稱呼時。例如本文所論述的主題州城——南宋的杭州，其行政區域是在天目山以東，杭州灣以西，與浙江兩岸，主要是浙江以北之間的地區，其地依山傍水，有天然的屏障作為行政區域的邊界，使原本廣漠的自然空間，因為人為因素的劃界，將之命名，而成為地方。

空間可以大範圍的疆界之，而成為大的地方；也可以小範圍的疆界之，而成為小的場所（place），如本文中將會經常出現的西湖、南湖，或亭、臺、樓、閣、園、苑，是規範後的小空間。這些人為的亭、臺、樓、閣建築，或混合人為建築與自然山林湖泉構成的園林、名苑，是一般士大夫與庶民經常活動的主要場所。

至於「城市」，它包括地方，以及地方上的建築：從住宅到村莊再到市鎮，在時間的累積中逐漸擴大建築群落的聚集，而形成城市。本文書寫的杭州，就是從原始的荒地，經過部落、村、縣、郡、州的演變，再擴展到成為南宋全國的首都。本文討論到杭州作為南宋都城的詞作時，多是在這個意義下稱為杭州城，或杭城。

而一個地方，或一座城市裡，自有其特殊的，聚焦的，長期大量被記憶、談論與書寫的景觀，這些景觀，稱之為「地景」（landscape）。地景的意義，首先是暗含了「對大地的集體塑造」。[36] 某一地景的出現與形成，其存在因素不是單純的因為自然景觀的優美，而是在歷史上由人長期的集體關注，進入書寫而形成。地景有自然地景與人為地景二者。讓宋仁宗稱頌為：「地有湖山美，東南第一州」的杭州，自有許多令人流連忘返的美麗地景，「錢塘海潮」，即屬於有名的自然地景；西湖的「蘇堤」，則是人為地景，是蘇軾於宋哲宗元祐四年（1085）任杭州知州時，為治理西湖，取湖泥葑草堆築而成的長堤。而「西湖」，本身是一處大地景，但西湖周邊又包含許多自然或人為的小地景，如孤山、靈隱寺等，都是西湖地區的著名地景。無論錢塘海潮、西湖、西湖中的蘇堤，其特殊而又引發人對壯美或幽美之感受的景觀，已是凝聚人群，觸發共同的想像，並在歷代的文獻或文學作品中，一再出現的地景。

36　英·Mike Crang 著，王志宏等譯：《文化地理學》（臺北：巨流圖書公司，2008 年），頁 18。

西湖圖　據《名山勝概記》附圖

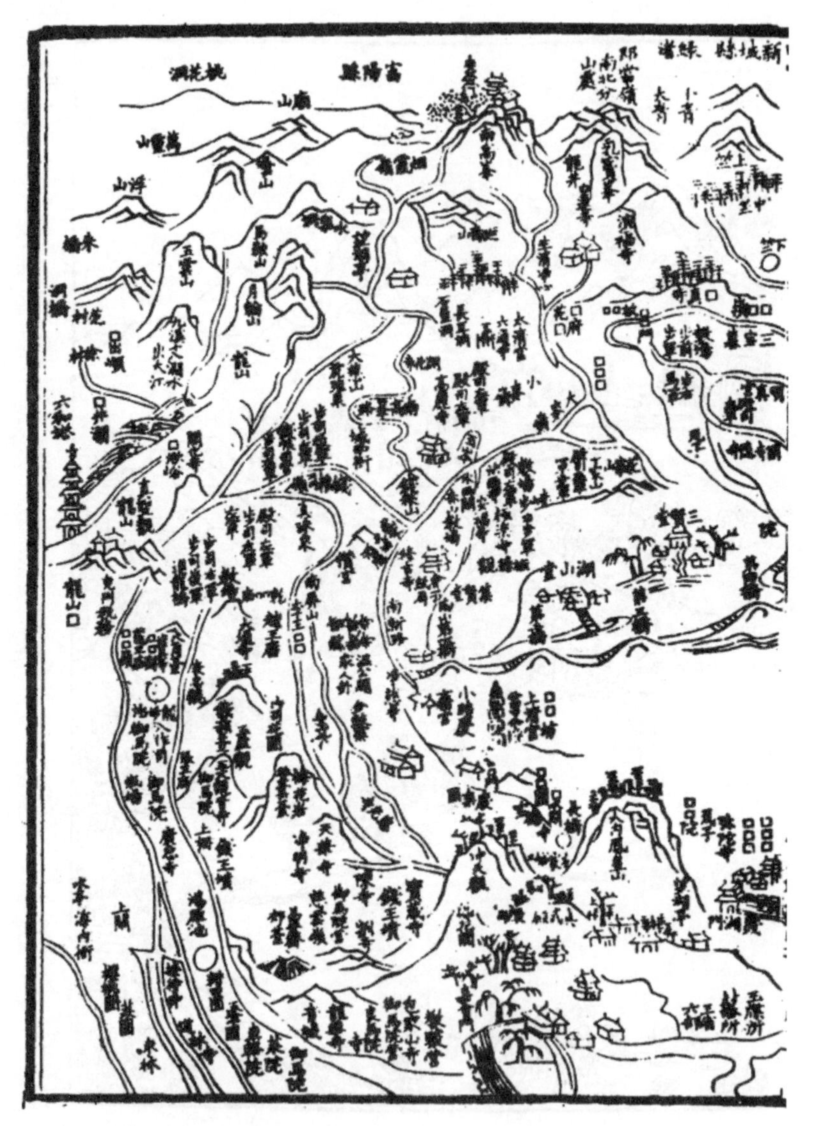

西湖圖　據《咸淳臨安志》附圖

西湖圖
同治六年補刊
於潛縣
昌化縣
餘杭縣
南湖
斷橋

南宋·李嵩　西湖圖　上海博物館藏

特殊的地景，當其地方景觀與文化結合時，則成為「文化地景」（cultural landscapes）。當其地方與文化結合時，則成為「文化地方」（cultural locality）。文化，是日常生活的一部分，「是一套信仰或價值，賦予生活方式意義，生產出物質和象徵形式（並藉此而再生產）。」[37]文化可以透過具體的物質形式、產品而呈現；也可以以抽象的精神形式而形成。杭州，存在許多極具文化價值的歷史古蹟，如東晉咸和元年（326）僧慧理所建的靈隱寺、南齊名妓蘇小小的墓亭、吳越時期的白塔、唐朝的白堤、宋代的蘇堤……，都是地方著名而具體的「文化地景」。而許多南宋文人喜於西湖玩月泛舟，觀燈賞梅，寄興賦詠……，形成精緻多樣的精神文化，這種

37　英·Mike Crang 著，王志宏等譯：《文化地理學》，頁 2。

風流閒雅的生活面貌，逐漸成為宋人的信仰與價值，賦予日常生活以意義，進而累積成為一種「南宋遺風」的文化符碼，影響後世。本文所欲闡釋的杭州詞，其中有相當數量的詞作，即是豐富地呈現此一「南宋遺風」的地方文化。

一處地景，對不同的人、不同的時代而言，會有不同的意義。例如為政者易從「國家」或「民族」的觀點，來倡導某一特定地景的象徵意義，以凝聚人群，產生對國家、民族的共同認同。杭州，於宋高宗紹興八年（1138）正式定都之後，開始進行以鳳凰山麓為基地的皇城擴建工程。皇城中的大內宮廷，成為最高權力運作中心，此一人為地景，是快速凝聚北宋覆亡之後，大批流落江南之皇親世族、黎民百姓，對國家、民族產生共同認同的重要建築。張鎡有一闋〈水調歌頭・項平甫大卿索賦武昌凱歌〉云：「一騎夜飛火，捷奏上天墀」，「笳鼓返京闕，風采震華夷」，[38]描寫的就是大內的宮廷，以宮廷中的臺階（天墀）與觀闕（京闕）為詞中的特寫畫面，此一地景所展現的乃是最高權力的運作圖像。

西湖亦然。西湖在承平時代，是杭州一處幽美的勝景，主要的功能是提供杭人遊客迎春避暑，秋宴賞雪的空間；但在南宋滅亡之後，它成為南宋遺民凝聚民族情感，凝聚國家共同想像之處，它提升為一種認同、歸屬的象徵地景。周密〈探芳訊·西泠春感〉所寫的就是亡國後的西湖：

> 橋外晚風驟。正香雪隨波，淺煙迷岫。廢苑塵梁，如今燕來否。翠雲零落空堤冷，往事休回首。最消魂，一片斜陽戀柳。[39]

在此，西湖的表徵意義已經翻轉，由原是風流閒雅之地，轉變成憑弔逝去的王朝之地，歡樂的笙歌，為悲傷的幽嘆所替代。

「文學地景」（literary landscapes），或「文學地方」（literary places），意即文學創造的地理，可歸屬於「文化地景」或「文化地方」層級之下的一環。無論是詩詞、散文、小說或戲曲等文本，其中的世界是由地點與場景、地方與邊界、視角與視野所組成。任何文本都可能帶出不同形式的場域。而文本中的人物、敘事者、以及

38 唐圭璋編：《全宋詞·張鎡》，第3冊，頁2135。

39 史克振校注：《草窗詞校注》，頁179。

讀者，也都佔有各式各樣的空間。[40]西湖的孤山，就是一處重要的文學地景，宋初的林逋，為孤山的梅花寫出最幽絕的清姿：「疏影橫斜水清淺，暗香浮動月黃昏。」[41]南宋的姜夔再以〈暗香〉、〈疏影〉為題，創作兩首自度曲，贏得范成大欣贈佳人。[42]孤山上的梅花，為林逋、姜夔催送出最清美幽逸的詩詞；然而孤山上的芬芳，能在悠悠的天地間，能在太平與動盪的歷史間永恆馨香，不是梅花本身可以完成的風雅，而是文學的書寫造就這番永恆的想像，是林逋、姜夔等人的詩詞，為孤山作了足以穿越時空的美麗傳播，驅使他人來到孤山尋找他們所描述的清絕體驗。文學不只是描寫地景和地方，文學還協助創造了地景與地方，支撐它更崇高的永恆性質。

爾後，這些屬於地方性的文學作品，也就成為「地方文學」，提供另一種帶有「主觀性」色彩的地方文獻資料，可作為理解地方的參證。作者在文本空間開展出的視角與視野，關懷與情感，形成在客觀的統計數字，資料性的地理文獻之外，另一種充滿情感，表徵意義的地方人文文獻。

---

40 參閱英·Mike Crang 著，王志宏等譯：《文化地理學》，頁 58。

41 宋·林逋：〈山園小梅〉，北京大學古文獻研究所編：《全宋詩》，第 2 冊，卷 106，頁 1218。

42 元·陸友仁《硯北雜志》：「堯章製〈暗香〉、〈疏影〉兩曲，公（成大）使二妓肄習之，音節清婉。堯章歸吳興，公尋以小紅贈之；其夕大雪過垂虹（橋），賦詩曰：『自作新詞韻最嬌，小紅低唱我吹簫。曲終過盡松陵路，回首煙波十四橋。』」（臺北：新文豐出版公司，1997 年《叢書集成》三編本），卷下，頁 17。

當地方經由人的居住以及日常生活的進行，或經由特殊事件的發生與接觸，人與地方自然產生密切與充滿意義的關係，人對地方也就必然附著各式各樣的感受，形成所謂的「地方感」（sense of place）。地方感是「導源於周遭環境的整體經驗」。[43]地方文學，其中有從作者的視角出發，屬於個人對地方的理解與感受；也有地方本身之特質所帶給作者的印象與感受；而讀者透過閱讀地方文學作品時，則能夠把作者編織其中的地方感給辨識出來。此外，地方感不只是個人或群體與地方產生的關係，它在一定程度上仍然維繫著與歷史和社會的關係，地方感的形成與理解，難與其歷史和社會架構的背景脫離。例如「西湖十景」，以西湖十處優美的勝景形成的風景區，有其自然本身獨特的秀麗；但在歷代詩人詞家筆下累積出的文學氛圍，更加強它的婉約嫵媚，而顯現出西湖的地方特質：柔美而不是剛強的「地方感」。

本文論述張鎡家族詞人、姜夔與周密之杭州詞時，對空間、地方、城市、地景、地方感、地方文化、地方文學的書寫內涵，基本上即以以上的概念為討論的範圍。概念的區分，「文化地理學」等方法的使用，一為論述方便，一為企圖析出更多文本的深意，打開文本潛藏的視野與觀點。但在行文使用間容有些微參差之處，或為難免，因為文學不是可以以尺規毫釐完全計算清楚的科學，文學，特別是詩詞，其精微深密處正在於無法完全以語言文字符號把握之處，在智斷之處湧現，得魚可以忘筌，筌之失全，或可諒之。

---

43 美·艾倫·普瑞德（Allan Pred）著，許坤榮譯：〈結構化歷程和地方——地方感和感覺結構的形成過程〉，頁 120。

二、地方書寫的價值

傳統詞學界對於文本的研究，多著重在以時間為主軸的觀點下，分析詞人、詞作、詞論、和詞史等詞學的論題。近年來從地方、地域的角度研究詞學者，則有日漸增多之勢，如張薰、崔海正、邱昌員、朱麗霞、楊萬里、謝永芳、李丹等人，[44]從空間的觀點，從地方文學的視角，深化詞學的研究，發掘地方詞學的特色、意義與價值。他們的論著成果，為詞學研究的多元化注入地方思維的考察，為文本的闡述增加其立體與豐富的彩度。

「地方書寫」研究的意義，乃是讓原本以「空間」、「地方」、「地景」等作為背景的元素，拉到研究範疇的中央，企圖看出異於以「時間」為主軸的分析內容。此一關懷視角的打開，並非意謂「地方書寫」在過去的詞學研究中徒留空白，而是「地方」面向的意義未被珍重地凸顯出來。當然，文學不是地誌，書寫的重點不是詳細的地理知識，它仍是文學，重點在人，人與地方的關係，內容以藝術化的文字（如詞）將之表現出來，其價值除了彰顯地方特色之外，還連結上更高的人文象徵層次。故而地方書寫所欲闡釋

44　如張薰：《宋代西湖詞壇研究》（臺北：臺灣大學中文研究所碩士論文，1986 年）。崔海正：《宋代齊魯詞人概觀》（北京：中國文聯出版社，2000 年）。邱昌員：《歷代江西詞人論稿》（南昌：百花洲文藝出版社，2004 年）。朱麗霞：《清代松江府望族與文學研究》（上海：上海古籍出版社，2006 年）。楊萬里：《宋詞與宋代的城市生活》（上海：華東師範大學出版社，2006 年）。謝永芳：《廣東近世詞壇研究》（上海：上海古籍出版社，2008 年）。李丹：《順康之際廣陵詞壇研究》（上海：上海古籍出版社，2009 年）。

的價值，主要可從㈠地方特色的彰顯；㈡歸屬認同的辨識；㈢存在意義的建立，此三者來綜攝之。

㈠地方特色的彰顯

地方特色，主要包括物質層面和人文精神層面的特色。如南宋耐得翁《都城紀勝》書中所記述杭州的市井、諸行、酒肆、食店、茶坊、四司六局、瓦舍眾伎、社會、園苑、舟船、鋪席、坊院、閒人、三教外地等十四門的內容有專屬於杭州之地方特色者，如《都城紀勝·舟船》所云：

> 西湖春中，浙江秋中，皆有龍舟爭標，輕捷可觀，有金明池之遺風；而東浦河亦然。惟浙江自孟秋至中秋間，則有弄潮者，持旗執竿，狎戲波濤中，甚為奇觀，天下獨此有之。[45]

杭州浙江（即錢塘江）的弄潮兒在孟秋至仲秋之間，水浪拍天的時刻，手執紅旗竹竿，逆潮踏浪，不讓水浪濡濕紅旗，向滿城觀潮者炫耀其踏浪的勇技，此一奇觀，天下唯獨杭州江潮有之。北宋潘閬對此有生動的描述，其〈酒泉子〉之十云：

> 長憶觀潮，滿郭人爭江上望。來疑滄海盡成空。萬面鼓聲中。　弄濤兒向濤頭立。手把紅旗旗不濕。別來幾向夢中

45　宋·耐得翁：《都城紀勝》，見《東京夢華錄——外四種》（臺北：大立出版社，1980年），頁99。

看。夢覺尚心寒。[46]

弄潮兒在萬鼓聲中矗立濤頭的畫面，令人感到驚心動魄，潘閬特將之寫入詞中，這是杭州錢塘海潮獨特景觀引發的地方盛事。周密〈聞鵲喜·吳山觀濤〉一詞：「天水碧。染就一江秋色。鼇戴雪山龍起蟄。快風吹海立。」[47]寫的也是錢塘海潮雄奇的畫面。

46　唐圭璋編：《全宋詞·潘閬》，第1冊，頁6。

47　史克振校注：《草窗詞校注》，頁156。

浙江秋濤圖　據《西湖志》附圖

浙江秋濤
御書

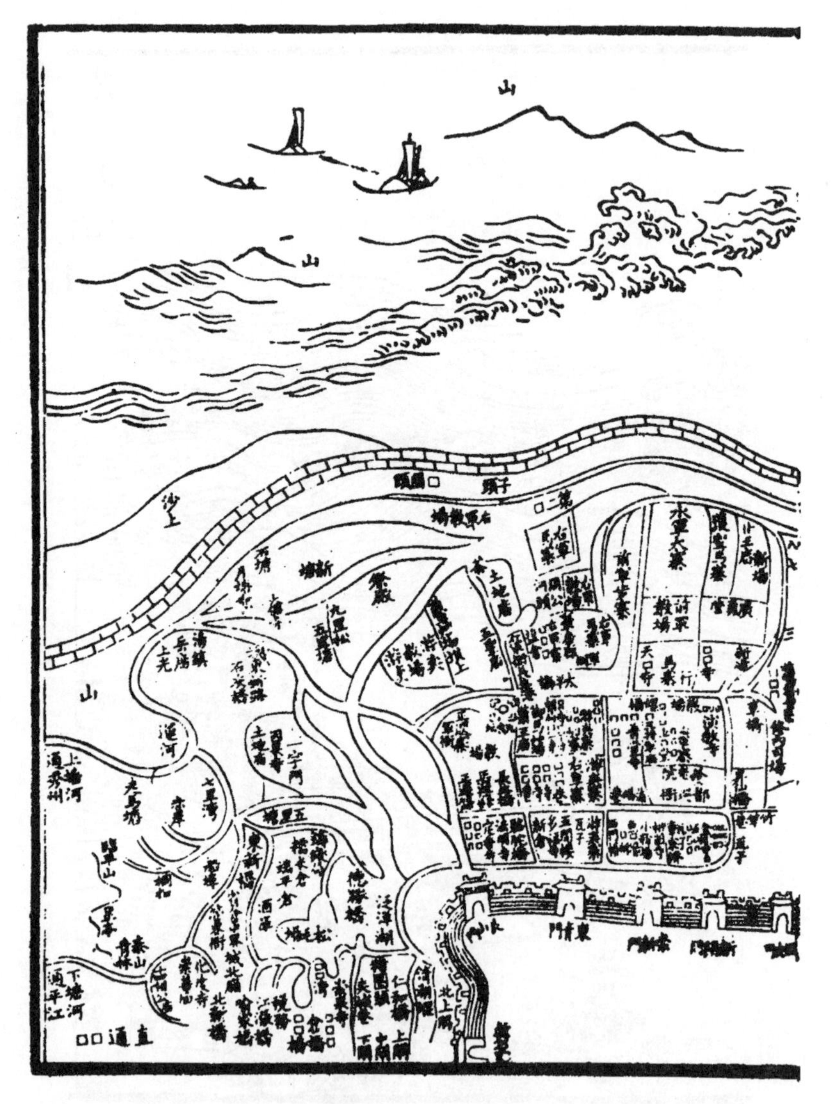

浙江圖　據《咸淳臨安志》附圖

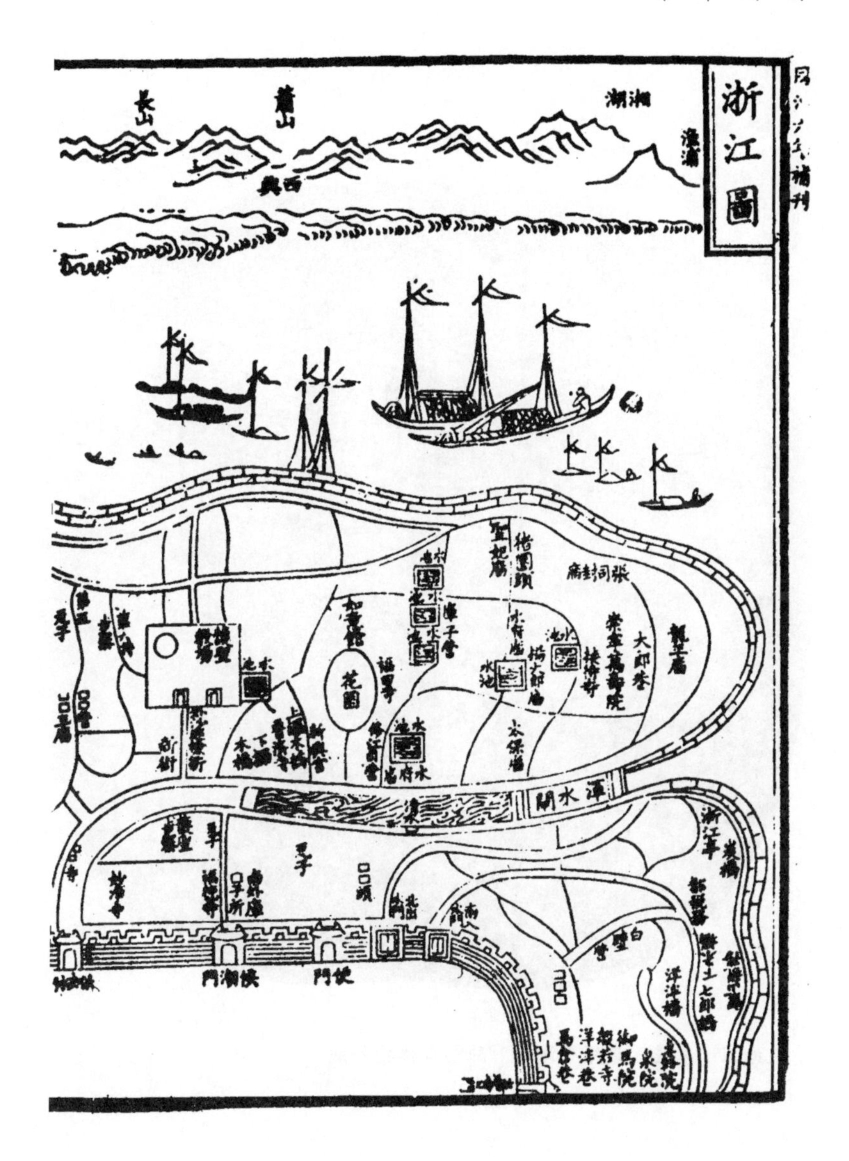
浙江圖
長山
青山
渾水閘
花圃
浙江亭
候潮門
便門

南宋·夏珪　錢塘觀潮圖　蘇州市博物館藏

南宋·李嵩　月夜看潮圖　臺北故宮博物院藏

又如《都城紀勝·坊院》所云：

> 柳永咏錢塘詞云，參差十萬人家，此元豐以前語也。今中興行都已百餘年，其戶口蕃息，僅百萬餘家者，城之南西北三處，各數十里，人煙生聚，市井坊陌，數日經行不盡，各可比外路一小小州郡，足見行都繁盛。而城中北關水門內，有水數十里，曰白洋湖，其富家於水次起迭塌坊十數所，每所為屋千餘間，小者亦數百間，以寄藏都城店鋪及客旅物貨，四維皆水，亦可防避風燭，又免盜賊，甚為都城富室之便，其他州郡無此，雖荊南沙市太平州黃池，皆客商所聚，亦無此等坊院。[48]

南宋杭州的戶口蕃息，已達百萬餘家；城南、城西、城北三處，人口聚集，市井坊陌，經行數日不盡，各自可比外路一小小州郡，杭州的繁華，非他郡可比，是其「坊院」的特色之一。周密〈月邊嬌〉云：「九街月淡，千門夜暖，十里寶光花影。」[49]寫的正是元夕杭州都城繁榮的光景。而城中北關水門內，有水數十里，其間富家起迭塌坊十數所，四維皆水，可防避風燭，又可避免盜賊逾越，皆是其他州郡所無，此又是其「坊院」的特色之二。張鎡家族的南湖府第，正是建在杭州「有水數十里」的「白洋湖」近處，張鎡《南湖集》〈南湖有鷗成羣，里閭間云，數十年未嘗見也，實塵中

---

48 宋·耐得翁：《都城紀勝·坊院》，頁100。

49 史克振校注：《草窗詞校注》，頁43。

奇事。因築亭洲上，榜曰：鷗渚，仍放言六絕。〉六首之三的詩作可以為證：

> 東家西家翁媼說，白洋湖自有多年。何曾識見江鷗至，消得主人詩興顛。[50]

〈蝶戀花〉詞曰：

> 門外滄洲山色近。鷗鷺雙雙，惱亂行雲影。翠擁高筠陰滿徑。簾垂盡日林堂靜。　明月飛來煙欲瞑。水面天心，兩箇黃金鏡。慢颭輕搖風不定。漁歌欸乃誰同聽。[51]

鷗鷺雙雙，穿梭行雲之間；水面天心，月如兩箇黃金鏡。這是南湖之美，也是杭州白洋湖有水廣闊數十里之景，張鎡的詩詞為此地方景觀留下幽雅靜美的描繪。

由於江南多水，杭州位處江南，地倚山林，「左江右湖，河運通流」，[52]又「多有溪潭澗浦，繚繞郡境」，[53]故江南水鄉的景致

50　宋・張鎡：《南湖集》（臺北：臺灣商務印書館，1986 年文淵閣《四庫全書》本），別集類三，第 1164 冊，卷 8，頁 622。

51　宋・張鎡〈蝶戀花〉，唐圭璋編：《全宋詞・張鎡》，第 3 冊，頁 2133。

52　宋・耐得翁：《都城紀勝・舟船》，頁 99。

53　宋・吳自牧：《夢粱錄・溪潭澗浦》，收於《東京夢華錄——外四種》（臺北：大立出版社，1980 年），卷 11，頁 221。

自然常入詞人筆端，「水」的意象與景觀經常在詞中出現，如姜夔 27 首書寫杭州之詞，描寫到城中內外水景的詞作，除熟知的〈暗香〉、〈疏影〉、〈念奴嬌·鬧紅一舸〉之外，尚有多首：

> 追念西湖上，小舫攜歌，晚花行樂。（〈淒涼犯〉）
>
> 何堪更繞西湖，儘是垂柳。……一葉淩波縹緲，過三十六離宮，遣遊人回首。（〈角招〉）
>
> 紅雲低壓碧玻瓈。（〈阮郎歸〉）
>
> 好花不與殢香人，浪粼粼。（〈鬲溪梅令〉）
>
> 沙河塘上春寒淺。（〈鷓鴣天〉）
>
> 萬古西湖寂寞春。（〈卜算子〉）
>
> 月上海雲沉，鷗去吳波迥。（〈卜算子〉）
>
> 下竺橋邊淺立時，香已漂流卻。（〈卜算子〉）
>
> 御苑接湖波，松下春風細。（〈卜算子〉）
>
> 樹鬲離宮，水平馳道，湖山盡入尊俎。（〈卜算子〉）

碧玻瓈，浪粼粼，「一葉淩波縹緲，過三十六離宮，遣遊人回首。」如此幽美的風光，清雅的山水，杭州多有之。此一水鄉澤國的地理風貌，是杭州的特色。

因為溪流河水眾多之故，而造成多橋之景。杭州的橋梁，分大河橋道、小河橋道、西河橋道、小西河橋道、倚郭城南橋道、倚郭城北橋道六區，單單倚郭城北橋道就有橋梁 126 座，著名的「斷橋」、「六橋」皆在此區，二者經常出現在南宋詞中。[54]故而當「斷橋」與「六橋」兩處地景，在時間的歷久中與文學緊密結合後，就成為所謂的「文學地景」。以周密《草窗詞》為例，《草窗詞》中有 60 闋杭州詞，「橋」字共出現 17 次，[55]包括「六橋」出現 5 次，「斷橋」（或寫為「段橋」）出現 4 次，餘者「河橋」2 次，「畫橋」1 次，「二十四橋」1 次，「長短橋」1 次，「第幾橋」1 次，「橋外」字 2 次。以「六橋」出現次數最多，顯現此一地景特為周密所關注與喜愛。當他在〈木蘭花慢〉寫出：「六橋春浪暖，漲桃雨、鱖初肥」時，六橋是西湖蘇堤上那六座橋梁所集結的自然空間，橋下春浪波暖，水上桃花燦麗，此時西湖的鱖魚初肥，悠游在花影與橋影之間，周密將這片空間描寫得幽美恬然。但同一空間，在〈露華〉一詞中寫的是：「六橋舊情如夢，記扇底宮眉，花下游驄。」六橋成為一處綺麗旖旎的空間，一段如夢的舊情曾在此地散溢，「扇底宮眉」是那位女子嫵媚的形象，而從「花下游驄」可以想見那位男子瀟灑的風姿，在六橋情事開啟，在六橋情事結束，六橋成為二人歡愉往事的見證。六橋的空間先是烘托情事

54　宋·吳自牧：《夢粱錄·倚郭城北橋道》，卷 7，頁 187-189。

55　參見附表四。

的背景，但當情逝之後，六橋成為情感的載體，使回憶變成無比的清晰，在此，空間就是一切，「空間把壓縮的時間寄存於無以數計的小窩巢裡，這正是空間存在的理由。」[56]蘇堤上的這六座：映波、鎖瀾、望山、壓堤、東浦、跨虹六橋，都是寄存往日甜美時光的「窩巢」——空間，時間在此壓縮，獨存回憶在空間中展開，「對於平生所經種種事蹟，我們記得的往往不是清楚的時間次序，而是曾經度過重要時刻的地方。」[57]六橋成為回憶的關鍵地景，而文學又詩意化、永恆化了六橋這片空間，使它成為文學地景。

多水多橋，是杭州的地方特色。多水多橋的杭州，自給人一種婉約柔美的地方感，而詞人詩意性的書寫，更加美化它花橋流水之城市風貌的靈秀之氣，並使它從交通的功能，轉為城市美感的符碼，在文字的圖像中成為永恆。

㈡歸屬認同的辨識

人需要有歸屬，是人基本的心理特徵之一。歸屬感的喪失，易讓人增添孤獨，進而瀕臨於可怖的孤立荒漠之中。因此人與人的連結，人與地方的連結，是形成緊密關係，遠離疏離、孤獨、寂寞、荒涼的必要取徑。

而地方的建築，特殊的地景，或居住的建築群落，一直是可以用來凝聚家族認同、鄉土認同或國族認同的投射對象。例如前文所

56 法・加斯東・巴舍拉（Gaston Bachelard）著，龔卓軍、王靜慧譯：《空間詩學》（臺北：張老師文化公司，2003 年），頁 70。

57 方瑜：〈空間 圖像 靈光——李賀詩中的女性圖像，以鬼神二首為例〉，《臺大中文學報》，2003 年第 19 期，頁 145。

言，南宋皇城中的大內宮廷，是南宋行政最高權力的運作中心，也是凝聚宋人對朝廷、民族產生共同認同的重要建築。而認同感則是歸屬感的基礎，認同感和歸屬感是人存在的兩種主要心理狀態。

當人對一個建築居所、地景、地方或空間感到愉悅舒服，在離開之後仍有懷念追憶之情，意欲再度回歸，重返當地體會曾擁有過的美好感受或歡快的經歷，甚至為之進行記錄書寫，丹青圖畫的時候，表示他對此處已有了認同。在環境脈絡中，「認同感意味著與特殊環境為友」。[58]反之，有人明確知悉自己所在的位置，所處的地方，或也居住於該處，但卻不會產生真正的認同，乃因為該處讓他無可滿足，無可愉悅地與之「為友」，甚至意欲拋離，在此情形之下，認同感就難以產生。

以杭州人對地方的認同為例，當杭人與當地的明山秀水，煙柳畫橋為友，在他們走過市井坊陌或鄉村板橋時，會為一處街景，一處橋下的水波駐足，為一片霞光夕照流連，體驗沈浸在清波潺潺與畫橋餘暉的詩意美感中，這是認同。正如北宋隱居杭州的潘閬所寫的〈酒泉子〉：

> 長憶錢塘，不是人寰是天上。萬家掩映翠微間。處處水潺潺。　　異花四季當窗放。出入分明在屏障。別來隋柳幾經秋。何日得重遊。[59]

58　挪威·克里斯提安·諾伯－舒茲（Christian Norberg-Schulz）著，施植明譯：《場所精神——邁向建築現象學》，頁21。

59　唐圭璋編：《全宋詞·潘閬》，第1冊，頁5。

處處水潺潺的杭州（錢塘乃杭州舊名），有如天上天堂，圖畫屏障，翠微間掩映的人家，四季更替的繁花，運河兩岸的隋柳，這些意象散發著地方的特質與氛圍，因為詞中的人家、繁花、隋柳，是襯在杭州處處水潺潺的環境背景下的鑲嵌圖景，而不是襯在北方的汴京，這些都是令他覺得歡愉，可與之為友的對象，於是內心眷戀著「何日得重遊」，在此心理狀態之下認同感自然產生，進而與地方產生緊密的連結：熟悉之，滿足之的精神歸屬感也就自然產生。

再以南宋張炎為例，張炎與家園的緊密關係是自小培養的，家園的每一處水流小徑，甚至門前的風簾，他都再熟悉不過了，當一日非屬，經過故園的時候，會是何等的眷懷與感傷：「夢三十六陂流水，去未得。」「記凝妝倚扇，笑眼窺簾，曾款芳尊。步屧交枝徑，引生香不斷，流水中分。」「望花外、小橋流水，門巷愔愔，玉簫聲絕。」[60]詞中的每一處流水，也是他的家園之景，他總是夢它、記它、望它，這片故鄉是張炎一生魂牵夢繫的地方，心靈永遠的歸屬之處。

㈢存在意義的建立

承上所言，人需要歸屬；而歸屬感是支撐自我存在的重要感受；而容受「存在」[61]之存在的重要容器是建築、是地方、是空

60　以上三詞分別見於宋·張炎著，黃畬校箋：《山中白雲詞箋》（杭州：浙江古籍出版社，1994 年），頁 142〈淒涼犯·過鄰家見故園有感〉；頁 147〈憶舊游·過故園有感〉；頁 180〈長亭怨·舊居有感〉。又，「三十六陂」原在江蘇揚州，此指湖泊、陂塘之多。見是書校箋，頁 143。

61　本文中的「存在」，是指「具體的人」其個別的、主觀的心靈真實的感受。

間，「建築是賦予人一個『存在的立足點』的方式」，[62]地方、空間亦然。

當人界定自我或描寫他人的時候，在姓名之後，通常附加說明的是某地之人，祖籍何處，這是人與地不可分割的連結，人的認同需要以地方的認同為前提。人無法以完全自由漂浮的心靈或狀態存在，人需要存在於與周遭關係的互動之中；而建築居所與地方是人存在的根本特質之一。

例如周密於其著作中自署「齊人」，以示其祖籍本在山東濟南。因寓居於吳興弁山之下，又稱「弁陽老人」、「弁陽嘯翁」、「弁陽吟翁」。[63]四十五歲之後，遷至杭州癸辛街居住，故以街名為名著有《癸辛雜識》一書，又寫有以杭州舊名為名的《武林舊事》10 卷。[64]周密藉此表示他與濟南、吳興、杭州等地的關係，表徵出人與地方關係濃厚的密切度，此乃是藉由地方來界定自我。因此，地方、地方建築與具有地方特色的地景，讓人進入其中獲得歸屬，這是支撐人的心靈存在，內心實感的來源。

地方不只是標示人所在的特殊「位置」，或說明一個住處或故

---

62 挪威·克里斯提安·諾伯一舒茲（Christian Norberg-Schulz）著，施植明譯：《場所精神——邁向建築現象學》，頁 5。

63 宋·戴表元〈周公謹弁陽詩序〉：「其所居弁陽在吳興，山水清峭，遇好風佳時，載酒餚，浮扁舟，窮旦夕賦詠於其間。」《剡源戴先生文集》，《四部叢刊》正編本，卷 8，頁 76。劉靜《周密研究》：「湖州（即吳興）有山曰弁山，一名卞山。以其形如冠弁，故名。周密置業此山之下。」（成都：四川大學中國古代文學博士論文，2005 年），頁 22。

64 武林，是舊時杭州的別名，因城西有武林山而得名。

鄉；地方更顯示人的存在與身分，一個人的知覺場，與歸屬的處境。而文學（如詞）是帶領我們重返作者存在處境的媒介，理解其存在於地方中的意義。如張鎡〈滿江紅・小圃玉照堂賞梅，呈洪景盧內翰〉寫其府第「玉照梅開，三百樹」時，充滿對「家」親切的歸屬認同與鍾愛，認為這番奇景「奇事人生能幾見」，故要「清尊花畔須教側」，更邀好友洪邁（字景盧）同遊「名勝賞東風」。[65]因為「家」所孳生的親切與生活經驗，是維繫人之安定存在感的基礎，也是聯繫人與地方產生永久感的關鍵因素，人對地方、鄉土深厚的情感，主要是以原初的居住空間——「家」為前提，而向外延展其交游的場域。反之，當家園崩毀，人之自我的存在感也會面臨深刻的危機、焦慮與不安。如宋恭帝德祐二年（1276）元兵陷落杭州之後，百年的張家頓時崩解，張炎的〈憶舊遊・過故園有感〉：「忘了牡丹名字，和露撥花根。甚杜牧重來，買栽無地，都是消魂。」「怕有舊時歸燕，猶自識黃昏。待說與羈愁，遙知路隔楊柳門。」[66]道出人與家園關係斷裂的痛苦。他是杜牧重來，欲種牡丹，卻是買栽無地（沒有家園），更別說如往日曾祖張鎡在南湖府第大開牡丹宴。他是猶識舊園的歸燕，然垂楊路隔，無家可歸。他失掉安適的居住所在，失掉與環境融合的美好關係，因亡國亡家造成與鄉土的「分裂」，使他成為永無止境的流浪者，因此，他的存在、身份出現嚴重的虛無、茫然與恐懼之感：「露粉風香誰為主，都成消歇」，「恨西風不庇寒蟬，便掃盡、一林殘葉」（〈長亭

---

65 唐圭璋編：《全宋詞・張鎡》，第 3 冊，頁 2136。

66 黃畬校箋：《山中白雲詞箋》，頁 147。

怨·舊居有感〉）。[67]「西風」是這場巨大的時代災難，掃盡可以遮蔽他的「林葉」——家園，使一切盡成消歇。但他又時常回遊舊地，回望故居，試圖克服這種與鄉土分裂的狀態，藉由追憶，安頓困苦、煎熬的靈魂，讓其自我的存在意義，薄薄地依存在那片已然變異，卻與他的生命有過疊合、密不可分的土地上。地方與人之存在感受的關係，在張炎的詞作中可以找到最多的辨證。

以上關於地方書寫的價值，再以張鎡〈祝英臺近·邀李季章直院賞玉照堂梅〉作為分析的詞例：

> 暖風回，芳意動，吹破凍雲凝。春到南湖，檢校舊花徑。手栽一色紅梅，香籠十畝，忍輕負、酒腸詩興。　　小亭凭。幾多月魄□□，重重亂林影。卻憶年時，同醉正同詠。問公白玉堂前，何如來聽，玉龍噴、碧溪煙冷。[68]

詞中的「南湖」是一片混合自然景觀與人為建築的空間，具有地方的景物特色。其中的「紅梅」、「花徑」、「十畝」香梅、「亂林」、「碧溪」，是自然景觀；「小亭」、「白玉堂」（即「玉照堂」）是人為建築。這些景物融合成一處張鎡與其友人在時間的歷久中「同醉同詠」的地景——「玉照堂梅」，而「玉照堂梅」地景就在更大的地景：「南湖」之中；而「南湖」在地方——杭州之中。

再者，具體的建築、地景或空間，也就是「紅梅」、「花

67　黃畬校箋：《山中白雲詞箋》，頁 180。

68　唐圭璋編：《全宋詞·張鎡》，第 3 冊，頁 2136。

徑」、「十畝」香梅、「亂林」、「碧溪」、「小亭」、「白玉堂」，不只展現它本身的形象外貌而已，詞中的「檢校舊花徑」、「手栽一色紅梅」、「酒腸詩興」、「小亭凭」、「同醉同詠」、「聽玉龍噴碧溪煙冷」，是在地景的一徑一畝，一亭一堂中，累積居住者（張鎡）與遊賞者（李季章）的情感與情境經驗，因此玉照堂的每一株梅花，每一根樑柱，都傳達了曾經歡樂雅集的情懷，帶有詩意性的召喚，能激起曾經「在地者」的熱情。最後，這些地方的情感與情境經驗，濃縮轉化成一種「象徵」，在承平時代是「樂園」的空間，「樂園」的象徵，凝聚家族情感、友誼與社會認同。而在亡國之後，則成為家族或其友朋「抵抗敵對力量的庇護（精神）空間、鍾愛的空間」與「被歌頌的空間」，[69]存放在亡國者的回憶中，使這些空間形成重要的歸屬感、與存在感之依歸處。

多水多橋多園苑的杭州，建有皇城的杭州，它投射在居杭、遊杭者的心中，不只是一張走過的地圖，一張鑲嵌於錦框中的天堂圖畫，而是一座座承載情感經驗與生命歷程的「儲倉」。

第三節　研究的步驟與依據

一、研究的步驟

本文研究的對象，主要是張鎡家族詞人、姜夔與周密之杭州詞。而張鎡家族詞人，則以張鎡、張樞、張炎三人為主，因其留下

69　法·加斯東·巴舍拉（Gaston Bachelard）著，龔卓軍、王靜慧譯：《空間詩學》，頁55。

的詞作，足供探討杭州一地之文化與文學風貌。[70]而張鎡之弟張鑑，目前的文獻資料雖未見到他的詞作，但是張鑑在南宋中期，是一交游甚廣，譽望四出的文人，因此即使所得的資料微少，亦將於文中設一小節陳述之。本文研究的步驟，概述如下：

第一章「緒論」，下分「研究的旨趣」、「地方書寫的性質及其研究價值」、「研究的步驟與依據」三部分，對研究的主題：「杭州聲華——以張鎡家族、姜夔、周密之詞為探討核心」的基礎概念與研究次第做一基本的論述。

第二章「南宋的時代與杭州人文環境」，擬從「南宋的政治趨勢」、「經濟重心的南移」、「杭州的地理人文」三方向作一縱深橫面的觀察。本文的側重點雖是南宋杭州的「地方文學（詞）」，分析的角度將以關於杭州地方之人、事、物、景的詞作為研究範圍，但是從張鎡、姜夔、張樞、周密、到張炎，時代橫跨南宋的中、晚期，故而討論的時候，免不了仍會涉及到時代的因素，即時代環境對詞人、詞作、詞風產生的影響，因為不同的時代環境，必然造就不同的文學與文化，時代環境對個別作家的影響，絕非某一

70　張鎡家族詞人中，另有張俊之裔孫張桂存詞兩首。張桂，字惟月，號竹山，為張俊裔孫，曾官大理司直。著有《慚稿》，已佚，唐圭璋編《全宋詞》僅存其詞二首。其一〈菩薩蠻〉：「東風忽驟無人見。玉塘烟浪浮花片。步濕下香堦。苔粘金鳳鞋。　翠鬟愁不整。臨水間窺影。摘得野薔薇。游蜂相趁歸。」其二〈浣溪沙〉：「雨壓楊花路半乾。蜂遺花粉在闌干。牡丹開盡正春寒。　懶品么絃金雁並，瘦驚雙釧玉魚寬。新愁不放翠眉間。」《全宋詞·張桂》，第 4 冊，頁 3029。因為此二首均是對女性愁思的敘寫，與杭州地方關係不深，故僅附於此而不作討論。

單一因素的直接輸入，其間複雜交錯的原因，雖然難以全面網羅細究，但是其中之犖犖大者，則屬政治、社會經濟與人文地理環境諸項為最鉅，故將分別言述之。

「南宋的政治趨勢」一節，特別探討「政治轉向內在」與「右文政策的持續與變奏」對南宋詞壇產生的影響。而「經濟重心的南移」一節，側重在陳述南宋建都杭州之後，東南地區的區域經濟與海洋經濟因而崛起、成長，致使杭州市民的生活益形富足安樂。至於「杭州的地理人文」一節又分「地理風貌」、「人文環境」兩小節，關注的焦點是杭州作為「行在」之前的歷史沿革，與命名為「臨安」之後的地理、人文圖像。杭州在南宋時期成為首都的面貌，是累積前朝的開拓與建設而有之，因此有必要對南宋之前的杭州作一番歷史的回顧。而建都臨安之後，杭州的人口急遽增加，商業經濟更加蓬勃，文化教育事業益形發達，此等是造成杭州擁有優越人文環境的原因。由於有良好的人文環境，自然帶動文學活動的興盛發展，文學作品的大量創作與流傳。因此本節支分兩股，先言杭州的「地理風貌」；再說明杭州「人文環境」的實況。

第三～五章，探討「張鎡家族詞人」、「姜夔」與「周密」之杭州詞，這是本文主要的討論範圍。這三章將從詞人的生平、各家杭州詞的內容與表徵意義、及其詞筆特質三項分述之。「知人論世」，是研究詞人詞作的基本理解，了解作者的家世背景、性格與一生活動的歷程，可以更精審地檢別出潛藏詞中的訊息。而「杭州詞的表徵意義與圖像」，將著重在詞人寓居杭州、行旅杭州，或遠離杭州之後，卻仍然追憶杭州的作品主題分析。由於詞人與杭州地方關係深厚，因此會對當地產生認同、關懷、歸屬與追憶的情感；

又因各別詞人與杭州接遇的時期，發展的關係不同，故而彼等杭州詞的內容也就必然有別；再由於每位詞人的襟抱、性情、學問、家世背景不同，慣用或愛好的寫作手法殊異，因而作品的風格、藝術表現也就不一。本文將緊扣在杭州詞的整體範圍之下，爬梳其間的表徵意義、圖像與詞筆特質。

第六章「結論」，則是就各章考察出張鎡家族詞人、姜夔與周密之杭州詞的要義，作一總結性的綜述。

以上為本文研究的步驟次第。

二、依據的資料

本文研究的詞人，以姜夔的文獻資料最為豐碩，其次是張炎，周密又次之。依據林玫儀《詞學論著總目 1901-1992》統計，關於姜夔的論著有 368 項，張炎 95 項，周密 34 項。[71]而王兆鵬「20 世紀有關歷代詞人的研究成果統計表」的統計，姜夔的論著有 275 項，張炎 90 項，周密 17 項。[72]再者，以這三位詞人的詞集版本而論，也以姜夔《白石詞》版本為最多，劉少雄《南宋姜吳典雅詞派相關詞學論題之探討》一書「附錄二：南宋典雅派詞家詞集版本知見錄」，彙集了詳細的資料，《白石詞》版本有 88 種，《玉田

71　林玫儀：《詞學論著總目 1901-1992》（臺北：中央研究院文哲研究所出版，1995 年），姜夔：頁 1387-1392；張炎：頁 1454-1461；周密：頁 1440-1443。

72　王兆鵬：《唐宋詞史的還原與建構》（武漢：湖北人民出版社，2005 年），頁 98。

詞》版本 54 種，《草窗詞》版本 31 種。[73]

張鎡的研究，目前已有 2 本碩士論文，1 部年譜，和 12 篇期刊、專書論文討論之。[74]至於張樞的詞作則尚無學者問津，本文第三章第三節「張樞」之論，應是首篇專文。由於各家在詞史上的高低地位不同，因此可資參考的研究資料也就多寡不一，本文將依論題之所需，參酌前人的文獻材料，作為本文的引證或撰述上的補充說明。

本文依據的文本，依照張鎡家族詞人、姜夔與周密之先後，分述如下：

1.張鎡、張樞詞作的文本，均依照唐圭璋主編《全宋詞》，北京：中華書局，1998 年之版本為主。

⑴張鎡的《玉照堂詞》，或稱《南湖詩餘》，有《彊村叢書》本。唐圭璋編《全宋詞·張鎡》存詞 86 闋，此中詞作有集自《全

---

73 劉少雄：《南宋姜吳典雅詞派相關詞學論題之探討》（臺北：臺灣大學文學院，1995 年）頁 373-384，395-401，389-392。

74 專書包括方瑩：《張鎡詞研究》；楊眉：《張鎡研究》；曾維剛：《張鎡年譜》。單篇論文，林玫儀《詞學論著總目 1901-1992》收錄 6 篇，頁 1384-1385；另有王秀林、王兆鵬：〈張鎡生卒年考〉，《文學遺產》，2002 年第 1 期；任遂虎：〈迢遙秦隴舊家山——南宋詩人張鎡的籍貫、生平及詩作略論〉，《絲綢之路》，2009 年第 4 期；張高評：〈張鎡《仕學規範·作文》述評——兼論詩法與文法之會通〉，香港中文大學《中國文化研究所學報》，第 51 期；彭庭松：〈楊萬里、張鎡交遊考論〉，《畢節學院學報》，2008 年第 3 期；曾維剛：〈張鎡南湖別業與《南湖集》成書考〉，《2010 西安詞學國際學術研討會論文集》（西安：陝西師範大影印本，2010 年）；楊家俊：〈張鎡研究二題〉，《四川師範學院學報》，2002 年第 3 期。

芳備祖》、《永樂大典》、《中興以來絕妙詞選》與《陽春白雪》等書者，可見收羅不易。[75]張鎡又著有詩集《南湖集》10 卷，有《四庫全書》本和《知不足齋叢書》本。

⑵張家另一重要詞人張鑑，其詞作今已難覓，但在姜夔等人的詞序或論著中，仍可尋繹出相關的線索。因此與張家往來密切的詞人著作，是亟須檢閱的參考材料。

⑶張樞的《寄閒集》已佚，唐圭璋主編之《全宋詞》第 4 冊，存詞 9 闋，殘詞 3 闋。[76]張樞詞另有《彊村叢書》本，存詞亦是 9 首。[77]

⑷張炎詞作的文本，均依照黃畬校箋：《山中白雲詞箋》，杭州：浙江古籍出版社，1994 年之版本為主。黃畬的《山中白雲詞箋》共輯錄張炎詞 302 闋，乃是以清龔翔麟刻本為底本，並參合現存其他各本整理而成，含校勘、別本、注釋與箋評，卷末並附年譜、朋輩贈什、序跋題詞、總評、版本考、雜錄等 6 項資料，相關典籍的載記蒐羅宏富，甚為珍貴，故本文將之作為主要的依據文本。其他可參考的校正箋注版本還有：

清·江昱疏證，《山中白雲詞疏證》，臺北：臺灣中華書局，1965 年

朱靜如，《山中白雲詞箋注》，輔仁大學中文研究所碩士論文，

75　唐圭璋編：《全宋詞·張鎡》，第 3 冊，頁 2127-2142。

76　唐圭璋編：《全宋詞·張樞》，第 4 冊，頁 3029-3031。

77　張樞《寄閒集》《彊村叢書》本，可參閱臺北：新文豐出版公司 1991 年《叢書集成》續編本，頁 757-758。

1973 年
吳則虞校輯，《山中白雲詞》，北京：中華書局，1983 年
李周龍，《山中白雲詞校訂箋注》，臺灣師範大學國文研究所碩士論文，1972 年
袁真校點，《山中白雲詞》，上海：上海古籍出版社，1985 年《詞林集珍》本
葛渭君、王曉紅輯校，《山中白雲詞》，瀋陽：遼寧教育出版社，2001 年

清朝江昱的《山中白雲詞疏證》，應是目前可見最早的疏證之作，江氏採摭卷籍，細繹詞意，對理解張炎詞作有明疑辨惑之功。朱靜如、李周龍的箋注本，與黃畬校箋本相較，箋注內容稍略。吳則虞校輯本，袁真校點本，葛渭君、王曉紅輯校本，均可作為闡釋詞作的參考。

2.姜夔詞作的文本，均依照夏承燾箋校：《姜白石詞編年箋校》，上海：上海古籍出版社，1998 年之版本為主。夏書共輯錄姜夔詞 6 卷，共 84 闋；又有外編〈聖宋饒歌吹曲〉14 首、〈越九歌〉10 首、〈琴曲古怨〉1 首，共 25 首。是書是以朱祖謀《彊村叢書》之姜詞為底本，校之以張奕樞、陸鍾輝等刊本，陳思、吳徵鑄箋疏之作與相關文獻而成。內容含詞作編年、校勘異文和箋釋詞語。另又有〈論姜白石的詞風〉一文，以及輯傳、輯評、版本考、各本序跋、白石道人歌曲校勘表、行實考、集事、酬贈、承教錄等，關於姜夔的生平、交游及其著述，均廣徵博引，是研究姜詞不可或缺的重要依據。其他可參考的近人評注本尚有：

夏承燾、吳無聞，《姜白石詞校注》，廣州：廣東人民出版社，1983 年
陳書良箋注，《姜白石詞箋注》，北京：中華書局，2009 年
黃兆漢編著，《姜白石詞詳注》，臺北：臺灣學生書局，1998 年
劉乃昌編著，《姜夔詞新釋輯評》，北京：中國書店，2001 年
賴橋本，《白石詞箋校及研究》，臺灣師範大學國文研究所碩士論文，1966 年
鍾夫校點，《白石詞》，上海：上海古籍出版社，1985 年《詞林集珍》本
韓經太、王維若評注，《姜夔詞》，北京：人民文學出版社，2005 年

陳書良箋注本，校勘嚴謹，資料詳備，值得參考。劉乃昌編著之《姜夔詞新釋輯評》，含注釋、講解、輯評，頗便讀者閱讀。而賴橋本箋校本、夏承燾、吳無聞的校注本，鍾夫校點本，黃兆漢詳注本，與韓經太、王維若的評注本，均為理解姜夔詞作的內容，提供基礎研究的便利。

3.周密詞作的文本，均依照史克振校注：《草窗詞校注》，濟南：齊魯書社，1993 年之版本。史克振《草窗詞校注》輯錄周密詞 3 卷，共 154 闋。是書也是以朱祖謀《彊村叢書》之《蘋洲漁笛譜》為底本，[78]並參以知不足齋叢書本《蘋洲漁笛譜》等 7 種版

78　周密《草窗詞》或名為《蘋洲漁笛譜》，夏承燾云：「江昱《山中白雲疏證》三謂：『嘗得《蘋洲漁笛譜》於武林，其字體從宋槧影鈔；又得二本，皆名《草窗詞》，一為吳氏鈔本，一為周亮工藏；前者與後二者互有

本，[79]以及《詞綜》、《絕妙好詞》、《樂府補題》、《蓉塘詩話》、《全宋詞》等書而成。文分校、注、評三部分，附錄有匯評、序跋、諸家題贈詩詞、周密生平資料輯錄等4項。此編注釋明白，品評切要，資料豐富，為研究周密詞之良好版本。其他可參考的校注本還有：

清・江昱疏證，《蘋洲漁笛譜》，臺北：臺灣中華書局，1965年
伍國任，《蘋洲漁笛譜校箋》，中國文化大學中文研究所碩士論文，1967年
鄧喬彬校點，《蘋洲漁笛譜》，上海：上海古籍出版社，1985年《詞林集珍》本

江昱疏證的《蘋洲漁笛譜》，亦應是目前可見周密詞最早的注疏之作，惜其疏證不及《山中白雲詞疏證》一書詳備。伍國任之碩論，注釋內容較為簡約。鄧喬彬之校點本，對本文有參考之益。

本文各家詞作均是依照上述主要依據的校注本為主，參以其他的校點箋注本為輔。文中將於每闋引詞之後注明各主要依據版本之頁碼，不再另作註解，是為例。

詳略。』今案《笛譜》無入元以後各詞，……似與《草窗韻語》同結集於宋季，出於草窗手定。《草窗詞》二卷，阮氏《四庫未收書目題要》一，疑其出後人掇拾。」《夏承燾集》，第1冊，頁368。知《蘋洲漁笛譜》為周密手定，《草窗詞》為後人編輯，詞篇蒐集較《蘋洲漁笛譜》完備。

79 參閱史克振校注：《草窗詞校注・凡例》，頁1-2。

第二章
南宋的時代與杭州人文環境

第一節　南宋的政治趨勢

一、政治轉向內在

靖康二年（1127）是一個關鍵的年代，自此趙宋王朝劃分為截然的兩個階段。宋太祖趙匡胤於建隆元年（960）陳橋兵變，取得帝位，逐步奪得天下之後，直到靖康二年（1127）徽、欽二帝被金兵俘虜亡國為止，是為北宋。宋高宗趙構於同年五月一日正式即位應天府，改元建炎，綿延到祥興二年（1279）陸秀夫背負帝昺赴海為止，史稱南宋。南北宋雖都是趙宋王朝，歸屬同一血脈相承的歷史，但實際上有其相異的巨變，與關注的差異發生。確實，在科舉制度、文武官僚體系、中央集權等方面，南宋大致上仍然繼承北宋時期定下的制度，[1]持續進行王朝的發展。但是，南北宋政治最大

1　何忠禮云：「南宋的職官制度基本上繼承了北宋元豐官制改革以後的制度

的分野在於整體的政治運作已經轉型，由改革開放，充滿樂觀、批判、進取的外向性，轉趨保守謹慎，溫和懷舊，甚至是抑鬱悲觀的內向性，這是巨變的重點之一，劉子健云：

> 十一世紀是文化在菁英中傳播的時代。它開闢新的方向，開啟新的、充滿希望的道路，樂觀而生機勃發。與之相比，在十二世紀，菁英文化將注意力轉向鞏固自身地位和在整個社會中擴展其影響。它變得前所未有地容易懷舊和內省，態度溫和，語氣審慎，有時甚至是悲觀。一句話，北宋的特徵是外向的，而南宋卻在本質上趨向於內斂。[2]

南宋政治趨於內向保守，不再輕言改革的理由，正是「靖康之難」形成的深遠影響。靖康二年四月，金人挾持徽、欽二帝及宗親、諸臣三千多人，百姓十餘萬口，並皇室輿服禮器，府庫積蓄，秘府藏書，州府圖籍北上。二帝拘留上京，[3]王孫嬪妃悉做奴役，其中尚包括高宗趙構的生母韋太后與妻子邢氏，這是歷史上的奇恥悲劇，

而略作變化，而這種變化大都發生在高宗一朝。」又云：「進入南宋以後，科舉基本上因襲了北宋的制度。」《南宋政治史》（北京：人民出版社，2008年），頁152-183。

2　劉子健著，趙冬梅譯：《中國轉向內在——兩宋之際的文化內向》（南京：江蘇人民出版社，2002年），頁7。此一小節「政治轉向內在」的主要觀點，是受益於此書，參閱一、「關注差異」，頁4-17；四、「道德保守主義」，頁47-71。

3　上京，原為女真完顏部居地，金太宗時始建為金國都城，位於今黑龍江阿城縣附近。

趙構是徽宗諸子中唯一沒有被俘虜而東逃的親王。

此外，從北宋覆亡到高宗穩定政局之前，張邦昌和劉豫相繼為金人建立兩個傀儡政權。背叛趙宋朝廷依附偽朝當官，或心存觀望宋金兩邊的，還包括許多舊朝的官員。這些數量龐大的背叛者，同時也是趙宋朝廷的士大夫們，讓恪守道德原則，忠君愛國的人士，深感痛心與震驚。

驚魂甫定，在江南建立王朝的南宋君臣，在檢討這場浩劫的發生時，咸將矛頭指向推行改革而導致誤國的蔡京，更由蔡京上溯王安石，指責他變法亂政，造成國家的災難。理學家楊時云：

> 蔡京用事二十餘年，蠹國害民，幾危宗社，人所切齒，而論其罪者，莫知其所本也。蓋京以繼述神宗為名，實挾王安石以圖身利，故推尊安石，加以王爵，配饗孔子廟庭。今日之禍，實安石有以啟之。[4]

徽宗崇寧元年（1102）蔡京為相，為排擠與之抗衡的元祐舊黨，鞏固個人勢力，而以徽宗名義，立王安石碑於孟子之下，配饗孔廟，以推崇新政。其實蔡京並無推行新政之意，但以此作為打擊舊黨的工具。楊時是程顥、程頤的門生，屬於舊黨中的洛黨，他批判蔡京蠹國害民，言之實然；但他進而指責王安石及其新法，則有幾重原因：⑴是對新政不盡認同；⑵是王安石的新學於北宋後期立為官

4　元・脫脫等撰：《宋史・楊時傳》（北京：中華書局，1977 年），卷 428，頁 12741。

學，[5]配饗孔廟，壓制理學的發展；⑶是士大夫的道德操守問題，王安石變法期間，重用不少執行事功能力蓋過道德操守的人士；哲宗至徽宗時代，重啟變法政策，掌握權力的多數政要，更將朝政帶向貪腐與黑暗，導致北宋的滅亡。再加上北宋覆亡期間，那些為數龐大的叛國遺臣，更是令忠君衛國之士痛心疾首。這一切的禍源，楊時直指王安石有不可推卸的責任，並藉由對王安石的批判以復興理學的影響與士大夫的道德觀。高宗為了替父兄徽、欽二帝擺脫亡國的歷史責任，也將蔡京的誤國用事上推到王安石的變法亂政，高宗曰：「今日之禍，人徒知蔡京、王黼之罪，而不知天下之亂，生於安石。」[6]再藉由詔命范冲等人重修《神宗實錄》以維護神宗尊嚴，並詆毀王安石以諉過。范冲曰：

> 「因論熙寧創制，元祐復古，紹聖以降張弛不一，本末先後各有所因，不可不深究而詳論。……王安石自任己見，非毀前人，盡變祖宗法度，上誤神宗皇帝，天下之亂實兆於安石，此皆非神祖之意。」宋高宗曰：「極是，朕最愛元祐。」……「惟是直書安石之罪，則神宗成功盛德，煥然明

---

5 王安石於新政之後，另又頒行所謂的「荊公新學」，以《三經新義》的義理之學代替漢唐的傳注經學。《三經新義》是王安石《詩》、《書》、《周禮》注。新學於北宋熙寧八年（1075）立為官學，作為科考之定本，影響甚大。

6 宋·李心傳：《建炎以來繫年要錄》（北京：中華書局，1956 年），第 2 冊，卷 87，頁 1449。

白。」[7]

此一說法，一方面保持趙氏帝王的完整形象；二方面藉以收復人心，鞏固他是徽宗血脈之正當性及其政權。於是，熙寧二年至元豐八年（1069-1085）的變法，以及哲宗紹聖元年至徽宗宣和七年（1094-1125）重啟變法政策，是導致這一切亡國失敗的主因，這成為南宋初期國策的基本論調。[8]影響所及，致使中興的君臣特為緬懷北宋尚未變法之前，太祖至仁宗時期的美好時代。因此，任何帶有改革色彩的建議，都遭受到非議，甚至嚴詞批評改革者是「小人喜更法。」[9]朝中的一些士大夫也是如此，取而代之的是重建道德的保守主義抬頭，從譙定、楊時、胡安國、尹焞等人，雖被延請到朝中為官，但他們「不僅在政治上保守，反對機構改革；而且在學術上也是保守的，把自己牢牢的禁錮在已有的思想框架之內，只是在前輩劃定的圈子裡辛勤耕耘，從這個意義上說，他們已轉向內在。」[10]確實，南宋再也沒有出現過慷慨陳言：「士當先天下之憂而憂，後先下之樂而樂」，悍然書論改革，展開慶曆變法的范仲淹；也無「英特邁往，不屑於流俗」，[11]聲光燁奕一時，自信自負

7　宋·李心傳：《建炎以來繫年要錄》，第2冊，卷79，頁1289。

8　參閱許沛藻：〈宋高宗與神宗實錄〉，田慶餘主編：《慶祝鄧廣銘教授九十華誕論文集》（石家莊：河北教育出版社，1997年），頁625-632。

9　李心傳：《建炎以來繫年要錄》，第3冊，卷152，頁2449。

10　劉子健：《中國轉向內在——兩宋之際的文化內向》，頁64。

11　宋·陸九淵：《象山先生全集》（臺北：臺灣商務印書館，1979年），下冊，卷19，頁228。陸九淵是理學家中第一位肯定王安石之作為者。

曰：「天變不足畏、祖宗不足法、人言不足恤」，[12]進行熙寧變法的王安石。這樣的改革者從南宋高宗時期開始逐漸消音，進而消失，北宋富國強兵，恢弘開闊的政治格局，到南宋已然轉型，由外擴轉趨內向。

其後的孝宗雖然主張雪恥復國，以張浚為樞密使積極部署，於隆興元年（1163）再次北伐，卻在符離之戰大敗而歸，孝宗只得派遣使臣重談和議。寧宗開禧二年（1206），大權在握的韓侂胄為立功名，再起戰事，出兵伐金，最後仍是兵敗求和。孝宗、張浚雖有復國之志，韓侂胄雖有北伐之勇，但都只是曇花一現，這是南宋朝廷兩次圖謀恢復的大業，但張、韓之才學能力與政治視野，與范、王等人相較，實在無堪比擬。而辛棄疾、朱熹、陸九淵、陳亮等人，雖然倡言改革，支持主戰，卻多在地方任職，或寓居鄉野講學，未能進入中央，決策國政，故其影響有限。此外，朝中主和派人士甚多，朝政在主戰、主和的爭論之下，逐漸消耗國力，因此，高張理想政治的藍圖，實施大刀闊斧的改革，都成了困難的奢言，這是南宋政治格局難以恢闊的主因，致使整體的政治趨勢轉向保守內斂。

此一內向性的政治型態，深深影響南宋士子的心理，並進而擴散到日常生活的層面，以及文藝創作的表現。南宋詞人的內在深層心理，無可避免的受到此一政治氛圍的影響，其生活方式、詞作內容與藝術風格，也都或多或少浸潤著這種內向性的質素。本文所欲探討的幾位詞人，他們的作品正有這種趨向內向性的寧靜、保守、

12　元·脫脫等撰：《宋史·王安石列傳》，卷 327，頁 10550。

凝練的特質存在。在第三～五章的論述中，會以詞例進行細緻的分析與說明。

二、右文政策的持續與變奏

宋代的士大夫是政治的主體，同時也是主導整個社會文化走向的菁英群體。所謂的士大夫是指受過詩書經典教育，擁有深厚人文素養的文人，同時又是任職於官場中的官員。其數量與素質在歷史的長河中，達到前所未有的高度。而宋代士大夫群體數量的龐大與其涵養的深厚，則與北宋開國時期的「右文」政策有著絕對的關係。

宋太祖趙匡胤鑑於唐代末年藩鎮割據，五代軍人擅立皇帝，形成地方箝制中央，以致兵戈不息，社會難靖的慘痛經驗，有著甚深的憂患意識。因此，宋代開國之初，便立下重文輕武，強幹弱枝的基本國策：一方面，收回兵權，政權，財權，與司法權力，統歸中央管轄；另一方面，廣納人材進入官僚系統，包括武職的領導階層，均由文官取代，以防止武人擁兵亂政，宋太祖曾對趙普曰：「五代方鎮殘虐，民受其禍，朕令選儒臣幹事者百餘，分治大藩，縱皆貪濁，亦未及武臣一人也。」[13]所以，宋代一開始，即有意形成一個偃武崇文的「右文」政策，其主要方法是：㈠廣開科舉名額；㈡提高文官俸祿；㈢言論議事自由，但言論的自由在高宗時期發生了變奏。

13　宋·李燾：《續資治通鑑長編》，「宋太祖開寶五年十二月」紀事（北京：中華書局，2008年），第1冊，卷13，頁293。

㈠廣開科舉名額

科舉考試制度肇始於隋代，至唐代乃為大備，但是唐代的科考並未為平民百姓大開進用之門。唐代選官，主要分文、武兩種，文官由吏部選拔，武官則由兵部擢用，但是應二部考試的人員，必須要有出身的資敘，基本上是世家貴族方有入選的資格，至於刑家弟子，工商殊類，則不能應試。故而，平民不得由吏部、兵部的選官躍登仕途，平民若欲進入仕途，需先經過鄉貢的考試，取得秀才、明經、進士的資敘，方可投狀吏部，再應吏部的詮試之後，才可授官。而錄取的名額，每年不過一、二十名，最多亦不超過五十名。整體而言，唐代的官僚系統，以世族貴冑為主，平民百姓任官，進而是社會之菁英者，為數不多。

但是，宋太祖徹底改變此一現象。開寶六年（973）太祖親自殿試，取諸科九十六人，皆賜進士及第，且一登第即釋褐授官，不必再試之吏部。太祖語左右曰：「昔者，科名多為勢家所取，朕親臨試，盡革其弊矣！」[14]這是中國科舉史上的創舉，自此之後，宋代的科舉均廣納名額，若太宗太平興國二年（977），賜進士、諸科凡五百人；[15]真宗咸平三年（1000）取士竟高達一千八百餘人，[16]為前朝所未有。依據張希清統計，北宋科考八十一榜，共取正奏名進士、諸科三萬六千四百人；南宋科考四十九榜，共取正奏名進士、

14　元・脫脫等撰：《宋史・選舉志》，卷155，頁3606。

15　元・馬端臨：《文獻通考・選舉三》（臺北：臺灣商務印書館，1987年），卷30，頁284。

16　元・馬端臨：《文獻通考・選舉三》，卷30，頁286。

諸科二萬三千一百九十八人。兩宋另有特奏名的取士人數，有五萬三百五十二人。正奏名、特奏名相加，共十一萬一百三十人。宋代平均每年取士的人數約為唐代的五倍、元代的三十倍，明代的四倍，清代的三點四倍。[17]宋代取士之多，實為歷代之最。宋代以科考制度的方式，擴大士大夫群體的數量，此一「量變」，必然帶來社會的「質變」，陳寅恪所言：「華夏民族之文化，歷數千載之演進，造極於趙宋之世。」趙宋文化之光輝璨麗，正是因為社會主體有為數極為龐大的士大夫群體作為文化資本之故。[18]

此外，必須另作說明的是，唐代自垂拱元年（685）起，科考的項目加入以賦取士，開元十二年（724）加入以詩取士，天寶十年（751）以後，各考一詩一賦，以詩賦取士的制度自此被確立下來。[19]宋代的科考項目，主要分為分試詩賦以及明經諸科。王安石變法

17　張希清：〈論宋代科舉取士之多與冗官問題〉，《北京大學學報》（哲學社會科學版），1987年第5期，頁106-107。又，宋代取士有正奏名與特奏名之分，正奏名為正式通過省試者，知貢舉官將其名上奏皇上，而可參加殿試者，謂之正奏名。特奏名是解試合格，而省試、殿試落第的舉人，累積一定的舉數與年齡，則可直接參加殿試，再依等第賜以出身或官銜。因是皇上特許的恩典，又稱「特科」或「恩科」。

18　在這裡，「社會主體」指的是人；「社會客體」指的是物與環境；在人、物、環境之外，還有「社會制度」，此三者之質素決定一時代或一地區之文化水平，構成其文化的特色。

19　參閱傅璇琮：《唐代科舉與文學》（西安：陝西人民出版社，1986年），第十四章，頁407。又，元、明二朝，基本上不以詩賦取士；清代自乾隆二十二年（1757）起，方又重開以詩取士。參閱日·高津孝：〈科舉制度與中國文化——對文化多樣性的規制〉，《科舉與詩藝——宋代文學與士人社會》（上海：上海古籍出版社，2005年），頁98-99。

之後，於熙寧二年（1069）罷考詩賦，改以經義為主。元祐元年（1086）高太后主政之後，復試詩賦。此後，宋代除了執行新法的幾個各別時期罷試詩賦之外，基本上都還是維持以詩賦、明經諸科取士的制度，直到南宋末期。[20]將韻文納入科考的範圍，這種考試制度對整個社會形成深遠的影響，因為為了通過考試，士子必須博學、精於用典與追求聲韻文字技巧的完美，這成為讀書人的基本教養，讀書人的文學造詣，就在這種制度的形塑下，擁有深厚的內涵。因此詩人喜於結社講論詩法，詞家樂於酬唱考辨聲律，文人時常聚會分題分韻賦詩填詞，乃成為宋代士大夫階層或文人生活中的普遍現象，他們彼此切磋，相互砥礪，歐陽光《宋元詩社研究叢稿》中，考述出宋元時期的詩社就有五十六個之多；[21]而參與詩社的人數眾多，例如西湖吟社的社友就有二十七人，[22]顯現結社吟詠風氣之盛。

士大夫能詩善詞，乃因宋代的士大夫都兼具文人的身分；而未進入官僚體系的讀書人，也都具有文人的素質，此一社會型範的特徵，乃必須由科考制度以詩賦取士這一面向來考察。

㈡提高文官俸祿

宋初乾德元年（963）春，趙匡胤對石守信、高懷德等諸將曰：

---

20 參閱陳東原：《中國教育史》（臺北：臺灣商務印書館，1980 年），第十六至十八章。

21 歐陽光：《宋元詩社研究叢稿》。又，此中的「詩社」之名是泛稱，其中也包含詞人的交流活動。

22 根據蕭鵬〈西湖吟社考〉統計，見《詞學》，第 7 期，頁 98-101。

「人生駒過隙爾，不如多積金，市田宅以遺子孫，歌兒舞女以終天年，君臣之間無所猜嫌，不亦善乎。」[23]此即有名的「杯酒釋兵權」策略。太祖既然以「高官厚祿奪武臣之權，自不得不以高官厚祿慰文吏之心。」[24]這是在「右文」政策的推行之下，必然的做法，否則，何以提高文臣的政治地位？因此，宋室以優厚的俸祿作為落實「右文」政策的具體方針。以京朝官宰相、樞密使為例：

> 有正俸（錢月三百千），有祿粟，有職錢，有從人衣糧，又有冬春服，各綾二十疋，絹三十疋，冬棉一百斤。此外復有茶酒廚料，薪蒿炭鹽，飼馬芻粟，米麥羊口各項，至外官有公用錢，有職田，有茶湯錢，又有添給。……又時有額外恩賞。……復有恩蔭。[25]

由此可知，士大夫俸祿之高，亦為歷代之最。因為俸祿優厚，經濟地位自然也就提高，自易追求世俗享樂生活的滿足：佳饌美食，器用精潔，車馬華服，聲妓侑酒，……以盡其歡。就歌妓一事而言，由於宋太祖鼓勵武將過著「歌兒舞女以終天年」的生活，因此，朝廷也不限制士大夫家中畜養樂工歌妓，以及舉辦各種宴會活動。例如北宋的晏殊：

23　元·脫脫等撰：《宋史·石守信傳》，卷 250，頁 8810。

24　錢穆：《國史大綱》（臺北：臺灣商務印書館，1985 年），頁 404。

25　引自錢穆：《國史大綱》，頁 404-405。詳細資料可參清·趙翼：《二十二史雜記校證》，「宋制祿之厚」。（臺北：仁愛書局，1984 年），卷 25，頁 533-534。

> 惟喜賓客，未嘗一日不燕飲。而盤饌皆不預辦，客至，旋營之。……見每有嘉客必留，但人設一空案、一杯。既命酒，果實蔬茹漸至，亦必以歌樂相佐，談笑雜出。數行之後，案上已燦然矣。稍闌，即罷遣歌樂曰：「汝曹呈藝已遍，吾當呈藝。」乃具筆札相與賦詩，率以為常。[26]

從「喜賓客，未嘗一日不燕飲」，「果實蔬茹漸至，亦必以歌樂相佐」，「案上燦然」，可見晏殊生活用度的豪奢。在樂工歌妓呈藝之後，繼之者是晏殊與賓客相與賦詩的活動，食而佐樂，樂而後詩，「無論是從物質上還是精神上來說，有宋一代都堪稱文人士大夫活得最滋潤的時代。」[27]北宋如此，南宋亦然，本文所談論的中心焦點——張鎡家族，富貴風流更是號稱「園池聲妓服玩之麗甲天下」，張鎡嘗於南湖府第舉行牡丹會，當眾賓客集坐一虛堂之後，乃命捲簾：

> 則異香自內出，郁然滿坐。群妓以酒肴絲竹，次第而至。別有名姬十輩皆衣白，凡首飾衣領皆牡丹，首帶照殿紅一枝，執板奏歌侑觴，歌罷樂作乃退。複垂簾談論自如，良久，香起，捲簾如前。別十姬，易服與花而出。大抵簪白花則衣

---

26 宋·葉夢得：《避暑錄話》（上海：上海古籍出版社，2007 年《宋元筆記小說大觀》本），第 3 冊，卷 2，頁 2615。

27 郭學信：〈宋代士大夫生活世俗化探析〉，《歷史教學》，2007 年第 1 期，頁 34。

> 紫，紫花則衣鵝黃，黃花則衣紅，如是十杯，衣與花凡十易。所謳者皆前輩牡丹名詞。酒竟，歌者、樂者，無慮數百十人，列行送客。燭光香霧，歌吹雜作，客皆恍然如仙遊也。[28]

歌妓奏歌侑觴，是士大夫家宴中的常態，但歌妓簪白花則衣紫，紫花則衣鵝黃，黃花則衣紅，如是花與衣凡十易，如此兼具視覺美感與極致奢華的排場，則是世間少有，故周密特別將之寫入《齊東野語》中。在歌妓侑觴之外，「所謳者皆前輩牡丹名詞」，這種詞樂交輝，娛情宴樂的歡快，是張家四季生活中經常性的內容，無怪乎張家南湖府第可作為南宋杭州的文藝中心，此正是宋代的俸祿優厚，以及高宗對張家特別的恩蔭為背景底下，[29]所呈現的富貴圖景。

㈢言論自由的變奏

據言，太祖曾在太廟寢殿立一誓碑，誓言「不殺大臣及言事官」。[30]「不殺大臣及言事官」，是放寬言論的控制，作為舒解政

28　宋·周密撰，張茂鵬點校：《齊東野語·張功甫豪侈》（北京：中華書局，1997年），卷20，頁374。

29　相關的說明詳見第三章。

30　〈曹勛傳〉云：「靖康初，……徽宗北遷，……命勛間行詣王。又諭勛曰：見康王第言有清中原之策，悉舉行之，毋以我為念。又言：藝祖有誓約藏之太廟，不殺大臣及言事官，違者不祥。」見元·脫脫等撰：《宋史·曹勛傳》，卷379，頁11700。

治上因為中央過度集權所形成的緊繃張力，這是太祖活絡政治從屬關係的機制，也是宋代立國的重要礎石。因此，北宋君主均恪遵此一祖訓，未嘗違背。當徽宗為金人所虜之時，尚以衣帶詔的形式命使臣將此誓言傳送給高宗。

由於太祖在立國之初就為「言論自由」背書，所以造成宋代士大夫與知識份子勇於評議時政，勇於疑古創新的風潮。在政治方面，趙普時進諫言，而太祖不以為忤；蘇軾的烏臺詩案，舒亶、李定等人議論洶洶，欲定蘇軾詆毀朝政的死罪，但神宗最後仍給他一個黃州團練副使的閒職予以安置。此與前之東漢、魏、晉諸君動輒誅殺朝臣，後之明、清數帝大興文字獄相較，宋代對士大夫階層的禮遇，可謂備極隆盛。

但是高宗在南宋開國之初，就違反了這一則祖訓。

靖康二年（1127）北宋覆亡之後，高宗移師南京應天府即位，並命李綱為右相。李綱雖服眾望，但因為積極主張北伐，而招致高宗的嫌惡，終於將之罷相。李綱罷相，激起具有民族大義者的憤怒，太學生陳東和士子歐陽澈都上書慷慨陳言，直諫高宗之過，並主張復用李綱為相，對抗金人。然而高宗不僅不聽，竟斬殺二人於應天府之東市。

其後，紹興十一年（1142）又殺抗金功勛最著的第一中興名將岳飛，及其兒子岳雲。高宗不惜甘冒天下之大不韙，殺害岳飛、岳雲的原因，除了岳飛嚴重抵逆其主和的決心之外，尚有藉此以儆效尤之意，以便他統馭諸將，確立自己的帝權與帝位。南宋諸君除了高宗之外，基本上仍然承襲不殺言事官的祖訓。但高宗在南宋立國之初，接連幾起橫開殺戒，將倡言恢復中原，迎回二帝者，誅逐殆盡；此外，他統治的三十六年期間，又好用權術駕馭群臣，削弱朝中的人才士氣，由於政治高壓的黑雲時時籠罩朝廷，致使議論朝政的自由受到嚴重的挫傷，士大夫在積極進取與審慎保守之間來回擺盪，而最終多數選擇擺向保守之一面，導致南宋整體政治空氣沈悶，甚至是悲觀。朱熹於孝宗初政之時，尚言「祖宗之境土未復，宗廟之讎恥未除，戎虜之姦譎不常」，「金虜於我有不共戴天之讎，則其不可和也義理明矣」，[31]而力主抗金，後則置之不論，乃是理解到國內形勢已非昔比。錢穆言：

> 士大夫於家事則人人理會深，於國事則諱言之，此其志可知矣。不知力言恢復者，早已於高宗實誅逐殆盡。人才士氣，須好好培養。不能要他即有，不要他即無。一反一覆，只有讓邪人趁機妄為。[32]

人才實難，更何況在開國之初就罷良相、殺良將，高宗作為第一位南宋君主，他的決策與對整個官僚體系的佈置，他所擘開的格局，對政治、社會、學術文化、乃至於士大夫的心理層面之負面影響，實為深遠。「一反一覆，只有讓邪人趁機妄為」，錢穆的斷語沒錯，從秦檜（1090-1155）、韓侂冑（1151-1202）、史彌遠（？-1233）、史嵩之（？-1256），到賈似道（1213-1275），這幾位縱橫南

31　宋·朱熹撰，郭齊、尹波點校：《朱熹集》（成都：四川教育出版社，1996年），卷11，頁439、441-442。

32　錢穆：《國史大綱》，頁466。

宋朝廷，握有實權的宰相們，都談不上是忠義慮深的臺閣大臣，更說不上是恢弘大氣，可以定社稷、安天下的人物，反多是奮私智，除異己，結黨弄權之人，這是南宋政局的基本面貌。劉子健云：「南宋卻在本質上趨向於內斂」，政治趨向於內斂，此與高宗於立國之初就壓制多數有德有為者積極進取的意向，箝制論政言事的自由，有著深切的關係存在。

第二節　經濟重心的南移

南宋建國之後，整個經濟重心由北方的黃河流域，集中轉向東南方的長江三角洲，這是時代巨變的重點之二。

經濟重心由北轉南的近因，是由於西夏崛起，北方淪陷，中原地區遭到嚴重的摧殘，也阻斷由玉門關通往西域的「絲綢之路」，使得這條傳統對外的貿易路線關閉。隨著大批皇朝世族、黎民百姓的南遷，為南方帶來大量的人口、勞力、財貨、生產技術與消費力，致使官方的國營事業與私家的商業行號在南方重新設立據點，打開商業網絡。而南方比北方更為有利的天然條件，其一在於南方的土地肥沃，氣候合宜，水利便利，物產豐富，[33]當時已有「蘇湖熟，天下足」之諺語的流傳。張鎡〈清平樂・炮栗〉有詞云：「園

33　舉例而言，如南宋時期兩浙路太湖流域和江東路圩田區「畝產量從北宋的米3石發展到南宋時期的5～6石或6～7石。」漆俠：《漆俠全集》（石家莊：河北大學出版社，2008年），卷8，頁382。

收今歲盈囷，自撥塼鑪松火，細煨分餉幽人。」[34]說的就是杭州地饒豐收栗果的實錄。其二，南方沿海的港口眾多，更是北方所不及，當時的杭州、廣州、泉州、明州等大型外貿商港相繼興起，並設有市舶司管理外貿事務，從「杭州灣和福、漳、泉金三角，南到廣州灣和瓊州海峽的南宋萬餘里海岸線上全面開放的新格局，這種盛況不僅漢唐未見，就是明清亦未能再現。」[35]與宋廷有貿易往來的國家包括高麗、日本、暹羅、錫蘭、中南半島和阿拉伯半島等國，最遠到達地中海和東非海岸。因為外貿交易頻繁，海上的「絲綢之路」隨之繼起，取代傳統西域的「絲綢之路」。由於上述的有利條件充備，因此在紡織業、手工業、礦冶業、製瓷業、印刷業、造船業等，南方也都佔有絕對的優勢。南宋以後，整個中國的經濟重心由北轉南，形成不可逆轉的領先局面。

而南方商業經濟的活躍發展，就遠因來說，也與宋初朝廷立下的「右文」政策有關。宋代之前的社會，士、農、工、商四民的排序，一直是以商為末。但是宋代改變「重農抑商」的觀念，而採取「農商並重」的政策。[36]社會上這種價值觀的改變，乃有以下幾重

34　唐圭璋編：《全宋詞·張鎡》，第 3 冊，頁 2129。

35　王國平：〈以杭州（臨安）為例　還原一個真實的南宋——從「南海一號」沉船發現引發的思考〉，見於何忠禮：《南宋政治史》，頁 13。

36　如鄧綰言：「行商坐賈，通貨殖財，四民之益也。」見宋·王偁：《東都事略·鄧綰傳》（臺北：文海出版社，1967 年），卷 98，頁 1506。范仲淹也說：「嘗聞商者云，轉貨賴斯民。遠近日中合，有無天下均。上以利吾國，下以藩吾身。……吾商則何罪？君子恥為鄰。」見《范文正公集·四民詩》（臺北：臺灣商務印書館，1979 年《四部叢刊》正編本），卷 1，頁 14。

因素：

第一，宋太祖於國初所言：「不如多積金，市田宅以遺子孫，歌兒舞女以終天年」的倡導，首先開啟朝臣追求物質、精神享受之風。真宗也曾對士大夫明言可「厚自娛樂」，景德三年（1006）「詔許群臣士庶選勝宴樂，御使臺、皇城司毋得糾察。」[37]蘇轍《龍川別志》記載，真宗「與群臣燕語，或勸以聲妓自娛。」[38]所謂風吹草偃，朝廷鼓勵士大夫享樂的風氣，對一般士民追求富貴宴樂，多積財寶的價值觀，自然起了一定的示範作用。

第二，透過文官地位與俸祿的大幅提高，士大夫就擁有享受物質、精神生活的基礎，絕不必再過著一簞食，一瓢飲，居陋巷的清貧日子，「清貧樂道」的傳統思想，[39]因士大夫擁有優厚的俸祿而產生自然的變化。因此，士大夫享樂嗜欲的生活，甚至經商積財的作法，就不會受到社會嚴厲的非議。有名的例子是循王張俊令一老卒經商致富的事例：

> 王嘗春日游後圃，見一老卒臥日中，王蹴之曰：「何慵眠如是！」卒起聲諾，對曰：「無事可做，只得慵眠。」王曰：

---

37 元·脫脫等撰：《宋史·禮志》，卷 113，頁 2700。

38 宋·蘇轍：《蘇黃門龍川別志》（上海：上海商務印書館，1936 年），卷上，頁 5。

39 《論語·雍也》：「子曰：『賢哉，回也。一簞食，一瓢飲，在陋巷，人不堪其憂，回也不改其樂。』」《孟子·梁惠王上》：「何必曰利？亦有仁義而已矣。」孔孟重仁義，而輕財利的觀點，轉為薄於享樂的生活實踐，一直受到秦漢以來士大夫的肯定與接納。

「汝會做甚事？」對曰：「諸事薄曉，如回易之類，亦粗能之。」……王壯之，予五十萬，恣其所為。其人乃造巨艦，極其華麗。……樂飲逾月，忽飄然浮海去，逾歲而歸。珠犀香藥之外，且得駿馬，獲利幾十倍。……問其何以致此，曰：「到海外諸國，稱大宋回易使，謁戎王，饋以綾錦奇玩。為具招其貴近，珍羞畢陳，女樂疊奏。其君臣大悅，以名馬易美女，且為治舟載馬，以犀珠香藥易綾錦等物，饋遺甚厚，是以獲利如此。」王咨嗟褒賞，賜予優厚。[40]

這則故事展現張俊的氣度不凡，有識人之明，逕授予老卒五十萬錢，以盡情展現他的經商才華之外，還充分說明宋代士大夫之價值觀的改變：經商並非末業，經商致富是可以追求的選擇。此外，前節所言張俊之曾孫張鎡，能在南湖府第舉行豪華的牡丹宴，除了擁有優渥的俸祿恩蔭之資以外，張俊經商致富累積的龐大產業，也是支持張家長期以來能接待四方賓客，作為杭州地方文藝中心舞臺的重要背景因素。

由於土地滋長豐富的物產，又有卓越的技術製造各式物品，與交通網路便利，因此形成南方商品經濟活躍。再加上社會上的士大夫族群追求物質與精神生活的享受——這支數量龐大的社會中堅群體（因科考廣納名額之故），擁有相當財力與精於鑑賞品味的消費力（因其俸祿優渥與涵養深厚之故），又因為科考抑制勢家子弟登第之

40　宋・羅大經：《鶴林玉露》，《宋元筆記小說大觀》本，第 3 冊，卷 2，頁 5335。

故，士大夫的出身來自社會各個階層，[41]由於其數量龐大、政治經濟地位崇高與出身多元這三重因素的交揉作用，必然激化、帶動社會其他階層追求富貴享樂的風氣。故而，經濟發展在南宋開出嶄新的階段，整個社會朝向華靡與精緻之風演繹，成為南宋社會文化的典型特徵。此一特徵，也濃縮地表現在南宋詞裡，張鎡〈滿江紅・小圃玉照堂賞梅，呈洪景盧內翰〉、姜夔〈鶯聲繞紅樓〉、周密〈曲游春〉、張炎〈疏影・梅影〉等詞都是典型的範例。

第三節　杭州的地理人文

一座城市的地理位置，可分為天文地理、自然地理、政治地理、經濟地理，[42]和存於看不見的想像世界的文學地理與賦予生活方式以意義，生產出物質和象徵形式的文化地理。一般而言，構想地理空間最為普遍的方式，是以行政區域的劃分，也就是政治地理的位置來認識或指說空間的位置。而自然地理、經濟地理、文學地理的區域，不必然與行政區域的劃分等同。但是，本文的主題城

41　太宗雍熙二年（985），李昉、呂蒙正之子皆入等，太宗以「勢家不宜與孤寒競進，罷之。」元・馬端臨：《文獻通考・選舉三》，卷 30，頁 285。

42　闕維民《杭州城池暨西湖歷史圖說》云：「地理位置可分述為天文地理位置（即地理經緯度）、自然地理位置（即以周圍地理實體作為參照的空間位置）、政治地理位置（即在行政區劃中所處的地位）和經濟地理位置（即與周圍其他具有經濟意義的地理實體之間的空間關係）。」（杭州：浙江人民出版社，2000 年），頁 10。本文所述的杭州地理位置，除此四者之外，更論及杭州的文學地理與文化地理位置。

市：杭州，它在上述分類的地理位置上，卻是恰恰可重疊為一，這顯現出杭州是一座饒富多元色彩與功能的城市。

本節的第一小節側重杭州自然地理位置的興變而說；第二小節偏向文學地理與文化地理概念的講述，說明杭州人文環境的形成，並兼言高宗定都臨安（杭州）以後，政治地理和經濟地理位置的重要。「杭州的地理人文」這一節敘述的內容，企圖從整個南宋版圖的鳥瞰，聚焦到杭州這一座城市的描寫，以便為本文的主軸：張鎡家族詞人、姜夔與周密詞的杭州書寫，勾勒出更清晰的地理人文背景。

一、地理風貌

杭州之美，在宋代葛澧〈錢塘賦〉裡有一個簡約的描繪輪廓：「錢塘據東南之都會，號天下繁勝之樂土，其山川之秀麗，井邑之浩穰，人物之豐，景槩之美，詳詢熟覽，實浮於名攷。」[43]它在南宋時期的行政區域是在天目山以東，杭州灣以西，與浙江兩岸，主要是浙江以北之間的地區。境內以西湖勝景與錢塘海潮最為著名，是全國性的知名地景。但是，杭州的地理風貌，並非自有生民聚落以來，就是一處人間天堂，它經歷過幾番滄海桑田的變化。它的風華優雅，從一片斥滷之地開始。

杭州最初的自然地貌，從西湖以東地區到杭州灣口，是一片尚與江、海相通，煙波浩淼的水澤地帶。起於西元前 3300～2200 年間的良渚文化，存有最原始的居民生活記錄。1936 年起杭州西北

43　宋·潛說友：《咸淳臨安志·紀遺六·紀文·賦》，卷 94，頁 4768。

郊的良渚鎮陸續出土新石器時代的遺物，如刀、斧、鐮、輪、琮、璧，以及顏色光亮的黑陶器皿等，證明這裡已建立了最初的原始聚落。然而到春秋戰國時代，這一帶仍多是海潮出沒，土地斥滷的沙洲，其區域分屬吳、越兩國的版圖，當吳滅越，它屬吳國；當越亡吳，它屬越土，朝代儘管興替，這片沼澤之地卻未脫離它初始的面貌。秦朝統一六國之後，設立了郡縣制，在會稽郡下立一錢唐縣，這是杭州的前身以行政地理之名進入歷史最早的記載，雖然縣治確切的位置至今未成定論，但是行政縣治的建制，標示一座城邑已然興起，它已遠離原始的沼澤沙漫狀態，而初具城邑的規模。後漢時此處曾建修一條防海海塘阻絕海水入侵，保育土地，這說明當時的土地必已開始墾殖，耕種農物，但是錢唐縣的位置仍未載入史料。直到南朝劉宋時期的劉道真，在《錢唐記》一書中才寫明了錢唐縣地理位置的所在：「昔一郡境逼近江流，縣在靈山下，至今基址猶存。」[44]此中的「江流」是指浙江，即錢塘江，而「靈山」則是泛指西湖周邊的群山，說明縣境臨近江邊，而縣治則在靈山下。接著，南朝的陳國將錢唐縣升格為錢唐郡。隋文帝滅陳之後，於開皇九年（589）廢錢唐郡，而建置杭州，杭州之名首次出現於史書，杭州的重要性已漸漸展露它的曙光。[45]

隋代杭州的州治本在餘杭縣，後又遷移到鳳凰山麓的柳浦。柳

---

44 南朝（劉宋）・劉道真：《錢唐記》，見宋・樂史《太平寰宇記》（臺北：文海出版社，1963 年），卷 93，頁 701。

45 參閱陳橋驛主編：《中國七大古都》（北京：中國青年出版社，2005 年），頁 276-282。

浦是錢塘江北岸重要的津渡，州治移至在此，正是因為它位於陸路與水路交通的交匯點上，顯現州邑居民相當依賴水路交通的便利，以及可看到這座城邑必然興盛的前景。因為交通便利的地區，城市自然快速興起。後代杭州的城區範圍，就是在浙西山地丘陵東端與錢塘江兩岸平原的交界地帶，[46]以隋代經營建立的城市為基礎而逐漸發展起來。

此後，隋煬帝為溝通南北交通，於大業元年（605）開始開鑿以洛陽為中心的運河網，其中通濟渠與淮水相接，經由淮水再連接蘇北的邗溝以達長江，又鑿長江以南的運河，經京口（今江蘇鎮江）、蘇州、湖州等地而達杭州。反過來說，杭州經由水路運河可到湖州、蘇州、常州，並直抵洛陽。從京口到杭州，河道長達八百里，兩岸遍植楊柳，河面寬敞十餘丈，可行龍舟，杭州自此逆轉，由提供生存的自然、經濟地理環境，開始步步邁向文化地理之美，杭州城的美學型範在此奠下一個向上飛躍的基礎，雖然它是由一位好大喜功的帝王所開啟。

州內除了錢塘江、浙江、運河、以及各大小河川溪流提供灌溉、飲水、交通的便利之外，又因其境內的錢塘江外通大海，因此杭州又有海路交通的便利，商業經濟興盛發達，江海的水路上，總是船舶相接，船貨滿溢。《隋書·地理志》載：「川澤沃衍，有海陸之饒，珍異所聚，故商賈并湊。」[47]杭州成為一座商業大城的潛

46　闞維民編著：《杭州城池暨西湖歷史圖說》，頁10。

47　唐·魏徵等撰：《隋書·地理志》（臺北：鼎文書局，1990年新校本），卷31，頁887。

力與規模，因其自然條件的完善與歷史人為條件的加持，形成銳不可當的趨勢。

唐代建立以後，據說「錢唐」因與國號「唐」字相同，故改名為「錢塘」。唐代開元年間錢塘的戶口已有八萬餘戶，[48]因為人口急遽增多，故需水量亦隨之增加，大歷年間杭州刺史李泌於是開鑿六井，[49]解決民生供水問題。六井的分佈都近西湖，目的乃是為了汲引西湖之水入城以利百姓使用，因此，西湖與杭州形成了重要的共生關係。[50]西湖初始的存在，本不是因為它的美，而是因為它水資源的重要性。西湖的歷史，始於「利」，而名於「美」，這與它的自然地理風光有關，但最重要的是文學地理的形塑，文學以無限上綱的想像書寫它自然地理的秀麗。

除鑿井取水之外，唐代朝廷也致力於築堤。杭州是一依山瀕江傍湖的區域，「東有湧潮之患，西有漫水之虞」，「故築浙江大堤與錢塘湖堤成為保護杭州城市的兩項勢在必行的舉措。」[51]經過隋、唐時期朝廷大幅度地開拓、墾殖與建設，杭州因擁有水牽卉服，陸控山夷，咽喉吳越，勢雄江海的優質地理環境，城村的景象已是「魚鹽聚為市，煙花起成村」，[52]「駢檣二十里，開肆三萬

48 宋·潛說友：《咸淳臨安志·戶口》，卷58，頁4408。

49 「六井」是指相國井、西井、金牛井、方井、白龜井、小方井。

50 杭州境內原有許多湖泊，後皆湮廢，因其未得時時疏浚淤塞，又遭居民墾為農田之故。

51 闕維民編著：《杭州城池暨西湖歷史圖說》，頁15。

52 唐·白居易：〈東樓南望八韻〉，清聖祖御定：《全唐詩》（臺北：文史哲出版社，1987年），卷443，頁4960。

室」的繁榮；[53]而元宵節更是「燈火家家市，笙歌處處樓」，[54]杭州「州傍青山縣枕湖」的美，[55]在唐代詩人，特別是曾任杭州刺史的白居易筆下，以無比的鍾愛，以詩詞頌讚它青黛的山巒，綠油的湖水，累積它文學地理的能量。

唐亡之後，接續的是五代十國，此一期間為杭州擘劃周詳的是吳越王錢鏐（852-932）。他修海堤，建水閘，治江流，浚湖泥，讓杭州的生活環境更加完善。錢鏐曾先後為杭州築城三次。首次在唐末大順元年（890）任杭州刺使兼防禦使時：「王命築新夾城，環包氏山，洎秦望山而回，凡五十餘里。」[56]此城東西相距不到三百公尺，南北卻有十二里之長，故稱夾城。錢鏐第二次築城是在唐代景福二年（893）做鎮海節度使時，為杭州修築了周圍七十里的羅城，《吳越備史》云：「自秦望山由夾城東亙江干，洎錢塘湖、霍山、范浦，凡七十里。」[57]羅城城垣西起秦望山，東北面到艮山門，其形南北展而東西縮，有如腰鼓，故又稱為「腰鼓城」。當他成為吳越王後，在開平四年（910）就以杭州為國治，又「悉起臺榭，廣郡郭周三十里」，[58]在鳳凰山下隋唐州治的舊址建一子城。從夾城、

---

53 唐·李華：〈杭州次使廳壁記〉，見清·董誥等編：《全唐文》（太原：山西教育出版社，2002 年），第 3 冊，卷 316，頁 1908。

54 唐·白居易：〈正月十五日夜月〉，《全唐詩》本，卷 443，頁 4964。

55 唐·白居易：〈餘杭形勝〉，《全唐詩》本，卷 443，頁 4961。

56 宋·范坰、林禹：《吳越備史》（成都：巴蜀書社，1993 年《中國野史集成》本），卷 1，頁 164。

57 宋·范坰、林禹：《吳越備史》，卷 1，頁 165。

58 宋·薛居正等撰：《舊五代史·錢鏐傳》（北京：中華書局，1976 年），第 6 冊，卷 133，頁 1771。

羅城、到擴建的子城，都成為百餘年後南宋立都建城的依據，錢鏐治杭，有著政治家的深遠見識，為南宋杭州發展立下良好的根基。

值得一提的是，由於吳越王篤信佛教，因此在西湖周圍興建許多佛寺、佛像、與和佛教有關的石窟藝術，故當時的杭州有「佛國」之稱。杭州許多名剎古寺的地景，泰半建於此時。當幽靜的佛寺與莊嚴的佛像藝術點綴在西湖的山水之間時，西湖便締造出一種更為出世空靈的氣韻。佛寺與西湖的交映，宗教與自然的融合，也為杭州的文化地理，增添更多出塵秀逸的美感。

時間前進到宋朝，杭州早已遠離蠻荒的沼澤地貌，北宋的杭州，其城內「邑屋華麗，蓋十餘萬家」；城郊「環以湖山，左右映帶」；商業發達，船行北到登、萊，南抵閩、廣，故「閩商海賈，風帆浪舶，出入於江濤浩渺，煙雲杳靄之間。」歐陽修在〈有美堂記〉中認為杭州是「四方之所聚，百貨之所交，物盛人眾，為一都會，而又能兼有山水之美，以資富貴之娛者。」杭州的繁華，表現在行政地理、自然地理、經濟地理與文化地理上，是兼得「天下之至美與其樂者」，[59]既「美」而又可「樂」，杭州之為人間天堂，是從隋、唐、五代到宋朝，歷經多位君王與杭州刺使的開拓而累積出的城市資產，重要的牧守如唐代宗時為刺使的李泌，長慶二年（822）出為杭州刺使的白居易，宋代慶曆元年（1041）知杭州的鄭戩，元祐四年（1089）知杭州的蘇軾等，[60]對杭州都有良多重要的

59 宋·歐陽修：〈有美堂記〉，《歐陽修全集·居士集 2》（臺北：河洛圖書出版社，1975 年），卷 2，頁 115。

60 李泌築六井已述之於前。白居易「築堤捍錢塘湖，鍾洩其水，溉田千頃。

貢獻。

前朝的經營累積，殊為珍貴，但杭州達至歷史的高峰，則在南宋高宗駐蹕杭州以後。

建炎三年（1129）高宗以杭州州治為行宮，謂行所在，並改杭州名為臨安府，以示不忘中原之意。但正式定都杭州，則晚到紹興八年（1138）的時候。由於南宋以杭州為國都，故在吳越子城的基礎之上，興建皇城。皇城周圍有九里之寬，北至鳳凰山頂，東到候潮門，南抵江干，西以鳳凰山延伸出之山脊為城牆，巍巍皇城就定位在杭城西南方鳳凰山麓一帶，[61]它以杭州未曾有過的龐大建築群體烘托皇權的尊貴，渲染天子的權威，也藉此維繫民心的安定與和諧，杭州皇城建築的空間意象，在此達到登峰造極的政治表徵意義。

復浚李泌六井，民賴其汲。」鄭戩因「西湖溉民田數百頃，歲久不治，葑泥湮塞，久為豪族與僧寺規占甚多，戩乃發屬縣丁數萬盡闢之，民賴其利。」又，蘇軾「開西湖，疏茆山鹽橋河，修治堰閘，濬城中六井，與民興利除害，講究甚悉。」見宋·周淙：《乾道臨安志·牧守》（臺北：大化書局，1987 年《宋元地方志叢書》本），第 8 冊，卷 3，頁 4849、4854、4859。

61　闞維民編著：《杭州城池暨西湖歷史圖說》，頁 30。

武林山圖　據《浙江通志》附圖

武林山圖
北高峰
神尼塔
勅賜雲林禪寺
月桂峯
飛來峯
冷泉亭
理公塔
靈鷲山
天竺山
合澗橋
三生石
勅建下天竺寺
稽留峯
靈竺山門

鳳凰山圖　據《南巡盛典》附圖

鳳皇山

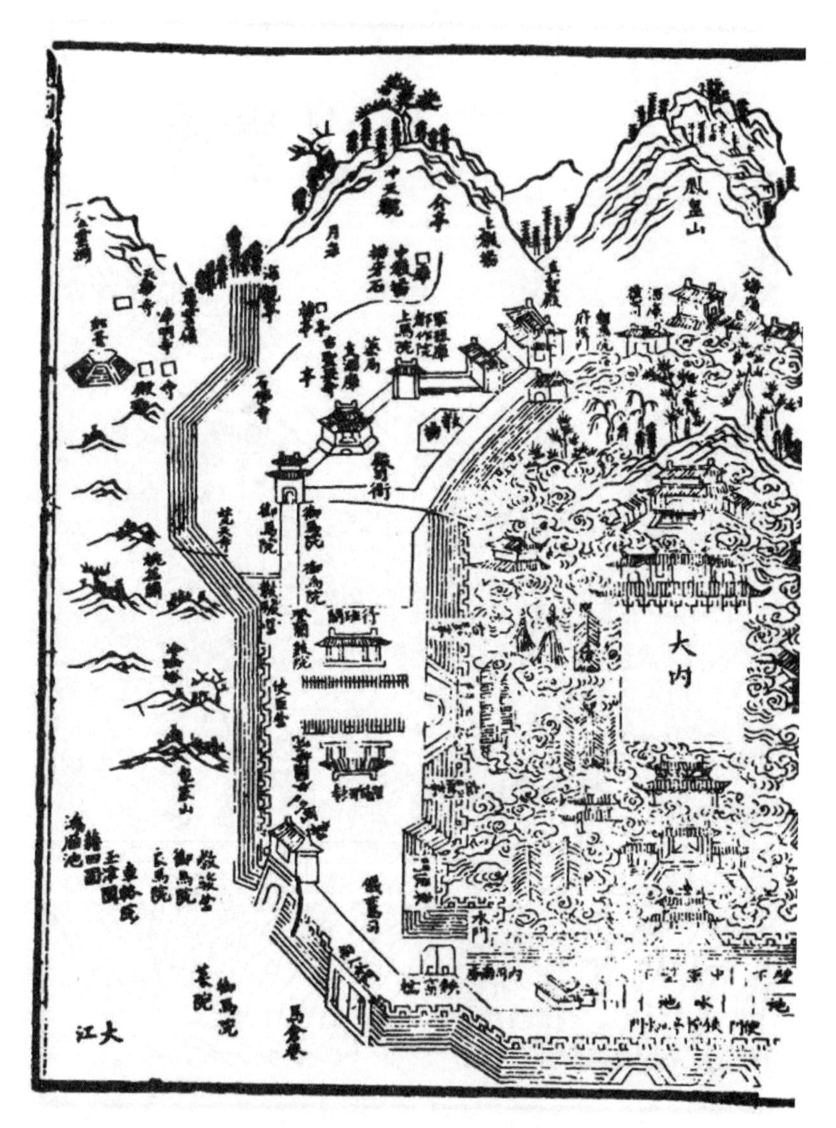

皇城圖　據《咸淳臨安志》附圖

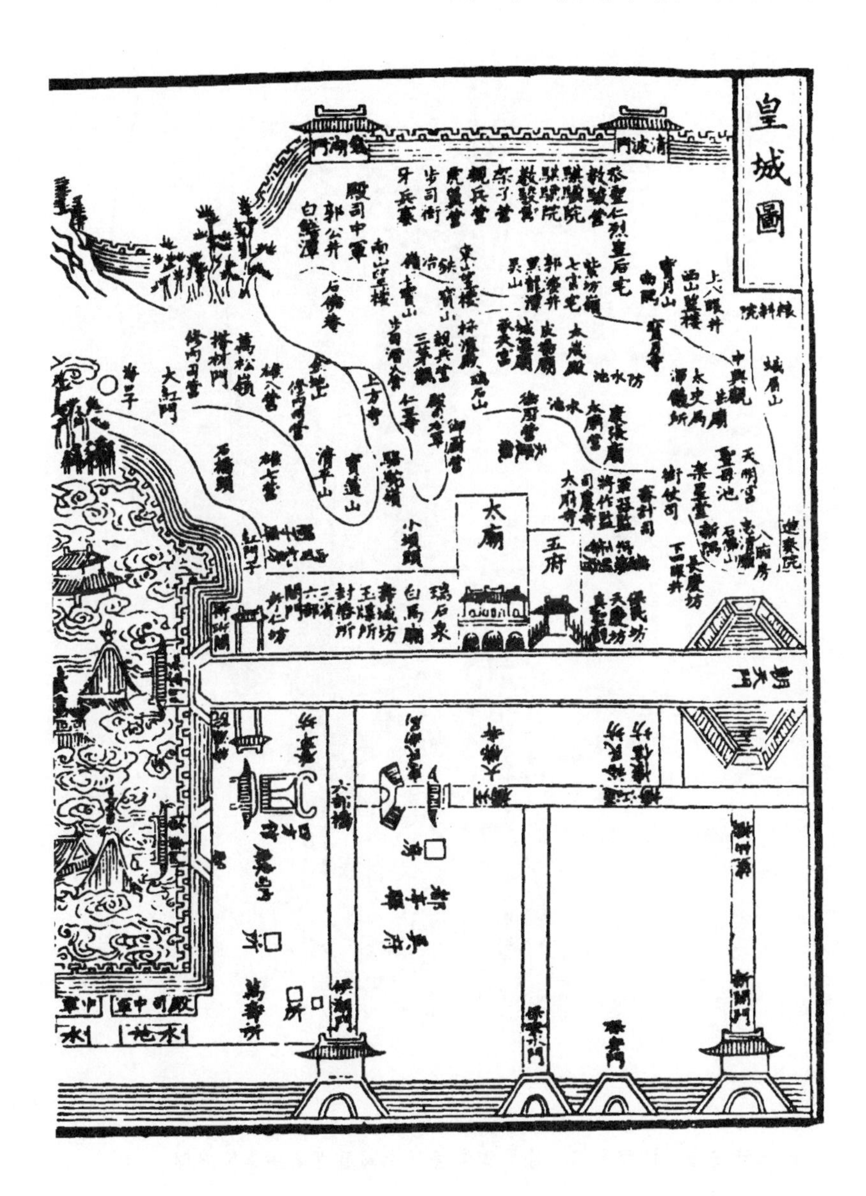
皇城圖
太廟
五府

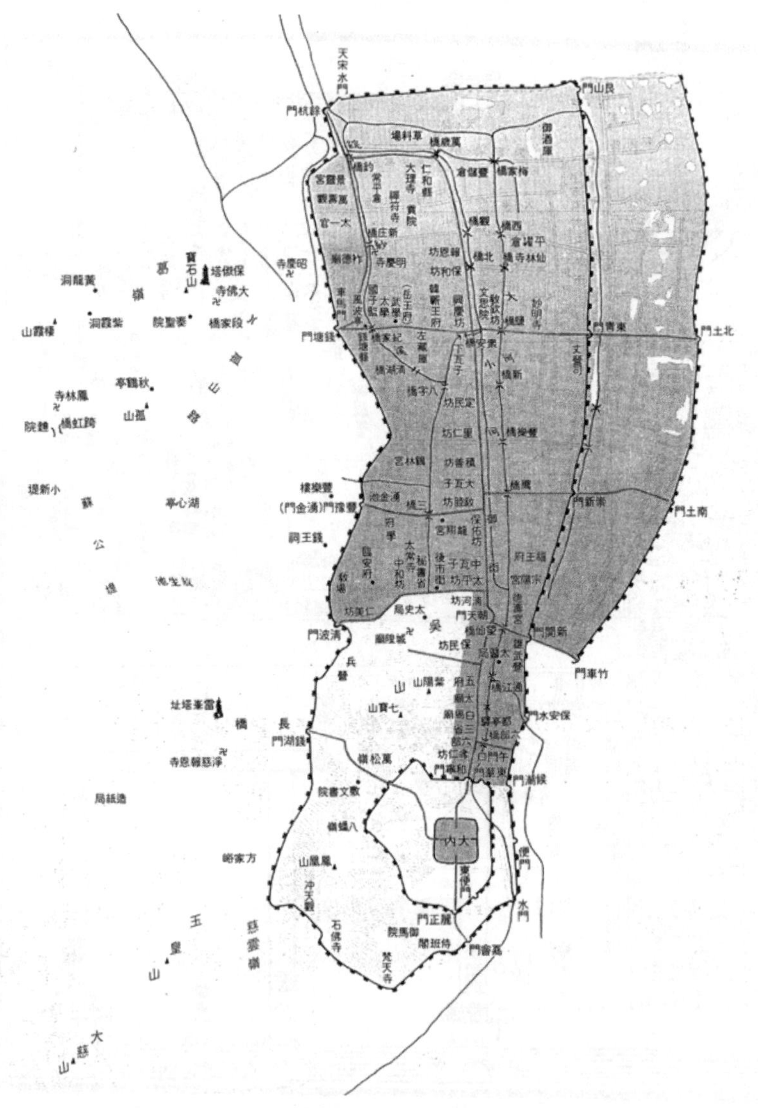

南宋臨安圖　據程光裕、徐聖謨編著《中國歷史地圖集》附圖

皇城之外的杭州內城與外城，佈置一個由陸路、水路、海路縱橫交錯的交通網絡。南宋杭城的街道是以一條從皇城朝天門由南向北延伸的御街為主幹，分向東西以「丰」字形展開市街道路，再在這長方形街衢的東西南北四邊建市坊。街衢市坊的人煙鼎盛，民物阜蕃，在建都百餘年後，戶口蕃息，達百萬餘家，杭城之南西北三處，「各可比外路一小小州郡」，[62]足見杭州行都的繁盛。

都城對外的交通主要是水路，城內河流有茅山河、鹽橋運河、市河和清湖河；城外則有運河、龍山河等十九條河渠，此外尚有許多溪流流經杭城內外。[63]而錢塘江外就是大海，海上交通可達朝鮮、日本和南洋各國。至此，杭州的城市空間向世界完全展開，杭州有足夠的文化、經濟、交通條件與世界接軌，從杭州可以通向世界，世界也向杭州走來，南宋的杭州成為世界地理的一個重要而美麗的輻輳點。

二、人文環境

杭州人文環境的形成與其地理因素有著絕對的關係。杭城之美，史不絕書，從隋唐以來，一直是文人詩詞歌詠的對象，城市興起發展的主要原因是得力於地理環境的優越，明朝楊孟瑛言：「杭州地脈，發自天目，群山飛翥，駐于錢塘，江湖夾抱之間，山停水聚，元氣融結，……故杭州為人物之都會，財富之奧區，而前賢建立城郭，南跨吳山，北兜武林，左帶長江，右臨湖曲，所以全形勢

62　宋·耐得翁：《都城紀勝·坊院》，頁 100。

63　參見宋·潛說友：《咸淳臨安志·河，溪》，卷 35-36，頁 4207-4217。

而周脈絡，鍾靈毓秀于其中。」[64]由於杭州湖山秀麗，物產豐富，交通便捷，因此經濟活絡，民生富庶。而其山水之秀，鍾為人物，所以特為清奇秀傑，代代皆有才人出焉，吳自牧云：「自陶唐至於秦、漢、晉、隋、唐之人物，彬彬最盛；至宋則人物尤盛于唐矣。」[65]杭州歷代的英傑賢良，若漢之嚴光、孫策；三國時期吳國之孫權、許敬宗；晉之范平、褚陶；唐之褚遂良、吳公約；五代之錢鏐、吳敬忠；宋之潘閬、林逋、謝景溫、沈括、周邦彥、張九成、趙汝談……，杭州人才，或立身於朝廷，或居身於鄉野，濟濟蔚蔚，為天下之冠。

再者，宋高宗趙構於紹興八年（1138），定都於臨安之後，使杭州成為全國政治、經濟、文化、交通的中心樞紐，這也與杭州人文環境的優越有著必然的關係，因為：

第一、首都格局宏大：升為首都的杭州，自然須要進行大規模的建設，道路、水利、城垣、宮舍等，逐漸擴張新建，杭州自然展現出全國第一都城的格局。格局宏大，視界也就拔高，杭州都城的城市格局必然影響城中住民的人文質素。

第二、優異人才匯聚：靖康之難後，開封及西北各路的貴族世家、賢才異士，隨著朝廷南渡，大量遷移南方，多數寓居於首都杭州，為杭州帶來眾多的人才與豐富的文化資訊，促進了杭州人文社會的繁榮。又由於右文政策的持續推行，士大夫族群龐大，因此杭

64 明·田汝成在《西湖遊覽志》記載明正德三年（1508）郡守楊孟瑛所述。（臺北：世界書局，1963年），卷1，頁5。

65 宋·吳自牧：《夢粱錄·歷代人物》，卷17，頁272。

州聚集比例最高的文化人口，也因此，學術、藝術、文學等深邃的文化產物得以形成，使杭州成為南宋時期全國的文化中心。

第三、都城學風鼎盛：宋代朝野均極重視學子教育的養成，南宋杭州林立各類的學校。耐得翁云：「都城內外，自有文武兩學，宗學、京學、縣學之外，其餘鄉校、家塾、社館、書會，每一里巷須一二所，弦誦之聲，往往相聞。」[66]這是何等儒雅的光景，經典教育的養成，人文教育的涵泳，在「弦誦之聲，往往相聞」中累積。而南宋杭州教育館校的普及度，達至每一里巷須有一二所鄉校、家塾、社館或書會，這在中國的歷史中也是一個輝煌的紀錄。加上全國最高的太學學府，由汴京遷至杭州，太學是國家人才的培育所，生員曾達至「一千七百一十六員」。[67]由這些太學學子、知識菁英帶動散發出的人文精神，自有屬於京城的光芒風度。

第四、印刷事業發達：杭州的雕版印刷業是南宋文化中非常值得記述的一頁。杭州在北宋時期已是全國著名的刻書中心，[68]其版書的紙墨精良，字體挺拔，刻工嫻熟，版式疏朗，是藏書家珍視的寶笈，當時的藏書家葉夢得就認為：「今天下印書，以杭州為上。」[69]

再者，杭州官刻的監本佔全國監本圖書一半以上，[70]而刻書的

66　宋·耐得翁：《都城紀勝·三教外地》，頁 101。

67　宋·吳自牧：《夢粱錄·學校》，卷 15，頁 254。

68　北宋時期的刻書中心還包括汴京、福州和成都等地。

69　宋·葉夢得：《石林燕語》（上海：上海商務印書館，1939 年《叢書集成》初編本），卷 8，頁 74。

70　宋代的印刷系統可分官刻、坊刻和私刻三種。官刻是中央國子監機構所刻

書舖，就有二十餘家之多，今舖名可考者尚有十六家。[71]刻書如此普遍，顯示杭州圖書文化非常興盛。其中尤可說者，是雕版印刷業的速度與數量，改變了文學界舊有的版圖，大量的宋詩、宋詞、話本得以廣泛流傳，使文學溢出了城市，雕版印刷承載文學家的想像去建構，去傳播一座城市最動人的容顏。杭州城市的性質強音，由政治、經濟屬性轉為深具文學與文化的特質，以文學的感性與美麗，削弱它政治、經濟城市所必然帶來的剛硬性格與疏離感，杭州印刷事業的發達，可謂居功厥偉。

由於杭州山水秀麗，物阜民康；人才薈萃，學府駢集；印刷發達，文風熾盛，醞造杭州成為最佳人文環境的城市。杭州詞人之多，清代浙西詞派的中堅人物厲鶚於〈吳尺鳧玲瓏簾詞序〉曾言：「兩宋詞派，推吾鄉周清真，婉約隱秀，律呂諧協，為倚聲家所宗。自是里中之賢，若俞青松、翁五峰、張寄閒、胡葦航、范葯莊、曹梅南、張玉田、仇山村諸人，皆分鑣競爽，為時所稱。元時嗣響，則張貞居、凌柘軒。明瞿存齋稍為近雅，馬鶴窗闌入俗調，一如市伶語，而清真之派微矣。」[72]杭州詞人由宋至清，濟濟多士，綿延不絕。明代雖曾一度稍微，但自清初朱彝尊（浙江嘉興人）奉姜詞為圭臬後，而形成「家白石而戶玉田」的盛況。厲鶚是錢塘

之書；坊刻是書坊所刻之書；私刻是私人或家塾所刻之書。朝廷官刻的書籍稱之為「監本」。

71 黃韻靜：《南宋出版家陳起研究》（臺北：花木蘭文化出版社，2006年），頁72。

72 清・厲鶚：〈吳尺鳧玲瓏簾詞序〉，《樊榭山房全集・文集》（臺北：臺灣中華書局，1965年《四部備要》本），第2冊，卷4，頁2-3。

人，故對周邦彥、俞灝、翁孟寅、張樞、胡仲弓、范曦文、張炎、仇遠等人有深厚的鄉誼認同，他們同為杭州詞人群中一支絢爛的隊伍。

第三章
張鎡家族之詞與杭州

趙氏王朝在江南重新立國以後，隨著王朝由北南遷的氏族中，原籍鳳翔府成紀（今甘肅天水）的張鎡家族，是一支長期影響杭州文壇甚巨的重要氏族。而張家在南宋杭州百年的根基，家族詞學傳統的形成，則必先溯及第一代的移民：張俊。

《宋史·張俊傳》云：「張俊字伯英，鳳翔府成紀人。好騎射，負才氣，起於諸盜。……南渡後，俊握兵最早，屢立戰功，與韓世忠、劉錡、岳飛，並為名將，世稱張、韓、劉、岳。……帝於諸將中，眷俊特厚。」[1]知張俊乃是南宋抗金名將，他於建炎三年（1129），金帥兀朮攻下臨安，直追高宗之際，曾在明州挫敗金兵，使高宗得以脫逃入海，而立下重要的勳功。但是，紹興十年至十一年（1140-1141）在宋將岳飛、劉錡、吳璘連敗金兵，宋人收復河南、陝西諸州的有利情勢之下，宋室朝廷卻決定議和，將張俊、韓世忠、劉錡、岳飛等大將調回臨安。並稱張、韓、劉、岳的四大將，只有張俊贊成和議，其餘三人均極力表示反對。劉錡首遭排

1　元·脫脫等撰：《宋史·張俊傳》，卷369，頁11469、11475、11476。

擠；岳飛抗命最烈，終在獄中被害；力保岳飛失敗的韓世忠，於解除兵權之後，絕口不言政事，常騎驢攜酒，遊賞西湖以終。這四位名將，只有張俊理解符應高宗的議和心理與行為，因此獲得高宗高度的寵信。

紹興二十一年（1151）十月高宗駕幸張俊府第，由張家供應御筵，據周密《武林舊事》卷 9〈高宗幸張府節次略〉所載，這次隨行的官員、宗室、環衛官、監官等就多達一百五十九人，加上參與這次盛會的張俊親族三十人，共一百九十一人（含高宗與張俊）。張家進奉的糕果、香藥、餔臘、酒食等，極盡山珍海味，人間美食之能事；除了琳瑯滿目的食品百果之外，還進獻寶器、古器、汝窰、合仗、書畫、匹帛等，若非錦衣玉食之家，詩禮簪纓之族，如何能有這般的奢華富貴？[2]張俊為其家族與皇室、政壇建立豐沛的關係網絡，厚植殷實的家族產業，是往後百年張氏家族能在文壇發聲，動見觀瞻的重要基礎。明代田汝成《西湖遊覽志餘》記載：「宋南渡諸將，韓世忠封蘄王，楊沂中封和王，張俊封循王，俱享富貴之

2 僅以「寶器」一類為例，進奉的物品就包括：「御藥帶一條、玉池面帶一條、玉獅蠻樂仙帶一條、玉鶻兔帶三條、玉璧環二、玉素鍾子一、玉花高足鍾子一、玉枝梗瓜杯一、玉瓜盃一、玉東西盃一、玉香鼎二（蓋全）、玉盆兒一、玉椽頭楪兒一、玉古劍璏等十七件、玉圜臨安樣楪兒一、玉靶獨帶刀子二、玉竝三靶刀子四、玉犀牛合替兒一、金器一千兩、珠子十二號共六萬九千五百九顆、珠子念珠一串一百九顆、馬價珠金相束帶一條、翠毛二百合、白玻瓈圓盤子一、玻瓈花瓶七、玻瓈椀四、馬瑙椀大小共二十件。」這是只有在貴冑之家才能擁有的豪奢。參見宋·周密：〈高宗幸張府節次略〉，《武林舊事》，收於《東京夢華錄——外四種》（臺北：大立出版社，1980 年），卷 9，頁 491-507。

極。而俊復善治生，其罷兵而歸，歲收租米六十萬斛，今浙中豈能著此富家也！」[3]江南土地肥沃，物產豐富，加之張俊善治生產，因此張家可歲收租米六十萬斛；又，前文第二章「經濟重心的南移」一節提到，宋代社會因「農商並重」，「士可經商」觀念的改變，張俊亦曾託一老卒經商以致富。無論是軍事、政治、還是經濟，張俊的眼光與能力，均展現他靈活務實的性格。張俊於紹興二十四年（1154）過世，高宗親臨奠祭，並追封他為循王。與張鎡、張鑑昆弟友好的大詞人姜夔，曾有〈張循王遺事〉一文以記其行節。[4]

張俊有子五人：子琦、子厚、子顏、子正、子仁；[5]子厚之子：宗元；宗元之子：張鎡、張鑑、張錤；張鎡生子濡，濡生樞，樞生炎。[6]張氏家族就在杭州臨安，以豪門華族之姿，延續了七代的盛況。茲將張氏家族世系表略作簡圖如下：

3　明·田汝成《西湖遊覽志餘·委巷叢談》（臺北：世界書局，1963年），卷21，頁381。

4　姜夔〈張循王遺事〉一文已佚，資料見諸宋·樓鑰：《攻媿集》（上海：上海商務印書館，1936年《四部叢刊》正編本），卷71，頁646。

5　元·脫脫等撰：《宋史·張俊傳》：「二十四年六月薨，年六十九。輟視朝三日，斂以一品服，帝臨奠哭之慟。追封循王。子五人：子琦、子厚、子顏、子正、子仁。」卷369，頁11476。

6　從張俊至張炎的世系問題，學界眾說紛紜，楊海明：《張炎詞研究》〈張炎的家世〉，頁1-23，考證甚為詳實，本文的世系表即是以楊氏之文為據。張鎡之相關資料，可參閱曾維剛《張鎡年譜》一書。

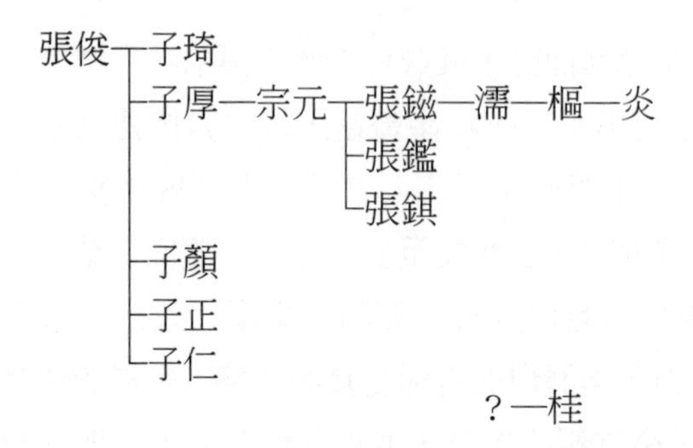

在張氏家族之中，對詞壇具有一定的影響力者為張鎡、張鑑、張樞、與張炎。張鎡、張鑑為兄弟；而張鎡、張樞與張炎，則為曾祖、父、子之關係。另有詞人張桂，是張炎族叔，其詞壇影響力較微，因未知出於那一房，故名字之前以問號表之。

定居杭州的張家，在時代上，經歷過南宋前、中期穩定繁華的太平歲月，晚期浮動不安的社會環境，以及亡國入元以後，富貴龐大的家族，逐漸衰落的命運。而南宋的杭州城，同樣也走過歷史的風華與風霜，在張鎡家族詞人筆下展現出不同的面貌。張鎡、張樞、張炎等人以描寫杭州之自然景物、人文歷史、地理環境為其內容的「杭州詞」，其所表徵的意義也因時代盛衰運勢之不同，而隱含或透發不同的彩度與內涵。張鎡之詞，詞風清雅，善於詠物。張樞之詞，詞風閒婉，有其祖父張鎡之風，而音調更為和美。張炎之詞，風格典麗，亦是音律協暢；其詞論宗尚清空騷雅，詞家以姜夔為最高典範，這都與張鎡、張鑑、張樞好尚的詞風有關。至於《全宋詞》中未有詞作留下的張鑑，其詞作風格，則可在與之酬唱的詞友（如姜夔）作品中鉤沉探賾，得其一二，以補史缺。下文依次分別論述之。

第一節　承平世代的張鎡

一、張鎡與桂隱堂

張鎡，原字時可，後改字功父（又作功甫），號約齋，又號南湖，因其位於杭州城北之南湖別業而有。生於紹興二十三年（1153），卒於端平二年（1235），年八十三歲。[7]為南渡名將張俊之曾孫，劉光世之外孫，家世極其顯赫。曾任直秘閣、臨安通判、司農寺丞、太府寺丞、司農少卿等職。開禧三年（1207）因參與謀誅韓侂胄，後又關連反對史彌遠事，坐扇搖國本，貶謫廣德軍。嘉定四年（1211）除名勒停，永不收敘，送象州羈管，後卒於象州家中。其一生經歷高、孝、光、寧、理宗五朝，生平可以開禧三年（1207）五十五歲劃分為前後兩個階段。前期仕途平穩順遂，生活優渥愉悅，藝文創作與雅集活動非常豐富且頻繁；後期近三十年長期居於貶所，因其已然離開作為政治、經濟、文化中心之杭州都城，失去地方環境的滋潤與人際關係的支持，從政圈、文壇淡出，故其藝文創作與酬唱活動也就隨之消歇。[8]

張鎡在未坐事除名之前，是杭州臨安城中極具影響力的文人，也是張家第一位有意從武功轉向文階發展的關鍵人物。他喜於游意

7　張鎡生卒年乃依據王兆鵬考證之文，見王兆鵬、王可喜、方星移：〈兩宋十八家詞人生卒年小考·張鎡〉，《兩宋詞人叢考》（南京：鳳凰出版社，2007年），頁228-230。

8　據曾維剛《張鎡年譜》五十五歲至八十三歲之資料，頁236-262。

風雅，精善詩詞，並通書畫音樂。周密《浩然齋雅談》云：「放翁在朝日，嘗與館閣諸人會飲於張功甫南湖園。酒酣，主人出小姬新桃者，歌自製曲以侑尊。」[9]而夏文彥《圖繪寶鑒》曰：「張鎡字功父，號約齋，清標雅致，為時聞人。詩酒之餘，能畫竹石古木，字畫亦工。」[10]由是可知，張鎡不僅能自度曲，具有音樂方面的才華，[11]亦擅長書法、繪畫藝術，文采風流倜儻。有《南湖集》10卷、[12]《玉照堂詞》1 卷、《玉照堂品梅》1 卷、《四并集》1卷、《仕學規範》40 卷傳世。

由於張鎡性格豪闊，家業殷盛，時常於府中接待四方賓客，樂與文人相互酬唱，是一「平生豪縱」，喜與友人「同醉正同詠」的貴公子。[13]周密稱其「有吏才，能詩，一時所交皆名輩。」[14]楊萬里〈進退格寄張功甫姜堯章〉更是揄揚曰：「尤蕭范陸四詩翁，此

9 宋·周密：《浩然齋雅談》（臺北：藝文印書館，1966 年《百部叢書集成》本），卷中，頁 5。

10 元·夏文彥：《圖繪寶鑒》（臺北：臺灣商務印書館，1986 年文淵閣《四庫全書》本），藝術類一，第 814 冊，卷 4，頁 608。

11 或曰張鎡曾創南戲四大聲腔之一的海塩腔，見明代李日華：《紫桃軒雜綴》（濟南：齊魯書社，1995 年），卷 3，頁 80。但李金坤〈海塩腔創始年代及作者辨正〉一文已辨其非，是說頗有據，故從之。見《江蘇廣播電視大學學報》，2006 年 5 月，頁 45-47。

12 張鎡曾自定詩集《南湖集》25 卷本今已佚。本文所引用者為臺北：臺灣商務印書館 1986 年出版文淵閣《四庫全書》之 10 卷本。

13 二句引詞出自《全宋詞·張鎡》〈八聲甘州〉，頁 2138；〈祝英臺近〉，頁 2136。

14 宋·周密，《齊東野語》，卷 15，頁 276。

後誰當第一功？新拜南湖為上將，更推白石作先鋒。」[15]將張鎡、姜夔與詩壇尤袤、蕭德藻、范成大、陸游四大家相提並論，同視之為詩作卓絕，地位尊崇的人物。此詩另透發的一股消息是：張鎡、姜夔、楊萬里彼此往來密切，同屬環繞在以張鎡府第為中心的文學圈；再者，楊萬里對此一地方文學圈有一定程度的認同，其間含蓋交游情感的認同，與文藝理念的認同。

張鎡除名落職之前的大部分生活和仕宦之地，都在杭州。其詩詞所載錄者，就是杭州的風物人情，並其所思所感之事。而所居之地——位於城北白洋池的南湖園林，[16]規模宏闊，富麗堂皇，乃是他與親友生活宴樂，詩酒歡愉的地方，張鎡以極其愛悅的親切感認同這塊土地，這片園林是他一生最重要的歸屬，這裡是「天留帝城勝處，匯平湖、遠岫碧岧嶢。竹色詩書燕几，柳陰桃杏橫橋」，有如仙界的處所，是他「百歲因何快樂，盡從心地逍遙」的安樂窩。[17]《玉照堂詞》存詞 86 首，[18]涉及南湖園林的作品就幾近一半。其建築結構不僅龐大繁複，更兼有林泉煙波之勝，與餐霞釣磯之趣，張鎡〈捨宅誓願疏文〉曰：

15　宋・楊萬里：〈進退格寄張功甫姜堯章〉，《楊萬里詩文集》（南昌：江西人民出版社，2006 年），上冊，卷 41，頁 773。

16　清・沈翼機：《浙江通志・山川》：「白洋池一名南湖。」（臺北：華文書局，1967 年），卷 9，頁 248。宋・潛說友《咸淳臨安志・山川》：「白洋池，在梅家橋東周回三里。」卷 38，頁 4233。

17　二句引詞皆出自張鎡〈木蘭花慢・癸丑年生日〉，頁 2135。

18　依據唐圭璋《全宋詞》中輯錄張鎡之詞作統計。

> 昨倦處於舊廬，遂更謀於別業。園得百畝，地占一隅。幽當北郭之鄰，秀踞南湖之上，雖混京塵，而有山林之趣；雖在人境，而無車馬之諠。[19]

又，〈約齋桂隱百課〉自云：

> 淳熙丁未秋，余舍所居為梵剎，爰命桂隱堂館橋池諸名，各賦小詩，總八十餘首。逮慶元庚申，歷十有四年之久，匠生於心，指隨景變，移徙更葺，規模始全，因刪易增補，得詩凡數百。綱舉而言之，東寺為報上嚴先之地，西宅為安身攜幼之所，南湖則管領風月，北園則娛燕賓親；亦庵，晨居植福，以資淨業也；約齋，晝處觀書，以助老學也；至於暢懷林泉，登賞吟嘯，則又有眾妙峰山，包羅幽曠，介於前六者之間。區區安恬嗜靜之志，造物亦不相負矣。[20]

淳熙丁未秋（1187），張鎡始為這座府第園林：桂隱堂之諸處命名，各處之題名均具有深刻的寓意或文學的內蘊，並各賦小詩 80 餘首，[21]這是「對園林景觀的一種詩化」。[22]這座園林歷經十四

---

19 宋·張鎡：《南湖集·附錄中》（上海：上海商務印書館，1936 年《叢書集成》初編本），頁 209。

20 宋·張鎡：〈約齋桂隱百課〉附於周密：《武林舊事》，卷 10，頁 516。

21 今《南湖集》尚存 47 首，茲錄〈清夏堂〉一首：「夜月三杯色，晴荷十畝香。若教興世念，不甚覺風涼。」《四庫全書》本，卷 7，頁 608。

年，至慶元庚申（1200）建築規模始告全備。[23]整個南湖園林是依東西南北方位之不同，而規劃設計成可分別擔負家族之祭祀、生活、閒遊、接待等等功能的主題區域。在每一個主題區域之下，又各別設置數個至數十個相映的子題空間，以北園為例，其下包括：群仙繪幅樓、桂隱（又是諸處總名）、清夏堂、玉照堂、蒼寒堂、豔香館、碧宇、水北書院、界華精舍、撫鶴亭、芳草亭、味空亭、垂雲石、攬月橋、飛雪橋、蕊珠洞、芙蓉池、珍林、涉趣門、安樂泉、杏花莊、鵲泉等二十二處勝景。而每一處勝景的規模又非僅僅是一座小橋，兩間茅舍，幾棵青松的畫面配置，如玉照堂就遍植梅花四百株，碧宇有修竹十畝，垂雲石高達二丈、橫廣十四尺長，「門前湖水三千尺，引得沙鷗來肯來」，[24]此若非豪門貴族之家，擁有巨萬資財者，如何能有這般富闊的居處空間？由一窺十，當時南宋的豪門，絕對不只張氏一家，杭州的私家園林，依據吳自牧《夢粱錄》〈園囿〉一節記載：「內侍蔣苑使住宅側築一圃，亭臺花木，最為富盛，每歲春月，放人遊玩。」又，「南山長橋慶樂園，舊名南園，隸賜福邸園內，有十樣亭榭，工巧無二，俗云：

22　曹林娣：《中國園林文化》（北京：中國建築工業出版社，2005 年），頁 283。

23　姜夔曾寫〈喜遷鶯慢·玉珂朱組〉一詞，祝賀張鎡之新第落成。詳見後文第四章第二節之一。

24　宋·張鎡：〈南湖有鷗成群，里閭間云，數十年未嘗見也，實塵中奇事。因築亭洲上，榜曰：鷗渚，仍放言六絕〉之一，《南湖集》，《四庫全書》本，卷 8，頁 622。

『魯班造者。』」[25]餘如在城萬松嶺內貴王氏富覽園、慶壽菴褚家塘東瓊花園、清湖北慈明殿園、楊府秀芳園、謝府新園、羅家園、白蓮寺園、霍家園、方家塢劉氏園、北山集芳園……等，[26]均為杭州名苑。社會上層結構中的貴族世家，擁有美麗的園林，應是當時流行的風尚。不過，杭州苑囿既多，其間間有興廢，然以精神維度的文學作品，詩詞歌賦交游唱和，使物質維度的亭館臺榭，藏歌貯文，婆娑風月，以時間亮化文學歷史，以空間進行多起的文學盛事，保存名苑的永恆想像，則以張家的南湖府第最為不朽，元朝戴表元〈牡丹讌集詩序〉云：

> 渡江兵休久，名家文人漸漸修還承平館閣故事。而循王孫張功父使君以好客聞天下，當是時，遇佳風日，花時月夕，功父必開玉照堂置酒樂客。其客廬陵楊廷秀、山陰陸務觀、浮梁姜堯章之徒以十數，至輒歡飲浩歌，窮晝夜忘去。明日，醉中唱酬詩或樂府詞纍纍傳都下，都下人門抄戶誦，以為盛事。然或半旬十日不爾，則諸公嘲訝問故之書至矣。[27]

由於張鎡本人喜好文學，交遊廣闊，其宅第桂隱堂（即是南湖府第）

25 宋·吳自牧：《夢粱錄·園囿》，卷 19，頁 295。

26 宋·吳自牧：《夢粱錄·園囿》，卷 19，頁 295-298。

27 元·戴表元：〈牡丹讌集詩序〉，《剡源戴先生文集》，《四部叢刊》正編本，卷 10，頁 92。

就成為杭州文人聚會雅集的中心。[28]他們在宴會中所寫的詞作，往往隔日就遍傳都下，為人抄閱誦讀，成為杭人生活中津津樂道的盛事。酬唱雅集若十日半旬未見舉行，就有問故之書至矣。張鎡之重要，桂隱堂的雅集之重要，由此可見一斑。

由於諸公文友，時來聚會，張鎡甚至為此排比一年的燕遊次序，以為樂事，其〈張約齋賞心樂事並序〉云：

> 余掃軌林扃，不知衰老，節物遷變，花鳥泉石，領會無餘。每適意時，相羊小園，殆覺風景與人為一。閑引客攜觴，或幅巾曳杖，嘯歌往來，澹然忘歸。因排比十有二月燕遊次序，名之曰《四并集》。授小菴主人，以備遺忘。非有故，當力行之。然為具真率，毋致勞費及暴殄沉湎，則天之所以與我者為無負無褻。昔賢有云：「不為俗情所染，方能說法度人。」蓋光明藏中，孰非遊戲，若心常清淨，離諸取著，於有差別境中，而能常入無差別定，則淫房酒肆，偏歷道場，鼓樂音聲，皆談般若。[29]

以張鎡為中心的文人雅集，冀以鼓樂音聲，轉俗成智，皆成般若的期待，恐有陳義過高之虞。但是黽勉力行十二月之燕遊次序，引人

28　「桂隱堂」與「南湖」都是張鎡園林範圍中的建築與地景，但又都可作為整個府第園林的總名。

29　宋·張鎡：〈張約齋賞心樂事並序〉，附於周密：《武林舊事》，卷10，頁512。

嘯歌往來，澹然忘歸之樂，則屬實錄。對照《玉照堂詞》所寫的〈昭君怨・園池夜泛〉、〈折丹桂・中秋南湖賞月〉、〈好事近・擁繡堂看天花〉、〈感皇恩・駕霄亭觀月〉、〈念奴嬌・宜雨亭詠千葉海棠〉、〈滿江紅・小圃玉照堂賞梅，呈洪景盧內翰〉、〈八聲甘州・九月末南湖對菊〉……，其逍遙適意的歡樂生活，真實繁複地呈現在詞裡。上文所引戴表元〈牡丹讌集詩序〉一文亦可為證。茲以八月仲秋的活動為例，其燕遊次序是：

> 湖山尋桂→現樂堂賞秋菊→社日糕會→眾妙峰賞木樨→中秋摘星樓賞月家宴→霞川觀野菊→綺互亭賞千葉木樨→浙江亭觀潮→群仙繪幅樓觀月→桂隱攀桂→杏花莊觀雞冠黃葵。[30]

如此考究安排燕遊的節目次第，且一年之中多達 137 次的雅集活動，若非既富且閒者，孰以致之？而這也顯示南宋朝廷的倉廩府庫，必是稻穀財貨盈溢；江南的社會經濟，必是萬商雲集，繁榮昌盛；並有極多的士大夫與文人匯聚於此。有安定富足的政治社會基礎，貴族世胄之家，才可在杭州一地，擁有這般富麗的園林，能在其園中的亭館花木之間，進行繁複多次的雅集活動。而張氏家族的詞學傳統，也就在張鎡的帶領耕耘之下，建立深厚的基礎。

此外，孫煉〈杭城遺事〉文中有一則重要的記述，其云南宋宮廷畫家馬遠曾畫有一張「春遊詩會圖」，即是描繪張鎡於桂隱堂舉

30　宋・張鎡：〈張約齋賞心樂事并序〉，附於周密：《武林舊事》，卷10，頁515。

行文人繪畫的雅集聚會。畫面中心位置，是張鎡在案上揮毫寫詩，而賓客侍女環視一旁。[31]張鎡家中的宴遊生活，進入皇室畫家的繪畫中，又可證明張鎡是當時南宋杭州藝文活動的中心領導人物。

由於張鎡在朝廷及文壇擁有崇高的地位，因此能建立豐沛的人際關係網絡。據〈約齋桂隱百課〉一文所言，桂隱堂命名於淳熙丁未（1187），文人的雅集至晚始於該年；而應止於開禧三年（1207），張鎡於司農少卿任上追兩官，送廣德軍居住之時。依此推算，以張鎡宅第為中心進行文人雅集的活動，至少長達二十年之久。張鎡《南湖集》卷 4 有〈園桂初發邀同社小飲〉一詩，[32]陸游〈和張功父見寄〉亦有「回思舊社驚年往，細讀來書恨紙窮」[33]之句，從詩題、詩句可以瞭解張鎡以及環繞張鎡唱酬的文人，曾經成立「詩社」；上文所引戴表元〈牡丹讌集詩序〉一文，也可證明張家確實有詩社的活動。南宋有名的詩家詞人，如辛棄疾、陸游、楊萬里、姜夔均有詩詞與之唱和往來。就張鎡《玉照堂詞》詞下的小序統計，與之往來的朝野友人，就有洪邁（景盧）、黃由（子由）、曾三聘（無逸）、項安世（平甫）、李壁（季章）、辛棄疾（幼安）、李頤、樓鑰（大防）、陳傅良（君舉）、黃裳（文叔）、彭龜年（子壽）、沈有開（應先）、雷紫巖、陳退翁等十四人之多，[34]若加《南

31 此畫現藏於美國密蘇里州堪薩斯市 Nelson-Atkins Museum of Art。見孫煉：〈杭城遺事〉，《黃河》，2007 年第 5 期，頁 149。

32 宋・張鎡：《南湖集》，《四庫全書》本，卷 4，頁 572。

33 宋・陸游，錢仲聯校注：《劍南詩稿校注》（上海：上海古籍出版社，1985 年），第 4 冊，卷 24，頁 1744。

34 李頤、雷紫巖、陳退翁三人生平未詳。

湖集》中記述的文友，與之交游者更多於此數。

張鎡豐沛的文藝創作，在政界、文壇的地位，以及其交游所形成的文學圈，是張氏家族詞學傳統之形成的重要奠基者。

二、仙都的弦歌：張鎡杭州詞的表徵意義與圖像

張鎡存詞 86 首，約有 13 首作品非屬杭州詞以外，[35]其餘 73 首皆與杭州有關。其中多篇以描寫玉照堂、桂隱、南湖、以及西湖等地的景物為題材。西湖是杭州重要的地景，玉照堂、桂隱與南湖則是張鎡府第中館舍湖泊之名。另有黃寧洞天吹笛臺、南浦、適合軒、碧宇、擁繡堂、駕霄亭、挾翠橋、興遠橋、清夏堂、宜雨亭等處，或在杭州城內的坊巷，或在西湖周遭的水浦山林，或是府中園林的亭堂小橋，張鎡均為這些足堪流連徘徊再三的處所，留下以詞書寫杭州的珍貴「圖景」。

張鎡的宅第是南宋杭州的名園，也是當時文人雅集的中心，可視為杭州城市中園林空間的代表；而西湖是杭州城市空間的延伸，也是杭州都城文化地理以及自然地理的重要標誌，胡曉真云：「沒

35 考察《全宋詞·張鎡》86 首詞作中，〈水調歌頭·姑蘇臺〉、〈念奴嬌·登平江齊雲樓，夜飲雙瑞堂，呈雷吏部〉、〈柳稍青·舟泊秦淮〉3 首寫江蘇之景物人事；〈夢遊仙·記夢〉2 首與〈失調名·翠鬢佩明珂〉、〈木蘭花慢·記夢〉等 4 首，書夢中天帝之宮闕或人物；〈江城子·凱旋〉記石頭城勝戰；〈漢宮春·稼軒帥浙東……〉、〈賀新郎·次辛稼軒韻寄呈〉、〈八聲甘州·秋夜奉懷浙東辛帥〉，頌稼軒起用為浙江東路安撫使事；〈八聲甘州·中秋夜作〉、〈蘭陵王·蓼汀側〉，疑為晚年貶謫後所作，此等 13 首不屬於杭州詞。

有西湖，杭州便不成其杭州」，「杭州的城市感，除了直接描寫以外，也可以用文人對西湖的呈現襯照出來。」[36]以張鎡描寫的西湖與其南湖園林的詞作，作為測知杭州城市的性格，知曉其在承平世代的表徵意義與圖像，是一個值得珍視與觀察的視角。以下將從「富雅生活的樂園」、「自然單純的空間」、「仕隱生活的容境」、「彰顯權力的舞臺」四點分別說明之。

(一)富雅生活的樂園

在張鎡詞作中的杭州，首先展示出的是一個適合貴家文人居住，進行富雅生活趣味的空間樂園。本文的「富雅」之意，是指張鎡與其友人雅致的活動內容，經常是以堅實的經濟條件作基礎而有之者，特別是張鎡在南湖園進行的雅集宴會。張鎡鍾愛這片家產山水，垂意書寫它的篇幅遠遠超過杭州西湖，如：

> 〈祝英臺近·邀李季章直院賞玉照堂梅〉
> 暖風回，芳意動，吹破凍雲凝。春到南湖，檢校舊花徑。手栽一色紅梅，香籠十畝，忍輕負、酒腸詩興。　小亭凭。幾多月魄□□，重重亂林影。卻憶年時，同醉正同詠。問公白玉堂前，何如來聽，玉龍噴、碧溪煙冷。（頁2136）

這闋詞呈現的是張鎡日常宴遊生活中一片美麗的剪影。玉照堂植梅

36　胡曉真：〈聲色西湖——「聲音」與杭州文學景味的創造〉，《中國文化》第25、26期，頁73。

四百株，當一色紅梅盛開，香飄十里的時候，張鎡便邀約同僚文友李壁賞梅，[37]並在花徑林影之下暢飲春酒，歌詠詩詞。據張鎡〈玉照堂梅品序〉言：

> 梅花為天下神奇，而詩人尤所酷好。淳熙歲乙巳，予得曹氏荒圃於南湖之濱，有古梅數十，散漫弗治。爰輟地十畝，移種成列。增取西湖北山別圃江梅，合三百餘本，築堂數間以臨之。又挾以兩室，東植千葉緗梅，西植紅梅各一二十章，前為軒楹如堂之數。花時居宿其中，環潔輝映，夜如對月，因名曰玉照。……頃亞太保周益公秉鈞，予嘗造東閣，坐定首顧予曰：「一棹徑穿花十里，滿城無此好風光。」人境可見矣！蓋予舊詩尾句。[38]

這片梅林的梅品多種，花開十里，夜居其中，環潔輝映有如對月，故名曰「玉照」，遊其園者，都不禁要讚嘆「滿城無此好風光」。賞花、品酒、吟詩，如是優雅的生活，如是宴饗的歡樂，多次複現在玉照堂這片空間中進行。詞云：

> 〈滿江紅·小圃玉照堂賞梅，呈洪景盧內翰〉
>
> 玉照梅開，三百樹、香雲同色。光搖動、一川銀浪，九霄珂月。幸遇勳華時世好，歡娛況是張燈夕。更不邀、名勝賞東風，真堪惜。　　盤誥手，春秋筆。今內相，斯文伯。肯閒

37　李壁（1159-1222），字季章，號雁湖居士，眉州丹稜人。

38　宋·周密，《齊東野語》，卷15，頁274。

紆軒蓋，遠過泉石。奇事人生能幾見，清尊花畔須教側。到鳳池、卻欲醉鷗邊，應難得。（頁 2136）

人生不應在得遇「奇事」中獲得生命之驚嘆的滿足，而應在「清尊花畔須教側」，「欲醉鷗邊」中度過日常的當下，現時的小段生活，小片雅趣的累積，是更值得鋪排的人生長景。這般的宴遊圖景，也可以在描繪桂隱、南湖、以及西湖的詞中照見：

〈木蘭花慢·甲寅三月中澣，邀樓大防、陳君舉中書兩舍人，黃文叔待制、彭子壽右使、黃子由匠監、沈應先大著過桂隱即席作〉
清明初過後，正空翠、靄晴鮮。念水際樓臺，城隅花柳，春意無邊。清時自多暇日，看連鑣、飛蓋擁群賢。朱邸橫經滿坐，紫微淵思如泉。　　高情那更屬雲天。語笑雜歌絃。向啼鴂聲中，落紅影裏，忍負芳年。浮生轉頭是夢，恐他時、高會卻難全。快意淋浪醉墨，要令海內喧傳。（頁 2139）

人生短暫如夢，芳年稍縱即逝，把握美好的當下，讓「當下」放在時間之流中形成「意義」，是張鎡等人抱持的生命觀。因此，「桂隱堂」中「飛蓋擁群賢，朱邸橫經滿坐」，時常高朋滿座，群賢畢集，有行樂的弦歌笑語，也有及時的淋浪醉墨，可得傳喧海內。前文述及戴表元〈牡丹讌集詩序〉云，張鎡家中的醉裡酬唱或樂府歌詞，往往傳之都下，都下人門抄戶誦，以為盛事的記載，在這闋詞中正可獲得一個印證。又，〈賀新郎·陳退翁分教衡湘，將行，酒闌索詞，漫成〉云：「桂隱傳杯處。有風流、千巖韻勝，太丘遺緒。」（頁 2140）〈朝中措・重葺南湖堂館，小詞落成〉曰：「先生心地等空虛。行處幻仙都。點綴玲瓏花柳，翻騰窈窕規模。　三杯兩盞，五言十字，遲老工夫。受用南湖風月，何須更到西湖。」（頁 2141）傳杯飲酒，濡墨填詞的閒雅生活，值得珍惜；有如「神仙宅」的桂隱，有若仙都的「南湖」風月，[39]直如西湖之美。張鎡由小窺大，從南湖照見西湖，從西湖照見杭州，杭州的版圖空間，地景的美感圖像，西湖是不可缺席的代表，它兼有自然地理空間與人文空間的意義。而今南湖可以直比西湖，這是移遠就近，將杭州最美的空間，複製在自家的園林之中，拉近「它」與「自我」之間的距離，張鎡在此建立私人的西湖與桃花源，使南湖成為欣賞的對象，也是凝聚杭州文人社群的中心，更是張氏家族財富地位的標記。張鎡以建立私家園林為開始，以建立「園林文化」為目的，張鎡詞中表述的文人雅趣，〈約齋桂隱百課〉、〈張約齋賞心樂事〉二文展現的生活美學，以及實際的物質維度建構的人文空間、詩化的自然空間，都是彰顯張氏家族園林文化的重要文本。「受用南湖風月，何須更到西湖」，張鎡這句話中展現的自信、自豪，是不待言喻的，這兩句詞，像是一份文化宣言，揭櫫一個杭州人的「家產山水」可以取代西湖的「自然山水」。

南宋周密的《齊東野語》與明代張岱的《夜航船》就曾特別提到張鎡南湖別業的「駕霄亭」。周密云：

39　宋・史浩〈題南湖集十二卷後〉曰：「桂隱林泉，在錢塘為最勝。……因為一絕題其後：桂隱神仙宅，平生足未登。新詩中有畫，一一見觚棱。」此詩文附於《四庫全書》本《南湖集》後，頁 660。

> 張鎡功甫，……園池聲妓服玩之麗甲天下。嘗於南湖園作駕霄亭於四古松間，以巨鐵絙之空半而羈之松身。當風月清夜，與客梯登之，飄搖雲表，真有挾飛仙，遡紫清之意。[40]

張岱《夜航船》亦載曰：

> 張功甫為張循王諸孫，……于南湖園作駕霄亭，于四古松間，以巨鐵絙之半空。[41]

用巨大鐵梯駕於古松間，在風月清夜之時，與客登之，逍遙於雲表之上，這是何等「會享人天清福」[42]的安樂生活！這個奇想之樂，久久流傳不絕，從南宋、入元、到明末張岱尚書之於《夜航船》，而張鎡〈感皇恩·駕霄亭觀月〉一詞：「詩眼看青天，幾多虛曠。雨過涼生氣蕭爽。白雲無定，吹散作、鱗鱗瓊浪。尚餘星數點，浮空上。」（頁 2132）就是記錄此一倚風長嘯，悠飏林端的別緻而又快意的樂園神仙生活。

張鎡的樂園主要以其南湖府第為中心，但是西湖的舒雅歲月，張鎡也留下幾闋詞作，如〈宴山亭〉：「竹檻氣寒，蕙畹聲搖，新綠暗通南浦。」（頁 2141）〈柳稍青·西湖〉：「千丈風漪。霽光明處，花柳高低。簫鼓聲中，寶釵遙認，蘭棹交馳。」（頁 2141）

40　宋·周密：《齊東野語》，卷 20，頁 374。

41　明·張岱：《夜航船》（汕頭：汕頭大學出版社，2009 年），卷 11，頁 346。

42　張鎡〈昭君怨·遊池〉，頁 2128。

泛舟西湖，棹通南浦，是杭州人日常生活的一部分。由於杭州的自然地理環境，是一個擁有眾多溪流湖泊的城市，因此拏舟看荷，撐船賞月的畫面入鏡詞中，也就是家常之事了。張鎡的〈昭君怨・遊池〉、〈昭君怨・月夜放船〉、〈昭君怨・園池夜泛〉、〈霜天曉角・泛池〉、〈柳稍青・適合軒〉，多首寫其泛舟放船的雅興之樂，記錄了他神仙般的生活，也記錄了杭州。而文學與地方的結合，文學為地方文化記載、傳播、擴散的動能，在張鎡這些詞中都呈現豐富的印證。

此外，張鎡另有幾闋詞寫他在南湖府第與歌兒小姬吟賦相伴，花下同行的風雅生活，如〈念奴嬌〉：「猶記攜手芳陰，一枝斜戴，嬌豔波雙秀。」（頁 2134）〈風入松〉：「晚簷人共月同行。疏影動銀屏。指尖輕撚都如玉，聽畫欄、高囀流鶯。」（頁 2140）這般「豔樂」的生活享受，豈不是趙匡胤對石守信、高懷德等諸將所揭櫫的生命意義？「人生駒過隙爾，不如多積金，市田宅以遺子孫，歌兒舞女以終天年。」[43]張鎡在南湖的歲月，可謂將這段話作了極為透徹的實踐。

玉照堂、桂隱、南湖、西湖鋪綴而成的杭州城都，富貴繁華，風流閒雅，這是張鎡賦予杭州的第一個表徵意義。與此表徵意義相對應的生命實感，是由一個安定的世界觀作為支撐，如果說張鎡的內在世界沒有恆定安足的實感，詞中杭州的文學意象，就不會是如斯的面貌。而張鎡內在安定的世界觀，則又是他身處南宋歷史中期的承平歲月所蘊造而有的，偏安的朝廷，富裕的江南，提供一個穩

43 元・脫脫等撰：《宋史・石守信傳》，卷 250，頁 8810。

定的政治社會環境，有穩定的政治社會環境，城市的文化與文學，才有繁榮昌盛的可能，張鎡所云「幸遇勳華時世好，歡娛況是張燈夕」，這是一個必要的條件。而杭州在南宋選為「行在」，是國家運作權力的中心，應是表徵人間權力、彰顯人間權力的空間。但是張鎡詞中的杭州，僅以稀疏的幾筆意象，交代這個實質存在的意義（詳見下文）。張鎡，以及與張鎡生命實感相呼應的詞人文友，轉化了杭州該屬剛硬冷肅的政治性格，而化為溫柔婉約的文學性格，杭州，就以張鎡等文人群體所建立的這一個富貴繁華，風流閒雅的表徵意義，成為杭州性格中最強的屬性，所謂的「南宋遺風」，於茲完成、確立。

㈡單純自然的空間

杭州整體的地理環境是「南跨吳山，北兜武林，左帶長江，右臨湖曲，所以全形勢而周脈絡，鍾靈毓秀于其中。」[44]鍾靈毓秀的杭州，具備天然湖山之美，處於承平世代的張鎡，自然對此地方的美景多所書寫。前一小節「富雅生活的樂園」所舉證的詞例，多涉及到自然景致的描繪，但是說明的時候是側重其「富雅生活」放置在這片「樂園」空間中所作的分析。此一小節則著重於杭州的自然山林作為詞中的「主體」，它未賦予過多富貴繁華，風流閒雅的人間符碼，也不是彰顯其他主題的旁襯佈景，詞裡的自然山水就是詞的主題。詩有純粹的「自然詩」、「田園詩」或「山水詩」，詞發展到南宋中葉，早已不再只是綺筵公子，繡幌佳人，「遞葉葉之花

44　明·田汝成：《西湖遊覽志》，卷1，頁5。

箋，文抽麗錦；舉纖纖之玉指，拍按香檀，不無清絕之詞，用助嬌嬈之態。」[45]所持有的原始目的與功能。詞可以純然容納自然、山水、田園，一如詩體。張鎡的杭州詞，第二個表徵的意義與圖像就是展現其單純存置自然的空間。如：

〈蝶戀花·南湖〉

門外滄洲山色近。鷗鷺雙雙，惱亂行雲影。翠擁高筠陰滿徑。簾垂盡日林堂靜。　　明月飛來煙欲暝。水面天心，兩個黃金鏡。慢颭輕搖風不定。漁歌欸乃誰同聽。（頁 2133）

除卻末一句有加入漁歌人物之外，整闋詞以南湖客觀的自然元素進行敘寫。上片從滄洲水濱、雙飛鷗鷺、行雲浮影、林堂竹徑，這幾個畫面來描繪南湖安靜的白晝，杭州城一處幽靜的自然風光。下片則從微風吹拂，兩輪明月相映於水面和天上，描寫出夜晚的美。張鎡在這闋詞，以單純觀望風景的眼光來欣賞這片空間的自然景物。

〈蝶戀花·挾翠橋〉

灑面松風涼似水。下看冰泉，噴薄溪橋底。疊疊層峰相對起。家居卻在深山裏。　　枝上淩霄紅繞翠。飄下紅英，翠影爭搖曳。今夜岩扉休早閉。月明定有飛仙至。（頁 2133）

有如上一闋詞一般，除了最末兩句加入神仙或至的幻想，有人間祈

45　後蜀·趙崇祚編，李保民等注評：《花間集·序》（上海：上海古籍出版社，2002 年），頁 1。

望略做烘染之外，整首作品也是以單純的自然作為詞的主題：挾翠橋是其家居的一處勝景，橋畔是松林，橋下是冰泉，遠方層峰疊翠，家居鑲嵌在深山之中，這是作者目中所見的橋山全景。再稍往林中的細處看，淩霄花依繞於樹林的枝條上，紛紛飄下的落英，迴盪在翠葉搖曳之間，交錯成紅綠輝映的細緻動態畫面。杭州的自然之美，可以在這類的詞裡，展現它納入菁英階級的世界中，最細膩、最動人的美感高度。即便張鎡《玉照堂詞》裡純粹歌詠自然的作品並不多，但卻值得注意；在其之後的周密、陳允平、張矩等人，以西湖十景各寫下組詞 10 首的西湖詞，正是這類地方自然特色之主題描寫的發揮與擴大。

㈢仕隱並存的容境

張鎡杭州詞第三個表徵意義，是建立在可以「仕隱」的價值功能之上。張鎡在朝為官，不是一個隱士，但是隱士的生命價值卻為他所認可，他希望作為一個「朝官」的同時，也有「隱士」清淡高遠的空靈意境在其身，雖說他實踐的透徹度很可懷疑，因為一個曾積極參與謀誅韓侂胄，又加入反對史彌遠事件的政治人物，涉世如此之深，對空靈生命的體認，當應難以達至一種光風霽月，灑然自得之境。但是，隱士的地位在中國的歷史中，一直以崇高的形象矗立著。《詩經》中的〈考槃〉，是隱逸詩歌之始：「考槃在澗，碩人之寬。獨寐寤言，永矢弗諼。」[46]這首詩的意境雋遠，趣味幽潔，隱士的生活與心靈，在此有一個最初的風格樣貌。晉代的陶

46　周·《詩經》（臺北：藝文印書館，1982年《十三經注疏》本），卷3，頁128。

潛，隱於田園，生命沖淡深粹，自然渾樸，發之於詩，則有一種豪華落盡見真淳，天人拍合的境界，而為宋人所推崇。但是〈考槃〉中的碩人與陶潛，其純粹的隱士生活，畢竟不是張鎡等插足紅塵中人的道路，因此唐代的王維在輞川別業那種半官半隱的生活方式，便成為「仕隱」生活的理想。而杭州城本身，就是仕隱生活空間的最大公約數，北宋初年的林逋（和靖）就是在杭州西湖的孤山完成梅妻鶴子的永恆典故，他召喚一種高潔的隱士生命形式，南宋杭州的文人時以王維的仕隱方式，趨近林逋式的生命空靈。張鎡即是認可這種沖淡高遠的空靈意境，所以他的詞也就流露出嚮往或側身其中的光景，其〈柳梢青〉與〈八聲甘州〉的下闋云：

〈柳梢青・秋日感興〉

煙淡波平。蓬鬆岸蓼，紅淺紅深。滿院西風，連宵良月，幾處清砧。　區區宦海浮沈。幸隱去、將酬素心。兩鬢吳霜，一屏秦夢，誰是知音。（頁 2130）

〈八聲甘州・九月末南湖對菊〉

誰信心情都懶，但禪龕道室，黃卷僧床。把偎紅調粉，拋擲向他方。□喚汝、東山歸去，正燈明、松戶竹籬旁。關門睡，盡教人道，癡鈍何妨。（頁 2138）

由於仕途的前程不定，杭州城原為追逐官場升遷、角逐權力的場域，頓時轉為遠離權力的隱逸空間，一座城市同時具備兩種對立的場域功能，是南宋時期杭州特有的情境，杭城的煙波蓼岸，院落良月，成為可以隱身其中的陪伴；南湖園的禪龕道室，松戶竹籬，轉為可以拋擲紅塵的「他界」，杭州，與杭州裡的南湖莊園，這個空間，可以酬成隱居的本心素願。只不過對照張鎡的生平，他的「幸隱去、將酬素心」，只是一種聲音、姿態，他未曾真隱，他隱於「桂隱」之隱，只屬於「仕隱」，而且是「羽量級」的仕隱，他如王維涉足官場，卻未如王維一心向「佛」，張鎡基本上是嚮往或帶有空靈隱逸之光景，而非徹上徹下的生命境界，僅以「桂隱」的空間，進行一種隱逸的時間，而非真正的隱逸的生命。張鎡的隱逸生活，空靈之感，就在這片空間獲得暫時性的滿足與完成。而這一層沖淡高遠的隱士生活的表徵意義，可以結合第一種風流閒雅的文人生活，而試圖將生命的境界拔向更高的存在價值。

〈水龍吟〉也是一闋意欲辭官歸隱之作：

> 〈水龍吟·夜夢行修竹林中，有道士頎然而長，風神秀異，自稱見獨居士。謂余曰：人間虛幻，子能畢辭榮寵，清淨寡欲，當享萬壽。驚覺，因賦此詞，乙丑冬十二月也。〉
> 這番真箇休休，夢中深謝仙翁教。浮生幻境，向來識破，那堪又老。苦我身心，順他眼耳，思量顛倒。許多時打鬨，鮎魚上竹，被人弄、知多少。　解放微官繫縛，似籠檻、猿歸林草。雲山有約，兒孫無債，為誰煩惱。自古高賢，急流勇退，直須聞早。把憂煎換取，長伸腳睡，大開口笑。（頁2136）

此詞作於寧宗開禧元年（1205）乙丑冬十二月，為記夢之作。夢中有一道士勸誡張鎡畢辭榮寵，清淨寡欲。張鎡於夢後自省：由於生命時常隨順眼耳感官的造作，而落入顛倒夢想的幻境之中，何不急流勇退，放下官場的束縛，過著與雲山有約的退隱生活。如果說，夢境是潛意識的表發，那麼張鎡確實有趨向隱士清逸的生命形式之召喚，他顯然對仕途宦海已有幾分的厭倦，而衷心寄望無憂無慮，伸腳睡，開口笑的簡單生活。但是寧宗開禧三年（1207），也就是此詞完成後二年，他就坐事除名送廣德軍居住，最後卒於象州貶謫之地。張鎡若能聽從內在的聲音，正視夢境的內容，使「桂隱」（諧音「貴隱」？）成為真正退隱的空間，或許這場晚年的政治災難就可避免。

㈣功業權力的舞臺

張鎡杭州詞第四個表徵意義與圖像是彰顯人間功業權力的舞臺。杭州在南宋是「行在」，是國家首都，運作權力的政治中心，也是豪傑將相博取功業的舞臺。張鎡一生的前期都在杭州為官，是朝中具有一定影響力的人物，生命中與政治、以及政壇人物交錯往來的軌轍，自然也融攝到他所書寫的杭州詞，他寫給項安世的〈水調歌頭〉和〈滿江紅〉兩首作品可為代表[47]，詞云：

〈水調歌頭·項平甫大卿索賦武昌凱歌〉

忠肝貫日月，浩氣抉雲霓。詩書名帥，談笑果勝棘門兒。牛

---

47 項安世（1129-1208），字平甫，號平庵。其先括蒼人，後居江陵。曾任鄂州太守、戶部員外郎、太府卿等，與張鎡友善。

弩旁穿七札，虎將分行十道，先解近城圍。一騎夜飛火，捷奏上天墀。　　暢皇威，宣使指，領全師。襄陽耆舊，請公直過洛之西。簞食歡呼迎處，已脫氈裘左衽，還著舊藏衣。笳鼓返京闕，風采震華夷。（頁2135）

寧宗開禧元年（西元 1205 年）項安世曾帶兵北伐馳救德安獲捷，張鎡因作此詞歌頌之。而一切軍事上的勝利，都必須回到都城獲得天子的嘉勉、同僚的稱許、庶民的歡呼，才完成其高度的光榮意義：「一騎夜飛火，捷奏上天墀」，向天子奏捷的儀式，需要在臨安宮殿的臺階上進行，授予嘉勉與接受嘉勉，上與下的對位，在宮殿的高低臺階中展現最明顯的權力的張力圖像。「笳鼓返京闕，風采震華夷」，項安世馬背上的風采，在伴隨喧囂的笳鼓，走過杭州京城的街道時，更增勝利的光輝。英雄凱旋的榮耀，因是在運作最高權力的中心進行，而獲得心理的特殊優越感與滿足。如果說，對英雄的嘉勉，不在萬人鑽動的京城，而在無人的鄉野；不在天子的宮殿，而在平民百姓之家，對一個將軍而言，勝利歡欣的能量，恐怕無法擴張到最大。杭州臨安在南宋，有這一層展現權力空間的特殊意義。

〈滿江紅·賀項平甫起復知鄂渚〉

公為時生，才真是、禁中頗牧。擎天手、十年猶在，未應藏縮。說項無人堪歎息，瞻韓有意因恢復。用真儒、同建太平功，心相屬。　　忠與孝，榮和辱。武昌柳，南湖竹。一簞瓢非欠，萬鐘非足。知命何曾懷喜慍，輕身豈為干名祿。看

可汗生縛洗煙塵，機神速。（頁2136）

這闋是恭賀項安世於開禧二年（1206）起任鄂州太守時所作。張鎡稱頌項安世是皇城禁中的「擎天手」，因韓侂冑有意恢復中原，而願一同共建太平功業的「真儒者」，他期許項安世能生縛可汗，一洗北方煙塵。然而完成彪炳的功業雖是在疆界的前線，但能代表朝廷出發到邊疆前線，是因在京城裡完成權力的運作，詞裡說道「說項無人堪歎息，瞻韓有意因恢復」，便隱約透發這樣的一種消息。杭州行在，終究是政治、軍事最終也是最高的運作中心。

三、張鎡杭州詞的詞筆特質

㈠歡愉之詞與地方感的交融表現

詞從唐代中葉開始發展，經過五代宋初的醞釀鍛鍊，到北宋中期，已達到完全成熟的高峰，南宋基本上是這一高峰的延續發展，直到蒙元入主中原，詞才讓渡給曲，作為當時文學體裁的代表。由唐至宋，在這一段漫長的詞作創製時期，如果檢視各代詞家的作品，會發現這樣一個現象：傳世或入選詞選集的重要作品，表達「幽約怨悱」的「愁苦之音」，其數量篇幅遠超過「喜樂愜意」的「歡愉之辭」，書寫缺憾、虛欠、悲傷的心理狀態與情感經驗，大過豐足、圓滿、幸福的感覺體驗與人生經歷。無論是唐末西蜀的溫、韋，南唐的李氏父子，宋代的大、小二晏，還是詞壇大家柳、蘇、周、姜，多是如此。傳為李白之作的〈菩薩蠻〉、〈憶秦娥〉，一寫離愁，一從閨怨感舊勾連至歷史的興衰，詞格蒼茫高渾，雖被後世奉為百代詞曲之祖，[48]卻是屬於「愁苦之音」。就連以「指出向上一路，新天下耳目，弄筆者始知自振」的蘇軾，[49]像〈江城子·老夫聊發少年狂〉寫得自信昂揚，〈西江月·照野瀰瀰淺浪〉的空靈雋永，〈洞仙歌·冰肌玉骨〉的婉約深情等，這些作品的數量在比例上仍然不敵〈水調歌頭·明月幾時有〉、〈永遇樂·明月如霜〉、〈水龍吟·似花還似非花〉、〈賀新郎·乳燕飛華屋〉、〈卜算子·缺月掛疏桐〉、〈臨江仙·夜飲東坡醒復醉〉……等，這類情帶黯然幽慨的篇數。

產生此一現象的原因何在？不只是詞，其他古典文學體裁也是如此，古代作家何以長於表現人生的不幸與憂傷的題材？歐陽修在〈梅聖俞詩集序〉言：「世所傳詩者，多出於古窮人之辭也。」[50]他視人生的苦難和悲傷是驅動作家產生作品的能量來源。韓愈則解釋道：「夫和平之音淡薄，而愁思之聲要妙；歡愉之辭難工，而窮苦之言易好。」[51]歐陽炯論詞，承襲韓愈之說：「每言愁苦之音易好，懽愉之語難工。」[52]就藝術創作的動人與難易角度來看，愁思

48 宋·黃昇於《唐宋諸賢絕妙詞選》稱二詞為李白所作，並尊之為百代詞曲之祖。見鄧子勉編：《宋金元詞話叢編·黃昇詞話》（南京：鳳凰出版社，2008年），中冊，頁1418。

49 宋·王灼著，岳珍校正：《碧雞漫志校正》（成都：巴蜀書社，2000年），卷2，頁37。

50 宋·歐陽修：〈梅聖俞詩集序〉，《歐陽修全集·居士集 2》，卷2，頁130。

51 唐·韓愈著，羅聯添編：〈荊潭唱和詩序〉，《韓愈古文校注匯輯》（臺北：國立編譯館，2003年），第2冊，卷4，頁1294。

52 《蓉城集》引。見清·沈辰垣、王奕清等編：《御選歷代詩餘·詞話》

之聲要比和平之音「要妙」，而窮苦之言也要比歡愉之辭「易好」。今人劉玉平特別強調儒家重群體和重批判（「美刺」之「刺」）的文藝思想，對後世文人創作「缺失性體驗」作品具有的深遠影響。因為「通過自身的失缺去發現更為普遍的失缺，從而使一已情愫上升為具有普遍意義的人生體驗」，[53]進而可作為批判、干預現實的力量，這是傳統文人所會具有的社會歷史意識與情感，《詩經》中所謂的「變風」、「變雅」之作有此傾向，杜甫的〈茅屋為秋風所破歌〉更是典型的例子。而「歡愉」「往往屬於個人經歷的範疇，重群體是中國古代社會主導價值取向之一，主流文化對於那些明顯打上『個人』烙印的情感，雖然並未構成徹底的放逐，但也絕沒有在理論上給以充分的支持和大力的提倡。」[54]在這樣的文化背景底下，傳統文人自易形成一代又一代「缺失性體驗」的成熟寫作體系。

但是張鎡的詞作大大背反了歐陽修等四人的說法，他是傳統文人情境書寫語系中少見的特例。

在張鎡 73 首的杭州詞，經常選擇令人感到歡愉的事物為題材，並運用歡愉的詞彙加以形塑，形成歡愉的語境與氛圍，繁複地出現在他的作品之中，共有 59 首，比例高達 8 成餘。其詞無論是抒情、敘事、描景、詠物，多數題材書之於筆端，經常盈溢一股歡

（臺北：廣文書局，1972 年），第 8 冊，卷 113，頁 10-11。

53 劉玉平：〈中國古代作家的創傷體驗〉，《西華師範大學學報》，2004 年第 5 期，頁 4。

54 劉玉平：〈中國古代作家的創傷體驗〉，頁 5。

樂的氣氛，昭示他豐足、圓滿、喜樂的生命感與生活氣息。試觀下列的詞例：

> 會享人天清福。休把兩眉輕蹙。誰道做神仙。戴貂蟬。（〈昭君怨·游池〉）
>
> 雲被歌聲搖動。酒被詩情掇送。醉裏臥花心。擁紅衾。（〈昭君怨·園池夜泛〉）
>
> 此身無繫著。南北東西樂。碧宇朗吟歸。天風香染衣。碧宇，余家竹堂名也。（〈菩薩蠻·遣興〉）
>
> 今朝歡笑且銜杯，休更問明日。此意悠然誰會，有湖邊風月。瑞露，紫牡丹新名也。（〈好事近·擁繡堂看天花〉）
>
> 詩人那識風流品，馬乳漫堆盤。玉纖旋摘，銀罌分釀，莫負清歡。（〈眼兒媚·水晶葡萄〉）
>
> 又成雅集相依坐，清致高標記竹林。（〈鷓鴣天·詠阮〉）
>
> 熟染蜂房蜜，清添石鼎泉。雪香酥膩老來便。煨芋鑪深、卻笑祖師禪。（〈南歌子·山藥〉）
>
> 相並熟，試新嘗。累累輕翦粉痕香。小槽壓就西涼酒，風月無邊是醉鄉。（〈鷓鴣天·詠二色葡萄〉）
>
> 把憂煎換取，長伸腳睡，大開口笑。（〈水龍吟·夜夢行修竹林中……〉）
>
> 看了梅花去。要東風、攀翻飛雪，與君同賦。海內從來天際眼，一笑平窺千古。（〈賀新郎·李頤正路分見訪，留飲，即席書贈〉）
>
> 喜濃寒乍退。風共日、已作深春天氣。（〈瑞鶴仙·壬子年燈

夕〉）

一笑歸來人未睡，花送影，上窗櫺。（〈江城子・夏夜觀月〉）

拂拂春風生草際。新晴萬景供遊戲。（〈漁家傲・漁翁〉）

在這些詞作裡，他總懷抱著歡欣的心情悅納這一切，感受這一切，也享受這一切。花月風物如此多嬌，流光歲月如此靜好，宇宙萬有提供豐富美好的景物，南北東西皆有可樂之趣、之事、之物，他的南湖府第不就是依東西南北方位不同，而規劃成可分別提供祭祀、生活、閒遊、接待等功能之主題區域的樂園？人生何不「長伸腳睡，大開口笑」？世間「新晴萬景供遊戲」，盡可能的盡情歡樂，讓歡樂的感覺經驗擴散到最大（如駕霄亭觀月之樂），並以詩詞歌賦來承載、記錄歡樂，這是他人生前期（五十五歲以前）生命主要的價值與意義。故而他的詞筆展現的詞風多是歡快悠然的質音，考察張鎡的杭州詞，歌字出現 19 次，詩字 15 次，而笑字出現 17 次，歡字 8 次，以及樂字、喜字、逍遙、遊戲等字經常出現；另有未出現歡笑喜樂字眼，卻是語含歡欣之意者更多，如上文所舉之「小槽壓就西涼酒，風月無邊是醉鄉」，「會享人天清福，休把兩眉輕蹙」，「又成雅集相依坐，清致高標記竹林」等是，這些句子流動輕盈、馨香、豐足的感覺質地。整體來說，他的「歡愉之詞」寫得篇數不僅多，而且要比他的「愁苦之音」要妙、易好。

第二，特別可注意的一點是，他的「歡愉之詞」經常與地方（杭州、南湖）有著緊密的連結，可以說，是帶有強烈地方感的作品。他的南湖府第多處的亭、堂、橋經常出現在他的詞作，皆指南湖的「南湖」、「平湖」、「湖」三詞就出現 13 次共 12 首（參見附錄表一），「玉照堂」5 次 4 首。〈木蘭花慢·癸丑年生日〉一闋是非常典型的詞例，寫他三月二日四十一歲時（1193）的生日感言，他自言自己有如居於「天留帝城勝處」的天堂，西鄰東舍「大半是漁樵」的人家，他在此享受「翁媪歡呼，兒孫歌笑」的人倫之樂，醉來「便隨鶴舞，看清風、送月過松梢」。這裡的翁媪、兒孫是他的家人，然而南湖的山水、漁樵，包括舞鶴，也不只是「自然」與「生靈」而已，是納入和諧共生裡的生命共同體，強烈鍾愛的地方感在此呈現。另以〈燭影搖紅〉寫玉照堂為例：

> 〈燭影搖紅·燈夕玉照堂梅花正開〉
>
> 宿雨初乾，舞梢煙瘦金絲嫋。嫩雲扶日破新晴，舊碧尋芳草。幽徑蘭芽尚小。怪今年、春歸太早。柳塘花院，萬朵紅蓮，一宵開了。　　梅雪翻空，忍教輕趁東風老。粉圍香陣擁詩仙，戰退春寒峭。現樂歌彈鬧曉。宴親賓、團圞同笑。醉歸時候，月過珠樓，參橫蓬島。柳塘、花院、現樂，皆家中堂名也。（頁 2137）

〈燭影搖紅〉一詞是寫燈夕之時，在家居「玉照堂」處賞梅之樂。「玉照堂」是張鎡詞中重要的「地景」，張鎡有 4 首詞作直接點出「玉照花深處」之美，[55]並以它作為詞集的名稱；另有〈玉照堂梅

55　「玉照花深處」為〈卜算子·無逸寄示近作梅詞，次韻回贈〉之句。另 3 首為〈燭影搖紅·燈夕玉照堂梅花正開〉、〈祝英臺近·邀李季章直院賞玉照堂梅〉、〈滿江紅·小圃玉照堂賞梅，呈洪景盧內翰〉。

品〉一文，品評梅花的宜稱、憎嫉、榮寵、屈辱四事共 58 條；[56] 以及〈玉照堂觀梅二十首〉等詩。[57]〈燭影搖紅〉這闋詞除了寫玉照堂梅花盛開，多到粉圍香陣擁詩仙（張鎡）之外，還寫了柳塘、花院、現樂三處空間，他於詞末自注此三處：「皆家中堂名也。」他怪「今年春歸太早」；他知「柳塘花院，萬朵紅蓮，一宵開了」；他在現樂堂「歌彈鬧曉，宴親賓、團圝同笑」，詞語顯現他對家園中的景物是何等熟悉，感覺又是何等親愛，堂以「現樂」命名，不也表徵一種認取現世歡樂的生命價值取向？詞筆的氣氛和諧，又充滿歡悅的波流，表示他已然與這個地方「為友」，與這個環境脈絡中的雲雨、芳草、幽徑、蘭芽、梅雪為友，因此會對「春歸太早」介意，「蘭芽尚小」關心，「粉圍香陣」喜悅，這些都源於他對此一地方的「愛」，因愛而產生對地方極為親切的「認同」感，因認同而顯現「生存」的安全與意義。

第三，劉玉平所說「歡愉」「往往屬於個人經歷的範疇」，主流文化「絕沒有在理論上給以充分的支持和大力的提倡」的說法，顯然不適用於張鎡，以及環繞在張鎡周圍所形成的文學圈。因為他的杭州詞到處可見他把個人的「歡愉經歷」，透過詩詞雅集酬唱，賞梅觀月攀桂等，排比十二個月份燕遊次序的活動，與他的同僚、文友、家人連結成「歡樂的群體」，其所共有的創作、雅集、宴會等活動，是其群體的共同經歷。而朝廷從開國之君趙匡胤開始，就提倡這種「現樂」的士大夫生活方式（見前文），這種現樂的生活

---

56 宋·周密，《齊東野語》，卷 15，頁 274-275。

57 宋·張鎡：《南湖集》，《四庫全書》本，卷 9，頁 645-646。

文化是政策與社會環境所允諾的，「提高文官俸祿」、「歌兒舞女以終天年」、「士可經商的價值觀改變」等，都是支持這種現樂生活的可行性。張鎡等人充分實踐了此一生活方式，也讓此一生活方式長期根植在杭州，形成杭州的一個地方文化，戴表元〈牡丹讌集詩序〉所云：「花時月夕，功父必開玉照堂置酒樂客。其客廬陵楊廷秀、山陰陸務觀、浮梁姜堯章之徒以十數，……醉中唱酬詩或樂府詞纍纍傳都下，都下人門抄戶誦，以為盛事。然或半旬十日不爾，則諸公嘲訝問故之書至矣。」就是一個明證。所以，張鎡和傳統文人「文窮而後工」產生的情境書寫語系不同，「歡樂」才是驅動他創作能量的來源，他的詞筆傾向歡愉氛圍的展現。試觀他在坐事除名，送廣德軍，接著是象州編管以後，僅有寥寥數首作品產生。嘉定三年（1210）五十八歲自定《南湖集》25 卷，並作序，這似乎是告示他在創作上的自我總結。此後到端平二年（1235）八十三歲過世，漫長的貶謫生涯，竟沒留下多少謫居異鄉，感慨悲涼的詞作，[58]張鎡顯然不願多施筆墨書寫他流放貶謫之地的缺失性經驗，而這卻是許多傳統文人會大加書寫的題材。

張鎡讓他的筆端與記憶盡量「停格」在嘉定三年以前。

㈡詩意的生活情味與細節的鋪寫

李澤厚在討論宋元山水畫的意境時曾說，宋代以「郁郁乎文

58 就詞文來看，僅〈八聲甘州·中秋夜作〉、〈蘭陵王·蓼汀側〉2 首，疑為晚年貶謫後所作。另有〈柳稍青·舟泊秦淮〉應為政壇掀起波瀾之後所作，然寫作時間難以確定。

哉」著稱，從帝王到仕紳，構成一個龐大的文化教養階層，因此「細節的真實和詩意的追求是基本符合這個階級在『太平盛世』中發展起來的審美趣味的。但這不是從現實生活中而主要是從書面詩詞中去尋求詩意，這是一種雖優雅卻纖細的趣味。」而能發展這種細緻的審美趣味，是在「享有極度閒暇和優越條件之下」，才能把追求細節的忠實寫實，發展到頂峰，「這種審美趣味在北宋後期即已形成，到南宋院體中到達最高水平和最佳狀態。」[59]

李澤厚說的雖是宋畫，驗之於宋詞，何若不然？南宋詞人，特別是風雅派詞人，較諸北宋詞人，更重視敘述對象之細節的詩意性描繪。就時代的因素來說，此乃肇因於南宋整體的政治運作已然轉型，言論自由發生變奏，由北宋的改革開放，充滿樂觀、批判、進取的外向性，轉趨保守謹慎，溫和收斂的內向性。故而士大夫、文人士子易把關注投向日常生活，他們擁有時間，以及擁有更幽雅秀美的江南地理環境，更優渥的港都經濟條件（參見第二章），去沉思體會，細微觀察生活周遭的一切，描寫生活日常的點滴，以及風花雪月，花鳥蟲魚的詠物詞因而殷殷大盛。

張鎡的杭州詞是典型的代表之一。無論是夏夜泛舟，冬日訪梅，閒居飲酒，攜侶絃歌，還是賞雪、賞月、賞花這般的風雅閒趣，亦或是吃炮栗、煨芋頭、煮山藥、摘葡萄此類的日常生活小事，並如朋友見訪、生日宴會、文人雅集的酬酢往來，都可入詞。有時他也會書寫反應現實時事的愛國詞，但是這類主題宏大的作品並不多，僅 9 首（詳下文）；而跳脫忠實的寫實方式，以高度的抽象語

---

59 李澤厚：《美的歷程》（臺北：三民書局，1996 年），頁 196。

言概括主題，或對所述的情事物象，以一、二句文辭含攝之者更少。張鎡的杭州詞多數的作品是其詩意風雅之生活情味的記錄與生活細節的描述，即使寫簡短的小詞，仍是扣住主題加以鋪寫，如：

〈南歌子·山藥〉
種玉能延命，居山易學仙。青青一畝自鋤煙。霧孕雲蒸、肌骨更凝堅。　　熟染蜂房蜜，清添石鼎泉。雪香酥膩老來便。煨芋爐深、卻笑祖師禪。（頁2131）

〈卜算子·無逸寄示近作梅詞，次韻回贈〉
常記十年前，共醉梅邊路。別後頻收尺素書，依舊情相與。早願卻來看，玉照花深處。風暖還聽柳際鶯，休唱閒居賦。（頁2132）

第一首有如山藥的食譜，先說山藥能益壽延年，而它無論是熟染蜂蜜，清添石泉，還是來個酥烤都好吃，山居生活愜意如仙，何必學禪？第二首寫他邀請友人曾三聘再度到玉照堂賞梅之事。[60]上片前二句寫十年前共醉梅邊的逸事，次二句敘別後頻收書信的深情友誼；下片寄望未來再度同賞梅花，共聽鶯語之樂。一詞僅 44 個字，卻把前後交游的生活情節交代清楚，和姜夔時以一、二句文字提掇本事的寫作方式迥然有別。

再看他的長調亦然，如他的詠物詞〈滿庭芳〉：

60　曾三聘（1144-1210），字無逸，臨江軍新淦人。

〈滿庭芳・促織兒〉

月洗高梧，露溥幽草，寶釵樓外秋深。土花沿翠，螢火墜牆陰。靜聽寒聲斷續，微韻轉、淒咽悲沈。爭求侶，殷勤勸織，促破曉機心。　　兒時，曾記得，呼燈灌穴，斂步隨音。任滿身花影，猶自追尋。攜向華堂戲鬭，亭臺小、籠巧妝金。今休說，從渠牀下，涼夜伴孤吟。（頁2134）

這是《玉照堂詞》中的名篇，清王又華《古今詞論》稱曰：「張功甫『月洗高梧』一闋，不惟慢聲勝其高調，形容處亦心細如髮。」[61]詞從月洗高梧的時間，到土花牆陰的環境，寫到鳴聲、求偶、勸織的聯想；再從兒時提燈灌穴、華堂戲鬭、金籠蟋蟀的童趣，寫到今日夜伴孤吟的淒清。多方面多角度刻畫蟋蟀，與他自孩提時期起所生長生活的家園，他和家園處所之間「可與之為友」的親切關連，特別是「任滿身花影，猶自追尋」二句，清代許昂霄讚其「工細」。[62]

餘如：

攜靚侶，泛輕航。棹歌驚起野鴛鴦。同過清夏看新月，茉莉花園小象床。（〈鷓鴣天・自興遠橋過清夏堂〉）

輕車載歌吹。選名坊閒玩，落梅穠李。（〈瑞鶴仙・壬子年燈夕〉）

61　清・王又華：《古今詞論》，《詞話叢編》本，第1冊，頁601。

62　清・許昂霄：《詞綜偶評》，《詞話叢編》本，第2冊，頁1557。

御路東風拂翠衣。賣燈人散燭籠稀。不知月底梅花冷，只憶橋邊步襪歸。（〈鷓鴣天〉）

有時在茉莉花園擺張小象床，與佳人共看新月；或駕輕車載歌妓選名坊閒遊玩；或於月下步襪而歸。這些作品表彰他如詩如畫的歲月，馨香甜美的生活情味。張鎡在杭州，顯現是一個熱愛生活，常日沈浸，也沈醉在紅塵諸色、聲、香、味、觸、法中的人。

㈢不事雕琢用典的清新閒雅之風

張鎡杭州詞的詞風清新閒雅，與其詞論可相互發明。其詞論主張見於〈梅溪詞序〉，以推尊詞體、崇尚雅詞、注重聲律為其主要論點，其云：

關雎而下三百篇，當時之歌詞也。……世之文人才士，游戲筆墨於長短句間，有能瑰奇警邁，清新閑婉，不流於詑蕩汙淫者，未易以小伎言也。……蓋生之作，辭情俱到，織綃泉底，去塵眼中，妥帖清圓，特其餘事。至於奪苕豔於春景，起悲音於商素，有瑰奇警邁，清新閑婉之長，而無詑蕩汙淫之失。端可以分鑣清真，平侻方回，而紛紛三變行輩，幾不足比數。……生滿襟風月，鸞吟鳳嘯，鏘洋乎口吻之際者，皆自漱滌書傳中來。[63]

63　宋·張鎡〈梅溪詞序〉，見金啟華等編：《唐宋詞集序跋匯編》（臺北：臺灣商務印書館，1993 年），頁 238。

不以詞為小道視詞，而以等同〈關雎〉之位階視詞，此乃有推尊詞體之心；而詞以瑰奇警邁，清新閒婉為正，以流於詫蕩汙淫為失，是崇尚雅詞之意；讚美史達祖文字自書傳中來，故如鸞鳳吟嘯，可鏘洋乎口吻之際，這是對史達祖詞內容、音律協美的肯定。

整體而言，張鎡 73 首杭州詞，多是清雋灑脫閒雅之作。雖然寫的多是生活細節或家居周圍的事物，卻不傖俗白話，而是以優美清新，極富詩意性而不事雕琢用典的文字來描寫，以〈念奴嬌〉上片為例：

〈念奴嬌·宜雨亭詠千葉海棠〉

綠雲影裏，把明霞織就，千重文繡。紫膩紅嬌扶不起，好是未開時候。半怯春寒，半便晴色，養得胭脂透。小亭人靜，嫩鶯啼破清晝。（頁 2134）

宜雨亭位於南湖園的「眾妙峰山」處，此地有「千葉海棠二十株，夾流水」，[64]是一處勝景。詞一開始即入題描寫千葉海棠紅綠霞紫之美，顏色燦麗，其詞的詞彙色系經常是溫暖的。「半怯春寒，半便晴色，養得胭脂透」，是春光滋養了它。「小亭人靜，嫩鶯啼破清晝」，宜雨亭這處的空間何其清雅寧靜，春天唯海棠、小亭、嫩鶯存在。另有〈鵲橋仙〉亦然：

〈鵲橋仙·立秋後一日〉

64 宋·周密：《武林舊事》，卷 10，頁 518。

暑雲猶在，澄空欲變，入夜徘徊庭際。新秋知是昨宵來，愛殘月、纖纖西墜。　　芭蕉老大，流螢衰倦，靜裏細觀天意。輕風未有半分涼，奈人道、今宵好睡。（頁2133）

此詞寫夏夜閒居的恬淡生活，詞風自然淡靜，全不用典。張鎡的杭州詞時常以美化的意象去呈現歌詠的對象，並流露出玩賞天地萬物時的自然感情，詞調清新閒雅，「詞的結構形式較為簡明，沒有過多錘煉雕琢的痕跡，呈現出自然本色、輕俊灑脫的藝術風格。」[65]

至於格局恢闊，寄意遙深，或慷慨豪放，沈鬱頓挫的作品雖有之，卻不多。代表著恢弘氣慨或激言烈響，大聲鏜鞳的杭州詞，僅有〈水調歌頭·項平甫大卿索賦武昌凱歌〉、〈滿江紅·賀項平甫起復知鄂渚〉、〈賀新郎·李頤正路分見訪，留飲，即席書贈〉、〈賀新郎·陳退翁分教衡湘，將行，酒闌索詞，漫成〉4 首。《玉照堂詞》中另有〈水調歌頭·姑蘇臺〉、〈江城子·凱旋〉、〈漢宮春·稼軒帥浙東……〉、〈賀新郎·次辛稼軒韻寄呈〉、〈八聲甘州·秋夜奉懷浙東辛帥〉5 首豪放詞，但這 5 首非屬杭州詞。張鎡杭州詞共 73 首，慷慨豪放詞才 4 首，[66]比起清新閒雅之作，確實殊少多了。

四、小結

張鎡之詞，在後人編撰的宋代詞史上，評價遠不如蘇、辛，亦

65　方瑩：《張鎡詞研究》（北京：首都師範大學中國古代文學碩士論文，2007 年），頁 30。

66　以整個《玉照堂詞》86 首作品來看，慷慨豪放之詞也才 9 首。

或柳、周，但是張鎡在南宋杭州的詞壇，實為重要的中樞人物，杭州的文學圈，以張鎡南湖府第桂隱堂為中心進行文人雅集的活動，至少長達二十年之久，這是杭州歷史上一段不可忽視的珍貴時光。因此，張鎡之詞除可勾勒出南宋極盛時期的城市景象之外，亦可從張鎡之詞具體而微地觀察杭州文人的城市觀點。張鎡詞中的杭州，是以描繪富貴繁華，風流閒雅的人文空間，觀望單純自然山林湖水的空間，提供「仕隱」價值功能的空間，與展現人間權力的空間為其主要的表徵意義，其中彰顯了杭州的多元價值與高度文明，以及杭州城市文學性格濃厚的婉麗風華，而這一切都是因為南宋當時的政治社會處於相對穩定的太平時代，詞人有一內在安定豐足的世界觀作為支撐所致，如果說張鎡的內在世界沒有恆定安足的實感，那麼詞中的杭州，就不會展現如斯風雅、繁華、安諧的面貌。此外，他通過對杭州，特別是其南湖居地的描繪，表達出整個生活、生存環境、理想和情趣的諧和氛圍。它所展現的是一種比較廣闊恆久的自然空間和生活環境的真實再現，而不是片刻生存意識所感受到的一時一地「流動式」的空間圖景。這種恆常感是來自於與地方長久緊密的認同結合之故，南湖居地可以說是他生命宇宙的中心，清新閒雅的歡愉之詞，詩意的生活，由這個中心向外擴延，與杭州的同僚文友連綿成最具張力的文學圈，共同為杭州的人文精神留下美麗的印記。

第二節　詞史遺佚的張鑑

張鑑，字平甫，生年不詳，約卒於寧宗嘉泰二年（1202）。[67]曾為州推官，為張鎡之弟，張鎡《南湖集》卷 6 有詩題〈余家兄弟未嘗久別，今夏送平父之官山口，冬仲朔又送深父為四明船官，因成長句〉可以為證。[68]正史無傳，唐圭璋編《全宋詞》亦不見其詞作流傳。考察大陸各大圖書館藏書，[69]以張鑑、張平甫作關鍵字搜尋，亦無所獲。但他在南宋當時的詞壇應有一定的地位。張鑑與多位文人友善，姜夔與之交游往來最密，因此在姜夔的詩詞中，可見到多則相關的資料，藉由這些資料的整理，可以隱約勾勒出張鑑生命的輪廓，以彌補史傳上的遺佚。

姜夔自三十九歲至四十八歲約十年間，[70]依附於張鑑門下，受其經濟上的資助，周密《齊東野語·姜堯章自敘》云：

舊所依倚，惟有張兄平甫，其人甚賢，十年相處，情甚骨

67　夏承燾箋校：《白石詞編年箋校·行實考·繫年》考證張鑑卒於嘉泰二年，頁 315。但是同書〈行實考·交游〉，頁 249，卻說張鑑卒於嘉泰三年。但夏承燾：《夏承燾集·姜白石繫年》，第 1 冊，頁 438，亦云張鑑卒於嘉泰二年，故嘉泰三年之說恐是訛誤。本文據以定為嘉泰二年。

68　宋·張鎡：《南湖集》，《四庫全書》本，卷 6，頁 593。張鎡字深父，紹興三十年（1160）生，亦為張鎡之弟。

69　包括上海圖書館、復旦大學圖書館、北京國家圖書館、首都圖書館、中國科學院圖書館、中國社會科學院圖書館、浙江圖書館、山東省立圖書館、山東大學圖書館、南京大學圖書館、無錫圖書館等。

70　夏承燾：《夏承燾集·姜白石繫年》，第 1 冊，頁 433-439。

肉，而某亦竭誠盡力，憂樂關念。平甫念其困躓場屋，至欲輸資以拜爵，某辭謝不願，又欲割錫山之膏腴，以養其山林無用之身。[71]

從姜夔描述的這段文字可知，張鑑待他極為親厚，甚至願意為他輸資買爵，割地供養。張鑑之所以如此，其中自是張鑑對姜夔的敬重關念，但也因為張家擁有雄厚的家業基礎，與豐沛的政界關係為後盾，才可支持這份友誼中的厚愛。張氏家族在當時都城杭州的政界、社會地位，絕對擁有不可忽視的影響力，從這則史料記載可以窺出端倪。

考察《白石詞》與張鑑有關的作品就有 7 首，特別是其中的詞序，是瞭解張鑑性格、生活、意趣的重要記錄：

〈鶯聲繞紅樓·甲寅春，**平甫**與予自越來吳，攜家妓觀梅于孤山之西村，命國工吹笛，妓皆以柳黃為衣。〉

〈鷓鴣天·予與**張平甫**自南昌同游西山玉隆宮，止宿而返，蓋乙卯三月十四日也。是日即**平甫**初度，因買酒茅舍，並坐古楓下；古楓，旌陽在時物也，旌陽嘗以草屨懸其上，土人謂屨為屩，因名曰掛屩楓。蒼山四圍，平野盡綠，兩澗野花紅白，照影可喜，使人採擷，以藤糾纏著楓上；少焉，月出大於黃金盆，逸興橫生，遂成痛飲，午夜乃寢。明年**平甫**初度，欲治舟往封禺松竹間，念此遊之不可再也，歌以壽之。〉

71 宋·周密：《齊東野語·姜堯章自敘》，卷 12，頁 212。

〈阮郎歸・為**張平甫**壽，是日同宿湖西定香寺。〉

〈阮郎歸・旌陽宮殿昔裵徊〉

〈慶宮春・紹熙辛亥除夕，予別石湖歸吳興，雪後夜過垂虹，嘗賦詩云：「笠澤茫茫雁影微。玉峰重疊護雲衣；長橋寂寞春寒夜，只有詩人一舸歸。」後五年冬，復與俞商卿、**張平甫**、銛朴翁自封禺同載詣梁溪，道經吳松，山寒天迥，雲浪四合。中夕相呼步垂虹，星斗下垂，錯雜漁火，朔吹凜凜，卮酒不能支，朴翁以衾自纏，猶相與行吟，因賦此闋，蓋過旬塗稾乃定；朴翁咎予無益，然意所耽不能自已也。**平甫**，商卿，朴翁皆工于詩，所出奇詭，予亦強追逐之；此行既歸，各得五十餘解。〉

〈念奴嬌・毀舍後作〉

〈少年遊・戲**平甫**〉[72]

〈鶯聲繞紅樓〉一詞記光宗紹熙五年（1194）姜夔與張鑑由紹興來到杭州西湖觀梅雅事。

〈鷓鴣天〉一詞寫寧宗慶元二年（1196）三月十四日張鑑生日當天，姜夔與張鑑同坐於古楓樹下賞景之歡。並記述一年前（1195）同一天二人暢遊南昌西山玉隆宮之樂。也說明隔年（1197）張鑑生日當天欲治舟前往封禺，姜夔不得與之偕行同慶之憾。[73]

〈阮郎歸〉二首，依照夏承燾《姜白石詞編年箋校》採姜虬綠

72　夏承燾箋校：《白石詞編年箋校》，頁 53、56-58、60-61、89、100。

73　初度，生日之意。封禺，指封山、禺山，在今浙江清德縣一帶，介於湖州和杭州之間。

年譜之說，疑此二首也是作於慶元二年（1196）三月十四日張鑑生日，[74]二人同宿西湖定香寺共賞湖光山色之美。

〈慶宮春〉一詞記慶元二年（1196）冬，姜夔與俞商卿、張平甫、銛朴翁等人，[75]「由湖州入太湖經吳松江沿運河往無錫梁溪張鑑的別墅，夜遊垂虹」，[76]眾人散步吟詩的逸興。姜夔並憶及五年前辛亥除夕，他離開石湖到吳興，夜過垂虹的往事。這則小序最值得注意的是提到：「平甫，商卿，朴翁皆工于詩，所出奇詭，予亦強追逐之；此行既歸，各得五十餘解。」這趟雪中行吟的成果，是各得詞作五十餘解。「解」，是樂曲中的章節之意，可作為詞之「單位」。這次的垂虹賦詠，張鑑也寫下大量的記遊之作，可知張鑑亦工於詞。只是時代湮遠，詞篇散佚，杳不可知其作品的內容，實為詞史之遺憾。不過姜夔的詞序卻提供了一個理解的側面，張氏家族能詞者，尚有正史無傳，詞史遺佚的張鑑，他在當時亦曾廁身於詞壇。

不過，在周密《浩然齋雅談》裡雖也記錄垂虹賦詠一事，各人並將作品編為《載雪錄》1 卷，但是文中卻未提到張鑑。[77]然而姜夔與張鑑為同時代人，二人又往來密切，故應以姜夔之說為是。

從〈鶯聲繞紅樓〉到〈慶宮春〉的詞序，可以梗概知道張鑑這

---

74 夏承燾箋校：《姜白石詞編年箋校》，頁 58。

75 俞灝，字商卿，杭州人，有《青松居士集》。銛朴翁，指葛天民，字無懷，初為僧取名義銛，字朴翁，山陰人，隱居西湖。二則資料見夏承燾箋校：《白石詞編年箋校》，頁 28、62。

76 陳書良箋注：《姜白石詞箋注》，頁 175。

77 宋·周密：《浩然齋雅談》，《百部叢書集成》本，卷中，頁 14。

四年（1194-1197）的生活事略。〈少年遊〉一詞夏承燾未編年，但必寫於嘉泰二年（1202）張鑑過世以前，詞作內容乃是戲言張鑑納妾的韻事。另有〈念奴嬌〉記張鑑生前贈予姜夔杭州的館舍，在嘉泰四年（1204）毀於大火一事。以上各詞詳細的內容分析，將於下一章「姜夔之詞與杭州」討論之。

此外，《白石詩》有 4 首作品提及張鑑：〈張平甫哀挽〉、〈平甫見招不欲往〉、〈平甫放三十六鷗於吳松余不及與盟〉、〈陪張平甫遊禹廟〉。其中第一和第三首詩隱約繪出張鑑生命的形象：

〈張平甫哀挽〉

將軍家世出臞儒，合上青雲作計疏。吳下宅成花未種，湖邊地吉草新鉏。空嗟過隙催人世，賴有提孩讀父書。他日石羊芳草路，弟兄來此一沾裾。

〈平甫放三十六鷗於吳松余不及與盟〉

橋下松陵綠浪橫，來遲不與白鷗盟。知君久對青山立，飛盡梨花好句成。[78]

姜夔筆下的張鑑，其實和其兄長張鎡一樣，乃是一位喜好詩歌文藝的貴游公子：第一，他深諳風雅的生活情趣：他會攜家妓觀梅於孤山西村；生日時買酒茅舍，坐於古楓樹下逸賞四圍的蒼山朗月；山寒天迥，星斗下垂的時候，猶與友人行吟賦詩；他興來便齊

78　宋·姜夔著，夏承燾編：《白石詩詞集》（臺北：華正書局，1981年），頁 38、50。

放三十六隻白鷗於吳松，以見其壯飛的畫面。在姜夔詞序中所呈現的張鑑，所追慕的不只是物質的排場，乃是著重物質世界的豐富之上，還有一層意趣雅致的藝術性追求。第二，他能詩能詞：他有「梨花好句成」之詩；他有可得「五十餘解」之詞，深具文學涵養。第三，他喜愛音樂，在孤山賞梅時，還把國工樂隊帶去吹笛。第四，他深愛友人，他願意為姜夔輸資買爵，提供土地房舍以利生活。第五，如果說張鎡是張家第一位由武功轉向文階發展的關鍵人物，那麼張鑑必也有推波羽翼之助，姜夔稱他是「將軍家世出臞儒」，應非溢美之詞，而是實指。環繞張鎡所形成的杭州文學圈，張鑑也是家族中一位重要的推手。

姜夔這幾則詩篇詞序寫得晶瑩靈秀，意境深遠，這是姜夔性格與文藝修養的表發。但是，如果從「同聲相應，同氣相求」的角度來看，以姜夔清雅高潔的精神氣質來衡量，張鑑的生命頻率與才性，也應與他接近才是，在彼此志趣投合的情況底下，方能「同盟」長達十年之久，這又絕非只是經濟支持可致。在姜夔筆下，一個隱而不顯的張鑑圖像，得以逐漸浮出於歷史的頁面。

由於張鑑相關可得的文獻甚少，故上述詩句詞序有非關杭州之風物人事者，亦保留在此，俟他日檢閱尋獲更多的資訊，再作增補研究。

第三節　寄閒天地的張樞

一、張樞與其吟臺

張樞（生卒年不詳），字斗南，號窗雲，[79]又號寄閒，嘗為宣詞令、閤門簿書，為張鎡之孫，張濡之子，[80]張炎之父。善於審音度律，以詞稱名於世。周密《浩然齋雅談》卷下云：「窗雲張樞，字斗南，又號寄閒，忠烈循王五世孫也。筆墨蕭爽，人物蘊藉，善音律，嘗度《依聲集》百闋，音韻諧美，真承平佳公子也。」[81]張樞在其家族（若張鎡、張鑑），父執輩（若姜夔）的陶冶之下，也是一位深熟文藝創作，才華橫溢的貴冑公子，特別是他妙解音律，曾自度百闋的詞曲。惜其《依聲集》、《寄閒集》皆已亡佚，近人唐圭璋所編《全宋詞》僅錄得其詞 9 首，殘詞 3 首。[82]

由於宋代城市經濟的興起，帶動商業與各種娛樂行業普遍的發

79　或云張樞號「雲窗」，誤，應是號「窗雲」；又，宋·周密《草窗詞》：「次窗雲韻」者，「窗雲」亦為「窗雲」之誤。金啟華、蕭鵬：《周密及其詞研究》，頁 89-90。

80　張樞之父張濡，為武將，宋末時曾駐守獨松關，因部下誤殺元使廉希賢，而於丙子年（1276）元兵攻陷臨安後，遭磔殺，家產悉抄沒。由於張濡並未留下詩詞創作，也未見文人與他酬唱往來，因此本文未對張濡加以評述。張濡生平請參見楊海明：《張炎詞研究》之考證，頁 4-10、17。

81　宋·周密：《浩然齋雅談》，卷下，頁 2。

82　張樞 9 首詞作，見唐圭璋編《全宋詞·張樞》，第 4 冊，頁 3029-3031。

展，因此各個行業組織結社的風氣也隨之興盛，[83]此一風氣影響到文人組織詩社吟會的盛行。[84]據歐陽光《宋元詩社研究叢稿》考證，當時的詩社詞社有五十六個之多，「西湖吟社」是杭州地方非常重要的文學團體，張樞與楊纘是吟社主要的發起人。吟社並無確定的社名，或稱之為「西湖詩社」、「西湖吟社」，或名之曰「臨安吟社」。[85]有一定的組織結構，但並不嚴密，成員主要是居住在杭州一地的文人群體，「社課以詞的創作為主，特別強調詞的音樂功能」之研究與整理。[86]張樞繼承祖父張鎡之文化教養與生活方式，喜與賓客詩酒同歡，在張家園林建築「湖山繪幅樓吟臺」專供雅集之用，這處「吟臺」就是「西湖吟社」文人詞友經常聚會的地方。周密〈瑞鶴仙〉詞序云：

寄閒結吟臺，出花柳半空間，遠迎雙塔，下瞰六橋，標之曰

83 如周密《武林舊事・社會》云：「二月八日為桐川張王生辰，震山行宮朝拜極盛，百戲競集，如緋綠社（雜劇）齊雲社（蹴球）遏雲社（唱賺）同文社（耍詞）角觝社（相撲）清音社（清樂）……。」卷3，頁377。

84 唐代雖已有詩社的活動，如白居易的「洛陽九老會」，但不普遍。宋代以後，詩社活動才大量進入文人的日常生活。

85 宋・耐得翁：《都城紀勝・社會》云：「文士則有西湖詩社，此社非其他社集之比，乃行都士夫及寓居詩人。舊多出名士。」頁 98。又，蕭鵬：〈西湖吟社考〉，頁 88-101；張雷宇：〈南宋臨安吟社芻議〉，《重慶郵電大學學報》第 19 卷第 5 期，頁 116-120；張薰：《宋代西湖詞壇研究》，臺灣大學中文研究所 1986 年碩士論文等，均有詳論。

86 蕭鵬：〈西湖吟社考〉，頁 94。此文亦詳述吟社中的社友人數與生平簡介。

「湖山繪幅」，霞翁領客落成之。初筵，翁俾余賦詞，主客皆賞音。酒方行，寄閒出家姬侑尊，所歌則余所賦也。調閒婉而詞甚習，若素能之者。坐客驚詫敏妙，為之盡醉。越日過之，則已大書刻之危棟間矣。[87]

「吟臺」標名曰「湖山繪幅樓」，此和祖父張鎡與文友聚會的「群仙繪幅樓」名稱極其相近；而群仙繪幅樓「前後十一間，下臨丹桂五六十株，盡見江湖諸山」之美，[88]也與張樞之吟臺可「遠迎雙塔，下瞰六橋」之景相似，或許是同一空間的新舊建築，為賡續祖父的文會雅事，故名之曰「湖山繪幅樓」。「湖山繪幅樓吟臺」就成為繼張鎡桂隱堂「群仙繪幅樓」之後，另一個杭州重要的地景。而從寄閒家姬所歌「調閒婉而詞甚習，若素能之者」；以及「越日過之，則已大書刻之危棟間矣」，二事可知，張家歌妓的素養異常之高，是富貴人家經過訓練挑選的歌妓，才能有這樣即席而歌的敏妙才藝；而宴會所書的詞章，隔日即書於屋棟之間，乃是張家對文學的重視。這般高雅又帶狂縱的文會活動，絕非庶民之家可以有之。

因為張樞在西湖吟社是一中樞人物，因此與他往來交游的文友甚多，有當時著名的琴律家徐理、楊纘，詞樂專家施岳、王沂孫、徐宇，西湖吟社的核心成員李彭老、李萊老、毛仲敏、陳允平等人。而「湖山繪幅樓」又是吟社凝聚眾人情感與歸屬的重要空間，

87　史克振校注：《草窗詞校注》，頁 57。

88　宋·張鎡：〈約齋桂隱百課〉，《武林舊事》，卷 10，頁 518。

因此在這些人的作品中，自然也會出現張樞吟臺的相關記述，如李彭老與陳允平都提到這座「吟臺」的勝景：

〈壺中天·登寄閒吟臺〉

素飆蕩碧，喜雲飛寥廓，清透涼宇。倦鵲驚翻臺榭迥，葉葉秋聲歸樹。珠斗斜河，冰輪輾霧，萬里青冥路。香深屏翠，桂邊滿袖風露。……

〈木蘭花慢·和李賓房題張寄閒家圃韻〉

愛吟休問瘦，為詩句、幾凭闌。有可畫亭臺，宜春帳箔，如寄身閒。胸中四時勝景，小蓬萊、幻出五雲間。一掬蘋香暗沼，半梢松影虛壇。　　相看。倦羽久知還。回首鷺盟寒。記步屧尋雲，呼燈聽雨，越嶺吳巒。幽情未應共懶，把周郎舊曲譜新翻。簾外垂楊自舞，為君時按弓彎。[89]

李彭老〈壺中天〉上片寫出吟臺空間的寥廓，環宇的清涼，以及迴曲臺榭時有鳥鵲鳴啾，桂香滿袖的清雅。陳允平〈木蘭花慢〉刻畫得更細緻，點明這裡是吟詩弄曲的亭臺，並把「寄閒」二字鑲嵌到詞裡，讚美它是可寄身閒，幻出五雲仙界的小蓬萊。後人可藉由二人的詞作，大致重構吟臺的空間建築結構，以及周遭與它相配置的

89　李彭老，字商隱，號賓房，淳祐中沿江制置司屬官。陳允平，字君衡，號西麓，著有《西麓詩稿》、《日湖漁唱》。二人之詞見唐圭璋編：《全宋詞》，第4冊，頁2969；第5冊，頁3100。

自然花木，一如後人可藉由《紅樓夢》的文字敘述，重構大觀園一般。歷史中的建築固然已毀，但文學可以超越原已消失的物質建築空間，以及曾在空間活動的實踐，重新使吟臺與吟臺場所的經驗透過文字重現「再現空間」的可能，重新領略賓客在吟臺酣醉暢遊之後，濡筆創作，令歌妓即席歌唱新製的詩歌圖景。

二、夢土的維繫：
張樞杭州詞的表徵意義與詞筆特質

㈠聲容隱隱憂擾的杭州圖像

張樞之《寄閒集》，目前僅有完整的存詞 9 首，但就這 9 首作品而言，詞之音韻諧美，氣格婉約，用字深雅，篇篇皆是佳構。由於張樞之詞不多，本文僅能就此少量的詞作進行分析，雖有失全面理解張樞詞作內容的遺憾，但也能從比較中見出，張樞與張鎡之詞在敘寫杭州時其表徵意義上的差異。

就作品數量與內容而言，張樞之詞確實沒有張鎡豐富多元。不過，在張樞 9 首詞作中，明確點出杭州地方空間的作品仍然有 2 首；另外 7 首作品因無明確的地方標記與時間的記載，無法論斷是否為杭州詞。但因張樞生長寓居於杭州，本文暫且也將這 7 首情詞作品納入討論的範圍。集中明確點出杭州地方的詞作，一首是描寫西湖春事的〈瑞鶴仙〉，一首是寫張家府第「繪幅堂」的〈壺中天〉：

〈瑞鶴仙〉

卷簾人睡起。放燕子歸來，商量春事。風光又能幾。減芳

菲、都在賣花聲裏。吟邊眼底。被嫩綠、移紅換紫。甚等閒、半委東風，半委小橋流水。　還是。苔痕湔雨，竹影留雲，待晴猶未。蘭舟靜艤。西湖上、多少歌吹。粉蝶兒、守定落花不去，溼重尋香兩翅。怎知人、一點新愁，寸心萬里。（頁3029）

〈壺中天・月夕登繪幅堂，與篔房各賦一解〉
雁橫迥碧，漸煙收極浦，漁唱催晚。臨水樓臺乘醉倚，雲引吟情閒遠。露腳飛涼，山眉鎖暝，玉宇冰奩滿。平波不動，桂華底印清淺。　應是瓊斧修成，鉛霜擣就，舞霓裳曲徧。窈窕西窗誰弄影，紅冷芙蓉深苑。賦雪詞工，留雲歌斷，偏惹文簫怨。人歸鶴唳，翠簾十二空捲。（頁3030）

張樞這首〈瑞鶴仙〉，清朝李佳《左庵詞話》稱其：「此詞微特音調和諧，即意致亦頗清約。」[90]確實，這闋詞的確音調諧美，意致清約。但是這首作品呈顯出的杭州，既不是全然寄託閒雅之情，也不是單純的觀望自然，或彰顯政治權力的空間，而是以一種低迴要眇，哀而不傷的呢喃自語方式，陳述杭州西湖的春光與幽微情事在季節景物的變換中遞嬗，他問：「風光又能幾？」春天的花，過不多久，就「半委東風，半委小橋流水」。同樣的，留不住的春光，正如留不住的青春情事，「西湖上、多少歌吹」，也隨著時間的遷移消失了。張樞說的西湖，是在時間變動中的西湖；張樞看到的杭

90　清・李佳：《左庵詞話》，《詞話叢編》本，第4冊，卷上，頁3133。

州風景，不是純粹的自然，也不是作為其他主題陪襯的佈景，而是鋪染他隱隱騷動、憂傷的情感風景，一種帶著抽象的時間意識織入這片具體的空間之中。祖父張鎡詞中安定的世界觀所支持的杭州風華，在此轉變了聲容。

在張樞的詞中，人與城市、人與世界的穩定關係似乎已遭破壞，張樞的世界觀不再是安定豐足，從他的內心觀照出的外在世界顯然產生微妙的移動變化，從〈壺中天〉這闋詞更可以察覺得到，張樞無法視杭州為一個穩定的空間，從中獲得心靈的安寧。雖然他積極參與西湖吟社的活動，是吟社活躍的中樞分子，但是他在雅集中所賦之詞，卻不是張鎡那種充滿閒情之趣，燕集之樂的歡愉，詞中所見的情懷是：「窈窕西窗誰弄影，紅冷芙蓉深苑。賦雪詞工，留雲歌斷，偏惹文簫怨。人歸鶴唳，翠簾十二空捲。」他問，是誰弄影於西窗之下？戶外的芙蓉深苑只是一片冷寂，歌斷留雲，文簫幽怨，宴散人歸之後，只留十二翠簾空自閒捲。「繪幅堂」是張樞時代的雅集之所，猶如「群仙繪幅樓」是張鎡時代的燕會中心，同是杭城文人重要的活動空間，但是詞中聞不到「又成雅集相依坐，清致高標記竹林」的清歡，也沒有「今朝歡笑且銜杯，休更問明日。此意悠然誰會，有湖邊風月」的明快浪漫。他的詞，總含著一種傷感的氤氳，「臨水樓臺乘醉倚，雲引吟情閒遠」，此中該有文人酒會的雅興歡樂吧？！但是緊接著的句子是：「露腳飛涼，山眉鎖暝」，詞情在描景的微細轉折中向惆悵過渡，也就是說，張樞的內心不能恆常維繫在世界是「幸遇勳華時世好」的穩定頻率中，在美好的現象界，隨之而來的是惆悵，詞的下片由月色之美，移向書寫人散樓空的清寂，也是同理的辨證。

或許要問，僅以兩闋描寫西湖春事與月夕登樓之詞來評定張樞內心的世界，是否失之武斷？其實翻檢他另外的 7 首作品，可以發現帶有感傷的語彙，是張樞 9 首作品的共同基調，如「愁」字共出現在 5 首作品之中：

怎知人、一點新愁，寸心萬里。（〈瑞鶴仙〉）
薰爐誰熨暖衣篝，消遣酒醒愁。（〈風入松〉）
無奈愁人把做、斷腸聲。（〈南歌子〉）
楚驛梅邊，吳江楓畔，庾郎從此愁多。（〈慶宮春〉）
正雪暖、荼蘼架，奈愁春、塵鎖雁弦。（〈戀繡衾〉）

張樞又喜用「冷」字，並將「冷」字嵌在華美的物件或景致中，如「聲冷瑤笙，情疏寶扇」，「簾卷翠樓，月冷星河」（〈慶宮春〉），「紅冷芙蓉深苑」（〈壺中天〉），「金冷紅絛孔雀，翠間彩結鴛鴦。銀釭。焰冷小蘭房。」（〈木蘭花慢〉）華麗與冷寂並陳，這種反差效果，更讓人驚心其內在世界隱隱而發的憂擾不安。而動詞好用「鎖」、「斷」、「斂」、「凝」等閉鎖性的字眼，使他的詞難以呈現安逸、自然、空靈、開展的世界觀，而是騷動的惆悵。

㈡詞風閒雅音調和協的結合

就詞風而言，張樞之詞，詞風婉約，造語幽柔，與張鎡清新閒雅之風接近而有差別。所謂「婉約」，有含蓄柔婉之意，近於德性之質。婉約的特質，若傾向文字清明坦易之美時，則稱之以「清婉」。而閒雅之「閒」，著重於其文字節奏的舒緩，與情緒表達的委婉，非直露豪快、恢宏慷慨之氣。至於「雅」，乃與「俗」相對，絕無浮豔塵俗的文字，乃用高華的文字修飾，內斂的情感表達，使詞風有一種較為高度的精神氣質展現。詞尚崇雅，是整個南宋詞壇風氣的主要趨向，張氏家族詞人又是杭州文壇的一個核心，詞風從張鎡、張樞、到張炎，遵循尚雅的創作路線，與其家族的社會地位是相拍合的，他們同時也是推崇雅詞詞風的一支文學勁旅。

以〈戀繡衾〉為例：

> 屏綃裊潤惹篆煙。小窗閒、人泥晝眠。正雪暖、荼蘼架，奈愁春、塵鎖雁弦。　　楊花做了香雲夢，化池萍、猶泛翠鈿。自不怨、東風老，怨東風、輕信杜鵑。（頁 3030-3031）

此詞遣字精雅，如用「篆烟」形容飄出香爐形如篆文的輕煙；用「翠鈿」喻指水面上的楊花，文字雕琢卻不過分鏤金刻彩。而「自不怨、東風老，怨東風、輕信杜鵑。」不直說春歸花謝之悲，而說東風輕信杜鵑啼鳴「不如歸去」而春盡之怨，情懷思致極其婉轉含蓄，語言細緻而又創新，況周頤《蕙風詞話》稱其：「亦是未經人道語。」又言其〈風入松〉：「『舊巢未著新來燕，任珠簾、不上瓊鉤。』用『待燕歸來始下簾』句意，翻新入妙。」[91]能從熟句翻出新意，此鍛鍊深雅之功，實已超越張鎡的文字成就。

91　清·況周頤：《蕙風詞話·續編》，《詞話叢編》本，第 5 冊，卷 1，頁 4530。

就詞樂而言，張樞善於審音度律，可說是格律派詞人。他與深於琴理的楊纘（約 1201-1265）同為西湖吟社的領導者，吟社的成員是以張樞、楊纘的師友弟子為核心而組成的。楊纘善鼓琴，精於律呂，「當廣樂合奏，一字之誤，公必顧之，故國工樂師無不嘆服，以為近世知音無出其右者。」[92]張樞亦不遑多讓，張炎《詞源》卷下曰：

> 先人曉暢音律，有寄閒集，旁綴音譜，刊行於世。每作一詞，必使歌者按之，稍有不協，隨即改正。曾賦〈瑞鶴仙〉，……此詞按之歌譜，聲字皆協，惟撲字稍不協，遂改為守字，迺協。始知雅詞協音，雖一字亦不放過，信乎協音之不易也。又作〈惜花春起早〉云「鎖窗深」，深字音不協，改為幽字，又不協，改為明字，歌之始協。此三字皆平聲，胡為如是。蓋五音有唇齒喉舌鼻，所以有輕清重濁之分，故平聲字可為上入者此也。[93]

張樞、楊纘二人，在詞樂協和與否的細膩度上，是一字亦不放過，即使是仄聲字，還析分上、去、入之異；平聲字，還注意五音與陰陽清濁之別。故〈瑞鶴仙〉的「粉蝶兒、守定落花不去」的「守」字，原作「撲」字，按歌譜的「音樂譜」唱過之後，發現「撲」字雖在文字的「平仄譜」裡協作仄聲，唱的時候卻是有所不協，故改

---

92 宋·周密：《浩然齋雅談》，卷下，頁 6。

93 宋·張炎：《詞源》，《詞話叢編》本，第 1 冊，卷下，頁 256。

為「守」。乃因詞是先有譜，按譜音階的高低填字。字有字調，字調不能配合音階的高低時，就唱不出正音。每作一詞，必使歌者按之以歌，稍有不協，隨即改正，此即是講究字調要配合樂譜的原因。張樞〈惜花春起早〉詞已佚，所云「鎖窗深」，「深」字音不協，改為「幽」字，又不協，改為「明」字始協，這是宋代平聲字分陰陽的證據，「深」、「幽」是陰平聲，「明」是陽平聲，音樂樂譜需用陽平才唱得正聲美聽，張樞故改之。因為張樞深通音樂，細膩考究字調與詞譜的完美協和，故其詞作之音律格外協美婉轉動人。

三、小結

由於張樞生卒年不詳，但是若以張炎生年（1248）往前推計，如果張樞年約二十時而有子張炎，那麼張樞生年約應在理宗紹定元年（1228）左右，則他的青壯期是在理宗、度宗主政的時代，這段期間正是權相史嵩之、賈似道傾軋弄權，滿朝昏暗，將南宋朝廷帶向衰頹的時期。張樞詞中紅冷深苑，眾芳蕪穢的地方感，及其所透發的憂擾之聲，與他身處宋末多事之秋，而非南宋前、中期相對穩定的時代，恐應有內在深刻相互對應的關係。

再者，張氏家族從張俊開始，立下富貴的家業根基，一路延續到張鎡擴張興建龐大的南湖園林為止，可謂達到極盛的頂峰。但是因其涉入朝政的政爭，在韓侂胄掀起兵端，危及社稷之後，與史彌遠謀議而槌殺之（1207）；又因史彌遠擅權干政，敗壞國事之下，再度連結朝中反對人士以反之，而坐善搖國本除名，送象州羈管（1211），直至死於貶所（1235）。雖然在這次的政治事件之後，第一，宋理宗並未沒收張家貲財，此由張鎡之孫張樞仍與賓客文友多次酬唱於湖山繪幅樓吟臺可知；第二，張鎡子孫仍舊在朝為官，並未受到嚴重的牽連而失職，此由張鎡之子張濡於宋末帶兵駐守獨松關；張樞曾任宣詞令、閤門簿書，職務雖然不高，卻仍舊為官可曉，此或許與張樞姑母緡雲夫人，承恩於理宗有關。[94]張樞依舊享受南湖府第優渥的物質生活，時與楊纘等人損益琴理，商榷聲譜，寫出詞風婉約閒雅，詞調協和圓暢之作。只是張家與皇室的關係應已受到斲傷，如張俊接待高宗臨幸張府的盛事，以及以張鎡為中心人物的「春遊詩會圖」，進入皇家畫院，由宮廷畫家馬遠為之繪圖的佳話，應已難再，家族與皇室的緊密友好關係，由極盛逐漸步入另一階段的轉折，恐也是張樞詞中的氛圍不再有高度豐足歡快的鋪陳，而是泛染憂傷的氣息，另一個屬於家族史的變動所造成的深層原因。

---

94 周密云：「張樞，……其姑緡雲夫人承恩穆陵（理宗），因得出入九禁，備見一時宮中燕幸之事。」緡雲夫人的文學涵養亦深，嘗賦宮詞 70 首。參見《浩然齋雅談》，卷中，頁11。

第四節　歡苦鎔鑄的張炎

一、張炎的一生

張炎，字叔夏，號玉田，又號樂笑翁，生於宋理宗淳祐八年（1248），卒年不詳，知其元仁宗延祐四年（1317）尚在人間，最遲不過元英宗至治元年（1321），年約七十餘歲。[95]為循王張俊的六世孫，張樞之子。精通音樂，善於書畫，喜歡墨畫水仙，並好題詞於其上。[96]著有《山中白雲詞》（又名《玉田詞》）8 卷，存詞 302 首；詞論著作《詞源》2 卷，是位橫跨宋元之際的詞壇宗匠。[97]

張炎早年因家世顯赫，乃如張鎡、張鑑、張樞一樣，過著豪華富貴的生活，所居之第，正是曾祖張鎡耗費十四年擴張興建的南湖

95　參閱楊海明：《張炎詞研究・年表》，頁 255。

96　張炎於〈滿江紅〉曾自云：「老子今年，多準備、吟箋賦筆。還自喜、錦囊添富，頓非疇昔。書冊琴棋清隊仗，雲山水竹閑蹤跡。」〈浣溪沙〉小序曰：「寫墨水仙二紙寄曾心傳，并題其上。」〈浪淘沙〉序云：「余畫墨水仙，并題其上。」此類詞序多首，可見琴棋書畫，是他生命中的流光溢彩。黃畬校箋：《山中白雲詞箋》，頁 384、369、397。

97　張炎亦有詩，惜已失傳，唯留一絕。清・吳衡照云：「袁桷《延祐四明志》載張炎〈題腰帶水〉絕句云：『犀繞魚懸事已非。水光猶自濕雲衣。山中幾日渾無雨，一夜溪痕又減圍。』趙谷林稱其語意佳絕。按叔夏詩，朱竹垞曾見於金陵，後不可得。」《蓮子居詞話》，《詞話叢編》本，第 3 冊，卷 2，頁 2425-2426。

園林。[98]他是位風神散朗的貴游少年，時常搖駕輕車遍踏杭州的坊院紫曲，招香歌玉以歡。他對南湖家園與西湖杭州，充滿無比深厚的眷愛，《山中白雲詞》裡明確點出杭州地景、故家之詞，至少有 75 首之多（參見附表二），若加上雖未寫明杭州地名、地景，卻在情懷上聯繫著杭州之作者，則更多於此數。[99]

但是宋恭帝德祐二年（1276），元兵攻陷都城杭州以後，他的貴游生活頓時化為齏粉，龐大的鐘鳴鼎食之家，剎時為之傾頹。宋亡以後，為國抵抗元兵，駐守獨松關的祖父張濡遭元人磔殺而死，事件明白載於《元史·世祖本紀》中。[100]其父張樞下落不明，[101]女眷入官為奴，家貲籍沒，連六世祖張俊的墳墓也遭到盜掘（1278）。巨大的家族創痛襲擊這位曾經過著豪縱浪漫生活的公子。

成為「遺民」的張炎，只得浪遊各地。從二十九歲到四十二歲期間，他在杭州、紹興等地往復游移，時與周密、王沂孫等人交通

98 張俊原有的「清河坊王府」由張楧一房居住，見楊海明《張炎詞研究》，頁 12 之考證。

99 張炎《山中白雲詞》有多首作品寫出地點，卻未詳在何處者暫不列入，如〈江城子·為滿春澤賦橫空樓〉等詞者是，俟他日尋獲確實之說明資料，方予補入。

100 明·宋濂：《元史·世祖本紀》：「以獨松關守將張濡嘗殺奉使廉希賢，斬之，籍其家。」（北京：中華書局，1976 年），卷 10，頁 108。元將伯元陷杭州後，即將張家的家貲賜給廉希賢之子。

101 楊海明認為張炎〈踏莎行〉：「水落槎枯，田荒玉碎」，暗言張濡（水）、張樞（木）遇害，以及張炎（玉田）的悲慘命運。《張炎詞研究》，頁 19。

訊息，以為生命的支撐。直至元世祖至元二十七年（1290）四十三歲，被迫北行大都（今之北京）繕寫藏經，才短暫離開江南舊地。[102]但是隔年（1291）他就慨然趁機南歸，蒙元朝廷與他畢竟有著不共戴天之仇。

回到南方的張炎，生活蹇困潦倒，漂泊各地，曾設卜肆於鄞縣（今浙江寧波）。[103]他以故鄉杭州為軸心，往東到過紹興、寧波、寧海、天臺等地，往西曾到蘇州、吳江、江陰、宜興、溧陽，其間雖有幾次往返杭州窺望故園，卻未真正安住下來，而是經過十年之後才又回到杭州定居。五十三歲（1300）時初步編纂了自己的詞集，並請鄧牧為之作序，但他的詞筆並未就此停止，直至六十八歲仍然續有詞作。約在七十歲（1317）完成宋代的詞論大作《詞源》。[104]七十以後的事蹟，載籍無著，當應是淒涼以終。

---

102 張炎北行的目的眾說紛紜，或言謀職，或說寫經，或云遊歷，本文採被迫寫經之說。參閱馬興榮：〈試論張炎的北行及其《詞源》、詞作〉，《楚雄師專學報》，1991 年第 4 期；郭鋒：〈從張炎北游論其遺民心態〉，《南京師大學報》，2006 年第 3 期；楊海明：《張炎詞研究》，頁 32-39。

103 元・袁桷〈贈張玉田〉詩下云：「玉田為循王五世孫（應為六世孫），時來鄞設卜肆。」見清・江昱疏證：《山中白雲詞疏證・附錄》，《四部備要》本，頁3。

104 張炎故人錢良祐為《詞源》作跋語在元仁宗延祐四年（1317）丁巳正月，故《詞源》應完成於此時，張炎年七十歲。跋文有言曰：「乙卯歲，余以公事留杭數月，而玉田張君來，寓錢塘縣之學舍。……玉田嘗賦〈臺城路・詠歸杭〉一詞。」則此詞為延祐二年乙卯歲（1315）作，張炎年六十八歲。見《詞源・附後跋》，《詞話叢編》本，第 1 冊，卷下，頁 268-269。

張炎的一生，特別是他入元以後的生活與心境，好友戴表元在〈送張叔夏西遊序〉曾有一段深細，讀之令人憫然的描述：

> 玉田張叔夏與余初相逢錢塘西湖上，翩翩然飄阿錫之衣，乘纖離之馬，於時風神散朗，以自為承平故家貴游少年不翅也。垂及將仕，喪其行資，則既牢落偃蹇。常以藝北游，不遇失意，亟亟南歸，愈不遇。猶家錢塘十年，久之，又去東游山陰、四明、天臺間，若少遇者。既又棄之西歸。於是余周流授徒，適與相值，問叔夏：「何以去來道途若是不憚煩耶？」叔夏曰：「不然，吾之來，本投所賢，賢者貧；依所知，知者死。雖少有遇，無以寧吾居，吾不得已違之，吾豈樂為此哉！」語竟，意色不能無阻然。少焉，飲酣氣張，取平生所自為樂府詞自歌之，噫嗚宛抑，流麗清暢，不惟高情曠度不可褻企，而一時聽之，亦能令人忘去窮達得喪所在。蓋錢塘故多大人長者，叔夏之先世高曾祖父皆鐘鳴鼎食，江湖高才詞客，姜夔堯章、孫季蕃花翁之徒，往往出入館穀其門，千金之裝，列駟之聘，談笑得之不以為異。迨其途窮境變，則亦以望於他人，而不知正復堯章、花翁尚存今誰知之？而誰暇能念之者？嗟乎！士固復有家世才華如叔夏而窮甚於此者乎？六月初吉，輕行過門，云將改遊吳公子季札、春申君之鄉而求其人焉。余曰唯唯，因次第其辭以為別。[105]

---

105 元·戴表元：〈送張叔夏西遊序〉，《剡源戴先生文集》，《四部叢刊》正編本，卷 13，頁 116-117。

戴表元初遇張炎之時，是飄阿錫之衣，乘纖離之馬的佳公子，與張炎二十九歲以後，遭逢元兵入杭，家族散亡，江山變異的命運相較，直如霄壤。這篇關於二人交游的短文，側寫出張炎生命歷程判然二分的真實景況，特別是後期漂泊四方的委曲境遇：他投所賢，賢者貧；依所知，知者死；雖少有遇，卻無以安居。悲沈落拓的心境，更甚於當時寄食於其家的姜夔、孫季蕃。世間的窮達得喪，只可在自製的樂府歌詞中獲得暫時的抒解，原為侑酒佐歡之「詞」，現在卻成為安頓他內心世界的重要磐石，詞之為物，於此惟高。

張炎雅愛詞體，好為詞章，其詞作、詞論與詞評都呈顯出深厚的造詣，這除了是張炎本人具有文學的資質秉賦之外，也是深受家族詞學傳統的薰陶，以及時聞父執輩文人講論詞學的影響。張炎自云：「余疎陋譾才，昔在先人侍側，聞楊守齋、毛敏仲、徐南溪諸公商搉音律，嘗知餘緒，故生平好為詞章，用功踰四十年。」[106] 鄧牧〈張叔夏詞集序〉亦言：「『春水』一詞絕唱今古，人以『張春水』目之。蓋其父寄閒先生善詞名世，君又得之家庭所傳者。」[107]啟迪張炎屹立於詞壇的源頭，正是父親張樞，以及楊纘（守齋）、毛仲敏、徐理（南溪）等人直接的濡染所致，張炎尚且把楊纘的〈作詞五要〉附在《詞源》之後，張炎云：

近代楊守齋精於琴，故深知音律，有圈法周美成詞。與之游

106 宋·張炎：《詞源》，《詞話叢編》本，第1冊，卷下，頁255。

107 宋·鄧牧：《伯牙琴·張叔夏詞集序》，《宋金元詞話全編》本，下冊，頁1722-1723。

者，周草窗、施梅川、徐雪江、奚秋崖、李商隱，每一聚首，必分題賦曲。但守齋持律甚嚴，一字不苟作，遂有作詞五要。觀此，則詞欲協音，未易言也。[108]

〈作詞五要〉包括要：擇腔、擇律、填詞按譜、隨律押韻、立新意。「五要」之中，就有四點是關於詞之聲律協美與否的要求。張炎《詞源》整個上卷都是討論五音、律呂、宮調等問題，下卷還有三則說明音譜、拍眼、製曲的鍛鍊之方，這說明張炎承襲張樞、楊纘、施岳（梅川）、徐宇（雪江）、奚淢（秋崖）、李彭老（商隱）等前輩精研詞律，對於樂理的重視。

除了家學與楊纘等人的影響之外，南宋多位詞家也都給予張炎一定程度的啟發。鄭思肖〈序山中白雲詞〉云：「吾識張循王孫玉田先輩，喜其三十年汗漫南北數千里，一片空狂懷抱，日日化雨為醉。自仰扳姜堯章、史邦卿、盧蒲江、吳夢窗諸名勝，互相鼓吹春聲于繁華世界。飄飄徵情，節節弄拍，嘲明月以謔樂，賣落花而陪笑，能令後三十年西湖錦繡山水，猶生清響。」[109]又，陸輔之《詞旨》云：「周清真之典麗，姜白石之騷雅，史梅溪之句法，吳夢窗之字面，取四家之所長，去四家之所短，此翁之要訣。」[110]張炎融貫周、姜、史、盧、吳各家之特長，而以姜夔為典範，張炎

108 宋·張炎：《詞源》，《詞話叢編》本，第1冊，卷下，頁267。

109 宋·鄭思肖：〈序山中白雲詞〉，見清·江昱疏證：《山中白雲詞疏證·原序》，頁3。

110 元·陸輔之：《詞旨·上》，《詞話叢編》本，第1冊，頁301-302。

《詞源》云：「詞要清空，不要質實。清空則古雅峭拔，質實則凝澀晦昧。姜白石詞如野雲孤飛，去留無跡。」[111]「清空」是張炎所定之最高詞境，所謂「清空」是要能攝事物之神理而遺其跡貌，詞人之中，若野雲孤飛，去留無跡的姜夔，得之最深。[112]

姜夔與張鎡、張鑑友善，依附張家長達十年；楊纘與張樞為盟友，經常出入張府吟臺酬唱。南宋杭州重要的文學圈，曾集結在張家，以張鎡為領導之中心，以姜夔為詞作、詞樂之翹首。續之者，是張樞與古琴家楊纘，展開以二人為核心的西湖吟社活動。吟社的社友，主要是以二人的門人弟子，以及周圍交誼往來的文人所構成，人名今可考者有二十七人。[113]社課是以詞的創作為主，格外注重詞樂協美的問題，故而吟社中的楊纘、張樞、施岳、王沂孫、徐宇、張炎、周密等，皆精研詞律。吟社活動的時間應起於周密《蘋洲漁笛譜》卷 1〈采綠吟詞序〉所載之景定五年（1264）。宋亡以後，吟社遺民詞人王沂孫、周密、王易簡、馮應瑞、唐藝孫、呂同老、李彭老、李居仁、陳恕可、唐珏、趙汝鈉、張炎、仇遠、無名氏等十四人，續有 5 次的集會，以龍涎香、白蓮、蒓、蟬、蟹為題，分別賦詠，共作詞 37 闋，詞作悉纂輯於《樂府補題》中。第 5 次的集會，是該社最後的會吟活動，時間應在元世祖至元二十八年（1291），[114]整個吟社的活動時期有二十八年之久，橫跨宋、

---

111 宋·張炎：《詞源》，《詞話叢編》本，第 1 冊，卷下，頁 2。

112 關於姜夔清空之論，參見第四章第三節。

113 蕭鵬：〈西湖吟社考〉，頁 98-101。

114 夏承燾：〈《樂府補題》考〉，《夏承燾集》，第 8 冊，頁 66-69。

元兩個朝代。張炎長期參與家族的吟會與西湖吟社的活動，與吟社文友互動密切，《樂府補題》有其詞作〈水龍吟〉詠白蓮一篇。

因此，從張鎡開始，直到張炎為止，在杭州文學圈這一龐大的文人隊伍裡，張家一直是處於中心的地位，張氏家族在杭州詞人群體中的重要性可想而知。由於累積了幾代的文學能量，與眾家詞學之精華，張炎成為張氏家族詞學傳統之集大成者，《詞源》總結南宋詞論之精義，以協律、雅正、清空為詞學之宗旨，詞作為其詞論之具體實踐。因其理論與創作雙面的高度成就，形成他驅策詞界的脈動，定位詞風的走向，標立詞論的觀點，影響後世詞人的層面，遠遠超過張鎡、張鑑與張樞。「家白石而戶玉田」的現象，在清代浙派詞人的推波助瀾之下，達到最高峰。

宋元之際，與張炎往來交游的詞人文友可考者近百人，[115]過從較密者有周密、王沂孫、趙孟頫、黃子久、金桂軒、陸文圭、戴表元、錢良祐、袁易、曾遇等人，或同為吟社社友，或同遊大都北京，或為其《詞源》作序跋；門生則有仇遠、韓鑄、陸行直等人，正式傳授詞法，講論詞作，這代表張炎在宋元之際的詞壇上，擁有相當廣密的人際網絡。馮沅君於 1926 年曾有〈玉田朋輩考初稿〉一文考證張炎的交游概況；1990 年胡新中的〈張炎交游新考〉又補述了許多馮氏遺缺的資料。張家的貲產，入元之後已被抄沒；張炎的家人，多已飄零，但是藉由張炎的交游活動，與交游文人群體的眾多，仍可見出張家在杭州文壇未即完全淡出消滅的影響餘緒，仍縈繫在張鎡這一血脈的子孫張炎身上。張鎡將家族從武功轉向文

115 胡新中：〈張炎交游新考〉，《求是學刊》，1990 年第 4 期，頁 63。

階發展的努力，在張炎身上開出最光燦的花樹。同時，我們也從張炎的交游群體照見出南宋杭州文化人質量齊盛的盛況。張家的詞人群是杭州地方文學的一個縮圖，由小窺大，張家與杭州地方長期鼎盛的文風，又與宋代廣開科舉之門，大批造就士子，以及杭州優異的人文環境，有相互連繫的歷史、地理關係。

二、鄉園的追憶：
張炎杭州詞的表徵意義與圖像

大體而言，張炎的詞可算是一種感傷文學。《山中白雲詞》現存 302 首，除少數作品作於宋亡以前之外，大部分都是入元以後所作。無論是情詞、詠物詞、節序詞、隱逸詞、贈別詞或漂泊詞等，多數瀰漫著亡國之音哀以思的深沈悲慨，《四庫全書總目》評曰：「所作往往蒼涼激楚，即景抒情，備寫其身世盛衰之感。」[116]展閱《山中白雲詞》，讀到的不是一片白雲悠悠的自在，而是孤雲一片的淒零。

因為張炎原是世胄公子，從循王張俊在杭州臨安建下基業開始，經過張子厚、張宗元、張鎡、張濡、張樞六代的經營，張氏家族在杭州早已是一門枝開葉茂，貲業龐大的富貴人家。張炎二十九歲以前，一直是在祖、父輩的庇蔭底下，過著承平公子風流閒雅，詩歌書畫的生活。但是元兵攻陷杭州以後，富麗的園林、親靠的家人和優雅的生活，頓時從現實中完全失去，張炎的驚駭、難可遏止

116 清·永瑢等撰：《四庫全書總目》（北京：中華書局，2003 年），詞曲類二，下冊，卷 199，頁 1822。

的悲哀，可想而知。張炎如何消散他巨大的悲痛？只得將那人生莫大的痛楚，化入漂泊與創作。詞，分擔了他生命的痛苦，以詞書寫杭州、家園，他歡苦鎔鑄的空間。因此，張炎詞中的杭州，以二十九歲為界，分為前後兩期，前期詞風婉麗清雅，後期淒愴纏綿，杭州在前後兩期的詞作所表徵的意義各自不同。

㈠前期詞中的杭州

張炎早期留下的詞作很少，入元以前的作品依照楊海明的說法，僅有〈南浦·春水〉、〈疏影·梅影〉二詞。[117]年少歡游杭州的痕跡，則可在其回憶之作裡尋得部分的蹤影：「記當年、紫曲戲分花，簾影最深深。聽惺忪語笑，香尋古字，譜掐新聲。散盡黃金歌舞，那處著春情。」（〈甘州〉）「歡游曾步翠窈。亂紅迷紫曲，芳意今少。舞扇招香，歌橈喚玉，猶憶錢塘蘇小。」（〈臺城路〉）「隔水人家，渾是花陰，曾醉好春時節，輕車幾度新堤曉。」（〈疏影〉）[118]所謂依紅偎翠的宴樂生活，以及將「文化精神」和「生活趣味」結合在一起的「精緻」生活形式，正是他早年

---

117 楊海明：《張炎詞研究》，頁 77-82。或言〈高陽臺·西湖春感〉亦是宋亡以前的作品。然而清·張惠言云〈高陽臺〉：「詞意悽咽，興寄顯然。疑亦黍離之感。」《張惠言論詞》，《詞話叢編》本，第 2 冊，頁 1621；麥孟華云此詞：「亡國之音哀以思。」見梁令嫻輯：《藝蘅館詞選》（臺北：臺灣中華書局，1970 年），頁 170；劉永濟亦言：「此宋亡後，作者重到西湖，感於春景闌珊，而生亡國哀思，故有此作。」《微睇室說詞》（上海：上海古籍出版社，1987 年），頁 136。考察詞意，應是入元之後的作品。

118 黃畬校箋：《山中白雲詞箋》，頁 197、23、46。

在杭州的生活圖像。而最能代表張炎前期的作品，是題為〈南浦·春水〉一詞：

> 波暖綠粼粼，燕飛來、好是蘇堤纔曉。魚沒浪痕圓，流紅去、翻笑東風難掃。荒橋斷浦，柳陰撐出扁舟小。回首池塘青欲徧，絕似夢中芳草。　　和雲流出空山，甚年年淨洗，花香不了。新淥乍生時，孤村路、猶憶那回曾到。餘情渺渺。茂林觴詠如今悄。前度劉郎歸去後，溪上碧桃多少。（頁1）

〈南浦·春水〉，鄧牧稱其：「絕唱今古」，這是張炎一首成功的詠物詞。張炎的詞友，也是同為臨安吟社的社友王沂孫，也有一首〈南浦·春水〉的詞作，[119]故而，這闋詞應就是當時吟社雅集的酬唱之作。詞中的西湖清麗幽美，從「流紅去、翻笑東風難掃」，「荒橋斷浦，柳陰撐出扁舟小」，「回首池塘青欲徧，絕似夢中芳草。」這三小句開展出的自然風光與人情風韻，可以肯定的說，張炎此時的內心世界，尚未出現生命的裂縫，還在家族的光照庇護之下，享受西湖的湖光山色：在落紅紛披的暮春季節，詞情不是呈現

---

119 宋·王沂孫〈南浦·春水〉：「柳下碧粼粼，認麴塵乍生，色嫩如染。清溜滿銀塘，東風細、參差穀紋初徧。別君南浦，翠眉曾照波痕淺。再來漲綠迷舊處，添卻殘紅幾片。　　葡萄過雨新痕，正拍拍輕鷗，翩翩小燕。簾影蘸樓陰，芳流去，應有淚珠千點。滄浪一舸，斷魂重唱蘋花怨。采香幽徑鴛鴦睡，誰道湔裙人遠。」《王沂孫詞》，《全宋詞》本，第5冊，頁3353。

韶光已逝的哀傷，而是翻笑東風未能掃淨殘花，使花落湖中，流動春光駘盪之美；荒橋斷浦之處，竟又有扁舟從柳陰深處撐出；池塘邊的青青芳草，如夢如幻，儼然橫跨現實與夢境的兩邊。詞中上片的自然界，美是連續性的，看似已「無」的絕處，卻還有「有」的存在，有「生之存有」的喜悅。下片則是轉向感傷，年復一年，水流花謝，往日結伴西湖，一觴一詠的宴樂，如今已悄，但此一追懷餘情渺渺的感傷，並不沈重，只是一般文人輕喟的傷感，這倒反襯出西湖是宜觴宜詠的風雅之地。此中西湖代表的杭州，杭州所表徵的世界，是安逸、恬美、穩定、連綿的世界觀所支撐的自然與人文雅趣共構的空間。

又〈疏影·梅影〉一詞，依據楊海明的說法，也應是張炎前期的作品：

> 黃昏片月。似碎陰滿地，還更清絕。枝北枝南，疑有疑無，幾度背燈難折。依稀倩女離魂處，緩步出、前村時節。看夜深、竹外橫斜，應妒過雲明滅。　窺鏡蛾眉淡抹。為容不在貌，獨抱孤潔。莫是花光，描取春痕，不怕麗譙吹徹。還驚海上燃犀去，照水底、珊瑚如活。做弄得、酒醒天寒，空對一庭香雪。（頁 101-102）

〈暗香〉、〈疏影〉是姜夔有名的自度曲，而姜夔又是張炎曾祖張鎡、曾叔祖張鑑的詞友，曾依止於張鑑門下，因此，張家喜好詞、樂的子弟，必然受過姜夔的影響。張炎《山中白雲詞》有〈暗香〉3 闋，〈疏影〉4 闋，其中各 1 闋，易名為〈紅情〉、〈綠意〉，改詠荷花荷葉，[120]則張炎對這兩闋詞牌喜愛之深，由此可見。

〈疏影〉一詞指涉的空間雖未明言是在何處，但與張炎的生平對照，以及從詞中有「麗譙」（城門上華麗的鼓樓），與「海上燃犀」（燃犀角照見水中之物）窺測，此中清麗的梅林，應在杭州西湖，或是張家南湖府第玉照堂。從張鎡開始，到張炎二十九歲遭逢巨變為止，張氏家族這一支脈，一直都居住在杭州南湖府第。[121]果若詞中推測的時間、地點確然，那麼這闋詞可以表徵出張炎早期杭州詞的特質：是一篇深受高度精緻文化薰染下，所完成的純粹美感經驗的作品。這首詞，寫的不是梅花，而是「梅影」，從黃昏、燈下、深夜、地面、鏡中、畫裡、樂聲、水底，多層次、多層面描寫梅影的清絕之姿，張炎能寫出這闋詞絕非偶然，就像曹雪芹寫出《紅樓夢》一樣，那是張炎「猶及見臨安全盛之日」，[122]是經過幾代「富」、「雅」生活的積浸，才醞造而出的貴雅品味與創作。若非有富貴的生活環境，高度的文化修養，與閒雅精緻的心靈，何能有這樣精細的觀察與描寫？南宋杭州的人文環境，以及所謂「南宋遺風」的形成，與張鎡家族的詞學傳統，都可以在這闋詞中看到最雅緻的縮影。

---

120 張炎〈紅情〉詞序曰：「〈疏影〉、〈暗香〉，姜白石為梅著語，因易之曰〈紅情〉、〈綠意〉，以荷花、荷葉詠之。」黃畬校箋：《山中白雲詞箋》，頁 323。張炎另有將「暗香」二字嵌入詞中 3 闋，「疏影」嵌入詞中 2 闋。

121 楊海明：《張炎詞研究》，頁 12。

122 清·永瑢等撰：《四庫全書總目》，詞曲類二，下冊，卷 199，頁 1822。

㈡後期詞中的杭州

1.夢裏瞢騰說夢華

一個曾享受過繁華富貴生活的人，較之一個從未品味過精美生活的人，在面對國破家亡的命運時，是更為錐心的刺痛與不堪。宋恭宗德祐二年（1276），元兵攻陷杭州這一年，張炎面對的是一場又一場腥風血雨的殘酷迫害，祖父、父親、女眷、家貲一一催折，連張俊祖墳也遭遇盜掘，巨大的災難降臨在杭州富貴百年的張家。不過，張炎卻在這場家族的浩劫中倖存下來。

但是「倖存」並不等於「幸福」，從此，這場浩劫後的陰影就一直包裹在張炎生命的內部，而原所擁有的安逸、穩定的世界觀，自此斷裂、破滅，杭州城以及有過多次雅集的南湖府第，成為「悲」與「愛」兩種情感糾結的空間，這是張炎後期杭州詞第一個表徵的意義。他對故園的一草一木，往日的流金歲月，滿懷強烈地眷愛；卻又不忍，也極端畏怯親炙故園的殘山剩水，因為心中的黍離之悲、故國之思也同樣強烈，他的〈思佳客〉就表達出這番洶湧的眷愛，又必須讓繁華如夢地消失的情懷，其云：

〈思佳客·題周草窗《武林舊事》〉

夢裏瞢騰說夢華。鶯鶯燕燕已天涯。蕉中覆處應無鹿，漢上從來不見花。　　今古事，古今嗟。西湖流水響琵琶。銅駝煙雨棲芳草，休向江南問故家。（頁435）

這闋詞是張炎為周密《武林舊事》所作的題詞。此書記載不少張家過去繁華顯貴的軼事，當時牡丹宴、梅柳宴的歌妓們早已散落天涯，他重新捧讀家族在杭州最為鼎盛風華的歷史時，怎不會感到愴然淒楚？同一空間「杭州」，前後上演最璀璨炫目的大型歌劇與最驚心怵目的悲劇，造成他難以接受 1276 年以後現實的杭州，他難再與杭州的草木流水保持完整的「友好」關係，因為悲劇的發生，家園籍沒，使他失去穩固的「生存位置」，以及感情的「價值核心」。這個有著親切與成長經驗的中心場所：家，一旦崩解，他與地方的分裂感也就開始產生，因為人與鄉土的關係，無非是以最核心的家園向外延伸交游社群的區域。當對家園「現實的認同」被迫裂解，歸屬的根基喪失，存在也就跟著飄移。因此，他對杭城長期保持一種回憶的距離，常在「他鄉」眷望「故鄉」，時時游離出杭，又時時迴游舊地，他只能窺望已是「他者」的「故園」，在回憶的世界保持一種傷感的「精神的認同」。他往復於山陰道中，並於元世祖至元二十七年（1290）北行大都，隔年南歸之後，卻未入杭，而是漫游浙水東西等地多年，才又返回杭州定居。入元以後，張炎杭州詞中的最強音，就是以這種雜揉眷愛都城過去的繁華，悲悼故國今日的淒零，並加入些許懺悔少年時期的荒嬉情感表徵而出，如〈月下笛〉云：

〈月下笛·孤游萬竹山中，閒門落葉，愁思黯然，因動〈黍離〉之感。時寓甬東積翠山舍〉

萬里孤雲，清游漸遠，故人何處？寒窗夢裏，猶記經行舊時路。連昌約略無多柳，第一是、難聽夜雨。謾驚回淒悄，相看燭影，擁衾誰語。　　張緒。歸何暮。半零落，依依斷橋

> 鷗鷺。天涯倦旅。此時心事良苦。只愁重灑西州淚，問杜曲、人家在否？恐翠袖、正天寒，猶倚梅花那樹。（頁85）

萬竹山在浙江天臺城西南四十五里處。張炎當時寓居甬東（今浙江定海）積翠山舍，一日夜聽細雨難眠，而觸動黍離之悲。從寓居的山舍，回憶往日都城杭州的清遊俊賞，富庶繁華，連夢裡，都還清楚記得經行過的舊時路。如今的張炎是倦旅天涯的「孤雲」，故人則有若斷橋淒悄的「鷗鷺」，此中對杭城懷抱不捨的眷愛與不堪的回顧，只有同樣經歷歡樂與苦難的「杜曲」[123]人家能夠明白。這闋詞，是張炎後期典型的風格，以位處他鄉的空間距離回憶、觀照杭州的今昔，並在其中置入「悲」與「愛」的纏綿情感。杭州的地方感由前期完整的歡愉覺受在此有了全然的逆向轉折。

又如〈臺城路・杭友抵越，過鑑曲漁舍會飲〉云：

> 春風不暖垂楊樹，吹卻絮雲多少。燕子人家，夕陽巷陌，行入野畦深窈。篝花鬬草。記小舫尋芳，斷橋初曉。那日心情，幾人同向近來老。　　銷憂何處最好。夜游頻秉燭，猶是遲了。南浦歌闌，東林社冷，贏得如今懷抱。吟悰暗惱。待醉也慵聽，勸歸啼鳥。怕攪離愁，亂紅休去掃。（頁44）

詞中張炎身在越州（今浙江紹興），與來自杭州的友人會飲於村落的漁舍，一同回憶起杭城舊事：小舫的尋芳，南浦的笙歌，西湖的吟

123 杜曲，喻指杭州達官貴人宅第附近的地方。

社，[124]但再美好的過往，今日回憶起來只贏得慵聽、怕攬的憂傷，一切皆已闌珊、冷寂了，不敢吟詩，怕掃落花，都是一種對過往強烈的眷愛轉變而成的畏怯。

以上的兩首作品都是隔著一個空間的距離回看杭州。而回到杭州的張炎又是如何？〈臺城路·遷居〉下片云：

> 依依心事最苦。片帆渾是月，獨抱淒楚。屋破容秋，床空對雨，迷卻青門瓜圃。初荷未暑。歎極目煙波，又歌南浦。燕忽歸來，翠簾深幾許。（頁 316）

這闋詞詞中的南浦，已不是「回首池塘青欲徧，絕似夢中芳草」的恬美，而是籠罩幽歎的悲戚，時代浩劫的陰影已然隱抑其中，杭州不再是吟賞煙霞的閒雅空間，而是滿溢亡國之痛，依依心事最苦的場域。少年聽雨歌樓上的浪漫荒嬉已逝，「春山筆，慣染京塵」（〈聲聲慢〉）——那曾經是多麼美好的歲月如夢消失。今日面對的是屋破容秋，床空對雨，亡國之後的家園，處處滲透悲楚的意象與聲音。

又如〈憶舊游·余離群索居，與趙元父一別四載。癸巳春于古杭見之，形容憔悴，故態頓消。以余之況味，又有甚于元父者，抑重余之惜，因賦此調，且寄元父，當為余愀然而悲也〉：

124 「東林社」借指「西湖吟社」。馬興榮等主編：《廣選新注集評全宋詞》（瀋陽：遼寧人民出版社，1997 年），第 5 冊，頁 609。

> 歎江潭樹老，杜曲門荒，同賦飄零。乍見翻疑夢，對蕭蕭亂髮，都是愁根。秉燭故人歸後，花月鎖春深。縱草帶堪題，爭如片葉，能寄殷勤。　　重尋。已無處，尚記得依稀，柳下芳鄰。佇立香風外，抱孤愁淒惋，羞燕慚鶯。俯仰十年前事，醉後醒還驚。又曉日千峰，涓涓露濕花氣生。（頁58-59）

癸巳年為元世祖至元三十年（1293），張炎時年四十六，距離宋亡已過十四年，言「俯仰十年前事」，是舉其成數言之。這首作品，複現今昔對比的主題：「記得依稀」當年，猶欲「重尋」舊處，而今已是「江潭樹老，杜曲門荒，同賦飄零」。杭州城的面貌在此是「荒」、「老」、「飄零」，而在十年前，杭州城是「盛」、「少」、「繁華」。杭州的變異，除了實質空間缺少有如張鎡南湖園林的「物質存有」之外，主要還在詞人「心靈維度」由「歡」入「悲」的觀照下，杭州也隨之轉換了聲容，張炎對杭州仍有強烈的摯愛，但是杭州已成為無法安頓撫慰其靈魂的地方，因為家園的歸屬感全然喪失，存在也就只是漂泊。

2.清風漁樵隱煙蘿

杭州作為張炎後期詞中第二個表徵意義，乃在杭州由育長他的世居之地轉變為棲身隱居的空間。張炎有多首談到隱居杭州的作品，如：〈聲聲慢·山風古道〉、〈慶清朝·淺草猶霜〉、〈南鄉子·愛此碧相依〉、〈木蘭花慢·二分春是雨〉等。[125]但後期杭州詞

---

125 黃畬校箋：《山中白雲詞箋》，頁143、153、375、430。

的第一個表徵意義中已分析出，杭州已是無法安頓張炎生命的空間，又如何讓張炎隱居其中？豈非弔詭？問題乃在：張炎是屈於時勢選擇隱「身」，不求仕途之隱。至於其「心」，卻未入於淡泊一切，平慮靜志的「真隱」，約在他六十歲之前的作品多是如此。張炎雖曾嚮往陶潛隱逸生活的清澈生命，但是入元以後的作品，則慣常在詞中流露出「怕說當時」（〈國香〉）、「卻怕登樓」（〈甘州〉）、「怕攬離愁」（〈臺城路〉）、「怕如今，冷卻鷗盟」（〈聲聲慢〉）、「怕喚起西湖」（〈法曲獻仙音〉）的驚懼心理，[126]「怕」字在張炎詞中出現多達 45 首 47 次，顯示張炎的內心時有憂恐，一個充滿憂懼的靈魂，生命的格趣又如何清靈？杭州是他生長的故鄉，也是整個家族遭受殘害的地方，因此詞涉回憶杭州，或回到杭州隱居之時，憂恐的陰影，時時若隱若現，故而他大多數隱居杭州之詞，不是王維的「仕隱」，更不是陶潛的「真隱」，雖然他與陶潛一樣，是因政治因素而退避隱居，但退隱田園的陶潛，尚能「晨興理荒穢，戴月荷鋤歸」，有一片可耕的土地；在耕讀、悠遊山水生活中，契入造化的生生之意，而有「此中有真意，欲辯已忘言」的境界體悟。但隱身故鄉杭州的張炎，卻是居無定所，時見憂傷：

〈渡江雲・懷歸〉

江山居未定，貂裘已敝，空自帶愁歸。亂花流水外，訪里尋鄰，都是可憐時。橋邊燕子，似軟語、斜日江蘺。休問我、

126 黃畬校箋：《山中白雲詞箋》，頁 21、28、44、78、128。

如今心事，錯認鏡中誰。　　還思。新煙驚換，舊雨難招，做不成春意。渾未省、誰家芳草，猶夢吟詩。一株古柳觀魚港，傍清深、足可幽棲。閒趣好，白鷗尚識天隨。（頁 127-128）

〈聲聲慢·別四明諸友歸杭〉

山風古道，海國輕車，相逢只在東瀛。淡薄秋光，恰似此日游情。休嗟鬢絲斷雪，喜閒身、重渡西泠。又溯遠，趁回潮拍岸，斷浦揚舲。　　莫向長亭折柳，正紛紛落葉，同是飄零。舊隱新招，知住第幾層雲。疏籬尚存晉菊，想依然、認得淵明。待去也，最愁人、猶戀故人。（頁 143）

詞中的張炎仰慕隱士天隨子陸龜蒙和陶淵明，回到杭州隱居，是他漂泊四方，倦遊他鄉之後的一個選擇，故居之地雖幸有「白鷗尚識」，「晉菊想依然認得」的親切，但是「訪里尋鄰，都是可憐時」，沈重的心情，連燕子的呢喃也怕牠的聲音是種提問。追慕陸、陶自比的張炎，在這些詞中未見「心有常閒」的瀟灑，也未有「豪華落盡見真淳」的生命境界，這是詞人在現實上，遭受到比陸、陶二人更為殘酷的命運所致。下面幾闋詞亦表達出張炎雖隱居杭州湖山之間，卻依舊深著悲慨的氣息：

〈木蘭花慢·歸隱湖山，書寄陸處梅〉

林逋。樹老山孤。渾忘卻、隱西湖。歎扇底歌殘，蕉間夢醒，難寄中吳。秋痕尚懸鬢影，見蓴絲、依舊也思鱸。粘壁

蝸涎幾許，清風只在樵漁。（頁430）

〈南樓令·有懷西湖，且歎客遊之漂泊〉
客裏醉時歌。尋思安樂窩。買扁舟、重緝漁蓑。欲趁桃花流水去，又卻怕、有風波。（頁363）

〈南樓令·送黃一峰游靈隱〉
重整舊漁蓑。江湖風雨多。好襟懷、近日消磨。流水桃花隨處有，終不似、隱煙蘿。（頁254）

〈聲聲慢·己亥歲，自臺回杭，雁旅數月，復起遠興。余冉冉老矣，誰能重寫舊游編否〉
穿花省路，傍竹尋鄰，如何故隱都荒。……一舸清風何遠，把秦山晉水，分貯詩囊。髮已飄飄，休問歲晚空江。松陵試招舊隱，怕白鷗、猶識清狂。漸溯遠，望并州、卻是故鄉。（頁202）

歸隱湖山的張炎，卻還幽歎「扇底歌殘，蕉間夢醒」，可見生命未獲得真正的擺脫，過去「舞扇招香，歌橈喚玉，猶憶錢塘蘇小」的歡樂生活，還叫他眷顧。他也想重整漁蓑歸隱西湖，但是此地的風雨煙波何其之多，就算隱居，也未能真隱。己亥歲，是元成宗大德三年（1299），張炎五十二歲，距離那場家族災難已過二十三年，這時自天臺回杭隱居的張炎，心中仍是滿溢無限的淒涼與憂恐，可見家族在杭州毀滅的創痛何其之深。

不過必須附帶一論的是，他也有一些可以灑然自適過著隱居生活的作品，那是他離杭的隱居詞和老年的隱居詞：

〈臺城路・陸義齋壽日，自澄江放舟，清游吳山水間，散懷吟眺，一任所適，所之既倦，乘月夜歸。太白去後，三百年無此樂耶。〉
清時樂事中園賦，怡情楚花湘草。秀色通簾，生香聚酒，修景常留池沼。閒居自好。奈車馬喧塵，未教閑了。把菊清游，冷紅飛下洞庭曉。　　尋泉同步翠杳。更將秋共遠，書畫船小。款竹誰家，盟鷗某水，日月光涵圓嶠。天浮浩渺。稱綠髮飄飄，溯風舒嘯。緩築堤沙，渭濱人未老。（頁334）

這闋詞通篇言清游閒隱之樂，張炎北歸之後，曾在山陰、越州一帶隱居，此詞或作於當時。詞中無過多憂傷之苦，故園之思，遠離杭州的他，時常乘小舟帶書畫游泛江湖，閒與白鷗為盟，這是全然不同於隱居杭州的畫面。張炎心中累累的負荷，似乎可獲得暫時性的消解，張炎北行南歸之後，沒有回到杭州，而是漂游浙水東西的心理，這闋詞，提供了部分的答案。

又，他晚年的隱居詞，也較無憂思之狀。他曾模仿張志和的〈漁歌子〉填詞 10 首，這 10 首作品寫作的時間是庚戌春日，即元武宗至大三年（1310）春天，張炎六十三歲，自陽羨牧溪行舟經過罨畫溪時所作，地點雖然不是杭州西湖，不屬於本文選擇的文本範疇，但卻能代表張炎晚年與張志和生命意趣相侔的心境，茲舉前 3 首為例：

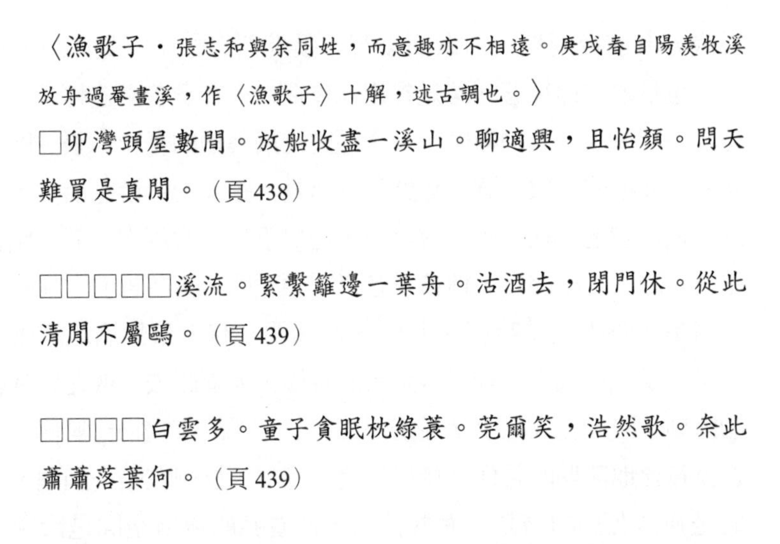

〈漁歌子·張志和與余同姓，而意趣亦不相遠。庚戌春自陽羨牧溪放舟過罨畫溪，作〈漁歌子〉十解，述古調也。〉

□卯灣頭屋數間。放船收盡一溪山。聊適興，且怡顏。問天難買是真閒。（頁438）

□□□□□溪流。緊繫籬邊一葉舟。沽酒去，閉門休。從此清閒不屬鷗。（頁439）

□□□□白雲多。童子貪眠枕綠蓑。莞爾笑，浩然歌。奈此蕭蕭落葉何。（頁439）

10 首作品的首句，都遺缺幾個字，但對詞義的解讀並不構成妨礙。這3首詞作的風格接近元曲的小令，詞風淺白自然，詞情一派悠然自在，與他中年所作的「隱逸詞」已然有別，沒有強烈的悲憤痛苦與眷戀徘徊，而呈現出一種小庶民沽酒放歌的生活閒趣。張炎已由貴游公子化作江湖小民，悠長的時間，自然的山水，終於慢慢敷治了他的創傷。

三、張炎杭州詞的詞筆特質

(一)悲感渲染的地方觀點

張氏家族在杭州綿延了幾代的文學慧命，家族詞人在共同追求協律、尚雅的詞風底下，仍存在巨大的內涵差別。其中，張鎡的杭州詞與張炎的杭州詞就是兩組對比明顯的作品。張鎡的生命以五十五歲分為前後兩期，前歡而後苦；張炎則以二十九歲劃為前後兩期，也是前欣而後悲。但是曾祖、曾孫二人在歡苦兩邊輕重的比例完全不同，張鎡傾向歡樂，幾乎不書貶謫異地的憂苦；張炎則深浸悲傷，前期的歡樂之詞，竟然所存無幾。張炎的貴游生活，茂林觴詠，晝夜瓊筵，在二十九歲之前，絕對不是一次兩次，而是頻繁與平常有之的宴樂圖景，他自言昔日「頻賦曲，舊時曾」，「一語不談俗事，幾人來結吟朋。」[127]故而其間必有大量歡愉之詞產生。但是，或在他五十三歲初編詞集的時候，大幅刪去？或在家貲籍沒的時刻，毀於元人之手？〈踏莎行〉云：「故家文物已無傳」，是否就包含他前期的詞作？無以知曉。總之，杭州在張炎詞裡，包裹的是強烈悲抑的痛楚，面對杭州，他看到的場所空間是冷湖、荒臺、頹垣、空簾、可憐處……，存在是淒涼、飄零、幽恨、驚怕、傷心，他對杭州地方的觀點，從悲淒壓抑的心理投射而出的視角泛染一切：

> 西湖幾番夜雨，怕如今、冷卻鷗盟。（〈聲聲慢〉）
> 南浦歌闌，東林社冷，贏得如今懷抱。（〈臺城路〉）
> 怕依然、舊時歸燕，定應未識江南冷。（〈瑣窗寒〉）
> 故園空杳。奈關愁不住，悠悠萬里。（〈水龍吟〉）
> 向西園，竹掃頹垣，蔓蘿荒甃。（〈探芳信〉）
> 故園已是愁如許，撫殘碑、卻又傷今。更關情。秋水人家，斜照西泠。（〈高陽臺〉）

---

127 張炎：〈木蘭花慢〉，《山中白雲詞箋》，頁387。

想西湖、段橋疏樹。梅花多是風雨。（〈摸魚子〉）

故國荒城，斜陽古道，可奈花狼藉。（〈壺中天〉）

故鄉惟有夢相隨。夜來折得江頭柳，不是蘇堤也皺眉。（〈鷓鴣天〉）

水落槎枯，田荒玉碎。夜闌秉燭驚相對。故家文物已無傳，一燈卻照清江外。（〈踏莎行〉）

……

張鎡的杭州詞，拒絕訴說過多的悲傷；張樞的杭州詞，有山雨欲來風滿樓的憂擾，但卻不過分深重；張炎詞裡的杭州，卻是舖天蓋地，綿綿無盡的哀傷，西湖、南浦、斷橋、孤山、西泠、蘇堤、西園這些地景，以及杭州的玉田、城垣、古道、故家這些場所，看去盡是荒廢頹殘。幾乎涉及杭州空間地方的詞作，無不幽咽淒楚，甚至在異鄉江頭折柳，也會讓他聯想起蘇堤的楊柳而感傷，使傷感溢出原有的空間場域，連接到異鄉的空間。可以說時代悲劇的巨擊，相當嚴重地摧毀張炎原本歡樂的生命質地。

所以，張炎的詞可以充分印證歐陽修所言：「世所傳詩者，多出於古窮人之辭也。」人生的苦難和人間的悲劇是驅動張炎產生作品的能量來源。而韓愈、歐陽炯所說：「歡愉之辭難工，而窮苦之言易好」的命題，因張炎的歡詞很少，實難據以論斷此話為真。至於劉玉平認為儒家重群體和重批判的文藝思想，深刻影響文學作家，使他們想「通過自身的失缺去發現更為普遍的失缺，從而使一己情愫上升為具有普遍意義的人生體驗」，進而可作為批判、干預現實的力量，這在張炎的作品中並不特別明顯。仔細分開來說，張炎只完成劉氏所說的前半面：「使一已情愫上升為具有普遍意義的人生體驗」；至於以文字「作為批判、干預現實的力量」，對張炎來說是困難的，最具體的行動是曾參加《樂府補題》的詠物活動，此一活動是宋亡元初之時，遺民詞人依題詠物，以寄託宋端宗景炎三年（1278）楊璉真伽於蕭山盜發南宋六帝陵墓的悲憤和亡國黍離的悲思。但是他的行動也僅能止於此，如同辛棄疾那般強烈的批判色彩，表達對現實的不滿，進而投身現實的行動，在張炎的詞裡是難覓的。第一，他畢竟是一位文人，而不是六世祖張俊，是一名驍勇善戰的武將；也不是一位以其深厚的學術素養與成就，盱衡世事，並懷抱強烈自覺經世濟民之思想與責任之擔當，以其思想能力連結眾人以影響社會趨勢的知識分子。第二，北宋亡於金人之手，南宋卻是滅於蒙古剽悍的鐵騎，這一橫掃中亞、歐洲大陸各國，所戰皆捷的民族，當他們大舉揮軍南下，南宋朝廷還能堅韌抵抗多年，方告瓦解，已屬極端不易。[128]作為覆巢之下的張炎，又能如之如何？

故而，在張炎杭州詞裡最巨烈的聲響是悲哀，無法是批判。離開杭州的張炎，靈魂方能有些許的休息與寧定，他在異鄉所寫的隱逸詞，透發如是的消息。

---

128 錢穆云：「就蒙古兵隊征服的各地而言，只有中國是最強韌最費力的一處。」《國史大綱》，下冊，頁 475。研究者認為蒙古騎兵極為強悍，橫掃亞歐各國，只需二十餘年；南宋自宋理宗端平元年（1234），蒙古開始興兵攻宋起，至帝昺祥興二年（1279）亡國為止，卻頑強抵抗近半世紀之久，才告覆滅，已是相當不易。

㈡迴旋象徵的折射手法

由於經歷過巨大的時代悲劇，殘酷的家族命運，張炎在面對杭州與故園時，傾向以迴旋往復的語式來表達他對過去的哀傷，現在的漂泊與未來的猶疑所交揉的情懷；而不是以簡潔明快的短詞，或層層鋪敘，直陳其事的直線性表達方式來書寫他所要陳述的事件、情感、與思致。在講述內容的時候，並不著重生活細節與事件過程的刻畫，不是以工筆畫的寫實方式書寫內容，而是以象徵、用典的寫作手法折射而出。

張鎡生命的主要活動期，是處於華麗而又相對平穩的時代，他的詞多以直書的方式陳述他歡快的生活與南湖園群仙繪幅樓、桂隱、玉照堂等各處的勝景，他寫逸賞風花雪月的雅趣，文人雅集的活動，或寫吃炮栗、煨芋頭、煮山藥、摘葡萄的日常飲食生活，多是直書其人、其事、其物，很少用典，也無多少象徵的手法，詞筆傾向寫實。張炎則否，入元以後，家園傾覆易主，人事全非，儘管杭州的外景還是真實的，但意義已經改變，故詞筆傾向運用迴旋、象徵、用典的曲折方式，來書寫所要表達的內容。特別是在他三十到四十幾歲之間這個階段，整個生命還處在強烈的悲感底下，在他離杭而又憶杭的杭州詞裡，經常是以一種：意望回歸→提問答案→驚恐猶疑→結果未定→又回原點的轉折迴旋方式，表達他徘徊於歸與不歸的情感心態，以〈甘州〉為例：

〈甘州·庚寅歲，沈堯道同余北歸，各處杭越。踰歲，堯道來問寂寞。語笑數日，又復別去，賦此曲，並寄趙學舟。〉

記玉關、踏雪事清游。寒氣脆貂裘。傍枯林古道，長河飲馬，此意悠悠。短夢依然江表，老淚灑西州。一字無題處，落葉都愁。　　載取白雲歸去，問誰留楚佩，弄影中洲。折蘆花贈遠，零落一身秋。向尋常野橋流水，待招來、不是舊沙鷗。空懷感，有斜陽處，卻怕登樓。（頁28）

這闋詞寫於元世祖至元二十八年（1291），張炎與沈欽（字堯道）從元朝大都南歸以後，居於越州（今浙江紹興）時所作，張炎時年四十四歲。詞中的西州代表杭州，上片所言「短夢依然江表，老淚灑西州」，乃是以東晉羊曇為謝安淚灑西州的典故，寓指渴望回杭所興的家國之悲，呈顯他「意望回歸」的心態；「問誰留楚佩，弄影中洲」，是「提問語式」，表達對友人的思念，並可在詞意上延伸至對故土、故國的思念，以及試圖尋求是否應該回歸的解答；「向尋常野橋流水，待招來、不是舊沙鷗」，是「感慨猶疑」的心情；「空懷感」是回歸的「結果未定」，並未將歸杭一事真實地付諸行動；「有斜陽處，卻怕登樓」，在驚怕猶疑的徘徊之下，「又回原點」——並未回杭，只是意想登樓眺望故鄉，卻又怕「望鄉」的動作引發更多思鄉的洶湧情緒。

張炎即以意欲→尋問→驚疑／徘徊→意欲，這幾個表意的語式，前後交錯運用，或部分運用，以形成一種迴旋往復式的作品甚多：

當年燕子知何處？但苔深韋曲，草暗斜川。見說新愁，如今也到鷗邊。無心再續笙歌夢，掩重門、淺醉閑眠。莫開簾，

怕見飛花，怕聽啼鵑。（〈高陽臺〉）

旅懷無限，忍不住、低低問春。梨花落盡，一點新愁，曾到西泠。（〈慶宮春〉）

舞扇招香，歌橈喚玉，猶憶錢塘蘇小。無端暗惱。又幾度留連，燕昏鶯曉。回首妝樓，甚時重去好？（〈臺城路〉）

消憂何處最好？夜游頻秉燭，猶是遲了。南浦歌闌，東林社冷，贏得如今懷抱。吟悰暗惱。待醉也慵聽，勸歸啼鳥。怕攪離愁，亂紅休去掃。（〈臺城路〉）

張緒。歸何暮。半零落，依依斷橋鷗鷺。天涯倦旅。此時心事良苦。只愁重灑西州淚，問杜曲、人家在否？恐翠袖、正天寒，猶倚梅花那樹。（〈月下吟〉）

這些詞作都可依上述的句式作細部的拆解，在歸與不歸的兩端，以往復迴旋的語式來回勾織，這也充分呈現他對杭州縈繞多重複雜的情懷。

至於杭州詞裡的悲劇意識用什麼來表現？

第一，當他「泛指」對美好的世界以及他前期曾經擁有的貴游生活，再已難續的悲感，時常以「夢」字來總括，以「夢」作為最重要的象徵：「空憐斷梗夢依依，歲華輕別」；「夢醒方知夢，夢豈無憑」；「驚心夢覺，謾慷慨悲歌」；「懸知偶然是夢，夢醒來，未必是邯鄲」；「回來又續西湖夢，繞江南、那處無愁？」[129]……

---

129 黃畬校箋：《山中白雲詞箋》，〈淒涼犯〉頁 11、〈甘州〉頁 197、〈臺城路〉頁 240、〈木蘭花慢〉頁 242、〈風入松〉頁 437。

「夢」字在《山中白雲詞》總共出現104次，這個數據是驚人的，正可證明他何等眷懷他的過去。家族的富貴鼎盛，他的錦繡年華，整個美好的一切卻有如一場「夢」——消失。

第二，比較張鎡與張炎的杭州詞，可以發現，同樣是寫杭州具體的地方與家園時，張鎡寫南湖多過西湖，張炎則是寫西湖多過南湖。這表示張鎡以南湖園為傲，是全然的鍾愛，欲凸顯南湖在杭州的顯赫地位，使家園的空間透過文學的書寫與傳播，擴大它的空間影響，渲染它的空間美感與重要。但是南湖對張炎而言，卻是愛與痛，歡與悲的結合體，因此書寫的筆墨沒有多過西湖，他以西湖廣大的空間含納南湖家園的空間，使家族的悲劇隱入國族的悲劇之中，而縮小南湖曾經在杭州地方史上的顯赫聲名。而且他寫南湖府第時，絕對不使用「特稱名詞」：「南湖」一名直指家園，只以一般的「泛稱名詞」：故園、故家、舊家等詞彙稱謂之；更別說玉照堂、群仙繪幅樓、桂隱、繪幅堂吟臺，這些在張鎡、張樞、姜夔、周密等人詞裡一再出現過的地景，這曾經是杭州最重要的文藝中心，在張炎詞裡卻是一字不見。連杭州士人藉由結社以連結群體認同的「西湖吟社」，也只以東晉時期慧遠集眾修業，以文會友的「東林社」來代稱，而且在302首詞中只出現2次。這也可以解釋為當他指涉真實的現象時，會以覆蓋薄紗，帶有遮掩的折射方式表徵之，以稀釋直接觸及家族悲劇的巨大悲哀，因為若是直書「南湖」專名，就必須裸裎家族的悲劇，而這恐怕也會挑起政治敏感的神經。

第三，當他呈顯自我本身的悲感身世時，慣常以「燕」、「雁」、「杜鵑」、「蝶」、「雲」、「落葉」等禽、物作象徵，其共通點在「飄移」、「漂泊」意義的勾連。〈解連環·孤雁〉是表徵自我最好的代表名篇，當時即有「張孤雁」之稱。[130]而在以「燕」代表自我時，最常使用唐代詩人劉禹錫〈烏衣巷〉的詩句隱括入詞，如「燕子人家，夕陽巷陌，行入野畦深窈。」（〈臺城路〉）「怕依然、舊時燕歸，定應未識江南冷。」（〈瑣窗寒〉）「燕子尋常巷陌，酒邊莫唱〈西河〉。」（〈風入松〉）王導、謝安兩家是東晉時代的豪族，但王謝兩家子弟不是好擺富闊的粗豪，而是帶有高度文化意識與修養的貴族，張炎以王謝兩家代表張家在南宋杭州尊貴的地位，同時也認同王謝兩家所具有的高度文化意識與深雅的文藝修為，那正是張鎡、張鑑、張樞到張炎，一脈相傳的家學涵養。

但是 1279 年以後，張炎已是一個落魄窮愁的王孫，回到故園的悲戚零落之感，正如一隻「猶自識黃昏」的「舊時歸燕」（〈憶舊遊〉）。他三十歲以後雖然已在元代，但整個精神面卻沒有進入元代，而是一再緬懷過去，過去的歷史對他才具有珍貴的意義。通過「舊時歸燕」的用典方式，一方面雅化他的詞作；另一方面是進入該詩句在歷代被重複使用的龐大時空中，感受前代詩人在創作該詩，使用該典故時的心靈感受。他的用典，可以說，「不是鎖在文句之內，而是進出歷史空間裡的交談」，[131]張炎與東晉的王謝子弟，歷代沒落的王孫，亡國的遺民，藉由這個典故而有一個共感的交會，使得一己的感傷，躍升為普遍性的感傷「原型」，使他個人

130 劉永濟：《微睇室說詞》，頁 138。

131 葉維廉：《中國詩學》（北京：人民文學出版社，2006 年），頁 70。

的哀痛，可以「置身」在此一「原型」的典故之下，進而獲得一種置身歷史，與歷史長河中的「共感」以「共鳴」的方式表徵而出，或可短暫消解他難言無盡的創傷。

四、小結

玉、田都是富貴安定的象徵，全盛時期曾經歲收達六十萬斛的杭州張家，到張炎這一代，已是「玉老田荒」。在屬於杭州詞範圍之題材的選擇上，張炎有情詞、悲慨詞、詠物詞、隱逸詞、題畫詞等，卻無張鎡的「飲食文學」作品，張鎡調弄山藥、紫芋、葡萄的「食趣」，以及逸賞西湖、南湖風光，慶遇「勳華時世好」的歡樂之詞，在張炎的詞作中稀疏寥落。年少時期的歌筵酒宴之樂，大多存放在回憶作品中，以詞殘存過去的「片段」來追憶逝去的「全體」。因為是追憶，所以被追憶的原來的真實，可以在想像世界中無限地擴大、美好、恆久；但在時間點上，追憶永遠是後者，無法貼回原來的真實發生點，故而，張炎以「夢」作為過去歡樂總體最重要的象徵。一體之兩面，追憶前歡可以無限放大美好的想像，在追憶之後，呈顯的就是更大的失落的悲哀。

張炎以一種極為深痛的輓歌形式與聲音，哀傷他的時代與家族的悲劇。《山中白雲詞》的詞集命名，寓有隱逸之意，但他的隱居詞大多摻和著漂泊與悲慨，只有少數晚年與離鄉的隱居詞有真正的淡泊與寧靜。他主要、重要的作品仍是以杭州與杭州的故園為中心，來傳遞他的情感和思致，形成具有獨特體驗的感傷文學。他描寫杭州的空間或故園時，不是著墨於建築、園林本身空間的配置、結構，室內物件的布置和擺設，而是地方、場所空間的環境，空間中的鶯柳煙堤，斜川小徑，曲陌畫橋等自然或人為景致的描寫，並在其間傳遞他的情感。

宋元之際，與張炎往來交游可考者近百人，顯示他擁有相當廣密的人際網絡，以及在文壇的影響力。但他並未整合匯集遺民者對逝去王朝的民族認同，主導使之形成在異族蒙元統治底下有意義的文化力量。此一因於他的文人性格，一因於困頓的經濟條件，他任自己飄零為一隻「舊時燕」。

但是，他畢竟留下《山中白雲詞》與《詞源》這兩部重要的著作。通過對其詞作的仔細解讀，與家族史的梳理之後，本文便無法同意王國維對他的批評：玉田之詞，「則鄉愿而已」。[132]他以迴旋形式、用典、象徵等手法轉折詞意的直接表露，以悲感渲染的地方觀點，與詞文無有蘇、辛狂者進取的生命氣象，都應賦予同情的理解。而他追求協律、尚雅的詞風，完成文學藝術之為「藝術」的「形式純粹」價值，仍應以高度的肯定，《詞源》為後人所揭示的詞學理論，《山中白雲詞》實踐自我理論的詞作作品，均是彌足珍貴。

132 清‧王國維著，滕咸惠校注：《人間詞話新注》（臺北：里仁書局，1994年），頁110。

第四章　姜夔之詞與杭州

陳廷焯《白雨齋詞話》曾盛讚姜夔之詞：「清虛騷雅。每於伊鬱中饒蘊藉，清真之勁敵，南宋一大家也。夢窗、玉田諸人，未易接武。」[1]視姜夔為南宋一大家，超越吳文英與張炎，直逼北宋的周邦彥。朱彝尊更進一步，認為姜夔的地位是詞史上的最高峰，稱「詞莫善於姜夔」，[2]「世人言詞，必稱北宋。然詞至南宋始極其工，至宋季而始極其變，姜堯章氏最為傑出。」「填詞最雅，無過石帚。」[3]朱彝尊是清代詞壇浙派的代表，詞需雅正，是浙派的基本觀點，「填詞最雅，無過石帚」，姜夔自然成為師法的第一對象；又因姜夔於中晚年之後，長期定居杭州，與杭州有甚深的地緣關係，故將之歸屬為「浙詞」，是「吾杭」人，乃因為浙派詞人對姜夔有「地域鄉誼」的認同，故而特別推尊姜氏。[4]

1　清·陳廷焯：《白雨齋詞話》（臺北：新文豐出版公司，1988 年《詞話叢編》本），第 4 冊，卷 2，頁 3797。

2　清·朱彝尊：《曝書亭集·黑蝶齋詩餘序》（臺北：臺灣商務印書館，1979 年《四部叢刊》正編本），卷 40，頁 331。

3　清·朱彝尊：《詞綜·發凡》（臺北：臺灣中華書局，1965 年《四部備要》本），第 3 條，頁 3；第 13 條，頁 5。

4　清·朱彝尊：《曝書亭集·魚計莊詞序》云：「在昔鄱陽姜石帚、張東杭州是漢陽之外，姜夔一生居住沈浸最久的地方。他的生平著作，泰半在杭州完成；而待其最厚，情若手足的友人張鑑，定交於杭州；當他亡故之後，也安葬於杭州。生，無可選擇；死，他讓自己永遠安睡在杭州。孤山的西村、西湖的定香寺、張達可堂、張鎡桂隱堂、東青門的別館、聚景園、沙河塘……烙印姜夔最多的足印與悲喜。因此，姜夔的杭州詞，有必要放大焦點細細窺看；姜夔與張鎡、張鑑昆弟的友誼，更是探索他中晚期之生命圖景的重要入口。杭州，日後會成為衡量、辨識姜夔身分屬性其中一個重要的指標，他與張鑑的結識，是不可忽視的關鍵。

姜夔之詞，依據夏承燾《姜白石詞編年箋校》，1998 年上海古籍出版社出版之版本，其詞今存 84 闋，[5]關於杭州地景與人事之杭州詞，有 27 闋（參見附表三）。[6]本章擬從「冷香漂泊的姜夔」一

澤、弁陽周草窗、西秦張玉田，咸非浙產，然言浙詞者必稱焉。是則浙詞之盛，亦由僑居者為之助。」卷 40，頁 5。以姜詞為「浙詞」的現象，劉少雄解釋，這是因為「明清以來，各種文學流派大多具有濃厚的地域色彩，浙派也不例外。浙人之所以指稱姜張諸家及其作品為『浙詞』或『吾杭』，用心十分明顯。」《南宋姜吳典雅詞派相關詞學論題之探討》（臺北：臺大文學院，1995 年），頁 38。

5　唐圭璋編：《全宋詞・姜夔》第 3 冊，存詞 87 闋，多〈點絳脣・壽〉、〈越女鏡心・別席毛瑩〉、〈月上海棠・夾鍾商 試題〉3 闋。唐圭璋云：「以上三首俱見洪正治刊本白石詩詞集，不知應是何人作，姑附於此。」見是書頁 2188。此 3 首與姜夔詞風殊不類，應非姜夔所作。

6　姜夔之杭州詞的認定，包括駐地杭州時所寫之詞（如夏承燾箋校《姜白石詞編年箋校》目次所列者），與非駐地杭州時，卻是書寫與杭州地景與人事有關者皆屬之，如〈暗香〉、〈疏影〉、〈念奴嬌・鬧紅一舸〉、〈鬲溪梅令〉等。

節，概述姜夔的生平與著述；再者，從「遊賞雅集的空間」、「生存依止的歸處」、「追憶愛情的幽境」、「自然詩意的物景」四個面向，分析姜夔杭州詞的表徵意義，杭州湖山在其筆下的景致風貌，他個人傾注於這片地方的感情與故事，梳理地方、城市與他共振相融，進而滋長出杭州「地方文學」作品的深意。第三，擬從「水墨空靈意趣的運用」、「以少提多的敘事方式」、「清空騷雅的美學範式」三項，次第闡述姜夔杭州詞的詞筆特質。

第一節　冷香漂泊的姜夔

姜夔，字堯章，別號白石道人，[7]饒州鄱陽（今江西波陽）人。生卒年今難確定，約生於高宗紹興二十五年（1155），卒於寧宗嘉定元年（1208）。[8]少年跟隨游宦的父親姜噩居於漢陽，父親逝世後，往依姊姊居於漢川縣之山陽村，其〈探春慢〉序云：「予自孩

7　或曰姜夔，字石帚，夏承燾箋校《姜白石詞編年箋校·行實考·石帚辨》已辨其非。見是書頁 283-286。

8　生年依據夏承燾箋校《姜白石詞編年箋校·行實考·生卒》之考證，見是書頁 226。卒年夏書約定於嘉定十四年（1221）。但陳尚君〈姜夔卒年考〉，《復旦學報》，1983 年第 2 期；束景南〈白石姜夔卒年確考〉，《古籍整理研究學刊》，1992 年第 4 期，考證姜夔卒年應在嘉定二年（1209）；王兆鵬、劉尊明主編《宋詞大辭典》（南京：鳳凰出版社，2003 年），頁 530 所載姜夔之卒年亦與之同。王睿〈姜夔卒年新考〉，《文學遺產》，2010 年第 3 期，則判定為嘉定元年（1208），本文從之。

幼從先人宦於古沔，女須因嫁焉。中去復來幾二十年。」[9]成年之後為謀生計，曾客游揚州、湘中、合肥等地，輾轉遷移約有十年之久。在合肥，他曾與一位勾欄中的琵琶妓熱切相戀，但是這一段刻骨銘心的愛情，最終還是黯然分手，無能圓成。

淳熙十二、三年間（1185-1186），他結識蕭德藻於瀟湘之上，這是他生涯中第一個出現的重要轉折點。蕭德藻是他重要的文友，同時也是他依傍的長者，他依隨蕭德藻來到湖州（吳興）定居，並娶其侄女為妻，從此不復返回沔鄂舊家。在湖州，他卜居於苕溪之上，因與白石洞天為鄰，故以白石為其別號。

淳熙十四年（1187）三月，經蕭德藻介紹，認識詩人楊萬里。楊萬里愛其文墨性情，以為其氣質文筆甚似唐代詩人陸龜蒙，復又介其往見好友范成大。紹熙二年（1191），姜夔赴蘇州拜謁退居石湖年長他三十歲的范成大，與范成大惺惺相惜，結為忘年的翰墨之交，范成大云其「翰墨人品，皆似晉、宋之雅士。」[10]姜夔以其飄逸不群，狷潔清冷的氣質風度，與殊眾特出的才華，深為蕭、楊、范等人所賞識。

紹熙四年（1193），他三十九歲，生命出現第二個重要的轉折點，即結識張鑑。張鑑待他，情甚骨肉，自此之後，時常與之往來南昌、武康、無錫之間。約過三年，便舉家遷徙杭州定居。張鑑照護他有十年之久，姜夔記述二人相得交游的詩詞頗多，這段居杭的時光歲月，應是姜夔離開沔鄂舊家之後，最為安定的時期。張鑑過

9　夏承燾箋校：《姜白石詞編年箋校》，頁 17。古沔，即湖北漢陽。

10　宋·周密：《齊東野語·姜堯章自敘》，卷 12，頁 211。

世以後，他迫於經濟壓力，曾短暫旅食於浙東、嘉興、金陵一帶，但最後仍選擇居止於都城杭州，直至去世為止。卒後葬於錢塘門外之西馬塍。

趙曉嵐依據夏承燾《姜白石詞編年箋校》可編年之詞作 5 卷 72 首考察，姜夔一生在湘、鄂、贛、江、浙、皖等地往復遷移，所作之地至少轉換 23 次，即：「揚州、湘中、沔鄂、金陵、吳興、吳松、吳興、合肥、金陵、合肥、蘇州、越中、杭州、吳松、梁溪、吳松、杭州、越中、華亭、杭州、括蒼、永嘉、杭州等。」[11]如此頻繁的移動，為的豈不就是尋找機會安頓生活？他在杭期間，曾於慶元三年（1197）向朝廷上〈大樂議〉、《琴瑟考古圖》，以正廟樂，冀此獲得賞識提拔，可惜未受到重視。兩年後，再上《聖宋鐃歌鼓吹曲》十二章，只獲得破格參加進士科考，卻又不第。經此挫折以後，姜夔便絕意仕進，漂泊江湖，放曠於溪山旅途之間，因此他的詞作時不時總會泛出飄零落拓之感，羈旅天涯的況味。

由於傳統儒家、道家、或者是佛家的生命形態，都不是他可以追求安頓自我的形式，唯一能成為支撐現實生活的條件，便是他備受世人欣賞的才華，他如詩人陸龜蒙的氣質文筆，如晉、宋雅士的翰墨人品，深為時人與後人的敬重。他雖長期依人而食，卻不失清高的人格，他曾婉拒張鑑為他輸資買爵一事，便是明證。姜夔珍惜自我的美好，但是周旋於名流公卿之間，仰仗他人助濟，卻是難以

11　趙曉嵐：《姜夔與南宋文化》（上海：華東師範大學中國古代文學博士論文，2001 年），頁 129。

擺脫的現實。因此他把種種難言委曲的心境，提煉為高度的精緻藝術，通過詩詞、音樂、書法美學形式的雕鏤，放下現實的沈重，以獲取精神的慰藉。他如「野雲孤飛，去留無跡」，高超出塵，不受羈絆的身姿形象，其實恰恰反襯他現實上的不得離塵，現實與詞風間形成巨大反差的苦辛，唯有深入姜夔的詞心，釋放他濃縮於文字裡的深意，方可探賾。因此，他的詞作概括性極大，主題含意難以確切捉摸把握，他那不離人間又高出人間，總與人間「有隔」，總是呈顯「孤冷」的特質，成為他藝術的一種高度，「韻冷幽香」的姜夔，就是如此形成。

姜夔以其獨特的氣質、人品和藝術成就，為他贏得當時崇高的聲望與後人無數的讚譽，[12]詞風影響後世深遠。從王兆鵬對宋代詞人之存詞、版本、詞選、品評、研究等統計所作的定量分析來看，

---

12 南宋當時賞識姜夔之名流巨儒眾多，周密《齊東野語・姜堯章自敘》云：「內翰梁公於某為鄉曲，愛其詩似唐人，謂長短句妙天下。樞使鄭公愛其文，使坐上為之，因擊節稱賞。參政范公以為翰墨人品，皆似晉、宋之雅士。待制楊公以為於文無所不工，甚似陸天隨，於是為忘年友。復州蕭公，世所謂千巖先生者也，以為四十年作詩，始得此友。待制朱公既愛其文，又愛其深于禮樂。丞相京公不特稱其禮樂之書，又愛其駢儷之文。丞相謝公愛其樂書，使次子來謁焉。稼軒辛公，深服其長短句如二卿。孫公從之、胡氏應期、江陵楊公、南州張公、金陵吳公，及吳德夫、項平甫、徐子淵、曾幼度、商翬仲、王晦叔、易彥章之徒，皆當世俊士，不可悉數。或愛其人，或愛其詩，或愛其文，或愛其字，或折節交之。若東州之士，則樓公大防、葉公正則，則尤所賞激者。」卷 12，頁 212。這一長串賞識者的名單，是姜夔所自陳者，應非過譽。但從此名單，似乎也看到他幽微隱匿的脆弱，他需要世人肯定的曲折心境。

姜夔存詞僅 87 首（應為 84 首），居宋代詞人 54 位；現存版本卻有 41 種，居宋代詞人之首；歷代詞評多達 547 次，僅次於蘇軾；詞作入選 162 篇次，居宋代詞人第 12 位。在綜合排行榜上，姜夔的名次僅次於辛棄疾，與蘇軾、周邦彥並列第二。[13]再依郁玉英的研究分析，姜夔在綜合影響力，也僅次於辛棄疾、蘇軾、周邦彥，位居宋人第 4 位。[14]姜夔於詞史上的重要性，由此可見。明人張羽於〈白石道人傳〉稱：「夔體貌清瑩，望之若神仙中人，善言論有物，工翰墨，尤精鑒法書古器，東南人士無不傾慕于夔，夔之名殆滿于天下。」[15]《四庫全書總目》亦云：「夔詩格高秀，為楊萬里等所推。詞亦精深華妙，尤善自度新腔，故音節文采，並冠一時。」[16]姜夔清瑩的體貌，深華的文彩，這是他流傳給後人最為典型的形象。

姜夔著述可考者十七種，今存有《白石詩集》1 卷、《白石道人集外詩》1 卷、《白石道人集補遺》1 卷、《詩說》1 卷、《白石道人歌曲》6 卷、《白石道人歌曲別集》1 卷、〈大樂議〉1 卷、《琴瑟考古圖》1 卷、《續書譜》1 卷、《絳帖平》6 卷、與

13　王兆鵬：《唐宋詞史論》（北京：人民文學出版社，2003 年），頁 93。

14　郁玉英《宋詞經典及其經典化研究》（武漢：武漢大學中國古代文學博士論文，2008 年）；又，郁玉英從中國知網所得資料統計，20 世紀研究姜夔論著數量有 399 項，21 世紀至 2010 年 7 月 1 日止有 443 項，則位居宋人第 6 位。〈試論姜夔詞史經典地位的歷史嬗變〉，《2010 西安詞學國際學術研討會論文集》（西安：陝西師範大學影印本，2010 年），頁 242。

15　引自夏承燾箋校：《姜白石詞編年箋校·附錄一·集事》，頁 321。

16　清·永瑢等撰：《四庫全書總目》，詞曲類一，下冊，卷 198，頁 1818。

〈禊帖偏旁考〉1 篇。已佚者有《白石叢稿》、《白石道人集》、《白石詞》、《琴書》（或以為就是《琴瑟考古圖》）、《集古印譜》與記述張俊生平軼事的〈張循王遺事〉1 篇。[17]

第二節　京華的居影：姜夔杭州詞的表徵意義與圖像

一、遊賞雅集的空間

杭州，是南宋的首都，是江南地區的文化中心。姜夔為南宋詞人的大家，又是江湖詩人的代表，他到杭州，是生命中一段必經的流程；他與杭州文人的交會，是出自性靈共鳴的召喚。杭州，在姜夔詞裡呈現的第一個表徵意義，是作為他「遊賞雅集的空間」。

姜夔來杭行跡可考者，始於孝宗淳熙十四年（1187）的暮春，他依隨蕭德藻從湘鄂前去湖州的途中，行經杭州都邑。[18]此後數年，因杭州、湖州地域相近，故時常往返於兩地之間。其〈念奴嬌〉詞序云：「予客武陵，湖北憲治在焉。古城野水，喬木參天，予與二三友日蕩舟其間，……揭來吳興，數得相羊荷花中。又夜泛西湖，光景奇絕，故以此句寫之。」（頁 30）〈念奴嬌〉這篇小序寫他昔日客居武陵（今湖南常德市）的時候，坐飲荷塘，幽閒觀荷之趣；並記述他往來湖、杭間的泛舟之樂。

17　參閱夏承燾箋校：《姜白石詞編年箋校·行實考·著述》，頁 238-246。

18　夏承燾箋校：《姜白石詞編年箋校·行實考·行跡》，頁 233。

現存《白石詞》中可編年的作品裡，記錄他再一次來到杭州的時間，是在光宗紹熙五年（1194）春天。此次他與張鑑從紹興同來杭州，〈鶯聲繞紅樓〉一詞，清楚交代這次遊賞的時間、地點和雅集活動：

〈鶯聲繞紅樓·甲寅春，平甫與予自越來吳，攜家妓觀梅于孤山之西村，命國工吹笛，妓皆以柳黃為衣。〉
十畝梅花作雪飛。冷香下、攜手多時。兩年不到斷橋西。長笛為予吹。　　人妒垂楊綠，春風為染作仙衣。垂楊卻又妒腰肢。近（平聲）前舞絲絲。（頁53）[19]

序中的「孤山」是南宋詞中經常出現的地景。宋初詩人林逋隱居孤山，在孤山遍植梅林，而成為歷史著名的典故。姜夔另有〈卜算子〉7 首專詠孤山之梅（詳下文）。孤山位於西湖裡湖與外湖之間，屬於西湖「孤山路」風景區中一處優美的山林，其下又包含柏堂、竹閣、四照閣、巢居閣、林處士廬幾處景觀。而「西村」、「斷橋」也位於「孤山路」一帶。[20]「西村」，又名「西陵橋」、「西林橋」、或「西泠橋」。「斷橋」又名「段家橋」，徑陌間種植萬柳如雲，望之如裙帶橫斜，白居易詩云：「誰開湖寺西南路，

19　本章之姜夔詞，文字均依夏承燾箋校《姜白石詞編年箋校》的版本，唯標點不同，詞中的句讀依押韻處為圈句。

20　宋·周密，《武林舊事·湖山勝概》，卷 5，頁 422。「湖山勝概」中記西湖風景區有十大區，包括南山路、方家峪、小麥嶺、大麥嶺、西湖三堤路、孤山路、北山路、葛嶺路、西溪路、三天竺。頁 409-439。

草綠裙腰一道斜。」[21]說的就是斷橋柳景。這闋詞的空間描述，上片以梅花作明燦的開展，景象清麗遼闊，在其冷香清芳的薰染下，與友攜手同遊孤山，一旁又有國工吹笛助興。下片即寫斷橋垂柳，並藉楊柳寫歌妓舞動在春風下的身姿與美如天界的仙衣。此詞文意明快，並無寄託之意。但是從詞序可以判知：「此人必不生於三家村中者」，[22]帶遊的主人——張鑑是出於富貴人家，否則何有「國工吹笛」？而「妓皆以柳黃為衣」？張鑑來到孤山品梅，到斷橋賞柳，命所有的歌妓身著「仙衣」歌舞，一旁又有國工樂隊吹笛伴奏，這是何等奢華的饗宴！是統合視覺、聽覺、嗅覺等極其感官之享受。張鑑之兄張鎡，曾在南湖府第大開「牡丹宴」，使百歌妓易衣歌舞凡數遍。以二宴相較，張鑑之宴不若張鎡之浩盛，但張鎡的「牡丹宴」是在家中府第的桂隱堂，而張鑑的「梅柳宴」是在孤山的西村，則張鑑之宴令人更覺意興遄飛，融宴樂於大自然的地景之中，遠望之豈非有如仙境？姜夔以這闋詞見證孤山有過一次華美風流的宴遊雅集。

《白石詞》中記述與張鑑同遊杭州西湖的作品還有〈阮郎歸〉二首：

〈阮郎歸·為張平甫壽，是日同宿湖西定香寺〉

---

21 唐·白居易〈杭州春望〉詩。《全唐詩》本，卷443，頁4959。

22 此原為晁補之贊晏殊（實為晏幾道）之語：「晏叔原不蹈昔人語，而風調閑雅，自是一家。如『舞低楊柳樓心月，歌盡桃花扇底風。』自可知此人不生在三家村中也。」見宋·趙令畤：《侯鯖錄》（上海：上海商務印書館，1936年《叢書集成》初編本），卷7，頁70。

紅雲低壓碧玻瓈。惺憁花上啼。靜看樓角拂長枝。朝寒吹翠眉。　　休涉筆，且裁詩。年年風絮時。繡衣夜半草符移。月中雙槳歸。（頁57-58）

〈阮郎歸〉

旌陽宮殿昔裴徊。一壇雲葉垂。與君閒看壁間題。夜涼笙鶴期。　　茅店酒，壽君時。老楓臨路歧。年年強健得追隨。名山遊遍歸。（頁58）

張鑑生日在三月十四日。根據寧宗慶元二年丙辰（1196）姜夔〈鷓鴣天〉之序云：

予與張平甫自南昌同游西山玉隆宮，止宿而返，蓋乙卯三月十四日也。是日即平甫初度，因買酒茅舍，並坐古楓下，……少焉，月出大於黃金盆，逸興橫生，遂成痛飲，午夜乃寢。明年平甫初度，欲治舟往封禺松竹間，念此遊之不可再也，歌以壽之。（頁56）

從〈鷓鴣天〉這闋詞的詞序可知，慶元元年乙卯（1195）三月十四日張鑑的生日當天，二人曾同遊江西南昌西山玉隆宮。今年（慶元二年），姜夔又與之並坐在古楓樹下，酣暢痛飲，共賞明月。但是隔年生日，張鑑則「欲治舟往封禺松竹間」，姜夔念此遊之不可再，故歌以壽之。也就是說，姜夔本打算隔年再與張鑑慶生同遊，因張鑑欲往封禺而作罷，言語間頗有惋惜遺憾之意。

〈阮郎歸〉二首也是為張鑑賀壽而作，時間同在慶元二年（1196），序云：「為張平甫壽，是日同宿湖西定香寺」，定香寺在杭州西湖蘇堤映波橋邊，[23]二人放懷暢遊到「繡衣夜半草符移」，才在月下返舟而回。〈鷓鴣天〉也說乙卯生日當天同遊西山之後，「止宿而返」，知二人之遊總非一日而盡。而心性詞品有若「野雲孤飛」的姜夔，在〈阮郎歸〉二首之二卻對張鑑說：「年年強健得追隨，名山遊遍歸」，可見二人情誼之相得。

姜夔與張鑑熟識，結為至交，《白石詞》中寫給張鑑，或與張鑑有關的詞作就有 7 首。[24]至於張鑑之兄，當時張家的文壇領袖：張鎡，與姜夔也是好友。《白石詞》中有 2 首作品與張鎡有關，〈齊天樂〉記述他與張鎡的交游，而〈喜遷鶯慢〉則是恭賀張鎡南湖府第落成的賀詞。

> 〈齊天樂・（黃鍾宮）丙辰歲，與張功父會飲張達可之堂，聞屋壁間蟋蟀有聲，功父約予同賦，以授歌者；功父先成，辭甚美；予裵徊茉莉花間，仰見秋月，頓起幽思，尋亦得此。蟋蟀中都呼為促織，善鬭，好事者或以三、二十萬錢致一枚，鏤象齒為樓觀以貯之。〉
> 庾郎先自吟愁賦，淒淒更聞私語。露濕銅鋪，苔侵石井，都是曾聽伊處。哀音似訴。正思婦無眠，起尋機杼。曲曲屏

23 宋・周密《武林舊事・湖山勝概》之「西湖三堤路」下列蘇堤「第一橋（即映波橋）」，橋旁列載「旌德觀」，注云此觀「元係定香寺舊址」。卷 5，頁 420。

24 參見第三章第二節。

山，夜涼獨自甚情緒。　　西窗又吹暗雨。為誰頻斷續，相和砧杵。候館迎秋，離宮弔月，別有傷心無數。豳詩漫與。笑籬落呼燈，世間兒女。寫入琴絲，一聲聲更苦。宣政間，有士大夫製蟋蟀吟。（頁 58-59）

丙辰歲是宋寧宗慶元二年（1196），姜夔與張鎡在張達可家中宴飲，[25]夜聞蟋蟀聲，姜、張二人欣然同賦蟋蟀詞。張鎡的〈滿庭芳·促織兒〉是《玉照堂詞》的名篇，詞從環境、鳴聲、求偶、勸織，寫到灌穴、戲鬭、金籠蟋蟀，夜伴孤吟，刻畫面面俱到，文辭優美，但是除了表露悲秋之意以外，未能引發更深遠的聯想。姜夔此詞描寫的面向雖不如張鎡詳盡，僅從聽聞鳴聲著手，卻是「將蟋蟀與聽蟋蟀者，層層夾寫，如環無端，真化工之筆也。」[26]全篇寫幽怨悽情，以庾信自況，又藉思婦聽蛩，旅人客聞，帝王傷心增加低迴往復之情。而「笑籬落呼燈，世間兒女」二句，乃以天真無知的兒女之樂，反襯詞人之苦，更覺情懷幽咽，無以遣懷。陳廷焯云此：「最為入妙。用筆亦別有神味，難以言傳。」[27]此外，此詞應別有寄託：「候館迎秋，離宮弔月，別有傷心無數。」「候館」是旅人止息之處；「離宮」是帝王臨時的行宮。詞末姜夔自注：「宣政間，有士大夫製蟋蟀吟。」「宣政」是徽宗政和、宣和年號，文

25　據宋·楊萬里《誠齋集》云：「張功甫舊字時可，慕郭功甫故易之。」達可、時可連名，故應是張鎡的兄弟輩。（臺北：臺灣商務印書館，1965年《四部叢刊》初編本），卷 21，頁 198。

26　清·許昂霄：《詞綜偶評》，《詞話叢編》本，第 2 冊，頁 1558。

27　清·陳廷焯：《白雨齋詞話》，《詞話叢編》本，第 4 冊，卷 2，頁 3799。

詞間彷佛暗寓中原遺臣南遷，客居候館聽蛩的悲感；以及徽、欽二帝蒙塵，押解北行，於「離宮」聞蛩吊月的憂傷，委婉表達出徽宗玩物喪國的批評。另一方面，詞序言：「蟋蟀中都呼為促織，善鬬，好事者或以三、二十萬錢致一枚，鏤象齒為樓觀以貯之。」南宋都城鬬蟋蟀的風氣盛行，[28]此序側寫出當時杭州社會經濟富裕的景況，一個窮奢極侈的娛樂生活面影：一枚蟋蟀可值二、三十萬錢，又以象牙觀貯置之。這乃是宋朝經濟重心南移，杭州成為全國商業都會中心，造成各種娛樂活動興盛的主因。姜夔這闋詞所呈現的，不只是傳統文人聞蛩悲秋的文學主題；並寓有感傷二帝北行，借託比興的歷史寓意；而從鬥蟋蟀一事也看到杭州當時社會的富裕。[29]

此外，姜夔為張鎡新第寫的〈喜遷鶯慢〉，也見證了杭州建築景觀的富麗：

〈喜遷鶯慢・（太簇宮）功父新第落成〉

玉珂朱組。又占了道人，林下真趣。窗戶新成，青紅猶潤，雙燕為君胥宇。秦淮貴人宅第，問誰記六朝歌舞。總付與、

---

28 鬬蟋蟀是當時流行的遊戲，貴族平民皆好之，最有名的例子是「蟋蟀宰相」賈似道。

29 胡雲翼則認為姜夔〈齊天樂〉詠蟋蟀寓寄「自傷身世之感」；徐煉進一步對姜夔依傍貴家之悲劇性人格心理與難堪情境，另有一番細密的解讀。胡雲翼：《宋詞選》（上海：上海古籍出版社，1997 年），頁 357。徐煉：〈張力的叩求——詞本色論之三〉，《中國韻文學刊》，2001 年第 2 期，頁 11-12。

在柳橋花館，玲瓏深處。　　居士。閒記取。高臥未成，且種松千樹。覓句堂深，寫經窗靜，他日任聽風雨。列仙更教誰做，一院雙成儔侶。世間住，且休將雞犬，雲中飛去。（頁 71-72）

張鎡於淳熙十四年（1187）始建桂隱堂，到慶元六年（1200）才竣工完成，這座宅第園林一共蓋了十四年。這不只是張家的大事，也是整個杭州城裡的盛事，周密《武林舊事》錄有張鎡的〈約齋桂隱百課〉、〈張約齋賞心樂事并序〉二文，詳述張鎡南湖府第的完整面貌，與排比十二月宴遊的次序內容。[30]姜夔則是以詞記錄這座園林的風華，並以少見的彩筆，描繪桂隱堂的建築群落：「窗戶新成，青紅猶潤」，寫新第油漆未乾，瓦牆紅綠鮮妍的新氣象。「柳橋花館，玲瓏深處」，是指桂隱「西宅」的「柳塘花院」。「高臥未成，且種松千樹」，乃寫「北園」植有青松二百株的「蒼寒堂」。「覓句堂深」，主要指「北園」各處，若「群仙繪福樓」、「玉照堂」等，都是娛宴雅集，覓句吟詠的地方；而「寫經窗靜」，當然就是「亦庵」的「寫經寮」了。姜夔以點串面，記錄新宅的輪廓。並讚譽張鎡雖是出身富貴的官宦之家，卻又喜歡隱身林下，享受「居士」、「神仙」的生活樂趣。

30　《都城紀勝》與《夢粱錄》記載杭州美麗宏闊的園囿眾多，周密卻獨寫張家南湖桂隱堂，究其原因：一是張鎡在文壇上的地位尊崇；二是南湖府第是文人雅集的文藝中心；第三是南湖景致優美，園林範圍遼闊。資料參見宋·耐得翁：《都城紀勝·園苑》，頁 98-99；宋·吳自牧：《夢粱錄·園囿》，卷 19，頁 295-298。

另有一首與〈鶯聲繞紅樓〉情味接近的詞作是〈角招〉，遊宴的地點相同，時間接近，而人事略別，無張鑑「梅柳宴」的歌舞規模與排場，但雅致深情則一，錄之如下：

> 〈角招（黃鍾角）·甲寅春，予與俞商卿燕遊西湖，觀梅于孤山之西村，玉雪照映，吹香薄人。已而商卿歸吳興，予獨來，則山橫春煙，新柳被水，遊人容與飛花中，悵然有懷，作此寄之。商卿善歌聲，稍以儒雅緣飾；予每自度曲，吟洞簫，商卿輒歌而和之，極有山林縹緲之思。今予離憂，商卿一行作吏，殆無復此樂矣。〉
> 為春瘦。何堪更、繞西湖儘是垂柳。自看煙外岫。記得與君，湖上攜手。君歸未久。早亂落香紅千畝。一葉淩波縹緲，過三十六離宮，遣遊人回首。　　猶有。畫船障袖。青樓倚扇，相映人爭秀。翠翹光欲溜。愛著宮黃，而今時候。傷春似舊。蕩一點、春心如酒。寫入吳絲自奏。問誰識、曲中心，花前友。（頁54）

一樣在甲寅年的春天，一樣在孤山的西村賞梅，但攜手同遊的是友人俞灝，[31]畫船中障風映袖是青樓倚扇的商妓，不是張家的歌妓。此次雅集，姜夔吹簫，俞灝和歌，彼此感到清樂無極。可注意者是這闋詞中的空間描繪，有「一葉淩波縹緲，過三十六離宮，遣遊人回首」數句。「離宮」原指皇帝的行宮，此處「三十六離宮」，是

31　俞灝，字商卿，號青松居士。世代居杭，宋紹熙四年（1195）登第，有《青松居士集》。

指南宋的皇城宮殿，因建築群體巍峨眾多，故以「三十六離宮」稱之。姜夔划一葉小舟蕩過西湖的時候，遠遠猶見位於西湖東南方鳳凰山的皇城悠悠掠過眼前，皇城成為這片空間構圖的「遠景」，這是南宋杭州特有的景觀，只有在南宋杭州詞可尋得的珍貴畫面。

姜夔與張鎡、張鑑、俞灝等人交游雅集的足印，曾確確實實地落拓在杭州的土地上。

二、生存依止的歸處

姜夔結識的友人，蕭德藻、楊萬里、范成大、俞灝等人，皆識於杭州之前；但是辛棄疾、朱熹、項安世、京鏜等人，以及〈姜堯章自敘〉所列「世之所謂名公鉅儒」，則泰半結交於定居杭州之後。[32]這當然與杭州的政治、經濟、文化地理位置有關。杭州作為姜夔「遊賞雅集的空間」，乃因與杭州的文化地理關係密切；而杭州會成為自慶元二、三年（1196、1197）起，至老死的二十餘年間，都定居杭州的理由，是因為杭州提供良好的經濟環境，支持姜夔現實「生存」的條件。杭州成為姜夔現實「生存」必須依止的歸處。

姜夔約在十四歲喪父，後來往依出嫁漢陽的姊姊生活。及冠以後，曾輾轉出入揚州、湘中、合肥等地圖謀生計，卻未見有何特殊的成就。他幾次科考不第；冀由呈獻〈大樂議〉、《琴瑟考古圖》、《聖宋鐃歌鼓吹曲》十二章，尋求朝廷的賞識，以他專業優異的音樂才能進入仕途，卻只獲得破格參加進士科考，卻又是不第，至此絕意仕進。但是每日的生活所需，與必須擔負家計的責

32　夏承燾箋校：《姜白石詞編年箋校·行實考·行跡》，頁234。

任，仍是一個極其現實的問題，蕭德藻、楊萬里、范成大都曾資助過他，但讓他漂泊的生命真正安定下來的是張鑑，從紹熙四年（1193）尚未定居杭城，到嘉泰三年（1203）已然寓居杭州，這整整十年，他一直受到張鑑的照護。

姜夔交游，可考者一百零七人，[33]張鑑與之最善，《齊東野語・姜堯章自敘》云：

> 四海之內，知己者不為少矣，而未有能振之於窶困無聊之地者。舊所依倚，惟張兄平甫，其人甚賢。十年相處，情甚骨肉。而某亦竭誠盡力，憂樂同念。平甫念其困躓場屋，至欲輸資以拜爵，某辭謝不願，又欲割錫山之膏腴以養其山林無用之身。惜乎平甫下世，今惘惘然若有所失。人生百年有幾，賓主如某與平甫者復有幾，撫事感慨，不能為懷。平甫既歿，稚子甚幼，入其門則必為之悽然，終日獨坐，逡巡而歸。思欲捨去，則念平甫垂絕之言，何忍言去！留而不去，則既無主人矣！其能久乎？[34]

這段告白，深情委婉，曲盡人情，可以說，姜夔在張鑑這裡，觸摸到人性最珍貴的善良與溫暖的對待：「人生百年有幾？賓主如某與平甫者復有幾？」姜夔何等珍惜二人的友誼，他們二人是世間少有的至交、知己，念及過往，「舊所依倚，惟張兄平甫」，只有張鑑

33　夏承燾箋校：《姜白石詞編年箋校・行實考・交游》，頁 246-266。
34　宋・周密：《齊東野語・姜堯章自敘》，頁 211-212。

長期振濟他於窶困無聊之境。而姜夔依倚張鑑的原因，不只因其施「財」，更重要的是張鑑其人甚「賢」，所以二人的感情，「十年相處，情甚骨肉」，在如此長時間的相待中，彼此沒有疙瘩，沒有施者的驕心與受者的愧慚，只有「憂樂同念」，完全平等付出的愛。由於張家富貴的背景，張鑑願幫姜夔「輸資拜爵」，但被姜夔辭謝；張鑑又欲割膏腴之地作為其經濟滋養的來源，卻又未能行。張鑑下世以後，姜夔在張家總是「終日獨坐，逡巡而歸」。想要離開，又懸念張鑑曾對他所說的「垂絕之言」，他不忍就此離去；但要留下，既無主人，又何能久留？姜夔最終還是選擇離開。

但是離開依恃張家的姜夔，並未離開杭州，杭州是南宋全國第一大都城，可賴以生存的條件，畢竟豐富。他的境遇唯有繼續留在各種資源豐富的杭州，方有些可資的生存憑靠。下列幾闋詞，側寫他在杭州生存的苦辛與甜蜜家庭生活底下透發的幾許悲涼：

〈鷓鴣天·丁巳元日〉

柏綠椒紅事事新。鬲籬燈影賀年人。三茅鐘動西窗曉，詩鬢無端又一春。　　慵對客，緩開門。梅花閒伴老來身。嬌兒學作人間字，鬱壘神荼寫未真。（頁67）

「家」，是生命的居所，也是持續庇護下一代，提供外部遮蓋的地方。姜夔在杭州的家至少遷移過四次，曾居住在吳山三茅觀附近、孤山西泠一帶、城東青門近處、以及杭城某處的山草堂。[35]這

35　參閱夏承燾箋校：《姜白石詞編年箋校·行實考·行跡》，頁234-235。

闋詞寫的就是他在三茅觀附近的家中度過慶元三年（1196）元旦的情形。首二句寫用柏、椒浸酒，舉觴祈福，張燈結彩的節日氣氛。但是「三茅鐘動西窗曉」以下，所流露的是歲月老去，門庭慵於應客的寥落心情。結拍以小兒模仿大人，圖寫鬱壘、神荼門神字樣的嬌嫩可愛模樣，表露對孩子的疼愛之情，拉回蕭索之感，以呼應丁巳元日的主題。

另一首〈鷓鴣天·正月十一日觀燈〉也寫到父女之情：「白頭居士無呵殿，只有乘肩小女隨。」（頁 67）小女兒騎坐在詞人的肩上，父女兩人一起觀花燈，這是何等甜美幸福的圖像。但是前一句「白頭居士無呵殿」，說的是清貧布衣的他，出遊沒有隨從喝道，沒有車馬相隨，與豪門貴家的風光縱賞，「籠紗未出馬先嘶」相較，總顯得冷清。自身生活的窘況，無法給孩子更多庇蔭的愧憾，都在這兩闋詞中曲折地表現出來。姜夔生存在杭州是現實上必須的選擇，卻時常流露幾許無奈的悲慨，與「價值的失落」的悲感。[36]

〈念奴嬌·毀舍後作〉說的更真切：

〈念奴嬌·毀舍後作〉

昔遊未遠，記湘皐聞瑟，澧浦捐褋。因覓孤山林處士，來踏梅根殘雪。獠女供花，傖兒行酒，臥看青門轍。一邱吾老，可憐情事空切。　　曾見海作桑田，仙人雲表，笑汝真癡

36　劉漢初：〈說白石鷓鴣天詞數首〉，《東華漢學》，2009 年第 9 期，頁 277。劉文指出，姜夔中年的心事與對「人生實難」之無可如何的悲感，可從其 5 首〈鷓鴣天〉見出與現實相關的底蘊。

> 絕。說與依依王謝燕，應有涼風時節。越只青山，吳惟芳草，萬古皆沈滅。繞枝三匝，白頭歌盡明月。（頁89）

〈念奴嬌〉詞寫於屋毀之後。屋毀之因，據周文璞〈題堯章新成草堂〉：「壁間古畫身都碎，架上枯琴尾半焦」[37]所言，知是毀於火災。嘉泰四年（1204）三月丁卯，杭州發生大火，焚燬民廬三千七十餘家，[38]姜夔寓居城東青門的屋舍亦毀。據陳思《白石道人歌曲疏證》所言，青門之舍是張鑑借予姜夔安居的別館，青門的街道上，有「獠女供花，傖兒行酒」，可以看見市井小民賣花、賣酒的情形，[39]城市的生活景象描寫得非常具體。在居杭之前，姜夔曾漂泊湘皐、澧水一帶，因張鑑之誼，而遷居杭州張家的別館安頓，張鑑待之甚厚，故有「情甚骨肉」之語。然而張鑑先他而逝，接著賴以安居的別館又毀於大火，這唯一的「一邱」，唯一的「窩巢」，也幻化成空，其變化直如人間之滄海桑田，如歷史之吳越沈滅，個人的無常，與地理、歷史的無常，上演「同一律」。他在湖南漂

37　宋·周文璞：《方泉先生詩集》（上海：國光社，1909 年影印朱竹垞手抄本），卷 3，頁 86（原書未標頁碼）。

38　元·馬端臨：《文獻通考·物異四》記載：「嘉泰四年三月丁卯，行都大火，燔尚書省、中書省、樞密院、六部、右丞相府……，燎民廬三千七十餘家。」卷 298，頁 2359。

39　「獠女供花，傖兒行酒」，二句的解釋是根據陳書良箋注：《姜白石詞箋注》，頁 230、232；劉乃昌編著：《姜夔詞新釋集評》（北京：中國書店，2001 年），頁 182。又，東青門，簡稱青門。據宋·潛說友《咸淳臨安志》云：「東青門，俗呼菜市門。」卷 18，頁 4065。因此在菜市門附近看見市井小民賣花、賣酒的情形，應是實景。

泊，到杭州又再漂泊，一詞橫跨湘、杭兩處州際空間。然而他依存的小處所：「湘皐」、「澧浦」、以及「青門舍」，都只是寄居的地方，不是可以和生命永遠貼合的空間。身體、生活無法安頓在一處具體的地理位置，精神靈魂便無法安住，他對地方的認同與歸屬感便會產生飄移，這是他詞作經常出現的基調。他豈非如曹操〈短歌行〉中「繞樹三匝，無枝可依」的烏鵲？最後一句「白頭歌盡明月」，乃是隱括「明明如月，何時可掇，憂從中來，不可斷絕」之語，揭示舍毀之後的憂念。「可憐情事空切」，一場火，毀了他安定的祈願，也毀了張鑑生前對他特為安排的照顧。

又〈法曲獻仙音〉將杭州之「現實空間」，與鄂沔之「記憶空間」所形成的地方感並存作了一番對照：

> 〈法曲獻仙音·張彥功官舍在鐵冶嶺上，即昔之教坊使宅。高齋下瞰湖山，光景奇絕。予數過之，為賦此。〉
> 虛閣籠寒，小簾通月，暮色偏憐高處。樹鬲離宮，水平馳道，湖山盡入尊俎。奈楚客、淹留久，砧聲帶愁去。　　屢回顧。過秋風、未成歸計，誰念我、重見冷楓紅舞。喚起淡妝人，問逋仙、今在何許？象筆鸞箋，甚而今、不道秀句。怕平生幽恨，化作沙邊煙雨。（頁 102-103）

若就〈法曲獻仙音〉的詞序來看，應將此詞歸在遊賞詞。但詞的上闋於觀景中已透發感傷，末三句悲慨的詞情已然托出：「奈楚客、淹留久，砧聲帶愁去。」亟欲歇止漂泊的生涯，歸家安定的強烈渴望，在下闋「屢回顧。過秋風、未成歸計」中又再重複一次。[40]姜夔自小與父、姊住在湖北的漢陽、漢川，中年以後舉家來到杭州定居。從「鐵冶嶺」、「離宮」兩處地名知道，姜夔人在杭州。[41]已寓居杭州多年的姜夔，卻想著鄂沔的舊家故鄉，對姜夔來說，家園的感覺意識，是黏附在小時候生長的地方，那裡的父老鄉親，生活環境，構成在時間上的「永恆」與「凝定」，成為記憶安穩的空間，試觀〈浣溪沙〉、〈探春慢〉二詞之詞序所云：

> 〈浣溪沙·予女須家沔之山陽，左白湖，右雲夢；春水方生，浸數千里，冬寒沙露，衰草入雲。丙午之秋，予與安甥或蕩舟採菱，或舉火罝兔，或觀魚簺下；山行野吟，自適其適；憑虛悵望，因賦是闋。〉（頁16）
>
> 〈探春慢·予自孩幼從先人宦于古沔，女須因嫁焉。中去復來幾二十年，豈惟姊弟之愛，沔之父老兒女子亦莫不予愛也。丙午冬，千巖老人約予過苕霅，歲晚乘濤載雪而下，顧念依依，殆不能去。作此曲別鄭次皋、辛克清、姚剛中諸君。〉（頁17）

「憑虛悵望，因賦是闋」，「顧念依依，殆不能去」，二詞詞序表徵的是對鄂沔舊鄉無限的眷眷之情。而杭州則是他「移動的家

40　此說依據陳書良箋注：《姜白石詞箋注》，頁272-273；劉乃昌編著：《姜夔詞新釋集評》，頁213-214。

41　「鐵冶嶺」，在杭州雲居山下；「離宮」，此處是指杭城清波門外孝宗住過的行宮「聚景園」。參閱宋·周密：《武林舊事·故都宮殿》，卷4，頁390。

園」，他在杭州至少遷移過四次，他寓居杭州二十餘年，杭州卻不是他意識中「恆定的家園」，他文雅生活的精神共鳴在此，經濟生活的依存條件也在此，但是內在卻還有一股聲音說著「歸去！歸去！」因為他怕在杭州把「平生幽恨，化作沙邊煙雨」，隱居西湖孤山有如林逋的生命形式，雖是他要追尋的型範，但他更憂懼旅食杭州的城市生活，最終會把他的夢想、志氣、人格、奮鬥消磨（看他是如何接二連三參加科考，呈獻音樂著作），他怕這一切全「化作沙邊煙雨」。他這一生作為「文人」的價值，在這座城市中，意義的完全、完整，是否真的可以挺立？鄂沔的舊家故鄉，是「記憶的空間」，可以保留無限想像的美好，兒時依附父親，少時依附姊姊，都是理所當然，內心不必愧憾。而杭州卻是他此時，以及日後生活依存的「現實的空間」，有美好，也有辛酸，特別是張鑑過世之後，他的生活經濟來源，依靠鬻書賣字為活，生活更是不穩定，「晚年倦于津梁，常僦居西湖，屢困不能給資，貸于故人，或賣文以自食。」[42]在杭州，他形成依附與被依附者的雙重身分，為了經濟，他依附貴家；然而他又是妻兒所依附的人，他需要提供一個「家」，可以庇護下一代，庇護「學作人間字」的「嬌兒」，「乘肩」的「小女」，提供遮蓋外部風雨的地方。「怕平生幽恨，化作沙邊煙雨」，這闋詞指涉了男性在城市經濟生活底下的脆弱、深沈、複雜而又悲慨的情感。

---

42 明・張羽：〈白石道人傳〉，引自夏承燾箋校：《姜白石詞編年箋校・附錄一・集事》，頁 322。

者之列悉取舊作兼畀炎火俟其庶幾於不能
不爲而後錄之或曰不可物以蛻而化不以蛻
而累以其有蛻是以有化君於詩將化矣其可
以舊作自爲累乎姑存之以俟它日

臨安府棚北大街
陳宅書籍鋪刊行

白石道人詩集
　番陽姜夔堯章
以長歌意無極好爲老夫聽爲韻奉別
　沔鄂親友
滔滔沔鄂留有覭三宿桑持鉢了白日事賤丸
蛣蟯念當去石友煙席淩江湘爲君試歌商歌
短意則長
佳人曾山下謂楊大昌丞之日弄清漢波促絃調寶瑟
哀思感人多咬哇秦缶擊冷落郢客歌知音良
不易如此槃者何

句入氷輪冷愁因玉宇開可無如此客猶恨不
能杯好句長城立寒鴉結陣來箜篌莫停手拚
却斷腸回
　出北關
具見臨水宅四面見行舟蒲葉浸鵝項楊枝蘸
馬頭年年人去國夜夜月窺樓傳語城中客功
名半是愁
　平甫見招不欲往
老去無心聽管絃病來杯酒不相便人生難得
秋前雨乞我虛堂自在眠

　又
樓閣萬重秋雨裏峯巒四合暮潮邊鳳城今夕
涼如水多少人家試管絃
　三高祠
越國霸來頭已白洛京歸後夢猶驚沉思只羨
天隨子蓑笠寒江過一生
　過桐廬
橫看山色仰看雲十幅風帆不藉人記取合江
江畔樹他年此處好垂綸
　登烏石寺觀張魏公劉安成岳武穆留

姜夔《白石道人詩集》宋刊本書影　國家圖書館藏

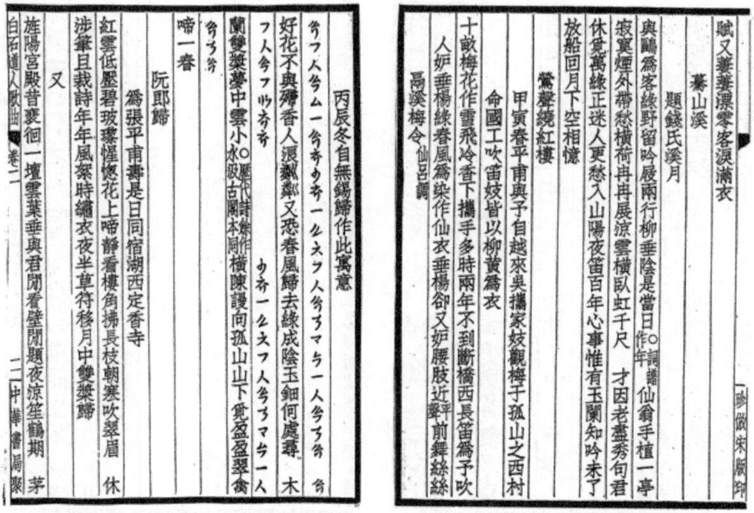
賦又萋萋漂零客淚滿衣

驀山溪
題錢氏溪月
與鷗爲客綠野留吟屐兩行柳垂陰是當日仙翁手植一亭寂寞煙外帶愁橫荷冉冉展涼雲橫臥虹千尺才因老盡秀句君休覓萬綠正迷人更愁入山陽夜笛百年心事惟有玉闌知吟未了放船回月下空相憶

鶯聲繞紅樓
甲寅春平甫與予自越來吳攜家妓觀梅于孤山之西村命國工吹笛妓皆以柳黃爲衣
十畝梅花作雪飛冷香下攜手多時兩年不到斷橋西長笛爲予吹人妒垂楊綠春風爲染作仙衣垂楊卻又妒腰肢近前舞絲絲

鬲溪梅令 仙呂調
丙辰冬自無錫歸作此寓意
好花不與殢香人浪粼粼又恐春風歸去綠成陰玉鈿何處尋木蘭雙槳夢中雲小（歷代詩餘作水）橫陳謾向孤山山下覓盈盈翠禽啼一春

阮郎歸
爲張平甫壽是日同宿湖西定香寺
紅雲低壓碧玻瓈惺忪花上啼靜看樓角拂長枝朝寒吹翠眉休涉筆且裁詩年年風絮時繡衣夜半草符移月中雙槳歸
又
旌陽宮殿昔徘徊一壇雲葉垂與君閑看壁間題夜涼笙鶴期茅

珍倣宋版印
白石道人歌曲 卷二 二 中華書局聚

姜夔《白石道人歌曲》書影

張鑑過世之後，姜夔過著鬻文賣字的生活，雖說居杭之前已有過賣字為生的日子，[43]但是恐未將「鬻文賣字」一事放入專業市場，做的僅只是游擊式的販售形式。

然而杭州因為雕版印刷發達，商業網路活絡，文化人口眾多，購買潛力深厚，構成絕佳的文藝發展條件（參見第二章）。杭州的書商看到這個商機，串起這些優異條件。例如坊刻中的翹楚：「陳宅

43　宋·陳造：〈次姜堯章餞徐南卿韻二首〉之一曰：「姜郎未仕不求田，倚賴生涯九萬牋。稇載珠璣肯分我，北關當有合肥船？」見《江湖長翁集》（臺北：臺灣商務印書館，1986 年文淵閣《四庫全書》本），別集類三，第 1166 冊，卷 20，頁 257。

書籍舖」主人陳起，從嘉定十年至寶祐四年（1217-1256）均經營書舖，[44]他在寶慶元年（1225）為一些低階官員、在野的江湖文士刻印詩集：《江湖集》，《江湖集》成為彼時「江湖詩派」的主要標誌。然而江湖詩派的形成應在嘉定二年（1209），[45]並由於杭州出版事業蓬勃，書肆林立，[46]可以推測出版詩詞文集的熱絡積極，應更早於陳起刻印《江湖集》之時，只要「作者受人歡迎，作品有人珍愛，那就可以待價而沽。」[47]就可以在各個城市之間廣泛流通，戴表元《剡源戴先生文集》〈石屏戴式之孫求刊詩版疏〉說：「故其吟篇朝出鏤板，暮傳咸陽，市上之金，咄嗟眾口，通雞林海外之舶，貴重一時。」[48]杭州書商為他們刊印、販售、流通詩集。於是，文學作品可以透過市場的機制，而獲得廣泛的傳播，詩詞從主觀的抒情遣興功能，進入客觀的銷售市場，書商為這些文人架起獨立於政治仕途、干謁權貴、隱居山林之外的第四條路，「市場經濟」成為他們支付生活所需的來源。在江湖詩人群中最重要的典型

44　黃韻靜：《南宋出版家陳起研究》，頁 11。陳起經營書舖期間，曾於寶慶初年因《江湖集》詩涉毀謗朝政，而坐罪流配，但不久即蒙赦還，繼續經營書肆。參閱是書頁 6。

45　張宏生：《江湖詩派研究》（北京：中華書局，1995 年），頁 23。江湖詩派成員多達 138 人，參閱是書頁 297。

46　南宋杭州書舖二十餘家，舖名今可考者有十六家。見第二章第三節之二。

47　張旭、要煒：〈江湖詩人與仕隱傳統的分離——古代城市經濟的繁榮與文人創作主體意識的催生〉，《太原大學教育學院學報》，2008 年 6 月第 26 卷增刊，頁 40。

48　宋・戴表元：《剡源戴先生文集》，《四部叢刊》正編本，卷 24，頁 193。

代表就是姜夔。姜夔詞的版本在南宋可知者有 3 種刻本，[49]另有陳起刊刻姜夔詩 1 種。其中的宋版書深為文人所愛，流傳甚久，〈曾時燦序陳撰本〉云：「白石道人自定詩 1 卷，僅一鏤板于同時臨安陳起，故流傳鮮絕。……此為錢塘陳氏玉几山房勘定本，最為完善。洎石帚詞 1 卷，亦多世本所未見者。爰請合刻之廣陵書局以行。」[50]曾時燦是清代康熙時候人，也就是說，清代猶可見到姜夔的宋本詩詞。而這一現象，顯現姜夔詩詞受人喜愛的程度，經得起市場機制的考驗之外，也表徵出杭州雕版印刷的精美與發達，杭州城市經濟的蓬勃，書商林立，與文化人口眾多所形成的良好文藝環境，足以提供離開張家，流落江湖的姜夔「獨立生活」的可能。

姜夔詞的流傳，見證杭州的繁盛。杭州，成為姜夔必須選擇賴以依存的空間。

三、追憶愛情的幽境

合肥情事是姜夔詞中的一大主題，《白石詞》中有 26 首作品反覆談到這段「年少浪跡」（〈霓裳中序第一〉語）的往事。[51]姜夔

49 王兆鵬：《詞學史料學》（北京：中華書局，2009 年），頁 215。

50 引自夏承燾箋校：《姜白石詞編年箋校・各本序跋》，頁 189。

51 據夏承燾箋校《姜白石詞編年箋校・行實考・合肥詞事》，「依年月先後，列其有本事各詞」為：〈一萼紅〉、〈霓裳中序第一〉、〈小重山令〉、〈浣溪沙・山陽姊家作〉、〈踏莎行〉、〈杏花天影〉、〈琵琶仙〉、〈淡黃柳〉、〈浣溪沙・辛亥正月二十四日發合肥〉、〈解連環〉、〈長亭怨慢〉、〈醉吟商小品〉、〈點絳唇〉、〈暗香〉、〈疏影〉、〈水龍吟〉、〈玲瓏四犯〉、〈江梅引〉、〈鬲溪梅令〉、〈鷓鴣天・元夕有所夢〉、〈鷓鴣天・十六夜出〉，共 21 首。其中〈醉吟商小

寓居杭州期間，已是從中年步入晚年的詞人，但是對那段年少愛情的追憶卻一直貫徹到他生命的晚期，在他內心底層來回反覆吟詠，在時間的流轉中，在記憶的空間裡，永遠年輕而深沈，純潔而憂鬱，對所愛之愛，始終如一。

本節無意討論這段情遇的細節，關注的是當他已然不再與合肥妓見面，遷居杭州以後，杭州這片空間成為他追憶愛情最終的地方，它是愛情「曾經的實境」，也是他透過文字、想像所延伸的「心靈的虛境」，此虛境所呈現的是與當下實際空間不同的場所。

例如〈暗香〉一詞，是姜夔於光宗紹熙二年（1191）為范成大寫於蘇州石湖的作品，但因為文詞內容所言的地景是杭州西湖，故列入杭州詞。[52]此詞揭示的正是追憶與合肥歌妓攜手賞梅西湖的舊

品〉、〈水龍吟〉、〈玲瓏四犯〉、〈鬲溪梅令〉4 詞存疑。又，〈秋宵吟〉、〈月下笛〉2 首，「揣二首辭意，亦懷人之作，以無顯據，不列譜內。」參閱頁 269-282。除了夏承燾所列的 23 首作品之外，〈淒涼犯〉、〈鷓鴣天·正月十一日觀燈〉、〈鷓鴣天·元夕不出〉3 首，揣其辭意，也應是涉及合肥情事。以上所列，本文均將之記數在內，共為 26 首。

52 夏承燾箋校《白石詞編年箋校·合肥詞事》云：「白石客合肥，嘗屢屢來往，其最後之別在光宗紹熙二年辛亥（1191），辛亥一年間亦嘗數次往返，兩次離別皆在梅花時候，一為初春（有正月二十四日發合肥之〈浣溪沙〉詞）；其一疑在冬間（其年七夕尚在合肥作〈摸魚兒〉詞，冬間即載雪詣范成大于蘇州，見〈暗香〉、〈疏影〉詞序）。故集中詠梅之詞亦如其詠柳，多與此情事有關。」頁 272-273。依夏氏所言，姜夔與合肥妓最後之別，應在紹熙二年（1191），是年又詣范成大作〈暗香〉、〈疏影〉二詞，詞中言及回憶與合肥妓同遊西湖之事。姜夔來杭行跡可考者，始於淳熙十四年（1187），紹熙二年（1191）與合肥妓作最後之別，其間二人

事，詞云：

〈暗香·辛亥之冬，予載雪詣石湖。止既月，授簡索句，且徵新聲。作此兩曲，石湖把玩不已，使工妓隸習之，音節諧婉，乃名之曰暗香、疏影。〉

舊時月色。算幾番照我，梅邊吹笛。喚起玉人，不管清寒與攀摘。何遜而今漸老，都忘卻、春風詞筆。但怪得、竹外疏花，香冷入瑤席。　　江國。正寂寂。歎寄與路遙，夜雪初積。翠尊易泣。紅萼無言耿相憶。長記曾攜手處，千樹壓、西湖寒碧。又片片、吹盡也，幾時見得。（頁48）

西湖是這段愛情「曾經的實境」：他曾於西湖梅邊吹笛，相伴的佳人曾採梅月下，當時攜手行吟的湖畔，梅開千樹，繁盛的花枝似乎要垂壓到寒碧的湖水了。西湖，在過去的「舊時」，是實際的空間。然而辛亥之冬在蘇州石湖范家的當時，西湖是他填詞時所延伸的「心靈的虛境」：寂寂的江國、夜雪初積的大地、又片片散盡花瓣的梅林，是他延伸想像所構築的虛境，並非他當時「身之所在」的「實境」，也非彼時攜手共遊的「曾經的實境」，而是透過「相憶」延伸「曾經的實境」所建構的想當然爾的「虛境」。詞裡的西湖，疊現虛實二境，成為儲存愛情的私密空間，藉由文字，再一次

應曾到過杭州。而姜夔之杭州詞出現西湖共6次，且多與西湖其他地景之名共同出現；杭州西湖之梅更是姜夔特愛書寫之者，由於此等多重因素，因此判別〈暗香〉中之「西湖」為杭州西湖，〈暗香〉一詞屬於杭州詞。

重溫那一段如詩的青春。

慶元三年（1197）杭州元宵前後，姜夔仍綣綣不忘舊情，連續寫了多首的〈鷓鴣天〉。〈鷓鴣天・正月十一日觀燈〉、〈鷓鴣天・元夕不出〉二詞，雖以元宵的燈節為主題，卻都在下闋帶出憶舊的情懷。而〈鷓鴣天・元夕有所夢〉、〈鷓鴣天・十六夜出〉，寫作的重點已不在元宵的節慶，而是往日的情事自內心深處緩緩滲出的黯然追憶。詞云：

〈鷓鴣天・正月十一日觀燈〉

巷陌風光縱賞時。籠紗未出馬先嘶。白頭居士無呵殿，只有乘肩小女隨。　　花滿市，月侵衣。少年情事老來悲。沙河塘上春寒淺，看了遊人緩緩歸。（頁67）

〈鷓鴣天・元夕不出〉

憶昨天街預賞時。柳慳梅小未教知。而今正是歡遊夕，卻怕春寒自掩扉。　　簾寂寂，月低低。舊情惟有絳都詞。芙蓉影暗三更後，臥聽鄰娃笑語歸。（頁68-69）

「沙河塘」位於杭州城南，可通錢塘江，宋時為燈火繁華的闤闠之地，故多歌妓寄居，蘇軾〈虞美人〉有：「沙河塘裏燈初上，水調誰家唱」之語。[53]姜夔於元月十一日肩乘小女出遊賞燈，在「花滿

53　宋・蘇軾著，鄒同慶、王宗堂校注：《蘇軾詞編年校注》（北京：中華書局，2002年），頁67。

市，月侵衣」，燈月交輝，小女相隨之時，卻不由然想起「少年情事」。沙河塘的元宵燈節如此熱鬧，身旁雖無車馬隨從，至少有個親人小女相隨。但在沙河塘熱鬧巷陌中遊走，在天真無知小女的相伴下，他的內心卻有一股寂寞荒涼，「少年情事老來悲」，一因情感的落空，一因老大無成。春寒雖淺，卻還是有著寒意；若然情事雖遠，卻還藏著悲涼。緩歸的遊人，對比他內心滲出的愁思，沙河塘深夜逐漸空寂的空間，卻漸漸佈染了他的憂傷，此時，「沙河塘」成為他個人極為私密相思的幽境，無關遊人，無關小女，純粹的個人的幽密空間。

〈鷓鴣天·元夕不出〉一詞和〈鷓鴣天·正月十一日觀燈〉一樣，是在輝煌的元宵節序裡，引發內在黯然的舊情。都城元夕的「天街」，眾人歡遊；斯人卻獨怕春寒，自掩柴扉，在「簾寂寂，月低低」的小空間裡，追憶舊情，展閱昔日遊杭書寫的舊詞，此乃是「憶來唯把舊書看」之意，[54]沈浸在舊日文字裡暗思前塵往事。此時，杭州姜夔的自家宅院，一如「沙河塘」，是盈滿他追憶舊情的幽境，在「簾寂寂，月低低」的小空間，獨自品嚐，獨自回味。

此詞或以為是緬懷汴梁燈夕的盛況，隱含故國之思。[55]因宋人丁仙現有一闋〈絳都春·上元〉，歌詠汴梁燈節的繁華，都城昇平的氣象。以「絳都」為北宋汴京，可；然以「絳都」為南宋杭州，

54 韋莊〈浣溪沙〉詞。見曾昭岷等編：《全唐五代詞》（北京：中華書局，1999年），頁152。

55 陳書良箋注：《姜白石詞箋注》，頁195-196。此說承自夏承燾、吳無聞校注：《姜白石詞校注》一書。

亦無不可，因為杭州也是都城，此其一。第二，此詞與上闋〈鷓鴣天·正月十一日觀燈〉在語境的鋪陳上是相當類似，尤其後三句：「舊情惟有絳都詞。芙蓉影暗三更後，臥聽鄰娃笑語歸。」與「少年情事老來悲。沙河塘上春寒淺，看了遊人緩緩歸。」都寫花燈影暗，遊人散歸之後，翻出黯然神傷的情緒。第三，後兩闋〈鷓鴣天·元夕有所夢〉、〈鷓鴣天·十六夜出〉都寫懷思合肥妓，特別是〈鷓鴣天·元夕有所夢〉一詞，是姜夔所有書寫合肥情事作品中，記述時地最為明顯者，此 4 首作品在情感上實有其相續的連貫性。[56]詞云：

〈鷓鴣天·元夕有所夢〉

肥水東流無盡期。當初不合種相思。夢中未比丹青見，暗裏忽驚山鳥啼。　　春未綠，鬢先絲。人間別久不成悲。誰教歲歲紅蓮夜，兩處沈吟各自知。（頁 69）

〈鷓鴣天·十六夜出〉

輦路珠簾兩行垂。千枝銀燭舞僛僛。東風歷歷紅樓下，誰識三生杜牧之。　　歡正好，夜何其。明朝春過小桃枝。鼓聲漸遠遊人散，惆悵歸來有月知。（頁 70）

此時姜夔已經四十餘歲，距離合肥初遇，已二十餘年，但是深情依

56　葉嘉瑩也說：「這幾首詞是集中來寫這一段愛情的。」《唐宋詞十七講》（北京：北京大學出版社，2009 年），頁 379。

舊，前兩闋是把觸發的情感，僅以一句話提現。但這份感情，從十一日觀燈引燃之後，不斷在心中縈繞累積焚燒，十五日元夕不出，展閱「絳都」舊詞以後，熾然的情感終在元夕是夜因思入夢，夢見所戀的合肥妓。醒來把酸楚悲抑的情感和盤托出：「肥水東流無盡期，當初不合種相思。」是懊悔有當初的相愛嗎？不然，此話正言若反，是這份情感太過刻骨銘心，故教「歲歲紅蓮夜，兩處沈吟各自知。」只要是張掛花燈的元宵夜，君之思我，亦如我之思君，儘管兩地分隔，卻是兩心相應，情感從未、也無可轉移，他甚至把合肥妓的身容丹青圖畫，「圖畫還可以長久地懸掛在那裡，可是夢呢？轉眼就消失了。」[57]這樣的無可奈何，在杭州此處的「人間別久」裡，表面似不成悲，實則不然，沉埋心底的愴恨，在「輦路珠簾」，「千枝銀燭」妝點的紅樓下，一樣泛開，杭州鼓聲漸遠，遊人散去的天街輦路，又成為承載他惆悵摰情的幽境，他在京華的惆悵無人可識，唯月相知。

最後，〈鬲溪梅令〉、〈月下笛〉二詞也是記述這段舊情之作：

〈鬲溪梅令·丙辰冬，自無錫歸，作此寓意。〉

好花不與殢香人。浪粼粼。又恐春風歸去綠成陰。玉鈿何處尋？　木蘭雙槳夢中雲。小橫陳。漫向孤山山下覓盈盈。翠禽啼一春。（頁64）

57 葉嘉瑩：《唐宋詞十七講》，頁377。

〈月下笛〉

與客攜壺，梅花過了，夜來風雨。幽禽自語。啄香心、度牆去。春衣都是柔荑翦，尚沾惹、殘茸半縷。悵玉鈿似掃，朱門深閉，再見無路。　　凝竚。曾遊處。但繫馬垂楊，認郎鸚鵡。揚州夢覺，彩雲飛過何許？多情須倩梁間燕，問吟袖、弓腰在否？怎知道、誤了人，年少自恁虛度。（頁 70-71）

〈鬲溪梅令〉作於慶元二年（1196）冬，是姜夔自無錫歸杭州時懷思合肥妓之作。杭州的木蘭舟上、西湖波浪粼粼的水面、還有孤山山下都有過他們俊遊的蹤跡，這片愛情「曾經的實境」，是他後來時常追憶的空間。

〈月下笛〉寫梅謝鳥鳴的春日，他「與客攜壺」遊杭的時候，還穿著昔日合肥妓為他縫製的春衣：「春衣都是柔荑翦」，多少年過去了，但衣袖上「尚沾惹、殘茸半縷」，已然舊了的衣服，還留有些許的斷線殘茸，姜夔就穿著它踏遊舊處：舊日的牆垣、朱門、曾遊處、繫馬垂楊的地方，構成追憶舊情的空間行程動線與幽境，他的懷思，在此泛漾。

四、自然詩意的物景

杭州湖山清麗，許多詞人在此留下純粹描繪自然山川景物的作品，若潘閬所寫的 10 首〈酒泉子〉書寫杭州自然的景致，張鎡的〈蝶戀花・南湖〉、〈蝶戀花・挾翠橋〉記述南湖風光，周密的 10 首〈木蘭花慢〉組詞刻畫西湖十景。姜夔 27 首杭州詞裡，卻無純粹歌詠自然山水之作，其自然山水是映襯在其憂悒家國之思、漂泊江湖之感、追念逝情之恨裡。而以「自然」佈景，或描寫「地景」為主題的作品甚少。[58]他以「自然」為元素，側重「自然」本身之描述的作品主要是落在他的詠物詞裡。

姜夔有 27 首詠物詞，[59]其類別包括⑴純粹就物寫物之詠物詞，如〈虞美人・賦牡丹〉；[60]⑵觸物而感與借物抒感，感物言志、感物抒情之詠物詞，如〈淡黃柳〉之詠梅、柳；⑶以物帶景之詠物詞，如〈卜算子・月上海雲沈〉之詠梅，在進行詠梅的同時，帶出孤山西泠、水沈亭一帶之梅林地景的描寫。姜夔歌詠杭州風物之詠物詞有〈暗香〉、〈疏影〉、[61]〈鬲溪梅令〉、〈卜算子〉7

---

58 〈喜遷鶯慢・功甫新第落成〉一闋可算是描寫地景之作。

59 趙曉嵐《姜夔與南宋文化》云詠物詞有 28 首，包括詠梅詞：〈一萼紅〉、〈小重山令〉、〈玉梅令〉、〈暗香〉、〈疏影〉、〈鶯聲繞紅樓〉（梅柳合詠）、〈鬲溪梅令〉、〈浣溪沙〉二、〈卜算子〉八、〈江梅引〉；詠荷詞：〈惜紅衣〉、〈念奴嬌〉；詠柳詞：〈淡黃柳〉、〈長亭怨慢〉、〈蓦山溪〉；詠蟋蟀：〈齊天樂〉；詠黃木香：〈洞仙歌〉；詠茉莉：〈好事近〉；詠牡丹：〈虞美人〉；詠芍藥：〈側犯〉。見是書頁 157。然〈鶯聲繞紅樓〉多言人事記遊，僅上片二語言及梅花，實不宜列入詠物詞，故本文歸納為 27 首。

60 姜夔純粹的詠物詞甚少，林順夫云：「姜夔的本意，并不是要對所咏之物進行描繪，而是將其作為一個結構要素，作為人物感情在詞中的一個座標點。」《中國抒情傳統的轉變——姜夔與南宋詞》（上海：上海古籍出版社，2005 年），頁 112。

61 〈疏影〉一詞的評說解釋，歷來頗為分歧，可參見黃兆漢編著《姜白石詞詳注》（臺北：臺灣學生書局，1998 年），頁 316-352。本文採用俞陛雲《唐宋詞選釋》的說法：「轉頭處，即言深宮舊事，與〈暗香〉曲『舊時首、[62]〈念奴嬌〉、〈齊天樂〉等共 12 首。〈暗香〉、〈疏影〉、〈鬲溪梅令〉雖寫杭州之梅，但較偏重主觀意念的含攝，所詠物象有著濃重的「言志抒情」的成分；〈齊天樂〉於歌詠蟋蟀的同時，也藉蟋蟀吟聲傾瀉人間思婦、旅人、君王之幽恨，與〈暗香〉、〈疏影〉、〈鬲溪梅令〉同屬姜夔第二類的詠物詞。而〈念奴嬌〉、與〈卜算子〉7 首則屬於第三類的詠物詞，[63]從這幾闋詞作可以窺看出杭州「地方」的風光，只是這類的詞作，「物」是主，「景」為輔；不似上述潘閬、張鎡、周密之作，「景」是主，花木蟲魚等「物」只是山光水色畫面的裝飾，故本小節的標題以「物景」稱之，最典型的代表作為〈念奴嬌〉：

月色』相應。否則落花隨水及『玉龍哀曲』句與壽陽何涉耶？……二曲藉花寫怨，一片神行。」（臺北：廣文書局，1970 年），頁 50。〈疏影〉下片轉頭處既與〈暗香〉「舊時月色」相應，同是「藉花寫怨」，且寫於同時（1191），那麼既知〈暗香〉所寫者是西湖之梅，則〈疏影〉應也是藉西湖之梅寫怨。因此本文亦將〈疏影〉定為杭州詞。

62　〈卜算子〉組詞共 8 首，寫作地點雖在杭州，但是其中第 7 首乃是歌詠越州昌源的古梅，故不列入杭州詞討論。其詞曰：「象筆帶香題，龍笛吟春咽。楊柳嬌癡未覺愁，花管人離別。　　路出古昌源，石瘦冰霜潔。折得青鬚碧蘚花，持向人間說。」姜夔自注：「越之昌源，古梅妙天下。」頁 96。

63　〈卜算子·吏部梅花八詠，夔次韻。〉這一組詞實可橫跨第二、三類之詠物詞，因詞中亦含有借物抒感之意向，劉漢初：〈姜夔詞的性情與風度——從卜算子梅花八詠說起〉一文有深入細緻的分析。然本文側重其以物帶景之描寫，故將之歸為第三類。

〈念奴嬌·予客武陵，湖北憲治在焉。古城野水，喬木參天，予與二三友日蕩舟其間，薄荷花而飲，意象幽閒，不類人境。秋水且涸，荷葉出地尋丈，因列坐其下，上不見日，清風徐來，綠雲自動，間于疏處窺見遊人畫船，亦一樂也。朅來吳興，數得相羊荷花中。又夜泛西湖，光景奇絕；故以此句寫之。〉

鬧紅一舸，記來時、嘗與鴛鴦為侶。三十六陂人未到，水佩風裳無數。翠葉吹涼，玉容銷酒，更灑菰蒲雨。嫣然搖動，冷香飛上詩句。　　日暮。青蓋亭亭，情人不見，爭忍淩波去。只恐舞衣寒易落，愁入西風南浦。高柳垂陰，老魚吹浪，留我花間住。田田多少，幾回沙際歸路。（頁30）

這闋詞是姜夔詠荷的名篇。就本篇詞序陳述清遊的地方而言，可歸於姜夔杭州詞的第一類：表徵「遊賞雅集的空間」，所遊的地點包括荊湖北路武陵的古城野塘、浙江吳興的荷塘、與杭州西湖。但是詞作的文字未涉及「遊賞雅集」的內容，所書寫者為一帶有詩意性之純粹「物景」的描繪。因為：⑴詞中的「玉容」佳人、「爭忍淩波去」的仙子，並非寓指合肥妓或小紅，並非以花擬人，乃是以人擬花。⑵詞作不含濃重的主觀意念與情感，而是對荷花作客觀的描寫，雖說詞人擔心「舞衣寒易落，愁入西風南浦」，怕因天寒猶如舞衣的荷葉容易凋零，但是詞人「怕」的情感，並未融入荷花中，無所謂寄託遙深之意，這裡人是人，荷是荷，人、荷並未交融，並未渾化為「物我一體」，故言客觀地描寫荷花。⑶寫荷的同時，荷花迆邐鋪開的自然空間，呈現的「物景」，展示了杭州「鬧紅一舸，嘗與鴛鴦為侶」；「三十六陂，水佩風裳無數」；「花間田田」；「沙際歸路」的地方之美。

又，〈卜算子・吏部梅花八詠，夔次韻。〉這一組詞是姜夔、張鎡次韻吏部曾三聘的作品，[64]是三人互相酬唱之作。因為張鎡〈卜算子・常記十年前〉一詞所用的韻字與姜夔這組詞的第一首〈卜算子〉完全相同，[65]其序云：「無逸寄示近作梅詞，次韻回贈。」「無逸」即曾三聘的字。8 首之作，除第 7 首詠越州之梅以外，皆寫杭州梅景，詞云：

> 江左詠梅人，夢繞青青路。因向淩風臺下看，心事還將與。憶別庾郎時，又過林逋處。萬古西湖寂寞春，惆悵誰能賦。（頁 95）

> 月上海雲沈，鷗去吳波迴。行過西泠有一枝，竹暗人家靜。又見水沈亭，舉目悲風景。花下鋪氈把一盃，緩飲春風影。西泠橋在孤山之西，水沈亭在孤山之北，亭廢。（頁 95）

---

64 曾三聘（1144-1210）字無逸，江西臨江新淦縣人。乾道二年（1166）進士，任贛州司戶參軍，後遷軍器監主簿。寧宗立，兼考功郎，知郢州。著有《存齋稿》、《存存齋記》、《因話錄》、《閉戶錄》、《菊問》等。

65 宋・張鎡〈卜算子・無逸寄示近作梅詞，次韻回贈。〉云：「常記十年前，共醉梅邊路。別後頻收尺素書，依舊情相與。　早願卻來看，玉照花深處。風暖還聽柳際鶯，休唱閒居賦。」《全宋詞・張鎡》，第 3 冊，頁 2132。又，曾三聘詠梅詞今已不存。

蘚幹石斜妨，玉蕊松低覆。日暮冥冥一見來，略比年時瘦。
涼觀酒初醒，竹閣吟纔就。猶恨幽香作許慳，小遲春心透。
涼觀在孤山之麓，南北梅最奇。竹閣在涼觀西，今廢。（頁 95）

家在馬城西，今賦梅屏雪。梅雪相兼不見花，月影玲瓏徹。
前度帶愁看，一餉和愁折。若使逋仙及見之，定自成愁絕。
馬城在都城西北，梅屏甚見珍愛。

摘蕊暝禽飛，倚樹懸冰落。下竺橋邊淺立時，香已漂流卻。
空徑晚煙平，古寺春寒惡。老子尋花第一番，常恐吳兒覺。
下竺寺前磵石上風景最妙。（頁 95）

綠萼更橫枝，多少梅花樣。惆悵西村一塢春，開徧無人賞。
細草藉金輿，歲歲長吟想。枝上么禽一兩聲，猶似宮娥唱。
綠萼、橫枝，皆梅別種，凡二十許名。西村在孤山後，梅皆阜陵時所種。（頁 95）

御苑接湖波，松下春風細。雲綠峩峩玉萬枝，別有仙風味。
長信昨來看，憶共東皇醉。此樹婆娑一惘然，苔蘚生春意。
聚景官梅，皆植之高松之下，芘蔭歲久，萼盡綠。夔昨歲觀梅於彼，所聞於園官者如此，末章及之。（頁 96）

梅因其花姿清雅，花香清芳，於寒冬風雪中綻放，故在傳統文學中，一直被賦予高潔的人格象徵，乃是文人鍾愛書寫的題材。姜夔愛梅，其詞品亦似之，劉熙載說：「姜白石詞幽韻冷香，令人挹之無盡，擬諸形容，在樂則琴，在花則梅也。」[66]梅詞是姜夔詠物詞中數量比例最高者，有 17 首，寫杭州的梅詞就有 10 首，而這組詞就佔了 7 首，從書寫「組詞」的數量觀點來看，姜夔對杭州之梅格外珍惜，從各方面描述他愛梅、賞梅的詩情雅趣，如：

夢梅：「夢繞青青路。」

訪梅：「因向淩風臺下看」、「又過林逋處」、「行過西泠有一枝」、「又見水沈亭」、「蘚幹石斜妨，玉蕊松低覆。日暮冥冥一見來，略比年時瘦。」「下竺橋邊淺立時，香已漂流卻。」「惆悵西村一塢春，開徧無人賞。」「老子尋花第一番，常恐吳兒覺。」

惜梅：「萬古西湖寂寞春，惆悵誰能賦。」「下竺橋邊淺立時，香已漂流卻。」

賦梅：「涼觀酒初醒，竹閣吟纔就。」「家在馬城西，今賦梅屏雪。」

摘梅：「摘蕊暝禽飛」、「一餉和愁折」。

坐飲賞梅：「花下鋪氈把一盃，緩飲春風影。」

月下賞梅：「梅雪相兼不見花，月影玲瓏徹。」

松下賞梅：「雲綠峩峩玉萬枝，別有仙風味。」

這般多樣、細膩而優雅的觀賞方式與角度，除了表徵姜夔創作能力之高，生活品味之雅以外，也顯現出南宋高雅精緻文化的成

66　清·劉熙載：《詞概》，《詞話叢編》本，第 4 冊，頁 3694。

熟，這是文化氛圍薰染之下一個足堪代表南宋時代此一方面之成就的文人。此外，組詞的主題是詠梅，但卻藉由詠梅帶出杭州地方一系列之賞梅佳處，如：

之一：「淩風臺」、孤山的「林逋處」。
之二：孤山之西的「西泠橋」、孤山之北的「水沉亭」。
之三：孤山之麓的「涼觀」、孤山之西的「竹閣」。
之四：餘杭門外羊角埂間的「馬城」，姜夔晚年居家於此。
之五：下天竺靈山教寺前的「下竺橋」。
之六：孤山後的「西村」。
之八：清波門外的「御苑」，即聚景園。

姜夔尚在詞後自注賞梅地點的確切方位，如：「涼觀在孤山之麓，南北梅最奇。竹閣在涼觀西。」並梅品之名，如「綠萼、橫枝，皆梅別種，凡二十許名。」與梅景為何，如：「聚景官梅，皆植之高松之下，芘蔭歲久，萼盡綠。」姜夔這組詞所呈現的有如書寫了一部南宋杭州的「賞梅指南」，透過他的文字可以重構南宋杭州的「賞梅路線」，他在〈卜算子〉組詞中，為杭州的「梅花地景」留下了珍貴的畫面。

第三節　姜夔杭州詞的詞筆特質

一、水墨空靈意趣的運用

姜夔善於詩詞，也精於書樂。他的平生著作，多完成於四、五十歲居杭期間。就書學而言，嘉泰三年（1200）他著成《絳帖平》20 卷，[67]另有〈跋王獻之保母帖〉、〈定武舊刻禊帖跋〉、〈禊帖偏旁考〉等文；[68]嘉定元年（1208）天臺謝采伯又為之刻《續書譜》，書分 20 則，[69]是一部書論的重要著作。其書法造詣深厚，謝采伯謂：「閱其手墨數紙，筆力遒勁，波瀾老成。」[70]陶宗儀《書史會要》稱姜夔書法：「迥脫脂粉，一洗塵俗，有如山人隱者。」[71]姜夔傳世墨蹟不多，就現藏於北京故宮博物院的〈跋王獻之保母帖〉和〈落水本蘭亭序跋〉，可以看出他的小楷用筆確實嚴謹工致，風格典雅秀潤，清新脫俗。

67　《絳帖平》20 卷，亡佚 14 卷，今存 6 卷。

68　參閱夏承燾箋校：《姜白石詞編年箋校·行實考·著述》，頁 241。

69　宋·姜夔撰，謝采伯刊行：《續書譜》。此書傳本多種，據《四庫全書》本所載凡 20 則，含：總論、真書、用筆、草書、用筆、用墨、行書、臨摹、書丹、情性、血脈、燥潤、勁媚、方圓、向背、位置、疏密、風神、遲速、筆鋒。其中燥潤、勁媚二則，均有錄無書。（臺北：臺灣商務印書館，1986 年文淵閣《四庫全書》本），藝術類一，第 813 冊，頁 555-562。

70　宋·謝采伯：〈續書譜·序〉，頁 553。

71　明·陶宗儀：《書史會要》（1929 年武進陶氏逸園景刊洪武本），卷 6，頁 38。

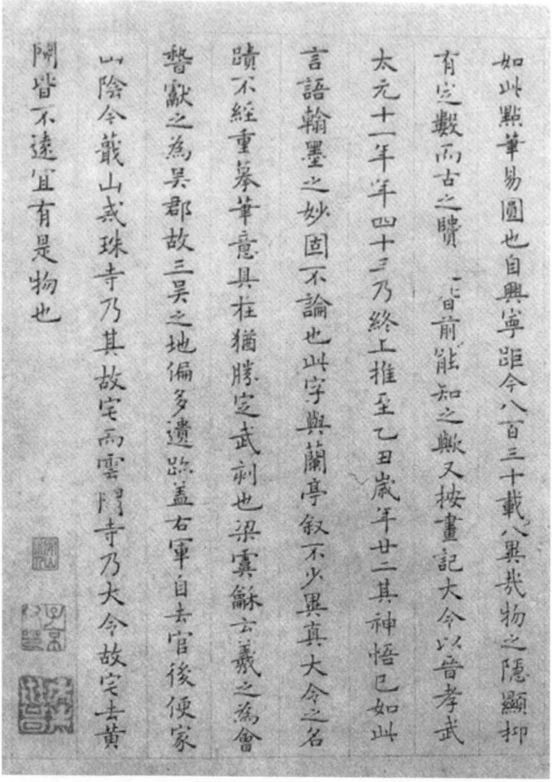

姜夔　跋王獻之保母帖（局部）　北京故宮博物院藏

由於姜夔深具書法美學的涵養，因此他的詞作「設色」也有著書法的水墨趣味。[72]他的用字不追求視覺上色彩的豐富，而是把人

72　姜夔詞的水墨趣味有水墨畫的意境，然而水墨畫實由書法發展而出，宗白華〈論中西畫法的淵源與基礎〉云：「中國特有的藝術『書法』實為中國繪畫的骨幹，各種點線皴法溶解萬象超入靈虛妙境。」《宗白華全集》

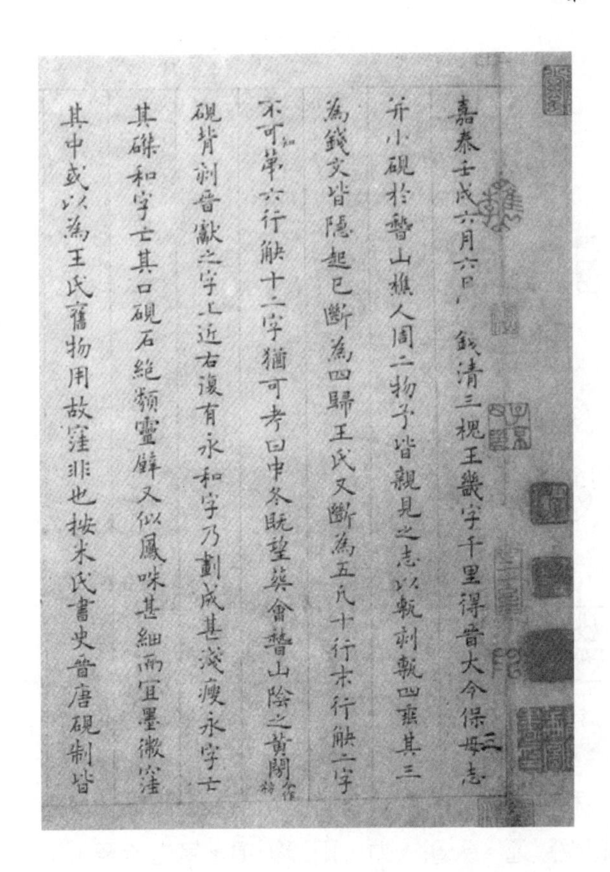
嘉泰壬戌六月六日，錢清王畿字千里得晉大令保母志
并小硯於會稽山樵人周二物予皆親見之志以甎刻甎四裂其三
為錢文皆隱起已斷為四歸王氏又斷為五凡十行末行缺二字
不可知第六行缺十二字猶可考曰中冬既望葬會稽山陰之黃閍
硯背刻晉獻之字亡近右邊有永和字乃劃成甚淺瘦永字亡
其磚和字亡其口硯石絕類靈壁又似鳳咮甚細而宜墨微窪
其中或以為王氏舊物用故窪非也按米氏書史晉唐硯制皆

間這一切濃郁繽紛的「紅塵彩繪」在比例上降到最低，他經常使用的是書法所追求的「黑白空間」結構，「墨色濃淡」的感受，以及運用毛筆霑濡水墨可形成「點染之間」畫面的搭配，把一種水墨方

（合肥：安徽教育出版社，1996 年），第 2 集，頁 101。故本文言其詞作「設色」之本乃是來自書法的水墨趣味。

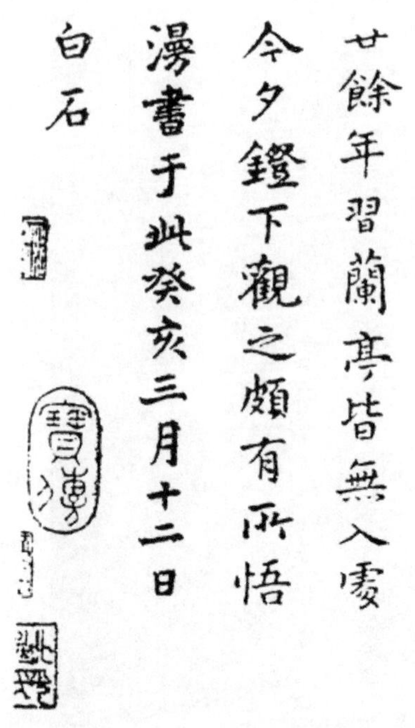

姜夔　落水本蘭亭序跋　據《書道全集》附圖

能表現出的清雅質感和素淡情味，展現在詞上。馮煦《蒿庵論詞》曰：「石帚所作，超脫蹊逕，天籟人力，兩臻絕項，筆之所至，神韻俱到。」[73]馮煦所謂「超脫蹊逕」的神韻，可從此一角度來考察。以其名作〈暗香〉為例，整闋詞的畫面以「月色」為底色，那必然造成一個黑與白的空間構圖，或近似黑白的空間構圖。以月光所映之處為「白」，無光之處為「黑」，而夜裡的黑，卻還有著「墨色濃淡」的感受，近光處墨色淡，遠光處墨色濃，遮光處則全

73　清·馮煦：《蒿庵論詞》，《詞話叢編》本，第 4 冊，頁 3594。

黑。「舊時月色，算幾番照我，梅邊吹笛。」若以詞人「我」在之處是光照的「亮白」，那一旁的「梅」必然有因近光、遠光、遮光造成的墨色濃淡不一的視覺感受，這就構成了詞中一小片「黑白空間」的構圖，也有「墨色濃淡」的差異感受。如是，「喚起玉人，不管清寒與攀摘」，「竹外疏花，香冷入瑤席」等，詞中切開的小片空間，皆可作如是觀，這幾處小片的「黑白空間」畫面連結，就形成一幅完整的，可名之曰「暗香」的水墨畫。

再就水墨的「點染之間」搭配而言，「江國，正寂寂」，是以水墨作最大空間的渲染。「歎寄與路遙，夜雪初積」，畫面中的「路」，由某一地點「點」而拉成「線」，最後路線消失在大面積水墨渲染的寂寂江國的遠方，為表遠近的距離，「路」之墨色必然由濃趨淡。

然而詞中有「翠尊易泣，紅蕚無言」二語，豈非著彩？先著、程洪《詞潔輯評》云：「咏梅嫌純是素色，故用『紅蕚』字，此謂之破色筆。又恐突然，故先出『翠尊』字配之。說來甚淺，然大家亦不外此。用意之妙，總使人不覺，則烹鍛之功也。」[74]先著、程洪認為姜夔因嫌畫面純是素色，故用「翠尊」、「紅蕚」二色予以「破色」，此說可存，但是這個說法只理解到一層；另一層意義可以從修辭法的「反襯」角度來思考，即如同「鳥鳴山更幽」[75]這句

74　清・先著、程洪撰，清・胡念貽輯：《詞潔輯評》，《詞話叢編》本，第2冊，卷4，頁1359。

75　南朝梁・王籍〈入若耶溪〉詩。見黨聖元編：《六朝悲音——魏晉南北朝詩歌卷》（西安：陝西人民教育出版社，1996年），頁205。

詩所呈現的意境效果一樣，鳥鳴聲反而更加凸顯山中的清寧幽靜。以此相推，那麼詞中出現的翠、紅二色，表面是為了「破色」，其實畫面點出「翠尊」、「紅萼」的色彩，是更加凸顯「月色照我梅邊吹笛」、「江國正寂寂」、「路遙」、「夜雪初積」黑白世界的水墨意趣，特別是「江國正寂寂」一語，呈現的是一片煙波浩渺的江南水鄉之景。而「千樹壓、西湖寒碧」，乃是回憶的空間，「千樹」壓得「西湖寒碧」，著一「寒」字，「碧」非「青碧」，而是近於陰冷的「墨碧」，色系傾向於黑，正符合其黯然蕭索的心境。

〈暗香〉一詞，是姜夔於光宗紹熙二年（1191）三十六歲寫於蘇州的作品，內容是追憶杭州西湖梅林舊事，屬於姜夔的前期之作。[76]而其寫作地點在杭州，屬於後期杭州詞的作品，其詞設色的表現手法更是如此，多數傾向黑白光影流動的畫面：即「黑白空間」的結構，「墨色濃淡」的感受，與水墨「點染之間」的搭配。詞中畫面多用「月」「夜」等的冷色系字，如：

> 繡衣**夜**半草符移，**月**中雙槳歸。（〈阮郎歸〉）
>
> **夜**涼獨自甚情緒。西窗又吹**暗**雨。……候館迎秋，離宮吊**月**，別有傷心無數。（〈齊天樂〉）
>
> 花滿市，**月**侵衣，少年情事老來悲。（〈鷓鴣天〉）
>
> 簾寂寂，**月**低低。舊情惟有絳都詞。芙蓉**影暗**三更後，臥

---

76 依照夏承燾箋校《姜白石詞編年箋校》一書所載，姜夔可編年的最早作品是〈揚州慢〉，寫於孝宗淳熙三年（1176）；最晚的是〈卜算子〉8 首，寫於寧宗開禧三年（1207），寫作時間有三十二年，若以寓杭時期為其後期作品，則〈暗香〉應屬前期。

聽鄰娃笑語歸。（〈鷓鴣天〉）

暗裡忽驚山鳥啼。（〈鷓鴣天〉）

鼓聲漸遠遊人散，惆悵歸來有**月**知。（〈鷓鴣天〉）

繞枝三匝，白頭歌盡明**月**。（〈念奴嬌〉）

月上海雲沈，鷗去吳波迥。（〈卜算子〉）

梅雪相兼不見花，**月影**玲瓏徹。（〈卜算子〉）

摘蕊**暝**禽飛，倚樹懸冰落。……空徑**晚**煙平，古寺春寒惡。（〈卜算子〉）

虛閣籠寒，小簾通**月**，暮色偏憐高處。（〈法曲獻仙音〉）

這樣頻繁使用「月」、「夜」、「暗」、「影」、「暝」、「晚」的冷色系，是他構圖空間景象時，偏好書法之素淨水墨濃淡感受的關係。有趣的是，水墨色雖較彩色素淨，但在最潔淨的月光照耀底下，在最簡單的黑、灰、白之間，因呈色濃淡不一，其實也有千萬種不同黑白的變化，而能做到「無色而豔，無味而甘」，[77]惻惻動人之效。書法水墨與姜夔詞之設色的關係，猶如繪畫色彩與周密詞之設色的關係。周密深具繪畫素養，故杭州詞所呈現的空間，就時常流露出繪畫的景趣或境趣的美感，而且設色工麗豐富，把千里繁華的杭州，寫得如李昭道的「金碧山水」。不似姜夔的杭州詞，他呈現空間的主要調性，時常是一片水墨月白的世界。一個人的藝術成就與他文學風格的表現，會有一定的對應性，可說是一種「應

77　清・包世臣：《月底修簫譜・序》，引自夏承燾：《姜白石詞編年箋校》，頁 144。

然」的現象。

此外，有學者認為姜夔偏尚水月冷色的運用，與其生平遭遇有關，趙曉嵐云：

> 冷月、寒波是姜夔的取景焦點……這固然與其足跡所至乃江南水月之鄉有關，也與佛、道兩家好以水月喻清涼世界，好從鏡花水月中透視人生之空寂有關，更與其時代動盪、前景暗淡而身世飄泊有關，由此而決定其藝術創作的審美取向。[78]

除本文所云，姜夔好用冷月、寒波的意象，與偏尚運用水墨趣味有關之外；趙氏尚認為，也與江南水鄉的地理風貌，以及他時時感到前景暗淡而身世飄泊關係密切，此言甚佳。但是趙氏說：「也與佛、道兩家好以水月喻清涼世界，好從鏡花水月中透視人生之空寂有關」，則可待商榷。姜夔的詩雖有少許幾首表達對禪院生活的興味，但詩論中以禪喻詩、論詩並不明顯；詞作更無佛理禪機的成分與影響。若云他往來的交游，如朱熹、楊萬里、葛天民；欽仰的文學先輩，如黃庭堅，多與佛禪關係密切，多研佛理，就論斷其詞之「水」、「月」意象的使用，與佛理有關，[79]恐有過度推論之虞。

二、以少提多的敘事方式

姜夔「以少提多」，運用「省略」的「敘事」手法，是姜夔杭

78 趙曉嵐：《姜夔與南宋文化》，頁 183。

79 趙曉嵐：《姜夔與南宋文化》，頁 290-294。

州詞藝術創作的重要特徵。他時以三、四個字概括一件時事，或僅以一、二句詞記述一段本事，[80]反而在相襯的景物中泛入無限的傷感，如〈疏影〉傷二帝蒙塵，唯書：「昭君不慣胡沙遠，但暗憶、江南江北。」〈念奴嬌〉寫杭州宅舍遭遇火劫，僅是：「一邱吾老，可憐情事空切。」將偌大事件發生的原因、經過、結果的描述，盡可能地大幅刪減，減低到微乎其微的地步，詞人有意將舍毀的殘酷事實棄置不提，完全由自己來承擔，沒有一句話讓讀者目睹大火焚屋，或火後殘破慘亂的場面。開頭即以第一人稱追述他客游湖南湘澧一帶：「昔遊未遠，記湘皐聞瑟，澧浦捐褋。」次言移家杭州：「因覓孤山林處士，來踏梅根殘雪。獠女供花，傖兒行酒，臥看青門轍。」上片結尾才含蓄地點明遭遇火劫：「一邱吾老，可憐情事空切。」下片就舍毀，寫其對古今世事興衰變化的滄桑之感。姜夔藉由相關事物與前因後果的對照排比，讓讀者從想像與經驗中了知到「事件」的「存在」，而抽離對火災恐怖場面的「體認」與「目睹」，運用「以少含多」的委婉方式來表達他的哀傷與幽怨，由此遙契孔子讚美《詩經·關雎》：「樂而不淫，哀而不傷」，詩歌所能展現的「溫柔敦厚」的典範，以及詩歌敘事所能達至的「極簡」風格。

再以〈鷓鴣天·元夕有所夢〉一詞為例，夏承燾箋注此闋曰：「白石懷人各詞，此首記時地最顯。時白石四十餘歲，距合肥初

80　姜夔「以少提多」的寫作方式，主要表現在「敘事」的題材方面；「詠物」的題材則有或詳或簡的描繪，如詠荷的〈念奴嬌〉、詠蟋蟀的〈齊天樂〉，則是扣緊主題，細細刻畫。

遇，已二十餘年矣。」[81]姜夔言及合肥情事之詞有 26 首，而以這闋詞「記此人地事緣最明顯」，[82]餘者可想，其敘事內容之簡略，當又在此詞之下。但所謂「記時地最顯」，不過是他在杭州寫下追憶：「肥水東流無盡期，當初不合種相思」二語，二人認識的詳細經過，那名歌妓的容貌、衣著、姿態，甚至名字，後人一無所知，僅能從各闋詞零星的文句，拼貼出一個大約的輪廓：「恨入四弦人欲老，夢尋千驛意難通」（〈浣溪沙〉），知她是一名琵琶妓；「長記曾攜手處，千樹壓、西湖寒碧」（〈暗香〉），知他二人曾共遊西湖；「舊情惟有絳都詞」（〈鷓鴣天〉），知有寄情之作。對比晏幾道、柳永、周邦彥等人描寫眷懷的歌妓來說，姜夔描述事件、人物的筆墨實為殊少。試觀周邦彥的〈瑞龍吟〉：

> 章臺路。還見褪粉梅梢，試花桃樹。愔愔坊陌人家，定巢燕子，歸來舊處。　黯凝竚。因念箇人癡小，乍窺門戶。侵晨淺約宮黃，障風映袖，盈盈笑語。　前度劉郎重到，訪鄰尋里，同時歌舞。唯有舊家秋娘，聲價如故。吟牋賦筆，猶記燕臺句。知誰伴、名園露飲，東城閒步。事與孤鴻去。探春盡是，傷離意緒。宮柳低金縷。歸騎晚、纖纖池塘飛雨。斷腸院落，一簾風絮。[83]

81　夏承燾箋校：《姜白石詞編年箋校》，頁 69。

82　夏承燾箋校：《姜白石詞編年箋校》，頁 271。

83　宋・周邦彥：〈瑞龍吟〉，《全宋詞》本，第 2 冊，頁 595。

那歌女的住處是：「章臺路，還見褪粉梅梢，試花桃樹。愔愔坊陌人家。」容妝是：「淺約宮黃。」姿態笑聲是：「箇人癡小，乍窺門戶」，「障風映袖，盈盈笑語」。曾與他「吟牋賦筆」，伴他「名園露飲，東城閒步。」周邦彥對歌兒的描述便顯得層次多面而詳細。更別說在柳永、晏幾道的詞中，時常把他們所欣賞的歌妓名字、容貌、才華記錄下。柳永有〈木蘭花〉4 首，分詠心娘、佳娘、蟲娘、酥娘四名歌妓，此外尚有蟲蟲、英英、秀香、瑤卿諸佳麗，在《樂章集》中均找尋得到她們清晰的身影，與世俗生活情味的描述。在晏幾道《小山詞》中，也可看見蓮、鴻、蘋、雲、玉簫清麗的身姿衣袖與娉婷的歌舞芳踪。姜夔一生只眷愛合肥妓一人，言及此事的詞篇雖多，但筆墨簡略，永遠以一、二數語敘述他一生最為綿恆真摯的愛情，姜夔「以少提多」的「敘事」方式，「含蓄簡鍊」的寫作手法，標誌著一種傾向追求「質感」的美學精神，以不黏不滯的文字創作，飄離開含有過多「生活語言」敘事的層次。

三、清空騷雅的美學範式

㈠清空之質

「清空騷雅」是姜夔詞的美感特質，語出張炎的《詞源》：「詞要清空，不要質實。清空則古雅峭拔，質實則凝澀晦昧。姜白石詞如野雲孤飛，去留無跡。……不惟清空，又且騷雅，讀之使人神觀飛越。」[84]張炎論詞強調：詞要清空，清空則古雅峭拔。但是

84　宋·張炎：《詞源》，《詞話叢編》本，第 1 冊，卷下，頁 259。

何謂「清空」？張炎以「野雲孤飛，去留無跡」的「形象畫面」來象徵「清空」之意。然而這種「形象畫面」感悟式的詮釋法，對「定義」而言，失之空泛。其含意，由後來的詞評家作進一步的闡釋。

清代謝章鋌《賭棋山莊詞話》曰：「詞貴清空，意欲清，氣欲空，太煉則傷氣，太鬱則傷意。」[85]則「清」應含詞意或意境之清；「空」，指體氣之空，詞不宜鍛鍊、鬱結過度。但是謝氏之說仍稍嫌簡略，劉少雄、鄧喬彬兩位現代學者做了更細膩的解釋，劉云：

> 所謂清空者，蓋指酌理修辭時，能有清勁靈巧的手法，使作品氣脈貫串，自然流暢，寫情而不膩於情，詠物而不滯於物，呈現一種空靈脫俗、高曠振拔的神氣，而一切筆法技巧卻又脫落無跡，渾然不可覓。[86]

鄧曰：

> （姜夔）在「心煉」和「出筆」的創作過程中，選擇與「清」情相應的景象事物，取其神理特徵。「空諸所有」（劉熙載《藝概》），「不著色相」，用清超之筆，辭意相當地構成完整的意境，這種意境非但「骨理清，體格清，辭意

85 清・謝章鋌《賭棋山莊詞話續編・湯成烈清淮詞》，《詞話叢編》本，第4冊，卷3，頁3523。

86 劉少雄：《南宋姜吳典雅詞派相關詞學論題之探討》，頁117。

> 清」（沈祥隆《論詞隨筆》），而且空靈渾涵，而不是板滯凝澀。這就是「清空」。[87]

修辭時，能有清勁靈巧的手法，不膩於情，不滯於物；並選擇與「清」情相應的景象事物，用清超無跡之筆，辭意相當地構成空靈的意境，便是「清空」。趙曉嵐依據鄧喬彬所言，對姜夔所有詞作選擇的意象、用字做地毯式的歸納統計，而得出姜詞含有清空美感特質的具體作法是因為：

> 人品的清高耿介使其在意象選擇上，多取清雅之事物。……姜夔特別喜歡詠水、月意象。……當然，意象的清雅不僅與選擇有關，更與塑造有關，……姜夔好用寒、冷、清、苦等詞描繪其意象，使所詠對象顯得清冷、清寒、清幽、清苦。……計用寒字 32 次，愁字 25 次，空字 19 次，清字 15 次，亂字 13 次，冷字 12 次，幽字 9 次，其他悲、淒涼、寂寞等字亦所在多是，頻率之高，實為罕見，更不用說無此字面而只透露出寒意、苦意、涼意的詞了。[88]

劉漢初則以〈卜算子〉梅花八詠為例，說明姜夔是以：

> 比較隱蔽的暗示性寫法揭示開來，他尤其著意於氣氛的營造，許多重要的訊息隱藏在詞中所有物象的連帶關係之

87　鄧喬彬：〈論姜夔詞的清空〉，《文學遺產》，1982 年第 1 期，頁 38。

88　趙曉嵐：《姜夔與南宋文化》，頁 182-184。

中，……一些重要的意思都寫在空處，似乎並不存在於哪一個小節、哪一個句子或哪一個片語之內，這一種特殊的寫作方式，當是造成「清空」風格的重要原因。[89]

四位學者對清空的解釋，甚為明晰。不過，本文欲再補充說明的是，姜夔杭州詞的內容和用語，時常離開「日常親切生活」的層次，而作一種生活層次以外的精神伸展。他不追求「感官」體驗的豐富，特別是「視覺」本身的豐富，包括人物造型的形象，敘述事件的細節，繁多物件的鋪陳等，把這一切降到相當低的比例。例如姜夔〈鷓鴣天·元夕不出〉與周密〈月邊嬌·元夕懷舊〉都寫元宵憶舊之詞，但是姜夔對杭州元宵節序生活的描寫，只有「而今正是歡遊夕，卻怕春寒自掩扉」，「芙蓉影暗三更後，臥聽鄰娃笑語歸」，簡約敘寫元宵燈節他的惆悵之情。周密於詞末也有懷舊的感傷：「前歡謾省。又輦路、東風吹鬢。醺醺倚醉，任夜深春冷。」但是感傷之前，仍用大量筆墨書寫杭州市民過元宵的熱鬧生活：「九街月淡，千門夜暖，十里寶光花影。塵凝步襪，送豔笑、爭誇輕俊。笙簫迎曉，翠暮捲、天香宮粉。　少年紫曲疏狂，絮花蹤迹，夜蛾心性。戲叢圍錦，燈簾轉玉，拚卻舞句歌引。」[90]再如姜夔〈念奴嬌〉寫寓居杭州，僅「獠女供花，傖兒行酒，臥看青門轍。」寫出些許杭州民間生活的景象。而前文提及，杭州的宅舍遇

89 劉漢初：〈姜夔詞的情性與風度——從〈卜算子〉梅花八詠說起〉，頁212。

90 史克振校注：《草窗詞校注》，頁43。

火一事，僅以「一邱吾老，可憐情事空切」帶過，這是造成姜夔詞「不染塵埃，不著色相」，遠離人間塵味色相的原因之一，沈祥龍《論詞隨筆》曰：「清者不染塵埃之謂，空者不著色相之謂。清則麗，空則靈。如月之曙，如氣之秋。」[91]姜夔清空的詞風，有如是的特質存在。

㈡騷雅之美

歷代詞評家咸認為姜夔是南宋雅詞詞派的代表人物。此由南宋張炎《詞源》起其端，稱姜夔詞「不惟清空，又且騷雅。」元代陸輔之《詞旨》承其說，云其詞「騷雅。」[92]到清代朱彝尊標舉姜夔曰：「填詞最雅，無過石帚。」汪森〈詞綜序〉繼之言：「鄱陽姜夔出，句琢字鍊，歸於醇雅。」[93]陳廷焯《白雨齋詞話》也宗之說：「清虛騷雅，每於伊鬱中饒蘊藉。」諸家所言之「騷雅」、「醇雅」、或單言「雅」字，意近而略有差別。

所謂「騷雅」之「騷」者，乃是指詞文之中有「屈宋之心」，繼承屈原、宋玉詩賦的傳統，特別是《楚辭》〈離騷〉借託比興的手法，借助香草美人寄興之遺意，表達他傷時憂國的情思，和執持理想，清高出塵的人格。宋祥鳳《樂府餘論》曰：

> 姜石帚……流落江湖，不忘君國，皆借託比興，於長短句寄

91　清・沈祥龍：《論詞隨筆》，《詞話叢編》本，第 5 冊，頁 4054。

92　元・陸輔之：《詞旨》，《詞話叢編》本，第 1 冊，卷上，頁 301。

93　清・朱彝尊：《詞綜・序》，頁 1。

> 之。如〈齊天樂〉，傷二帝北狩也。〈揚州慢〉，惜無意恢復也。〈暗香〉、〈疏影〉，恨偏安也。蓋意愈切，則辭愈微，屈宋之心，誰能見之。乃長短句中，復有白石道人也。[94]

是然，姜夔寫於杭州的〈齊天樂〉，或賦西湖之梅的〈暗香〉、〈疏影〉等詞，關注詞之「立意」問題，使其詞品不落入俗膩之途，而有「騷雅」之致，乃因他時於詞中融進壓抑的時代氛圍，感傷時事的憂思；在個人侘傺失意的際遇下，卻又堅持理想的人品；或抒發他對昔日戀情真摯不渝的感情。他在〈奉別沔鄂親友〉詩中說：「著書窮愁濱，可續離騷經。」[95]可見他的作品自覺地要與〈離騷〉的精神相通，抒發屈宋作品中之深情與遙旨，達到「意格欲高」之境。姜夔《詩說》特別強調：「意出于格，先得格也。格出于意，先得意也。吟詠情性，如印印泥，止乎禮義，貴涵養也。」[96]標高詩格的立意，詞作亦然，這是承續楚騷傳統之遺意。

至於所謂「雅」之義，汪森以為「字琢句鍊」，可歸於「醇雅」，著重說明姜夔善於鍛鍊字句，使詞趨雅，泯去「雕刻傷氣，敷衍露骨」之病，而達到「自然高妙」的上乘詞境。[97]沈曾植《菌

---

94 清·宋祥鳳：《樂府餘論》，《詞話叢編》本，第 3 冊，頁 2503。

95 宋·姜夔：〈以長歌意無極，好為老夫聽，為韻，奉別沔鄂親友〉，《白石詩詞集》，頁 7。

96 宋·姜夔：《白石道人詩說》，《白石詩詞集》，頁 68。

97 「雕刻傷氣，敷衍露骨」與「自然高妙」，皆出自《白石道人詩說》，《白石詩詞集》，頁 66，68。

閣瑣談》則以：「意取大雅」和「協大晟樂律」為雅。[98]姜夔本身雖無詞論之作，但他對填詞的創作觀點，可從其《詩說》的意見加以透視。謝章鋌《賭棋山莊詞話》云：「白石道人為詞中大宗，論定久矣。讀其說詩諸則，有與長短句相通者。」[99]姜夔視詞意宜雅的見解，《詩說》的觀點是一個理解的線索，如云：「語貴含蓄。……句中無餘字，篇中無長語，非善之善者也。句中有餘味，篇中有餘意，善之善者也。」[100]故詞之短長做到無可增節，雖已達極其洗鍊操縱之功，卻仍然不是善之善者也；必也句中有餘味，篇中有餘意，發意含蓄不露，咀嚼不盡，醞藉深藏，方是善之善者也。

姜夔的鍛鍊之功，以其所作的杭州詞相揆，多可相合。如先著、程洪《詞潔輯評》評〈暗香〉詠梅嫌純是素色，故先出「翠尊」以配後來之「紅萼」字，使人不覺突然，此乃「用意之妙，總使人不覺，則烹鍛之功也。」

又如〈念奴嬌〉詠荷一詞，俞陛雲精闢地分析道：

> 此調工於發端，鬧紅四字，花與人皆在其中。以下三句，詠荷及賞荷之人，皆從空際著想。翠葉三句，略點正面。接以嫣然二句，詩意與花香，俱搖漾於水煙渺靄之中。下闋，懷人而兼惜花，低回不去。而留客賞荷者，託諸柳陰魚浪，仍

98　清·沈曾植：《菌閣瑣談》，《詞話叢編》本，第 4 冊，頁 3622。

99　清·謝章鋌：《賭棋山莊詞話續編·白石詩說》，《詞話叢編》本，第 4 冊，卷 12，頁 3478。

100　宋·姜夔：《白石道人詩說》，《白石詩詞集》，頁 67。

在空處落筆。通首如仙人行空，足不履地。[101]

「鬧紅一舸」四字，著一「紅」字，知其有花；著一「舸」字，知其有人。以下各句，均從花與人夾敘夾寫，若「情人不見，爭忍淩波去」，是懷人；「只恐舞衣寒易落，愁入西風南浦」，又是惜花。姜夔確實做到「語貴含蓄。句中無餘字，篇中無長語」。而「嫣然搖動，冷香飛上詩句」，更是雋逸，不「落實」說人聞荷香，人寫荷香，而「跳空」說冷香飛入詩句，又襯以西湖水面空間為詞之背景，確然使整闋詞之詩意與花香，俱搖漾於水波煙靄之中。此詞詞意高雅，神韻空靈，無怪乎俞陛雲說：「通首如仙人行空，足不履地。」

再如〈齊天樂〉詠蟋蟀，刻畫亦工，意思造境均佳，如：「露濕銅鋪，苔侵石井，都是曾聽伊處。哀音似訴。正思婦無眠，起尋機杼。」「西窗又吹暗雨。為誰頻斷續，相和砧杵。」書寫的角度，不直接從所詠的「蟋蟀」模形繪神，而是從「聽者」的角度下筆，以凸顯其幽怨淒涼之音之美；並又寫「蟋蟀」前後左右的事物，以烘托主題，姜夔的藝術構思，極為成功。

餘如寫於杭州的〈鷓鴣天〉等詞亦然，佳辭迭出，雋句筆妙，若「芙蓉影暗三更後，臥聽鄰娃笑語歸」，駸駸然有詩人之致也。

此外，沈曾植《菌閣瑣談》所謂「協大晟樂律」為雅的音樂之雅，在大部分詞樂典籍已經亡佚，詞曲大多不復可唱的情形底下，難以全然實際理解詞樂之雅的真正狀況。但是姜夔是一深諳音律之

101 俞陛雲：《唐宋詞選釋》，頁 51。

人，仍留下些許的資料可窺知其一、二：所著作的《白石道人歌曲集》、〈大樂議〉、《琴瑟考古圖》等，是研究宋代音樂的珍貴文獻。宋寧宗慶元三年（1197）他作〈大樂議〉和《琴瑟考古圖》獻給朝廷，慶元五年（1199）又上《聖宋鐃歌鼓吹曲》十二章，這些作品都完成於居杭時期，標誌此時他在音樂造詣上的成熟與自信。

以〈大樂議〉為例，此文是姜夔重要的音樂論作，其音樂見解，主要收在《宋史·樂志》卷 131 中。姜夔認為要創作出諧和的雅樂，需要深知作曲的道理和瞭解歌詞的旨趣，並需注意七音與四聲自然的搭配，其言云：

> 樂曲知以七律為一調，而未知度曲之義；知以一律配一字，而未知永言之旨。黃鐘奏而聲或林鐘，林鐘奏而聲或太簇。七音之協四聲，各有自然之理，今以平、入配重濁，以上、去配輕清，奏之多不諧協。[102]

另外趙曉嵐考察出雅樂最大的特色，就是特別重視「宮音」在音階調式中的功用：

> 姜夔……在屬於俗樂的詞曲創作中，也以古雅樂的宮調音階為基調，採用雅樂所用的「之調式」，而不用隋唐燕樂所用的「為調式」；用「旋宮法」而不用隋唐燕樂所用的「轉調

102　元·脫脫等撰：《宋史·樂志》，卷 131，頁 3050。關於《大樂議》更為詳細的音樂理論分析，請見何綿山：〈試論姜夔在南宋音樂史上的貢獻〉，《福建電大學報》，2000 年第 3 期，頁 33-35。

> 法」；採用雅樂所用的固定唱名法而不用首調唱名法；調名稱謂亦用「均調」名而不用隋唐燕樂喜用的「時號」，使燕樂歌曲處處呈現雅樂氣派，亦可看出其以雅濟俗的苦心。[103]

用「之調式」而不用「為調式」，用「旋宮法」而不用「轉調法」，用「均調」名而不用「時號」，姜夔以雅濟俗，改變詞樂傾俗的努力與用心，顯現在他遺留下來的這些音樂文獻中，凡此種種，均呈現姜夔對詞樂趨雅之細節的關注與講究，可作為測知姜夔居杭時期在詞樂上的努力與貢獻。

第四節　小　結

姜夔之詞，清婉拔俗，自出機杼。他運用水墨空靈的意趣，以少提多的敘事方式等，形塑出清空騷雅的美學範式。其詞展現他個人的美感特質之外，從其書寫的杭州詞中，也可見出他與杭州地方

---

103 趙曉嵐：〈論姜夔的「中和之美」及其《歌曲》〉，《文學評論》，2000年第 3 期，頁 87。又，趙曉嵐解釋，所謂的「『之調式』，即任何調式的命名皆依其所屬的宮音高度為準並以此命名；『為調式』即以調式主音的音高為標準並以此命名；『旋宮法』即以十二律旋相為宮，所得為固定音階；『轉調法』即用七聲轉調，所得為隨調音階；『均調』名即當宮音高度等於某一音律時，隨刻律而定的一系列音構成的調高體系稱為『均』，如以黃鐘為宮的調高體系稱黃鐘均，以大呂為宮的調高體系稱大呂均。黃鐘均、大呂均即均調名；『時號』即用時髦、流行的名稱來稱呼中國固有的調名，如將黃鐘商稱為越調，太簇商稱為大食調等等。」見該文頁 91，注 20。

互相融攝的關係。本章從「遊賞雅集的空間」、「生存依止的歸處」、「追憶愛情的幽境」、「自然詩意的物景」四者，分別闡述姜夔杭州詞的內容與表徵意義。在每一闋杭州詞的背後，都含藏著姜夔對文化、歷史、社會或國家命運的觀感，也包被他個人的經歷或感情與價值的選取。透過他的詞，可以再現南宋杭州的風華，甚至重構在他蕭瑟心情底下，所反映出的冷寂的地方感。「杭州」，能成為地方文學的一個「符碼」，姜夔予有功焉。姜夔在這座城市中所留下來的生命旅程與圖像，所創作的詩篇，是增麗杭州地方文學一座重要的園林。

然而姜夔在文學、音樂、書法的成就，有來自於他本身對文藝的興趣愛好，他自身具備的天賦與才能，但生活環境中有一群同好，與之相互酬唱，切磋詩詞音樂、書法藝術所得的加持力量，也是他持續創作重要原因。在都城杭州，有最多的文化人口，有許多詞與音樂的愛好者，如世家子弟張鎡、張鑑、俞灝，國工田正德，書樂家單煒，吏部曾三聘，丞相京鏜等等，時常與之交游唱和，他們讓姜夔絕美的心智才華，在其肯定讚美與友誼往來之間，在其經濟生活的支持之下，可以保有敏銳美好的性靈，可以有所餘裕地書寫杭州，形成他詞格清雅，韻度飄逸的作品。他們對優雅文藝的喜好、支持、創作與論辯，共同形塑了雅詞、雅樂良好的音樂文學環境，建立了南宋精緻文化的高度。

第五章　周密之詞與杭州

第一節　博洽通識的周密

周密是宋代野史的巨擘，[1]也是南宋晚期三大詞人之一，[2]典雅詞派其中一名重要的領袖，清代的詞評家，以朱彝尊為首的浙西詞派和以戈載為核心的吳中詞派對周密之詞最為推崇。

朱彝尊認為「詞至南宋始極其工」，[3]故以南宋姜夔、張炎為詞人典範，崇奉清空醇雅之作。戈載論詞特重協韻合律的問題，所作的《詞林正韻》，仍是現今詞學界重視的韻書，其後出現以他為首的「吳中七子」，創作講論，標舉音律，形成所謂的聲律派。周密之詞醇雅工致，聲律協婉，師法姜夔、楊纘，尚騷雅，重律韻，

1　夏承燾盛讚周密《齊東野語》曰：「草窗著述以此書為最經意，記宋季遺事多足補史闕，其考證古義者，亦極典核。在宋元筆記中，允推巨擘矣。」〈周草窗年譜·附錄一草窗著述考·齊東野語二十卷〉條，《夏承燾集》，第1冊，頁369。

2　薛礪若：《宋詞通論》（臺北：臺灣開明書店，1982年），頁318。宋末三大家為王沂孫（碧山）、張炎（玉田）、周密（草窗）。

3　清·朱彝尊：《詞綜·發凡》，《四部備要》本，第3條，頁3。

因此受到浙西詞派與格律詞派者的讚揚，朱彝尊稱：「《蘋洲漁笛譜》，其詞足與陳衡仲、王聖與、張叔夏方駕。」[4]而在編選的《詞綜》與《續選》二書裡，選周密之詞 57 首，與吳文英並列第一。戈載在《宋七家詞選》說他：「盡洗靡曼，獨標清麗，有韶倩之色，有綿渺之思，與夢窗旨趣相侔，二窗竝稱，允矣無忝。其於律亦極嚴謹，蓋交游甚廣，深得切劘之益。」[5]也給予周密極高的評價。

但是在南宋當時就「盛負詞名」的周密，[6]《宋史》並未為他立傳，其他史籍的記載，也不詳備。[7]其生平的原始資料，主要散見於他個人的著作，如〈弁陽老人自銘〉、《齊東野語》、《癸辛雜識》、《武林舊事》、《志雅堂雜鈔》、《草窗韵語》等。另有南宋時人與明人的載錄可以參閱。[8]截至目前，考述其生平事跡最為詳盡者，首推夏承燾的〈周草窗年譜〉。[9]下文關於周密的生平

4 清·朱彝尊：《曝書亭集·書絕妙好詞後》（臺北：臺灣商務印書館，1979 年《四部叢刊》正編本），卷 43，頁 352。

5 清·戈載輯，清·杜文瀾校注：《宋七家詞選》（臺北：河洛圖書出版社，1978 年影印《曼陀羅華閣重刊》本），卷 5，頁 25。

6 清·陳廷焯《白雨齋詞話》云：「當時草窗盛負詞名。」《詞話叢編》本，第 4 冊，卷 2，頁 3818。

7 如清代陸心源《宋史翼》、萬斯同《宋季忠義錄》，吳榮光《歷代名人年譜》，錢大昕《疑年錄》，以及柯劭忞《新元史》，均只有一至數行的記載，史料並不詳備。

8 如宋·戴表元〈齊東野語序〉、《剡源戴先生文集·楊氏池塘宴集詩序》，明·王行〈題周草窗畫像卷〉等。

9 在夏承燾〈周草窗年譜〉之後，有潘柏澄〈夏著周草窗年譜訂誤〉、蕭鵬

撰述，多以夏譜為基礎，再參酌其他的文史資料，以勾勒周密疏蕩儒雅的一生。

周密，字公謹，號草窗，又號蘋洲、四水潛夫、弁陽老人、弁陽嘯翁、弁陽吟翁、華不注山人等。[10]生於宋理宗紹定五年（1232），卒於元成宗大德二年（1298），[11]年六十七歲。祖籍本在山東濟南，故其著作中自署「齊人」，「華不注山人」，以示不忘本，與對「原鄉」的認同。靖康之難後，曾祖周祕舉家南遷吳興，此後數代便都寓居於吳興，遂為吳人。宋端宗景炎元年（1276），江山變異，周密位於弁山的家業盡毀於兵燹之下，故於隔年往依內弟楊大受，遷至臨安府癸辛街居住，曾著有《癸辛雜識》以寄意，直到晚年，皆生活在杭州臨安。

周密本生於詩禮簪纓之族。在可考的世系中，除六世祖周芳以隱居鄉野為志之外，自五世祖周孝恭始，高祖周位、曾祖周秘、祖父周珌、父親周晉，均世世為官，族望甚隆。母親章氏，也是出身官宦之家，為參政文莊公章良能之女，亦通翰墨。周密〈弁陽老人自銘〉云：

〈夏承燾先生〈周草窗年譜〉補證〉、〈周草窗年譜補辨〉、何忠禮〈周草窗年譜訂誤〉，對夏著的周密年譜，均進行更完善的補證工作。另有方延豪〈周草窗生平及其著作〉、金啟華、蕭鵬《周密及其詞研究》一書的第二章〈周密的生平事跡與思想襟抱〉，所輯錄的資料與論述，均具有參考的價值。

10　華不注山，位於山東濟南的東北方，素以奇秀著稱。

11　周密之生卒年依據夏承燾〈周草窗年譜〉之考證。《夏承燾集》，第 1 冊，頁 320-363。

> 其先齊人，六世祖諱芳，隱居歷山。熙寧間，以孝廉徵不就，賜光祿少卿。五世祖諱孝恭，吏部郎中，知同州，贈殿中監。高祖諱位，贈太中大夫。曾大父諱秘，御史中丞，贈少卿，隨蹕南來，始居吳興。大父諱珌，刑部侍郎，贈少傅。先君諱晉，知汀州。妣章氏宜人，參政文莊公良能女。[12]

但是在官宦門第之中成長的周密，除了稍長，以祖父澤蔭出仕，銓試第十三以外，並無其他登第的記錄。約於三十歲前後，任職健康府都錢庫。後又轉任臨安府、兩浙轉運司幕屬、監和濟藥局、充奉禮郎、監豐儲倉、義烏縣令等職，所任多是位卑職小的工作。宋亡以後，隨即解綬去職，不為元朝臣屬。其人人品狷潔，胸懷灑落，過著悠遊山林，吟詠詩書的布衣生活。張炎有一首〈一萼紅〉寫其入元之後，以琴書自樂的隱居歲月，詞云：

> 〈一萼紅・弁陽翁新居堂名「志雅」，詞名《蘋洲漁笛譜》〉
>
> 製荷衣。傍山窗卜隱，雅志可閒時。款竹門深，移花檻小，動人芳意菲菲。怕冷落、蘋洲夜月，想時將漁笛靜中吹。塵外柴桑，燈前兒女，笑語忘歸。　分得煙霞數畝，乍掃苔尋徑，撥葉通池。放鶴幽情，吟鶯歡事，老去卻願春遲。愛吾廬、琴書自樂，好襟懷、初不要人知。長日一簾芳草，一

---

12 宋・周密：〈弁陽老人自銘〉，見明・朱存理：《珊瑚木難》（臺北：臺灣商務印書館，1986 年文淵閣《四庫全書》本），藝術類一，第 815 冊，卷 5，頁 6。

卷新詩。（頁 171-172）

靜時閒吹漁笛，燈前笑語忘歸，長日一簾芳草，一卷新詩，便是他生活的寫照，他不忮不求，淡泊適志。

周密雖未有過喧赫的政績，但在史學、文藝方面的成就卻極高。他愛好檢籍典冊，著述文章，其志趣的養成，與良好的家學有關。劉毓崧於〈重刊周草窗詞稿序〉云：「弁陽嘯翁，藝林推為領袖，生平撰述宏富，尤邃於詞。蓋淵源既得自家傳，兼有外家之授受。」[13]此外，周家在南宋吳興地區，不只是官宦人家，同時也是藏書世家，家族代代以書史相傳，以蒐羅群書為志，《齊東野語·書籍之厄》云：

> 吾家三世積累，先君子尤酷嗜，至鬻負郭之田以供筆札之用。明搜極討，不憚勞費，凡有書四萬兩千餘卷，及三代以來金石之刻一千五百餘種，庋置書種、志雅二堂，日事校讎，居然籝金之富。余小子遭時多故，不善保藏，善積之書，一旦掃地。因考今昔，有感斯文，為之流涕。[14]

從曾祖父周秘到父親周晉的努力蒐羅，周家的藏書已達「四萬兩千餘卷」，「三代以來金石之刻一千五百餘種」，成為南宋私家藏書

13　清·劉毓崧：〈重刊周草窗詞稿序〉，《通義堂文集》（上海：上海古籍出版社，2002 年《續修四庫全書》本），卷 13，頁 25。

14　宋·周密：《齊東野語·書籍之厄》，卷 12，頁 218。

中的重要代表，與陳振孫、尤袤兩大家族齊名。由於蒐藏的群書宏富，因此為之蓋書種堂和志雅堂兩座藏書樓。可惜的是，這些珍貴的家族藏書最後多毀於兵火之下。

但藏書雖毀，周密卻以驚人的意志力筆耕不輟，讓家族的「書種」薪火由他自身重新點耀。他傳世的著作豐碩，除詩集《草窗韵語》6 卷，詞集《蘋洲漁笛譜》2 卷結集於宋季之外，餘者多作於入元之後，如輯錄南渡詞人至宋亡遺民之詞為《絕妙好詞》7 卷者是，以上三種為韻文作品。又有筆記雜錄多種，如《武林舊事》10 卷、《齊東野語》20 卷、《癸辛雜識》6 卷、《浩然齋雅談》3 卷、《雲煙過眼錄》4 卷、《澄懷錄》2 卷、《志雅堂雜鈔》1 卷。另有《浩然齋意鈔》、《浩然齋視聽鈔》，現今僅存書目，並無傳本。已佚的作品，有詩集《蠟屐集》、《弁陽詩集》，二書佚於元代；《日鈔》、《經傳載異》、《浩然齋可筆》、《臺閣舊聞》、《詩詞叢談》、《慎終篇》、《續澄懷錄》、《弁陽客談》等也已散佚。周密一生，可考的著述多達二十二種，存疑之書尚有八種，共三十種。[15]撰著數量驚人，而且橫跨的學門領域多元，包括記錄南宋野史舊聞、山川風俗、市肆雜記，考證經史，評論文章、書畫、古器，另有詩話、詞話，採輯唐宋人清談之語，博徵圖畫、碑帖、珍玩、寶器、醫藥、陰陽算術、仙佛書史等作，琳瑯滿目，博洽通識，堪稱宋元筆記的巨擘，也是文壇藝術界的大家。

從這些豐富的著作可看出，周密的興趣廣泛，多才多藝。無論

15 參閱〈草窗著述考〉，《夏承燾集》，第 1 冊，頁 367-373。但〈草窗著述考〉載周密著作共有 31 種，乃是加入後人掇拾的《草窗詞》2 卷。

是吟詠詩詞歌賦，品鑑書畫文物，創作音樂琴曲各方面，都有極高的造詣。他曾從學於音樂大師楊纘，自度詞曲，其云：

> 往時，余客紫霞翁之門。翁知音妙天下，而琴尤精詣。自製曲數百解，皆平淡清越，灝然太古之遺音也。復考正古曲百餘。……翁往矣！回思著唐衣，坐紫霞樓，調手製閒素琴第一，作新製〈瓊林〉、〈玉樹〉二曲，供客以玻璨瓶插花，飲客以玉缸春酒翁家釀名，笑語竟夕不休，猶昨日事。[16]

此外，他還懂醫術、通星象、知種植、明飲食、善裝潢，他有一闋〈滿江紅〉貼切的記錄他浸潤於藝術，清遊於林野的生命形式：

> 〈滿江紅·寄剡中自醉兄〉
>
> 秋水涓涓，情渺渺、美人何許。還記得、東堂松桂，對床風雨。流水桃花西塞隱，茂林修竹山陰路。二十年、歷歷舊經行，空懷古。評硯品，臨書譜。箋畫史，修茶具。喜一愚天稟，一閑天賦。百戰徵求千里馬，十年飽飣三都賦。問何如、石鼎約彌明，同聯句。（頁177）

「流水桃花西塞隱」，是張志和漁隱生活的縮圖；「茂林修竹山陰路」，是王羲之蘭亭雅集的圖像，他將之集於一身，過得疏放自在，精神澡瀹。而其「評硯品，臨書譜，箋畫史，修茶具」，博通

16　宋·周密：《齊東野語·琴繁聲為鄭衛》，卷18，頁339。

諸藝，良好的藝術涵養，是南宋文人崇尚博雅的典型。越是深入周密的文字世界，越是懾服於他的廣大精深，繽紛多彩，若不展讀他充滿黍離哀傷，載記宋元之際史料的作品，幾乎讓人忘記他是一位亡國的遺民。而這點，許是周密在其個性才華的表發之外，另存苦心孤旨之所在：他用筆詳加記錄「南宋」，也是記錄「家族」那些經過長期淬礪之後開出的「文明繁華」，那無比深雅、精緻、紛繁、豐富的文化成就，必須書寫保存；再深一層來說，他或是以此面對，以此超克蒙人文化上的「野蠻」與「統治」，保存自我「存在」的意義。周密入元之後所填的詞作，即也隱藏這樣一個書寫的立場：以無限的眷懷凸顯「過去」的美好，正是以消極的沈默否定「現在」的統治，他與趙宋／蒙元的即離關係，透過發聲／無聲的方式，曲折地呈現周密亡國之後沈重的心聲。

周密詞集名為《草窗詞》，或稱為《蘋洲漁笛譜》，未收入《四庫全書》之中，其作見於阮元的《四庫未收書目提要》。清代考據之學鼎盛，江昱采閱載籍，疏證校勘，輯錄《蘋洲漁笛譜》2 卷，《詞外集》1 卷。前者 113 首為周密手定，乃宋亡之前的作品；後者為江昱編輯，錄詞 39 首，江本共收詞作 152 首，為清代最佳之版本，涵蓋宋亡前後之作，夏承燾云：

> 江昱《山中白雲疏證》三謂：「嘗得《蘋洲漁笛譜》於武林，其字體從宋槧影鈔；又得二本，皆名《草窗詞》，一為吳氏鈔本，一為周亮工藏；前者與後二者互有詳略。」今案《笛譜》無入元以後各詞，……似與《草窗韻語》同結集於宋季，出於草窗手定。《草窗詞》二卷，阮氏《四庫未收書

目題要》一，疑其出後人掇拾。[17]

由是可知《蘋洲漁笛譜》結集於宋時；而《草窗詞》為後人編輯，江昱為之疏證。朱祖謀《彊村叢書》本之周密詞，即根據江昱疏證本校刊。而本文所依據的史克振《草窗詞校注》之版本，校注資料乃立於前人研究的基礎之上，更為精審完備，錄詞 154 首。

由於周密個體的生命史與杭州地方長期交織互涉，也與張炎家族的關係深厚，因此，周密的杭州詞成為本文必要考察的對象。依據史克振《草窗詞校注》之版本，關於杭州的地景與人事之杭州詞，至少有 60 闋之多（參見附表四）。再者，周密歷經宋元兩代的變革，中年以後，寓居於杭州之癸辛街，故杭州之盛衰興落，深刻地記錄在他的詞作之中。另外，由於周密是宋代野史的巨擘，書寫關於杭州的野史舊聞，城市地景的筆記雜著甚多，其《武林舊事》、《齊東野語》、《癸辛雜識》等，對杭州的理解與描寫，可與他的詞作作為一個參照系，以資對應比較、補充說明。

前人研究周密之詞者，其文或有涉及周密以詞書寫杭州之段落、小節，但未有將周密之杭州詞視為專論議題討論之。[18]本文則

17　夏承燾：〈草窗著述考〉，《夏承燾集》，第 1 冊，頁 368。

18　前人著作有涉及周密之杭州詞，然非專論者，單篇論文如：胡樂平〈周密詞析論〉，《文學遺產》，1987 年第 3 期。周建梅〈雅玩、第三隻淚眼、清涼散——論周密宋末元初詞之功用的衍化〉，《船山學刊》，2007 年第 4 期。尹占華〈論周密等人西湖詞社的創作活動〉，《蘭州大學學報》，2003 年第 31 卷第 3 期。張雷宇〈敲金戛玉，嚼雪盥花——論周密詞之特色〉，《齊齊哈爾大學學報》，2007 年 7 月。專書如：金啟華、

以周密之杭州詞作為討論的範圍，重點仍如第三、四章之所述，主要論述周密杭州詞的內容及其表徵意義的幾重面向，並探討其寫作的詞筆特質。

第二節　都城的書寫：周密杭州詞的表徵意義與圖像

周密一生從未渡江北上，生活的範圍以湖、杭為中心，足跡多在吳興、杭州一帶漫遊。宋端宗景炎元年（1276）社稷變異之後，從吳興遷至杭州癸辛街居住，杭州自此從一個他早期往來遊歷的城市，一躍而變成他生命中第二個故鄉。因此周密詞中關於杭州的書寫，篇什眾多，共有 60 闋，佔其詞數總量的三分之一強，尤以〈木蘭花慢〉組詞，敘寫西湖十景最為有名。故其杭州詞乃成為考察周密生命歷程中一個重要的入徑。

周密這 60 闋杭州詞的內容，有以國家興亡之「大觀」的關注，也有其私人生活「微觀」的描述。至於山川自然，文人雅集，生活節序，構成日常世界的安駐與書寫，也是重要的主題，此中的杭州，不屬於剛強的生命論述，理性的精神思考，而是讓杭州的風煙水波，款款地撫順了性靈。這是南宋典雅詞人群共同從杭州揚出的文學波流。

以下各小節將從「自然地景的投影」、「文學雅集的空間」、

蕭鵬《周密及其詞研究》（濟南：齊魯書社，1993 年）。張薰《周密及其韻文學研究——詩詞及其理論》。

「生活節序的記錄」、「黍離傷悲的重音」等四個面向，觀看杭州在周密筆下的文學地景風貌及其表徵意義。

一、自然地景的投影

㈠西湖十景

一座城市中標竿式的景觀，會讓居民、往來旅人對該城產生一種足堪依附的情感；也會讓文人、士子對地方形成最深刻的記憶。西湖之於杭州，就是連繫杭州居民、旅客、文人、學士、官賈……之情感與想像的美麗地景。周密的杭州詞，首先以描繪西湖之自然地景的美感，以及此中所呈現的閒適心靈世界，作為其杭州詞的第一個表徵意義。

南宋・陳清波　湖山春曉圖　北京故宮博物院藏

南宋·葉肖巖
蘇堤春曉圖
臺北故宮博物院藏

南宋·葉肖巖
平湖秋月圖
臺北故宮博物院藏

南宋・葉肖巖
斷橋殘雪圖
臺北故宮博物院藏

南宋・葉肖巖
雷峰落照圖
臺北故宮博物院藏

南宋·葉肖巖
麴院風荷圖
臺北故宮博物院藏

南宋·葉肖巖
花港觀魚圖
臺北故宮博物院藏

南宋·葉肖巖
南屏晚鐘圖
臺北故宮博物院藏

南宋·葉肖巖
柳浪聞鶯圖
臺北故宮博物院藏

南宋·葉肖巖
三潭印月圖
臺北故宮博物院藏

南宋·葉肖巖
兩峰插雲圖
臺北故宮博物院藏

南宋·夏珪
西湖柳艇圖
臺北故宮博物院藏

「西湖十景」之名，始於宋代畫師的山水畫題名。[19]另外在南宋祝穆《方輿勝覽》、吳自牧《夢粱錄》，以及南宋後期詩詞名目中也多有記載，周密〈木蘭花慢〉詞牌後附加的詞題，就是十景之名，[20]此十景乃是西湖最具代表性的景點。

周密未定居杭州之前，已經時時往來杭州遊賞西湖。他和好友陳允平、張矩三人，曾各寫下一組 10 首的西湖詞，以歌詠西湖的湖光山色。周密〈木蘭花慢〉詞牌下有一段小序，說明寫作的緣起：

> 西湖十景尚矣。張成子嘗賦〈應天長〉十闋誇余曰：「是古今詞家未能道者。」余時年少氣銳，謂：「此人間景，余與子皆人間人。子能道，余顧不能道耶？」冥搜六日而詞成。成子驚賞敏妙，許放出一頭地。異日霞翁見之曰：「語麗矣，如律未協何？」遂相與訂正，閱數月而後定。是知詞不難作，而難於改；語不難工，而難於協。翁往矣，賞音寂然。姑述其概，以寄余懷云。（頁 10-11）

陳允平於其西湖十詠後跋也說：

19 北宋末張擇端已繪有「南屏晚鐘圖」；至南宋陳清波畫有「三潭印月」、「蘇堤春曉」、「斷橋殘雪」、「麴院風荷」、「南屏晚鐘」、「雷峰夕照」之畫；馬麟、葉肖巖則有「西湖十景圖冊」，可知十景之名起於宋代畫師的山水畫題名。參閱潘臣青輯錄：《西湖畫尋》（杭州：浙江人民美術出版社，1996）。

20 十景之名見前文第一章註 12。

右十景，先輩寄之歌詠者多矣。雪川周公謹以所作〈木蘭花〉示予，約同賦，因成，時景定癸亥歲也。[21]

從二人的序、跋可知，這組詞作於宋理宗景定四年（1263）癸亥歲，周密時年三十二，風華正茂的周密以此與張矩一爭勝高下。作品完成之後，又約好友陳允平同賦。[22]「西湖十景」周密苦思六日完稿，張矩看罷，肯定周詞之敏妙乃在他之上。其後長達數月的時間，周密又與楊纘訂正詞樂聲律。10 闋〈木蘭花慢〉，周密只花六日的時間寫成，但是協合聲律詞韻的工作，卻考定數月之久，周、楊度律之嚴，由此可見。茲以首闋為例述之於下：

〈木蘭花慢·蘇堤春曉〉

恰芳菲夢醒，漾殘月、轉湘簾。正翠崦收鐘，彤墀放仗，臺榭輕烟。東園。夜遊乍散，聽金壺、逗曉歇花簽。宮柳微開露眼，小鶯寂妒春眠。　　冰奩。黛淺紅鮮。臨曉鑒、競晨妍。怕誤卻佳期，宿妝旋整，忙上雕軿。都緣探芳起早，看堤邊、早有已開船。薇帳殘香淚蠟，有人病酒懨懨。（頁 11）

這 10 首作品，以「蘇堤春曉」列為第一，因為在南宋時期，

21　唐圭璋編：《全宋詞·陳允平》，第 5 冊，頁 3104。

22　張矩，字成子，號梅深，生卒年不詳，為宋末詞人。陳允平，字君衡，號西麓，四明人（今浙江寧波）生卒年不詳。著有《西麓詩稿》1 卷、《西麓繼周集》1 卷、《日湖漁唱》1 卷。

「蘇堤春曉」就已是西湖十景之首。周密的「蘇堤春曉」，扣緊主題佈局，從「芳菲夢醒，漾殘月、轉湘簾」寫將曉未曉之時；而後「翠崦」三句，點出破曉時刻；「東園」數句言春夜夜遊之樂，以反襯「春曉」之來。上片最後以鶯穿柳帶，鳥聲啁啾，複寫無限的春光美景。下片則言麗人曉妝，湖邊探春之事。歇拍以有人病酒懨懨，尚臥薇帳，辜負大好春光為結。周詞詞藻婉美，整首詞，上片寫景，下片抒寫人事，結構劃然分明。以下 9 首詞作佈局的基本架構也是如此，上片著眼於空間景點的描繪，下片則泛寫相關的人事典故。如第一至第五首，上片分別寫「蘇堤春曉」、「平湖秋月」、「斷橋殘雪」、「雷峰落照」、「麴院風荷」之景；下片則述以曉妝之人、倚欄之人、踏雪尋梅之人、遊春之人、採芳之人之情之事為其陪襯。而且 10 首作品均是入筆即破題，如第六首的「花港觀魚」，開首言：「六橋春浪暖，漲桃雨、鱖初肥。」第七首的「南屏晚鐘」，起筆曰：「疏鐘敲暝色，正遠樹、綠愔愔。」等是。

就內容言，周密這組〈木蘭花慢〉詞，因是以描繪西湖十景為主題，就抒情濃度、意義載量來說，都稍欠深厚，因此陳廷焯《白雨齋詞話》曾嚴詞批評：「公謹〈木蘭花慢〉西湖十景十章，不過無謂游詞耳。《蓉塘詩話》獨賞之，何也？」又曰：

> 題詠西湖十景，惟陳西麓感時傷事，得風人之正。草窗〈木蘭花慢〉十闋，泛寫景物，了無深意。張成子〈應天長〉十章，才氣不逮草窗，而時有與西麓暗合處。……此類皆有亡

國之感。不及西麓之深厚，固勝似草窗作。[23]

這樣嚴苛的評論，似乎過當。這組〈木蘭花慢〉是泛寫景物，卻不無謂；是無深意，卻非了無意義。若要如陳允平（號西麓）、張矩（字成子）感時傷事之作，周密後期作品多屬之，只是不在這 10 首西湖詞中表現。再如前文所述，從其結構、詞藻、聲律來看，都是佳製，也有詞之應歌合樂原屬的功能價值。如其第九首「三潭映月」裡的「扁舟。泛天鏡裏，溯流光、澄碧浸明眸。棲鷺空驚碧草，素鱗遠避金鉤。」（頁 26）如此麗緻的文字，足以引發未到西湖者對西湖產生美好的聯想，已到西湖者則能牽引美感經驗的再現。周密的西湖詞，仍是一組動人的作品，西湖十景的空間想像，從詞中飄出的美感，不需也不必帶出過多文字意義的重量。

㈡泛寫西湖及其他

西湖十景，是名勝慣用的套數稱法，但還有散置的著名景點，也是詞人時常入墨濡筆的地方。周密寫西湖，〈木蘭花慢〉十章固是名篇，但還有其它詞章泛寫西湖之美，如〈曲游春·禁煙湖上薄游，……〉、〈聲聲慢·柳花咏〉、〈疏影·梅影〉、〈西江月·延祥觀拒霜擬稼軒〉、〈瑞鶴仙·寄閒結吟臺，……〉、〈龍吟曲·賦寶山園表裡畫圖〉等。茲以〈曲游春〉為例：

23　清·陳廷焯：《白雨齋詞話》，〈陳西麓詠西湖十景〉，《詞話叢編》本，第 4 冊，卷 2，頁 3806；卷 7，頁 3947-3948。

〈曲游春·禁煙湖上薄游，施中山賦詞甚佳，余因次其韻。蓋平時游舫，至午後則盡入裏湖，抵暮始出，斷橋小駐而歸，非習於游者不知也。故中山極擊節余「閒卻半湖春色」之句，謂能道人之所未云。〉

禁苑東風外，颺暖絲晴絮，春思如織。燕約鶯期，惱芳情偏在，翠深紅隙。漠漠香塵隔。沸十里、亂絃叢笛。看畫船，盡入西泠，閒卻半湖春色。　柳陌。新煙凝碧。映簾底宮眉，堤上遊勒。輕暝籠寒，怕梨雲夢冷，杏香愁冪。歌管酬寒食。奈蝶怨、良宵岑寂。正滿湖、碎月搖花，怎生去得。（頁36）

西湖人人得遊，但是真正熟諳箇中三昧者，非習於遊湖者，不得知其真趣之所在。周密在這闋詞的小序中透露一個雅致的玩法：「游舫，至午後則盡入裏湖，抵暮始出，斷橋小駐而歸。」說明熟知西湖之美的遊人，會讓畫舫在午後就入裏湖歇息，到黃昏時分，才又搖槳划出水面，欣賞斷橋一代的煙靄斜陽，柳陌鶯啼。至晚，在良宵岑寂中，看滿湖的碎月搖花。《武林舊事》將此事寫得更詳細：「都城自過收燈，貴游巨室，皆爭先出郊，謂之『探春』。……水面畫楫，櫛比如魚鱗，亦無行舟之路。歌吹簫鼓之聲，振動遠近，其盛可以想見。若游之次第，則先南而後北，至午則盡入西泠橋裏湖，其外幾無一舸矣。」[24]這是散文書寫的敘事方式。但是以詞的形式敘寫，周密則用「看畫船，盡入西泠，閒卻半

24　宋·周密《武林舊事》，卷3，頁376。

湖春色」，幾句話就寫盡遊湖的真趣，特別是「閒卻半湖春色」一語，寫得又紀實，又閒雅，無怪乎好友施岳，對此句擊節稱嘆，謂能道人之所未云。清代的查禮《銅鼓書堂詞話》稱此闋有：「詞句雅奏之妙。」又引元·馬臻《霞外集》〈春日游西湖〉詩讚揚此詞：「畫船過午入西泠。人擁孤山陌上塵。應被弁陽摹寫盡，晚來閒卻半湖春。」[25]半湖春水的閒適清美，盡在周密的一闋〈曲游春〉。

周密這種細緻唯美的觀察，是南宋雅派詞人特有的「專長」。自然物象，是一種無價值判斷，本爾如是的天然的存在；文化，則是經過人文的洗禮沈澱，或是將一套信仰或價值，賦予生活方式以意義，所生產出的物質和象徵形式。[26]南宋雅派詞人以其高度的文化修養，擷取、剪裁、裝飾、改造「分殊」的自然景觀，讓原本自然的空間投影，產生變化，賦予生活方式以美的輪廓與感受，使得各種空間，都變得異常優美秀緻。

另有〈英臺近·賦攬秀園〉，其「小小蓬萊」、「玉壺春色」（頁 159），寫西湖甘園與玉壺園二處的翠碧綺色。〈西江月·延祥觀拒霜擬稼軒〉：「綠綺紫絲步障，紅鸞彩鳳仙城。誰將三十六陂春。換得兩堤秋錦。」（頁 220）描繪秋季孤山路延祥觀一帶繁茂如錦的拒霜花，此處曾是林逋（和靖）的故居，花寒水潔，氣象幽古。〈瑞鶴仙·寄閒結吟臺，……〉一詞寫張樞南湖府第與蘇堤六橋

25　清·查禮：《銅鼓書堂詞話》，《詞話叢編》本，第 2 冊，頁 1479-1480。

26　參閱 Mike Crang 著，王志宏等譯：《文化地理學》，頁 2。

之景。〈龍吟曲·賦寶山園表裡畫圖〉則說杭州吳山之南的寶山園與蘇堤六橋煙霽的自然風光。因〈瑞鶴仙〉、〈龍吟曲〉二詞將在「文學雅集的空間」中細說，故此處不擬複述。

又有〈聞鵲喜·吳山觀濤〉一詞，書寫主題雖不是西湖風光，卻是杭州非常著名的自然地景——錢塘海潮：

> 天水碧。染就一江秋色。鰲戴雪山龍起蟄。快風吹海立。數點煙鬟青滴。一杼霞綃紅濕。白鳥明邊帆影直。隔江聞夜笛。（頁 156）

此詞詞語華美，神韻天然。周密杭州詞中書寫自然的地景，內在世界多是以這樣明淨，不帶機心，純任自然的簡易心懷，欣賞自然地景存在人間的影像。當然，這是河山尚未變異之前，杭州經濟富庶時期所支撐的文學世界。

二、文學雅集的空間

南宋文化的發送源頭集中於當時的行在——都城臨安（杭州），其他的地方文化多只能以被動的型態接受影響。其他的地方或有以自己的聲音、文學藝術作品等，形成在地的文化；或透過聲音、作品與杭州的士子文人進行交流，對話，但是其強度、廣度、深度實難以超越杭州的文人群。詞亦然。南宋之詞，特別是雅派詞人之詞，許多思路、詞樂、詞論、集體的文學氛圍，是被姜夔、楊纘、周密、張炎等身處於杭州，交通於杭州的詞人及作家所喚起的。杭州，是當時最重要的文學雅集空間。周密的前期之作，其中有多首作品是描寫雅集生活的面貌，此乃是連接前輩詞人張鎡、張鑑、姜夔、楊纘、張樞、史達祖、吳文英等人在杭州切磋詞藝，傳承詞樂，相互酬唱、講論、結社的活動。那是杭州在南宋歷史中，一段最為美好的時期，杭州進入一段由理論與作品，作家和詞人們融匯而成的整體文學氛圍裡。作家彼此之間，經歷了沸騰一般，莫逆於心的邂逅與相識。將其各人抓住的焦點，一首一首創作出緊湊典雅的作品，而可以在杭州，在詞人圈中成為堅實的作家，從事猶如參與盛宴般的大作。每逢在這種時候，相信他們必感受到一種極致的幸福。

杭州作為文學雅集的空間，是周密杭州詞中出現的第二個重要的內容與表徵意義。本文第三章所述，張鎡家族的南湖園林，是杭州文人聚會雅集的重要空間，周密有多闋詞作提到南湖園林運作文化活動，交流詞、樂創作的記載。如：

〈一枝春·寄閒飲客春窗，促坐款密，酒酣意洽，命清吭歌新製，余因為之沾醉，且調新弄以謝之。〉

碧淡春姿，柳眠醒、似怯朝來酥雨。芳程乍數。喚起探花情緒。東風尚淺，甚先有、翠嬌紅嫵。應自把、羅綺圍春，占得畫屏春聚。　　留連繡叢深處。愛歌雲裊裊，低隨香縷。瓊窗夜暖，試與細評新譜。妝梅媚晚，料無那、弄顰佯妒。還怕裡、簾外籠鶯，笑人醉語。（頁65）

此詞序，是一篇周密與當時詞人雅集的重要憑證。序中的寄閒，即是張樞，是周密的好友，也就是張炎的父親。周密的詞序裡，時常記述他與張樞唱和往來的密切友誼，如〈露華·次張窗雲韻〉、〈水龍吟·次張斗南韻〉、〈過秦樓·避暑次窗雲韻〉、〈一枝春·越一日，寄閒次余前韻，且未能忘情於落花飛絮間，因寓去燕楊姓氏事以寄意。此少游「小樓連苑」之詞也。余遂戲用張氏故實次韻代答，亦東坡錦里先生之詩乎？〉[27]而這首〈一枝春〉說明宴客的主人是張樞，地點在張家，季節是春天，周密沾醉寫作新詞，在試與細評新譜之後，由雲裊裊，香縷縷的歌妓演唱，整片聚會的空間，洋溢著翠嬌紅嫵，笑人醉語的無盡歡樂。

〈瑞鶴仙〉也是一首典型的雅集作品：

> 〈瑞鶴仙·寄閒結吟臺，出花柳半空間，遠迎雙塔，下瞰六橋，標之曰「湖山繪幅」，霞翁領客落成之。初筵，翁俾余賦詞，主賓皆賞音。酒方行，寄閒出家姬侑尊，所歌則余所賦也，調閒婉而辭甚習，若素能之者。坐客驚詫敏妙，為之盡醉。越日過之，則已大書刻之危棟間矣。〉
>
> 翠屏圍晝錦。正柳織煙綃，花明春鏡。層闌幾回凭。看六橋鶯曉，兩堤鷗暝。晴嵐隱隱。映金碧、樓臺遠近。謾曾誇、萬幅丹青，畫筆畫應難盡。　那更。波涵月彩，露裛蓮妝，水描梅影。調朱弄粉，憑誰寫，四時景。問玉奩西子，山眉波盼，多少濃施淺暈。算何如、付與吟翁，緩評細品。（頁57）

27　以上各詞序見於史克振校注：《草窗詞校注》，頁59、60、62、66。

〈瑞鶴仙〉的「湖山繪幅」吟臺，即是張樞家府第的一處人工建物，立於吟臺之上可以遠望西湖雙塔，俯瞰蘇堤六橋，景觀視野極佳。雅集地點雖在張家，邀宴的東道主卻是楊纘（霞翁），他引領眾人會聚於剛落成的「湖山繪幅」樓中，並命周密賦詞。這首〈瑞鶴仙〉記錄了這次的文人盛會。上片寫俯望西湖兩堤、六橋柳織煙綃，花明春鏡的自然之美。下片借西子喻西湖的絕色姿容。詞寫好了，先請音樂家楊纘研理音律，而後再交予張家歌姬謳唱，因為賓主都是深諳音樂者，故而，這又是一次文學與音樂結合的盛會——詞的盛會。

以楊纘作為主人，聚客宴饗的詞作，還有〈齊天樂·紫霞翁開宴梅邊，謂客曰：梅之初綻，則輕紅未消；已放，則一白呈露。古今誇賞，不出香白，顧未及此，欠事也。施中山賦之，余和之。〉〈采綠吟·甲子夏，霞翁會吟社諸友逃暑於西湖之環碧。琴尊筆研，短葛練巾，放舟於荷深柳密間。舞影歌塵，遠謝耳目。酒酣，采蓮葉，探題賦詞。余得〈塞垣春〉，翁為翻譜數字，短簫按之，音極諧婉，因易今名云。〉和〈大聖樂·東園餞春即席分題〉三首。[28]〈齊天樂〉寫楊纘開宴梅邊的一次雅集活動。〈采綠吟〉敘寫楊纘會吟社諸友於西湖之環碧園。[29]〈大聖樂〉則書寫詞人分題賦詠於「東園」之事。「東園」，即是楊纘在杭州的故居。序中記述文人著短葛練巾，放舟於水間，探題

28　史克振校注：《草窗詞校注》，頁69、31-32、71。

29　環碧園，位於杭州豐豫門外，是「慈明皇太后宅園，直柳洲寺之側，面西湖，於是為中，盡得南北西山之勝。」宋·施諤：《淳祐臨安志》（臺北：大化書局，1987年《宋元地方志叢書》本），第8冊，頁4888。

賦詞之興。放舟、採蓮、飲酒、譜曲、填詞、聽歌，是杭州文人群在杭州西湖特有、共有的生活內容。

再如：

〈龍吟曲·賦寶山園表裡畫圖〉

仙山非霧非煙，翠微縹緲樓臺亞。江燕海樹，晴光雨色，天開圖畫。兩岸潮平，六橋煙霽，晚鉤簾掛。自玄暉去後，雲情雪意，丹青手、應難寫。　　花底朝回多暇。倚高寒、有人瀟灑。東山杖屨，西州賓客，笑談風雅。貯月杯寬，護香屏暖，好天良夜。樂閒中日月，清時鐘鼓，結春風社。（頁120）[30]

這次周密與友人聚會的地點在「寶山園」。它的位置，是在杭州吳山南邊的寶山上，舊有一座寶嚴寺在此。[31]前文所言，西湖周圍因佛寺的建立，更締造出一種空靈出塵的氣韻，佛寺與山林交映，宗教與自然融合，為杭州的地理空間，增添更多清逸的美感，此詞可為一證。上片即寫寶山之景有如佛國仙境，雲霧繚繞，翠微縹緲，樓臺層疊，像是一幅天開圖畫，西湖兩岸的潮水，蘇堤六橋的風光，可以盡收眼底。這片美景，唯南宋書畫名家米友仁能畫，其他

30　詞中的「玄暉」，應為「元輝」。南宋書畫名家米友仁，字元輝，善畫煙霧縹緲之江南山水。

31　史克振校注《草窗詞校注》：「寶山在杭州吳山之南，舊有寶嚴寺，寶山園在此山上。」頁120。

丹青手難寫江南的雲情雪意。下片是典型的雅集生活描述，花香月明的好天良夜，與賓客笑談風雅，飲酒結社作詩。這也是代表杭州文人典型的生活方式。這裡聞不到任何沈重的氣息，有的只是精緻美感的生活品味：寬杯貯月，暖屏護香，閒中看日月，清時聽鐘鼓，同結春風社。詞中的「清、閒、風雅」四字，最足以表徵他們此時安樂的生活與內在穩定的世界觀，而這是以杭州富庶的經濟條件作為支持與庇護而有的生活內容。

另有一闋詞，不是書寫文學雅集的活動，而是記錄鑑賞畫作之事，也一並附述在此，〈柳梢青〉詞序云：

> 余生平愛梅，僅一再見逃禪真迹。癸酉冬，會疏清翁孤山下，出所藏雙清圖，奇悟入神，絕去筆墨畦徑。卷尾補之自書柳梢青四詞，辭語清麗，翰札遒勁，欣然有契於心。余因戲云：「不知點胸老、放鶴翁同生一時，其清風雅韻，優劣當何如哉。」翁噱曰：「我知畫而已，安與許事，君其問諸水濱。」因次韻載名於後，庶異時開卷索笑，不為生客云。（頁86）

「逃禪真迹」，是指南宋畫家楊無咎的「雙清圖」。楊無咎，字補之，號逃禪老人，依《珊瑚網・宋畫》言：「楊補之墨梅甚清絕，水仙亦奇。」[32]因此深獲周密的欣賞。度宗咸淳九年（1273）冬，

32　明・汪砢玉：《珊瑚網・宋畫》（臺北：臺灣商務印書館，1986 年文淵閣《四庫全書》本），藝術類一，第 818 冊，卷 48，頁 56。

周密有機會與疏清翁在孤山下品鑑楊無咎的梅花真迹「雙清圖」。[33]孤山之梅，本是西湖佳色；無咎墨梅，則是畫中奇品。在遍植梅林的孤山，同賞梅林與梅畫，著實令周密深感愜意。此中傳遞南宋文人寫意風雅的生活情趣。楊無咎依梅花開落的次第畫了四幅圖卷，《鐵網珊瑚》云：「畫梅四枝，一未開，一欲開，一盛開，一將殘。仍各賦詞一首。畫可信筆，詞難命意。」[34]並作咏梅詞〈柳梢青〉12 首，周密和了 4 首。周密所和之詞，茲錄第三首如下：

> 映水穿籬。新霜微月，小蕊疏枝。幾許風流，一聲龍竹，半幅鵝溪。　　江頭悵望多時。欲待折、相思寄伊。真色真香，丹青難寫，今古無詩。（頁 89）

此詞文字娟雅，「一聲龍竹，半幅鵝溪」，即點出梅下吹簫、賞畫的雅致生活閒趣。

以上幾篇詞作的討論，可以見出張樞、楊纘、周密等人追求風雅精緻的生活方式，享受澡瀹性靈的雅集活動，是南宋文人集體崇尚的生活格趣，這種格趣，在南宋一切轉向內在、內向自我完善的精神文化中，[35]獲得最高的成就。杭州，是孕育、發展此一精緻風

33　疏清翁，周密好友，生平不詳。

34　明・趙琦美：《鐵網珊瑚・畫品・楊補之四梅卷》（臺北：臺灣商務印書館，1986 年文淵閣《四庫全書》本），藝術類一，第 815 冊，卷 11，頁 46。

35　參閱劉子健著，趙冬梅譯：《中國轉向內在——兩宋之際的文化內向》，頁 6-7。

雅文化的最佳場域。無論是時間，空間，還是人文的成熟度，在中國歷史上，有了一次最完美的組合，呈現無與倫比的高度文化。宋詞、宋書、宋畫、宋瓷、宋代的印刷版本，都是人類藝術極致的代表，但是宋代將人文活動呈現得最深入、細緻、精雅，又貼入人之抒情元素者，恐怕都要讓渡給宋詞。

三、生活節序的記錄

節日的產生，是來自於人對一年四季時序流轉中，生活行為之瞭解與經驗之回應。也為袚除不祥與濁氣，使節物得以更新，生命得以吉祥。新年、元宵、清明、端午、七夕、中秋、重九、除夕，這些屬於漢民族的重大節日，每年在各個城鄉市鎮，以戲劇、故事、舞蹈、音樂、詩詞、繪畫、和儀式等方式加以慶祝，並在這些特殊的節日裡形成傳統，從中回顧生活的意義，使過去與現在產生有機的結合。透過節日，讓人與親族或朋友，家鄉或城市，時間或歷史，產生一個又一個歡樂緊密的連結，支持人的生存，可以在時空座標中畫出記號，加以定錨。假若沒有時序中的節慶或節慶中的故事，傳遞生活的意義與訊息，那年年流轉的日日月月，將顯得蒼白虛浮，而缺乏可資散發熱情狂歡，驚嘆喝采的聲音。謝和耐在《蒙元入侵前夜的中國日常生活》中云：

> 世上再沒有什麼地方能像中國這樣把節日過得如此歡鬧喜慶了。也再沒有什麼場合能比中國的大小節日更好地表達全體人民的愉悅企望了。這些節日不僅可以作為季候轉換的標誌，從而使時間被人看重，而且還表達了對生活的某些確定

理解。[36]

節慶提供歡樂，百姓喜歡節慶，而文人則書寫節慶。周密的杭州詞，記錄南宋杭州城的節日活動，主要的作品有〈探春慢·修門度歲，和友人韻〉、〈月邊嬌·元夕懷舊〉、〈大聖樂·次施中山蒲節韻〉、〈徵招·九日登高〉4 首，分別描述除夕、立春日、元宵節、端午節與重陽節，幾個重要節日的風俗印象，以及編織在其間的情事與回憶。依次述之如下：

> 〈探春慢·修門度歲，和友人韻〉
> 綵勝宜春，翠盤消夜，客裡暗驚時候。剪燕心情，呼盧笑語，景物總成懷舊。愁鬢妒垂楊，怪稚眼、漸濃如豆。儘教寬盡春衫，畢竟為誰消瘦。　　梅浪半空如繡。便管領芳菲，忍孤詩酒。映燭占花，臨窗卜鏡，還念嫩寒宮袖。簫鼓動春城，競點綴、玉梅金柳。廝句元宵，燈前共誰攜手。（頁 41）

這首〈探春慢〉是寫杭州除夕與立春之日，都民士女迎春，簫鼓喧城的喜慶歡快。「修門」，原是郢城門，此指都城臨安的城門。「度歲」，即是除夕夜。杭州除夕，各家兒女呼盧賭博嬉戲為樂，《武林舊事·歲晚節物》云：「除夕……小兒女終夕博戲不

36 法·謝和耐著，劉東譯：《蒙元入侵前夜的中國日常生活》（北京：北京大學出版社，2008 年），頁 173。

寐，謂之守歲。」[37]一到立春，則戴綵勝，造春盤。戴綵勝，是唐宋時期的風俗，每逢立春之日，人們剪下彩色的絹、紙作旛，戴於頭上或繫在花枝以迎春。立春日是二十四節氣中的第一個節氣，標誌著春天的開始。過去朝廷每到立春之日，有賜百官春旛、春盤的儀式，以為祈福之意，《武林舊事·立春》云：「是日賜百官春旛勝，宰執親王以金，餘以金裹銀及羅帛為之。……後苑辦造春盤供進，及分賜貴邸宰臣巨璫，翠縷紅絲，金雞玉燕，備極精巧。」[38]周密此詞記述了「綵勝宜春，翠盤消夜」，「剪燕心情，呼盧笑語」的節慶風俗與熱鬧。不同於《武林舊事》筆記散文的書寫，在這闋詞織入一位閨中女子「春衫為誰消瘦」的情感，她一再映燭占花，臨窗卜鏡，希望能得知遊子的歸期，可與他在元宵燈前共攜手。這般濃密的情感，滿溢在杭州一戶人家的閨樓裡，杭州除夕與立春的節日，在周密的詞中，可以看到地方節慶風俗的面貌；但同時也可以看到地方一則動人的情事。敘事手法不只是客觀的城市節慶記錄，還有抒情性的情感鋪陳。

〈月邊嬌·元夕懷舊〉

酥雨烘晴，早柳盼顰嬌，蘭芽愁醒。九街月淡，千門夜暖，十里寶光花影。塵凝步襪，送豔笑、爭誇輕俊。笙簫迎曉，翠暮捲、天香宮粉。　　少年紫曲疏狂，絮花蹤迹，夜蛾心性。戲叢圍錦，燈簾轉玉，拚卻舞句歌引。前歡謾省。又輦

37　宋·周密：《武林舊事·歲晚節物》，卷3，頁384。

38　宋·周密：《武林舊事·立春》，卷2，頁368。

路、東風吹鬢。醺醺倚醉，任夜深春冷。（頁43）

〈月邊嬌〉上片寫臨安都城元宵節的熱鬧景象：「九街月淡，千門夜暖，十里寶光花影。」遊人配戴的珠寶，與燈花的火焰，交織成一片絢爛奪目的光彩。宋代的元宵花燈，因工藝技術發達，故百藝群工，競呈奇技，花燈的製作極為精巧華麗，周密《武林舊事·元夕》云：「禁中嘗令作琉璃燈山，其高五丈，人物皆用機關活動，結大綵樓貯之。……寶光花影，不可正視。」[39]這些瑰麗又有機關活動的花燈，吸引觀燈男女「塵凝步襪，送豔笑、爭誇輕俊」。而杭城的富庶生活，也讓市民得以衣飾華麗，盡情狂歡。詞之下片就是寫冶游坊曲的少年，種種絮花蹤迹，夜蛾心性的疏狂情態。《武林舊事·元夕》載曰：「終夕天街鼓吹不絕，都民士女，羅綺如雲，蓋無夕不然也。……游手浮浪輩，則以白紙為大蟬，謂之『夜蛾』。」[40]但在這可以狂歡的日子，周密結尾卻言：「前歡謾省」，有往事成空之意，含蓄感懷今昔之不同，故而醺醺倚醉。

〈大聖樂·次施中山蒲節韻〉

虹雨霽風，翠縈蘋渚，錦翻葵徑。正小亭、曲沼幽深，簟枕夢回，苔色槐陰清潤。暗憶蘭湯初洗玉，襯碧霧籠綃垂蕙領。輕妝了，裊涼花絳縷，香滿鸞鏡。　　人間午遲漏永。看雙燕將雛穿藻井。喜玉壺無暑，涼涵荷氣，波搖簾影。晝

39　宋·周密：《武林舊事·元夕》，卷2，頁368。

40　宋·周密：《武林舊事·元夕》，卷2，頁369-370。

舸西湖渾如舊，又菰冷蒲香驚夢醒。歸舟晚，聽誰家、紫簫聲近。（頁 6-7）

「蒲節」，即是五月五日端午節。因為端午各家門前均會懸掛菖蒲葉以避邪，故端午節亦稱蒲節。此一風俗至今尚存。周密此詞除了描寫初夏杭州雨霽多虹，蘋滿汀洲，錦葵翻徑的景致之外；也寫一段發生在舊日端午「蘭湯洗玉」的往事，[41]那名玉人，與那年的端午，結合成一段馨香記憶。周密在畫舸西湖渾如舊的空間裡，[42]記的是那年端午的情事。在此，節日不只是節日，它包括作者生命情感中的印記。這是文學，文學裡充滿了描述，詞的文學更是充滿情感的描述，使空間的現象不只是客觀自然或人為的地景，還有主觀情感的人文色彩，透過文學作品的理解與闡明，「活化」了一段消失在這片空間中的故事，文學成為另一種理解「地方感」的文獻。而詞的文學則是以最細膩的方式記錄地方的情感，它不是如小說般詳述故事的情節發展，人物性格，對話口白；而是摘要一段主人翁的心情，以精美的文字，婉約的風格，美麗的意象，渲染讀者，讓讀者穿過文字本身，將這段隱在詞中的情感辨識出來。

〈徵招·九日登高〉

江蘺搖落江楓冷，霜空雁程初到。萬景正悲涼，奈曲終人

41　洗蘭湯，指用香草煮成的熱水沐浴，以除穢氣，或避免瘟疫疾病的發生。

42　端午泛舟西湖，是杭州居民的活動之一，周密《武林舊事·端午》云：「湖中是日遊舫亦盛，蓋迤邐炎暑，宴遊漸稀故也。」卷 3，頁 379。

杳。登臨嗟老矣，問今古、清愁多少。一夢東園，十年心事，恍然驚覺。　　腸斷，紫霞深，知音遠、寂寂怨琴淒調。短髮已無多，怕西風吹帽。黃花空自好。問誰識對花懷抱。楚山遠，九辯難招，更晚煙殘照。（頁 75-76）[43]

〈徵招〉一詞，寫重陽九日登高，賞菊賦詩的習俗之外，也寫他懷憶亦師亦友的楊纘。「東園」是楊纘在杭州的故居，在那裡曾有餞春即席分題賦詠的雅集。[44]如今東園是紫霞深，知音遠，琴聲寂寂。已逝的楊纘，帶走這片空間應有的歡樂。而漸老的周密，在杭州「江蘺搖落江楓冷，霜空雁程初到」的秋日，不禁也怕西風吹帽，觸見白髮。周密書寫杭州的節序詞裡，以這首最無吉慶之感，而是悲秋嘆老的感傷。傳統詩詞中「秋士易感」的主題，複現在這首〈徵招〉裡。

周密這 4 首節序詞，概括地讓後人瞭解到南宋杭州居民在除夕、立春、元宵節、端午節與重陽節的節日活動。詞中除描寫節序的習俗與杭州的景致，表徵杭州地方節日的一般意義之外；也寫入春女善懷，秋士易感的傳統主題，以及周密個人的情事。特別是後者，賦予了讀者想像的空間，使這座城市有了美麗與哀愁的詩意性感受。讀者透過「暗憶蘭湯初洗玉，襯碧霧籠綃垂蕙領」，「一夢東園，十年心事，恍然驚覺。」的書寫，喚醒周密曾賦予杭州其個人經驗的文學意義。

43　此詞「問誰識」，本作「問誰是」，但知不足齋《蘋洲漁笛譜》本、《全宋詞》本等作「問誰識」。應作「問誰識」為是，故改之。

44　周密有〈大聖樂・東園餞春即席分題〉一詞，見前文。

四、黍離傷悲的重音

周密杭州詞中最沈重的一音，是發出亡國之痛的巨大哀聲。

宋端宗景炎元年（1276），原是安定、富庶、繁華的生活，表徵太平歲月的記述，因為蒙古鐵騎的入侵，江山變異，使得周密在吳興弁山的家業盡毀。他失去家園財產，失去原先獲得的社會地位，失去蒐羅已達四萬餘卷的藏書，還有那兩座書種堂和志雅堂的藏書樓，周密原有的人生，一切完全被搗毀，頓時淪為一無所有的亡國者。倖存的他，往依內弟楊大受，靠著姻親的幫助，住於杭州癸辛街的幾椽小屋。而他無法安定的心靈，只能面向一個中心：即是一直保持回憶的力量，由那裡照射過來的光，讓他可以對抗現實悲慘的極限。記憶過去，並和過去連結之所以重要，是因為在記憶深處潛藏無窮的想像與能量，可以讓枯竭貧血的現實獲得一些滋潤，讓混沌不明的內心映現光明的生機。1276 年以後，趙宋王朝已是不存在於地圖上的國家，杭州也不是臨安，入元以後的杭州，時間改寫，空間感也跟著改變，原來的美好，只能存在於回憶，以及歷史和詩詞的書寫裡。於是，他將生命的重心放在寫作，獨自創作大量的野史、筆記、雜文，《武林舊事》、《齊東野語》、《癸辛雜識》、《浩然齋雅談》、《雲煙過眼錄》、《澄懷錄》、《志雅堂雜鈔》……，一本又一本的完成。〈買航歸雪〉、〈寄謝就道〉、〈甲戌七月〉，[45]〈探芳訊·西泠春感〉、〈高陽臺·寄越中

45 詩見宋·周密：《草窗韵語》（臺北：臺灣學生書局，1973 年），頁145、153、235-236。

諸友〉、〈獻仙音・吊雪香亭梅〉……，一首又一首的詩詞寫定，他以這種方式存在自我，藉由這樣的工作，存在消失的王朝，讓他漂泊的心靈安定，努力把現實中失去的一切，在憶舊書寫中獲得精神的補償。而亡國遺民者的鬱暗、痛苦、悲哀，以及意識到國家自此不在的厚重感，瀰漫在他後期的詞作中，最為深切。他將不可忘卻的美，濃縮為一種最根本的東西，鐫刻在心裡，抒發在詞裡，也最為深切。如：

〈探芳訊・西泠春感〉

步晴晝。向水院維舟，津亭喚酒。嘆劉郎重到，依依謾懷舊。東風空結丁香怨，花與人俱瘦。甚淒涼，暗草沿池，冷苔侵甃。　　橋外晚風驟。正香雪隨波，淺煙迷岫。廢苑塵梁，如今燕來否。翠雲零落空堤冷，往事休回首。最消魂，一片斜陽戀柳。（頁179）

這首寫宋亡之後，周密重遊西湖的感傷。西湖在南宋建都杭州的承平時代，開展出它自古以來最為極盛的輝煌時代。西湖一帶部分的山水，曾是皇家的禁苑；而整個西湖，更是凝聚杭州人的情感，甚至是江南人士，共同宴遊歡樂，締造文學藝術創作的地方。但是宋室覆亡以後，西湖已是花與人俱瘦，草暗苔冷的空間；曾是歌舞繁華的樓臺，也已是苑梁空廢，翠雲零落。只有周密，還像一片斜陽眷戀湖岸的堤柳，依依不捨離去，試圖從回憶中，抓取一點舊日的馨香。此詞文筆淒清哀感，一片忠懷，溢於言表。宋末詞人張炎有〈探芳信・西湖春感寄草窗〉，仇遠有〈探芳信・和草窗西湖春感詞〉

的和作。俞陛雲《唐宋詞選釋》云：「玉田和草窗〈西湖春感〉詞，則『丹心如舊，忍說銅駝』等句，皆情見乎詞，以抒忠愛。和『瘦』字韻與草窗同工。和『柳』字韻草窗有戀闕之忱，玉田有搖落之感，皆長歌之哀也。」[46]仇遠之詞亦是淒然，其詞煞拍言：「勸遊人、莫把驕驄繫柳。」正是針對周密：「最消魂，一片斜陽戀柳。」眷戀舊日西湖山中樓閣的反說。

〈高陽臺·寄越中諸友〉

小雨分江，殘寒迷浦，春容淺入蒹葭。雪霽空城，燕歸何處人家。夢魂欲渡蒼茫去，怕夢輕、還被愁遮。感流年，夜汐東還，冷照西斜。　萋萋望極王孫草，認雲中煙樹，鷗外春沙。白髮青山，可憐相對蒼華。歸鴻自趁潮回去，笑倦遊、猶是天涯。問東風，先到垂楊，後到梅花。（頁 180）

「越中」，是今日的浙江紹興，王沂孫居此。宋亡後，張炎自杭州流落寓居會稽（即紹興）、四明一帶。而周密則自吳興流落寓居杭州。詞人的飄零，竟在吳興、越、杭之間，形成兩條交錯線。這闋詞是周密自杭州寄給王沂孫、張炎等友人，抒發他國破家亡之痛。「雪霽空城，燕歸何處人家」，「歸鴻自趁潮回去，笑倦遊、猶是天涯。」詞中的燕、鴻，就是周密自己。周密本是齊人（山東濟南），北方淪陷，曾祖周祕舉家南遷，寓居吳興，遂為吳人。南宋覆亡，又遷居杭州，成為杭人。無論北方、南方，天涯何處，都不

46　俞陛雲：《唐宋詞選釋》，頁 246-247。

是真正可以安身立命的家園。最後寄居的杭州，因為亡國，整個空間，也由殘迷、空冷、蒼茫之感所籠罩。現實的悲哀，無法安泊的心靈，只得從夢中記憶過去，認取光源：「夢魂欲渡蒼茫去，怕夢輕、還被愁遮。」但又怕夢輕被愁遮，不得度越現實的苦痛。這是何等悲哀的聲音？

〈獻仙音·吊雪香亭梅〉

松雪飄寒，嶺雲吹凍，紅破數椒春淺。襯舞臺荒，浣妝池冷，淒涼市朝輕換。歎花與人凋謝，依依歲華晚。　共淒黯。問東風、幾番吹夢，應慣識當年，翠屏金輦。一片古今愁，但廢綠、平煙空遠。無語消魂，對斜陽、衰草淚滿。又西泠殘笛，低送數聲春怨。（頁192）

「雪香亭」，在杭州西湖葛嶺路集芳御園內。[47]周密此詞的主題是「吊雪香亭梅」，其實是借吊梅哀悼亡國，這是一首哀傷的輓歌。集芳園內的雪松、紅梅依舊在，但是襯托它們的空間，已是臺荒池冷；時間也改朝換代。周密來到雪香亭前，只能歎「花與人凋謝，依依歲華晚。」與前首〈探芳訊〉：「東風空結丁香怨，花與人俱瘦。」的寫法接近。破碎的現實，逼使周密從夢裡識當年，那「翠屏金輦」的繁華年代。藉由肯定過去，接連幾次回到「慣識當年」的記憶裡，以面對毀壞的現在，在內心撐起的一份聊以寬慰的安全感。

47　宋·周密：《武林舊事》，卷5，頁431。

這裡，「詞」，是抒發周密國破家亡悲傷的出口，無有家園的鄉愁，轉變為一股朝向內在挖掘的動力，而這種動力讓他創造了文學。再者，詞也是成為承載他認同過往的容器，把他從孤立的現在，和過去連結起來，以可面對未來。第三，詞還是連繫他與流落他方諸友，取得情感凝結的載體，亡國之痛是遺民詞人的共同經驗，其人集體的悲傷，藉由詞的創作、唱和、酬贈，凝聚彼此在現實的失落感，在共同的憶舊書寫中獲得精神的補償，以超越巨大的哀傷。

第三節　周密杭州詞的詞筆特質

一、繪畫空間的景趣

周密是一位博學通藝的人物。他晚年尤好鑑賞書畫文物，其《雲煙過眼錄》、《志雅堂雜鈔》，是他評硯品、臨書譜、箋畫史、修茶具、考碑版、研鼎彝等等的評論專書。他不只精於書畫品鑑，也工於書畫，善畫梅竹蘭石，江村小景，並喜題詩詞於畫面，[48]有題畫詩〈題雪谿圖四言〉、〈題畫卷六言〉、〈湘江風雨圖〉，題畫詞〈清平樂·杜陵春游圖〉、〈清平樂·三白圖〉等。由

48　清·王毓賢：《繪事備考》言周密：「家藏法書名畫最多，善寫梅竹蘭石，圖成，必題詩其上，以識之傳世者。」有「秋蘭圖一、谷蘭圖一、梅竹圖二、梅花圖二、墨竹圖五。」（臺北：臺灣商務印書館，1986 年文淵閣《四庫全書》本），藝術類一，第 826 冊，卷 7，頁 16。

於他熟知空間的裁取與錯置，因此，他的詞深具繪畫的美學觀，時時流露景趣或境趣的美感意味。

而杭州，杭州的西湖，就是現實中的「天堂仙境」、「山水畫圖」。周密的杭州詞，正是結合現實空間、繪畫空間、文學空間，三種空間趣味於一體的極致之作。詞中的現實空間，是自然或人為建造的景觀，是一個客觀存在的世界，詞人直接經由感官所接觸的外在世界，未經選擇、剪裁的空間。詞中的繪畫空間，是從現實空間中摘取畫面，放入詞的「景框」中，形成一個又一個的景象，如瞬間流動於電影銀幕中的影像，而所有個別景象的統合，就是一幅圖畫長卷，一闋詞中所有的畫面呈現。至於文學的空間，有別於前二者，他既是現實、繪畫空間的再現，又是虛擬的想像空間，藉由現實、繪畫空間提供的元素，建立精神世界的自由遨遊，加入情感的氛圍，暗示的判斷，使得虛實互相滲透，讓現實、繪畫的空間，得以完全的開放，超越現實、繪畫空間的限度，朝向無限的精神世界飛翔。

例如周密〈木蘭花慢〉「西湖十景」組詞的第一首「蘇堤春曉」。「蘇堤春曉」的現實的空間，其地理位置是南起南屏山，北到棲霞嶺下，一條貫穿西湖南北兩端，近乎三公里的長堤。堤上建有映波、鎖瀾、望山、壓堤、東浦、跨虹六座拱橋，岸邊遍植花木。但是寫入詞中的「蘇堤春曉」，其繪畫空間經過大幅的剪裁篩選，只剩兩岸的「芳菲」，閣中的「殘月、湘簾」，山上的「翠崦收鐘」，與水面的「臺榭輕烟」。但這些景象元素的連結，在周密詞中形成極為柔和唯美的畫面，如一幅山水小圖。而其文學空間，是在「恰芳菲夢醒，漾殘月、轉湘簾」，「宮柳微開露眼，小鶯寂妒春眠」等如是的句式中，加入想像、情感、暗示的語言加以呈現。若：春曉時分，堤上花柳如美人春睡初醒；薄薄的曉月猶映湘簾，一種可以盡情飛馳的想像空間，在「恰夢醒」、「漾」殘月、「轉」湘簾之間展開。芳菲、殘月、湘簾，是實景；夢與月光漾轉流動的空間，則是虛景，虛實交融成一片。更別說「宮柳微開露眼」，「小鶯寂妒春眠」，這樣擬人化的情感修辭語句，是絕對性的文學筆觸，其文學空間，藉由現實、繪畫元素的提供，而加以完成。又如寫西湖其他的地景者：

> 看融城、御水到人間。瓦隴竹根更好，柳邊小駐游鞍。（〈木蘭花慢·斷橋殘雪〉）
> 閒想孤山舊事，浸清漪、倒映千樹殘雪。（〈疏影〉）

寫文學雅集的空間者：

> 翠屏圍晝錦。正柳織煙綃，花明春鏡。層闌幾回凭。（〈瑞鶴仙〉）
> 仙山非霧非煙，翠微縹緲樓臺亞。江蕪海樹，晴光雨色，天開圖畫。（〈龍吟曲〉）

記生活節序的地方者：

> 九街月淡，千門夜暖，十里寶光花影。（〈月邊嬌〉）
> 虹雨霽風，翠縈蘋渚，錦翻葵徑。（〈大聖樂〉）

書黍離之悲的背景者：

> 橋外晚風驟。正香雪隨波，淺煙迷岫。廢苑塵梁，如今燕來否。（〈探芳訊〉）
>
> 小雨分江，殘寒迷浦，春容淺入蒹葭。雪霽空城，燕歸何處人家。（〈高陽臺〉）

整組〈木蘭花慢〉「西湖十景」之詞，以及其他書寫自然地景、文學雅集、節序生活、黍離之悲的詞作中，關乎空間景觀的描寫，皆可作如是觀。現實的空間，繪畫性意味極高的畫面，再加上文學性描述的空間，形成現實與詞畫合一的整體，這是周密杭州詞中重要的寫作特色。金啟華、蕭鵬《周密及其詞研究》中云：「刻意追求景的趣味，渲染意境氛圍的空間感，給讀者無限自由的想像提供一個可感可見的環境背景。」[49]

再進一層仔細觀察其詞面的構圖，周密善於用國畫深遠、平遠、高遠的「三遠」法構圖方式來營造詞面的景趣。所謂「三遠」，宋代郭熙《林泉高致·山川訓》曰：「山有三遠：自山下而仰山顛，謂之高遠；自山前而窺山後，謂之深遠。自近山而至遠山，謂之平遠。高遠之色清明，深遠之色重晦，平遠之色，有明有晦。」[50]「深遠」屬於「俯視」角度的畫面構圖；「平遠」為「平

---

49 金啟華、蕭鵬：《周密及其詞研究》，頁153。

50 宋·郭熙撰，郭思編：《林泉高致·山川訓》（臺北：臺灣商務印書館，1986年文淵閣《四庫全書》本），藝術類一，第812冊，頁578。

視」角度的畫面構圖；「高遠」乃是「仰視」角度的畫面構圖。舉例如下：

深遠：凭高望極斜陽，亂山浮紫，暮雲凝碧。（〈秋霽〉）

平遠：芳堤。漸滿斜暉。舟葉亂、浪花飛。（〈木蘭花慢・花港觀魚〉）

高遠：碧霄澄暮靄，引瓊駕、碾秋光。看翠闕風高，珠樓夜午，誰擣玄霜。（〈木蘭花慢・平湖秋月〉）

然而畫面的「三遠」之法，非唯單獨進行，也可一併呈現。宗白華云：「對於同此一片山景『仰山巔，窺山後，望遠山』，我們的視線是流動的，轉折的。由高轉深，由深轉近，再橫向平遠，成了一個節奏化的行動。」[51]國畫中有如音樂般節奏化的流動視點，使得「三遠」之法可以同時交揉出現，而不是像西畫將一切的視線集結於同一個焦點（透視法），視點可由高遠轉向深遠，再由深遠轉成平遠，視線往復流動，使空間不是「科學性的透視空間，而是詩意的創造性的藝術空間。趨向著音樂境界，滲透了時間節奏。」繪畫的畫面為文學的詩意性所沁染，進而趨向音樂的境界，表現出時間的節奏感。由宗白華的理論反過來看，周密之杭州詞，特別是書寫「西湖十景」的組詞，作品也展現了國畫流動視點之繪畫性的景趣，如從深遠轉為平遠者：「層闌幾回凭。看六橋鶯曉，兩堤鷗暝。晴嵐隱隱。映金碧、樓臺遠近。」（〈瑞鶴仙〉）——前三句從

51　宗白華：〈中國詩畫中所表現的空間意識〉，《宗白華全集》，第 2 冊，頁 432。

高層建築的欄邊俯望西湖六橋，與白、蘇兩堤，屬深遠的畫面；「晴嵐隱隱」以下三句，乃從近處之樓望向遠處之樓，屬平遠畫面，且遠近閣樓之間，因有晴嵐隱隱，而使得畫面之前景、中景、與後景顯出「有明有晦」的層次。

煙、嵐、雲、雨、泉水在畫面的配置，更是國畫中重要的元素，其使用目的：一、為分別「三遠」的視點畫面；二為形成空濛綿邈的意境，虛實相間的空間感受。清代華琳《南宗抉秘》云：「遠欲其高，當以泉高之；遠欲其深，當以雲深之；遠欲其平，當以煙平之。」[52]以周密「西湖十景」組詞為例，「煙」字就用了 7 次，詞中西湖的景致，時以「煙」字加深畫面渺遠空靈的意境，進而擴大畫面空間的延伸，如：

> 正翠崦收鐘，彤墀放仗，臺榭**輕煙**。（〈木蘭花慢‧蘇堤春曉〉）
>
> 想罷歌停舞，**煙**花露柳，都付棲鶯。（〈木蘭花慢‧雷峰落照〉）
>
> 聽暮榔聲合，鷗沈暗渚，鷺起**煙**磯。忘機。夜深浪靜，任**煙寒**、自載月明歸。（〈木蘭花慢‧花港觀魚〉）
>
> 看渡水僧歸，投林鳥聚，**煙**冷秋屏。（〈木蘭花慢‧南屏晚鐘〉）
>
> 晴空搖翠浪，晝禽靜、**霽煙**收。（〈木蘭花慢‧柳浪聞鶯〉）

---

52 清‧華琳：《南宗抉秘》（臺北：新文豐出版公司，1989 年《叢書集成》續編本），頁 209。

碧尖相對處，向煙外、挹遙岑。（〈木蘭花慢·兩峰插雲〉）

這些詞作因煙起、煙收，而使詞作畫面，或成縹緲靈虛之境，或轉出清明空霽之景。「碧尖相對處，向煙外、挹遙岑」之句，更因煙的飄引，而使畫面的空間往遠山處作無盡的延伸。

此外，國畫中以「不畫為畫」的「留白」，以「留白」呈現空靈神明的妙境，周密也將之呈現在西湖詞裡，他的名句「閒卻半湖春色」，正是這個意義下的造景之語。宗白華曰：

> 莊子說：「虛室生白。」又說：「唯道集虛。」中國詩詞文章裏都著重這空中點染，摶虛成實的表現方法，使詩境、詞境裏面有空間，有蕩漾，和中國畫面具同樣的意境結構。……周草窗的「看畫船盡入西泠，閒卻半湖春色」也能以空虛襯托實景。[53]

「以空虛襯托實景」，是一層意思；更深一層，那半湖無何有的水面，豈非如莊子之「無何有之鄉，廣漠之野」般，其淵然寧靜的湖面，卻透發出「此中有真意」的景趣？「閒卻半湖春色」，是寫意之畫，同時也是畫意之詞，詞、畫彼此沁透，跨越邊界，同朝向造化自然所能啟悟人心的道境圓成，這恐是詞境所能展現的最高境界。

周密善畫，故其杭州詞，雖是記錄現實的空間地景，卻也把南宋杭州與西湖的廣闊空間，經過藝術的剪裁、濃縮，用文字構成一

53　宗白華：〈中國藝術意境之誕生〉，《宗白華全集》，第 2 冊，頁 334。

幅一幅精緻的畫作，「永恆地」鑲嵌在詞裡，而超越了現實的時空。

二、情感迴盪的形式

一篇韻文作品裡的詞彙、語句，允許迴旋往復，一唱三嘆，這是在《詩經》三百篇中早已開啟的藝術手法。而整部詩詞集中的詞彙、語句，也可以重複往返，而不覺累贅，冗蔓，乃是因為文詞語句有韻律感，以及有纏綿不盡的情感作為支撐之所致。

周密之詞，其詞彙、語句，時有重複的情形，特別是他晚期的杭州詞，此一特色更為明顯。如：〈高陽臺・寄越中諸友〉：「雪霽空城，燕歸何處人家」；〈探芳訊・西泠春感〉：「廢苑塵梁，如今燕來否」。又如：〈獻仙音・吊雪香亭梅〉：「歎花與人凋謝」；〈探芳訊・西泠春感〉：「花與人俱瘦」等是。以「怕」字句為例，周密杭州詞中的「怕」字句共出現 20 次，宋端宗景炎元年（1276），江山變異之前的作品有，之後亦有，但書寫情感的輕重、悲歡、難易有別。前期的作品如：

> **怕**誤卻佳期，宿妝旋整，忙上雕軿。（〈木蘭花慢・蘇堤春曉〉）
>
> **怕**紅衣、夜冷落橫塘。（〈木蘭花慢・麴院風荷〉）
>
> 蘭燈。伴人夜語，**怕**香消、漏永著溫存。（〈木蘭花慢・南屏晚鐘〉）

此中的「怕」字句，表達的是一種對時間、青春、花期的珍重愛惜之意。其間雖也透露感傷凋逝的意識，但是傷懷卻不深重，而是對人、物美好的芳華，充滿無限的憐惜，進而呈現出該及時把握佳期，或與之相對到夜深漏永，流連再三之意。但是後期「怕」字句的作品則不是輕喂的嘆息，字裡行間的感慨，乃是一種難以遏止的悲哀，縈繞不去。如：

> 曲屏遮斷行雲夢，西樓**怕**聽疏雨。（〈齊天樂〉）
> 心事曾細數。**怕**水葉沈紅，夢雲離去。（〈掃花游〉）
> 夢魂欲渡蒼茫去，**怕**夢輕、還被愁遮。（〈高陽臺〉）

這裡抒發的是憶舊、懷鄉、亡國之悲，情感深重哀傷，抑鬱艱難，一瀉無盡。在西樓，怕聽蕭蕭夜雨；涼秋來，怕水葉沈紅；連夢裡，也怕愁遮夢魂的歸路。特別是晚年寓居杭州以後的詞作，其「怕」字句，重複出現在許多後期的作品中，情懷低回往復，伊鬱惝怳，但是完全不覺得是貧乏的贅述，反覺其憶舊、懷鄉、亡國之悲痛的情感，是何等的刻骨銘心。而這樣「重犯」的句式，形成周密詞中的一種「典式」，進而造就出情感藝術上的迴盪往復之美。

三、音韻協和的深求

周密的杭州詞，在審音度律方面，極為嚴謹。特別是〈木蘭花慢〉「西湖十景」組詞，字字句句，均協婉妥溜，這是他與音樂大師楊纘「相與訂正，閱數月而後定」的成果。試以第十首〈木蘭花慢·兩峰插雲〉檢視，其平仄格律與《康熙詞譜》所列的第一體正體，即柳永的〈木蘭花慢·拆桐花爛漫〉詞譜與之對校，兩首平仄譜的貼合度相當高，即如某字可平可仄，而平勝仄者，則用平聲字；反之亦然，某字可平可仄，而仄勝平者，則用仄聲字。茲錄《康熙詞譜》所列第一體〈木蘭花慢〉平仄譜如下：

｜——⊥｜句⊥⊤｜讀｜——韻｜⊥｜——句⊤—⊥｜句⊤｜——韻——韻｜—⊥｜句｜——｜｜｜——韻⊤｜⊤—⊥｜句⊥—⊥｜——韻

——韻⊥｜⊥—韻—｜｜讀｜——韻｜｜—讀｜｜——｜｜句⊤｜——韻——韻｜—⊥｜句｜⊤—⊥｜｜——韻⊤｜⊤—⊥｜句⊥—⊥｜——韻

說明：—表平聲，｜表仄聲，⊤表平而可仄，⊥表仄而可平。

柳永〈木蘭花慢〉

拆桐花爛漫，乍疏雨、洗清明。正豔杏燒林，緗桃繡野，芳景如屏。傾城。盡尋勝去，驟雕鞍紺幰山郊坰。風暖繁弦脆管，萬家競奏新聲。　盈盈。鬥草踏青。人豔冶、遞逢迎。向路傍、往往遺簪墮珥，珠翠縱橫。歡情，對佳麗地，信金罍罄竭玉山傾。拚卻明朝永日，畫堂一枕春酲。[54]

柳永、周密二詞唯一的差別，在下片第十六個字，周密作平聲字（天），而《康熙詞譜》所錄的柳永之作作仄聲字（往）。考周密

54　清．陳廷敬、王奕清主編：《康熙詞譜》（長沙：岳麓書社，2000年），頁869-870。此書堪稱詞譜著作中最為完備者，故以此書校對。

其餘 9 首〈木蘭花慢〉詞，都作平聲。即如第三首「斷橋殘雪」第十六個字的「醒」字，也可作平。以周密考校聲律之嚴謹而言，應作平聲才是。此外，二詞的句讀在此處也小異，即下片第五、六句中共九個字的安排，周密作五、四式一頓一句：「正地幽天迴，水鳴山籟。」而《康熙詞譜》作三、六式一頓一句。依據唐圭璋編《全宋詞》，柳永這闋〈木蘭花慢〉也是作五、四頓句：「向路傍往往，遺簪墮珥。」[55]就韻字角度觀之，必作上五下四的句式才有韻味，《康熙詞譜》所斷者成了散文，與《全宋詞》所斷者境界有別。再就朗讀的聲情效果而言，五、四式一頓一句，應優於三、六式一頓一句，因為上二句都已是三、三句式，第五句又作三字句，讀來節奏感較為單調。而且此詞聲律是周密與楊纘考定數月而後成之作，其守律甚細，一字不苟作，律韻的安排，實較《康熙詞譜》所錄之柳永詞律為佳。

此外，詞牌的選擇須與詞意相諧，才能使得詞文與詞樂，內容與形式緊密結合，也就是說詞欲表達的喜、怒、哀、樂之情，須與詞調的聲情諧和，方能產生移情感染的作用。至於〈木蘭花慢〉的聲情為何？龍榆生云：

> 適宜表達輕柔婉轉、往復纏綿情緒的長調的，有如：〈滿庭芳〉、〈木蘭花慢〉、〈鳳凰臺上憶吹簫〉。……我們只要約略檢查一下上面三個長調的聲韻組織、平仄安排以及對偶關係，就很清楚地看出它是適宜於表達柔情的。它在結構方

55　《全宋詞·柳永》，第 1 冊，頁 48。

面，盡管句度參差，有了許多變化，但在運用聲律上，卻是牢牢掌握住近體詩的基本法則，從而它所構成的音節也就特別和諧悅耳。當然，由於作者選用各個不同韵部，也就可以表現各類不同情感，然而基本情調確是一致的。[56]

可知周密選用的〈木蘭花慢〉詞牌，正是適合用來表達西湖輕柔婉轉的風煙水波，以及往復纏綿的春意秋懷。再由於其聲律基本上仍是運用近體詩的平仄法則，因此其音節悅耳動聽。而就韻部來說，第十首〈木蘭花慢·兩峰插雲〉用的是「庚青」韻，「庚青」韻宜表「清」之性質的作品，[57]也正適宜表現「兩峰插雲」之自然山林的清境。周密倚聲填詞，其平仄聲律，句度長短，韻位疏密，詞牌聲情，都做到與其文字內容應合的融洽境地。無怪乎論詞特重協律問題的戈載，極其肯定周密這組〈木蘭花慢〉的西湖詞，他在《宋七家詞選》卷 5〈草窗詞後記〉裡說：「予此選律乖韻雜者不敢濫收，如〈木蘭花慢〉『西湖十景』，洵為佳構，大勝於張成子（矩）〈應天長〉10 闋，惜有 4 首混韻者，故僅登 6 首。其小序有云：「詞不難於作而難於改，不難於工而難於協。旨哉思言。」[58]只是戈載言周密〈木蘭花慢〉組詞有「四首混韻者，故僅登六首」一言，值得商榷。如首位奉制填詞的朱敦儒〈西江月〉，將庚青、真

56 龍榆生：《詞學十講》，〈第三講選調和選韻〉（北京：北京出版社，2005 年），頁 30-31。

57 龍榆生：《詞學十講》，頁 36。

58 清·戈載輯，清·杜文瀾校注：《宋七家詞選·草窗詞跋》，卷 5，頁 26。

文、侵韻混押；辛棄疾、周密〈木蘭花慢〉亦如此，可見宋代此數韻是可通押。故戈載批評周密〈木蘭花慢〉詞韻混押一事實非矣。

另有一事可證明周密之音樂造詣極高，即其能自度曲。王偉勇於《南宋詞研究・南宋詞特色・審音協律》一節，根據萬樹《詞律》、《康熙御製詞譜》、徐本立《詞律拾遺》、杜文瀾《詞律補遺》、夏敬觀《詞調溯源》、吳藕汀《詞名索引》、以及詞家詞題所注之考證，周密《草窗詞》中有 6 闋的自度曲，即：〈月邊嬌〉、〈玉京秋〉、〈采綠吟〉、〈倚風嬌近〉、〈綠蓋舞風輕〉、〈聞喜鵲〉。[59]南宋有自度曲之詞人共六十二家，以姜夔自度曲 23 闋為最多，排名第一；周密自度曲有 6 闋，排名第七，顯現周密在南宋詞人群中的音樂造詣甚高。此乃因周密與友人，時時講論切磋之故，戈載《宋七家詞選・草窗詞跋》云：

> （周密）其於律亦極嚴謹，蓋交游甚廣，深得切劘之益。如集中所稱霞翁，乃楊守齋也。守齋名纘，字繼翁，又號紫霞翁。善彈琴，明宮調，有《圈法周美成詞》，又有《紫霞洞簫譜》，嘗著《作詞五要》，于填詞按譜、隨律押韻二條，詳哉言之。守律甚細，一字不苟。又有寄閒者，即張斗南，名樞，號雲窗，玉田之父。嘗度《依聲集》百闋，玉田《詞源》稱其曉暢音律，有《寄閒詞》，旁綴音譜，每作一詞，必令歌者按之，稍有不協，隨即改正，故無落腔之病。草窗

59　王偉勇：《南宋詞研究》（臺北：文史哲出版社，1987 年），頁 137-142。

> 與此二公，暨夢窗、王碧山、陳西麓、施梅川、李篔房輩，相與講明而切究之，定其律無不諧矣。學問之道，相得益彰，友顧可不重乎？[60]

周密時與楊纘、張樞、吳文英、王沂孫、陳允平、施岳、李彭老等人，講究聲律，故其守律甚嚴。從這段文字的記載可知，周密與這群詞友極為重視審音度律的問題，而這正是南宋雅派詞人當時論詞之風尚。

四、句琢字練的工雅

周密詞句精於鍛鍊，這是詞評家的共同看法。汪森言其師效姜夔：「句琢字練，歸於醇雅。」[61]周濟在〈宋四家詞選序論〉云：「草窗鏤冰刻楮，精妙絕倫。」[62]鄧廷楨《雙硯齋詞話》更是選舉許多例證證明周密詞句的精妙之美，其言曰：

> 弁陽翁工於造句，如「嬌綠迷雲」，「倦紅顰曉」，「膩葉陰清」，「孤花香冷」，「散髮吟商」，「簪花弄水」，「貯月杯寬」，「護香屏暖」之類，不可枚舉。至如〈大聖樂〉之「對畫樓殘照，東風吹遠，天涯何許」，〈徵招〉之

60 清・戈載輯，清・杜文瀾校注：《宋七家詞選・草窗詞跋》，卷 5，頁 25-26。

61 參閱清・朱彝尊《詞綜・序》，頁 1。

62 清・周濟：〈宋四家詞選序論〉，《詞話叢編》本，第 2 冊，頁 1644-1645。

> 「登臨嗟老矣，問今古清愁多少」，〈醉落魄〉之「愁是新愁，月是舊時月」，〈高陽臺〉之「投老殘年，江南誰念方回。東風漸綠西湖柳，雁已還，人未南歸」。又一闋云：「雪霽空城，燕歸何處人家。夢魂欲渡蒼茫去，怕夢輕還被愁遮。」〈宴清都〉之「憑闌自笑清狂，事隨花謝，愁與春遠」，皆體素儲潔，含豪邈然。至〈長亭怨慢〉之「燕樓鶴表半漂零，算惟有盟鷗堪語」，則盛自矜寵，頫瞰時流，等諸自鄶以下矣。[63]

《雙硯齋詞話》中所舉之例，除〈宴清都〉、〈長亭怨慢〉二詞之外，都屬書寫杭州之詞，或後期居於杭州時所寫之詞。或可說，周密本是對每闋詞雕刻甚工，但是後期的杭州詞作，更臻文字藝術妙化之境。如前文所述之〈探芳訊·西泠春感〉詞，與其同時的詞人，就有張炎〈探芳信·西湖春感寄草窗〉，仇遠〈探芳信·和草窗西湖春感詞〉的步韻和作，證明時人對此佳製之鍊句，如：步晴晝、津亭喚酒、花與人俱瘦、冷苔侵甃、淺煙迷岫、一片斜陽戀柳等文句的深刻愛賞。

再者，就用字設色言，周密是典型的雅詞詞人，設色用字醇雅精麗，如〈采綠吟〉的上片，用「采綠」、「畫舸」、「槐薰」、「柳陰」、「花露」、「冰壺」、「紺霞」、「明璫」、「淩波」，形容西湖環碧園之空間色彩豐富的畫面。如〈木蘭花慢〉「西湖十景」組詞的第九首「三潭印月」，以「鮫眠」、「棲

63　清·鄧廷楨：《雙硯齋詞話》，《詞話叢編》本，第3冊，頁2533。

鷺」、「素鱗」等美化的魚禽物象，鋪陳空際水面的豐富景觀。致於描繪山水的文字，更常是青碧耀金，如〈瑞鶴仙〉的「翠屏圍晝錦。正柳織煙綃，花明春鏡。層闌幾回凭。看六橋鶯曉，兩堤鷗暝。晴嵐隱隱。映金碧、樓臺遠近。」近代學者俞陛雲在《唐宋詞選釋》曾云：「草窗十解，靡不工麗熨貼，如小李畫之金碧樓臺，故備錄之。」[64]說的雖是〈木蘭花慢〉「西湖十景」組詞，但此話用之於其他的山水詞亦然。小李是指唐代畫家李昭道，山水畫風繼承父親李思訓之作，喜用金碧華美的色彩，人稱「金碧山水」。周密詞中的西湖，處處水木清華，樓臺金碧，春花秋月，簾卷畫舫，足可以李道昭之畫喻之。

第四節　小　結

戴表元〈周公謹弁陽詩序〉稱周密：「少年詩流麗鍾情，春融雪蕩，翹翹然稱其材大夫也。壯年典實明贍，覩之如陳周庭魯廟遺器，蔚蔚然稱其博雅多識君子也。晚年輾轉荊棘霜露之間，感慨激發，抑鬱悲壯，每一篇出，令人百憂生焉，又烏烏然稱其為累臣羈客也。」[65]若將戴說推之於詞，大致也相符合。周密杭州詞的風格，大致也可分為這三階段。文中屬「自然地景」一類的詞作，多是前期年少的留麗鍾情之作；「黍離傷悲」的哀歌，屬於後期晚年的感慨激發之作；至於節序詞與雅集詞，則是介於前後兩點之間，

64　俞陛雲：《唐宋詞選釋》，頁229。

65　宋·戴表元：《剡源戴先生文集》，《四部叢刊》正編本，卷8，頁76。

屬於壯年的典實明贍之作。

再者，周密杭州詞的空間，確實呈現杭州地方的獨特地景。其〈木蘭花慢〉「西湖十景」組詞，完整記錄南宋西湖十景的風光，另有〈曲游春・禁煙湖上薄游〉、〈聲聲慢・柳花咏〉、〈疏影・梅影〉、〈西江月・延祥觀拒霜擬稼軒〉、〈瑞鶴仙・寄閒結吟臺〉、〈龍吟曲・賦寶山園表裡畫圖〉等詞泛寫西湖。〈聞鵲喜・吳山觀濤〉一詞，則書寫杭州著名地景——錢塘海潮。

而周密對杭州地方的歸屬感，則表現在「文學雅集」和「黍離傷悲」的詞作中最為強烈。無論是〈瑞鶴仙〉的「湖山繪幅」吟臺，還是〈采綠吟〉中西湖的「環碧園」，抑或是〈大聖樂〉中楊纘的故居「東園」，這些充滿情感回憶的地方，是他與諸友結社賦詞，賞花品畫之風雅生活的場域，彼等成為他日後亡國的記憶文學中，永恆的光照，讓他可以循此光源超越現實的悲苦。他藉由大量的寫作，努力把現實中失去的美好，在憶舊書寫中獲得精神的補償。如〈探芳訊・西泠春感〉說：「往事休回首」，接著卻又說：「最消魂，一片斜陽戀柳。」他明白地說他眷戀西湖，眷戀杭州，眷戀失去的整個故國，這種對不可忘卻的美好之眷戀，是一種心理最根本的歸屬感，而這份歸屬感與地方緊密結合，抒發在詞裡。

此外，「生活節序」詞中的除夕、立春、元宵、端午與重陽等節日的活動，是傳統習俗行為的不斷重複，與特定的地方有關。這些重複的節日活動，使杭州的「空間」，因「歷久」的生活節序，而轉變為「地方」。杭州的元宵，充滿寶光花影的燈彩，勝於北宋時期的汴京；西湖的端午，畫舸划破的水波，較之他湖更為柔美。而周密記述的生活節序詞，還包括作者生命情感的特殊印記。使杭州空間的現象，在客觀自然與人為地景的陳設之外，又織入主觀情感的色彩，而成為地方的故事，使周密詞成為理解「地方感」的文學文獻。

至於周密杭州詞的詞筆特質，從繪畫空間的景趣之美，詞彙、語句重複，形成情感的迴盪往復之美，音韻協暢之美，字句鍛練之美等四個面向考察，可知周密在繪畫、音樂與文學的造詣，深深影響其詞作的特色之外；也瞭解到周密詞的創作風格是近似吳文英、張炎等人的「騷雅」之風，是宋末杭州雅派詞人的典型代表。周密在《浩然齋雅談》引張侃（字直夫）詞序說，作詞應：「靡麗不失為國風之正，閑雅不失為騷雅之賦，摹擬玉臺不失為齊梁之工。」[66]這是他的詞論觀點，而這也正是南宋文化轉向內在，在詞之發展史上的質變，劉子健云：「在 12 世紀，精英文化將注意力轉向鞏固自身地位和在整個社會中擴展其影響。它變得前所未有地容易懷舊和內省，態度溫和，語氣審慎，有時甚至悲觀。一句話，北宋的特徵是外向的，而南宋卻在本質上趨向於內斂。」[67]周密之詞，音律極協，用字極雅，意蘊深長而柔婉，他晚期詞作更是充滿懷舊和內省的氣質，這與南宋文化本質趨向內斂的精神，取得統一的匯流。

66　宋·周密：《浩然齋雅談》，《百部叢書集成》本，卷下，頁 5。

67　劉子健著，趙冬梅譯：《中國轉向內在——兩宋之際的文化內向》，頁 7。

第六章　結　論

1127 年，南宋開啟它的歷史，杭州進而躍升為具有絕對優越性的首都地位。綿亙在此段時空中的人文特質，長期影響接續的元、明、清三朝，歷史學者劉子健如是斷言：「此後中國近八百年來的文化，是以南宋文化為模式，以江浙一帶為重點，形成了更加富有中國氣派，中國風格的文化。」[1]南宋，一個在軍事朝政相對弱勢，卻是在經濟文化表現極為璀璨多麗的朝代，它以絕別於任何時代的優雅氣質創造歷史，為世界文明植下一個具有詩意性的文化型範，此一型範的精華表現，容納在江浙區域的都城——杭州。

詞，作為宋代文學「獨藝」的載體，精粹深醇且豐富多元地回應了南宋杭州優雅富麗的文化表現。在地理環境方面，杭州的街景場所：如東青門、沙河塘、牡丹坡等，透過詞作得以重現它消失於歷史之中的景象，保留文學空間的想像；特別是杭州的自然景觀，大量寫入詞作，其中以西湖與包容於西湖「大地景」裡的西湖十景、孤山、南浦、西泠橋、以及蘇堤上的六橋，書寫最多，周密〈木蘭花慢〉組詞是其中的代表。而西湖清芬絕色的梅林，姜夔就

1　劉子健：〈代序——略論南宋的重要性〉，黃寬重主編：《南宋史研究集》（臺北：新文豐出版公司，1985 年），頁 1。

寫了 10 首，並以一組〈卜算子〉詠梅詞作多層面的細膩描繪，且在詞後詳注確切的賞遊地點，彷若一部小型的「賞梅指南」。南宋杭州的詠物詞，發展出兼有「導覽」功能趣味的「文學現象」，竟是出現在詞「如野雲孤飛，去留無跡」的《白石詞》裡，顯現杭州自然優美、景象繽紛的地方特質，足有催發詞人書寫出「眾相多元」之「自然詞」的蓬勃涵容元素。

除了「自然山水」之外，皇家的「御苑山水」：聚景園、環碧園、玉壺園；以及眾多私家的「家產山水」：張鎡的南湖園、韓侂冑的南園、楊纘的東園……，也繁複出現在南宋的杭州詞裡。本文探討的張鎡家族，其南湖府第是南宋園林的典型代表。南湖園林裡的群仙繪幅樓、桂隱、玉照堂、湖山繪幅樓，在張鎡、張樞、姜夔、周密等人的詞中，都不乏記載。特別是張鎡 86 首的《玉照堂詞》，高達五成的比例描寫南湖園林，包括特寫園林中的場所：如碧宇、擁繡堂、駕霄亭、挾翠橋、興遠橋、清夏堂、宜雨亭等，集結了周圍的自然環境與山水花木，藉其詞作的披露，使曾經活動於此一場所空間的「詩意性」生活、雅集，與南湖園林特殊之「地方性」的情境感受，可以清晰呈現。張鎡以無比的鍾愛，以「歡愉之詞」的表述方式記述它的美好盛況；其《南湖集》歌詠南湖園林的詩篇亦多；在周密的《武林舊事》又有張鎡所撰〈張約齋賞心樂事並序〉、〈約齋桂隱百課〉兩篇專文詳加排比園林的燕遊次序，與各處亭堂橋池之名；加上與之交游的詞人文友述寫的作品，綜合審視，一座重要的南宋園林得以重新建構。

而南湖園林彰顯出更重要的具體意義，不只是張家嵐翠芳菲的「家產山水」，杭州著名的「園苑」，它同時也是當時都城集散夢想與創作的「文藝中心」，一處可與西湖相頏頡的「文學地景」。馬遠以張鎡為文人圈的核心，以桂隱堂為雅集場所所繪的「春遊詩會圖」，是「畫本」的文獻；本文探討的詩詞文章，則是「文本」的印證。張鎡、張鑑、張樞、楊纘都曾善用這片空間匯集士大夫、文人進行雅集活動，從南宋中葉至晚期，詞人陸游、辛棄疾、姜夔、王沂孫、周密、吳文英、李彭老、李萊老、陳允平、仇遠、王易簡、陳恕可、唐鈺……，琴律家徐理、楊纘，詞樂家施岳、徐宇、毛仲敏等人，時常聚會南湖府第吟風玩月，品題酬唱，講論音律，考辨樂理。進出或寓居於杭州的人士名單，在張家可以排比出最為長串的文藝資料，而以張鎡、張鑑兄弟主盟文壇的時代達到高峰，張樞、楊纘結盟西湖吟社時期，將此高峰延續發展，直到 1276 年杭州陷落，張家籍沒為止。杭州的名苑，以地理空間貯藏詩詞歌賦，進行文學盛事的活動，保存南宋文壇動人的風華，張家的南湖府第堪稱最為不朽。

在錦繡繁盛的文學現象之下，值得深究的問題是，張家能夠聚集如此眾多的「文藝人士」成為「文藝中心」，排比十二個月分的燕遊次序，有園林主人的熱情籌畫是其主觀的必要條件之外；杭州都城客觀的人文、經濟、交通等條件乃是必須關注的課題。人文方面，宋代科考大量取士，都城學風鼎盛，印刷事業發達，養成為數極為龐大的文化人口流動在杭州。科考項目裡，除了執行新法的幾個時期罷試詩賦之外，基本上都維持以詩賦、明經諸科取士的制度。職是之故，士子必須博學、精於用典與追求聲韻文字技巧，在此制度的影響形塑下，士人普遍擁有深厚的人文涵養。因此詞人，特別是西湖吟社詞人，講求音律，崇尚醇雅的詞風，實有其社會

（仕途）的實用功能作為他們興趣發展的背後原初基礎。張鎡家族詞人、姜夔與周密的詞作，都具有這個特質，是社會大環境的催發，並其自覺意識透過結社方式的提倡，所共同鎔鑄的結果。

經濟方面，宋代提高文官的俸祿，又採取「農商並重」、「士可經商」的政策，是文人可以追求器用精潔，車馬華服，聲妓侑酒之世俗享樂生活的基礎背景；也是張家可以接待高宗御臨，供進御筵，以及歲收高達六十萬斛的重要原因。張鎡大興土木十四年修建南湖園林，大擺「牡丹宴」，高登「駕霄亭」逍遙於雲表之上；張鑑在西湖盛開「梅柳宴」；張樞聯盟楊纘共立西湖吟社，時常「飲客春窗」，「夕登繪幅堂」；張炎寫下精雅絕倫的「梅影詞」；周密樂結「春風社」等，這都是必須有滋潤優渥的經濟條件作為支撐，方能開展出來的詞作世界。而杭州印刷事業發達，商業網路活絡，書商為江湖詩人刊印、販售、流通詩詞文集，為他們架起獨立於政治仕途、干謁權貴、隱居山林之外的第四條「市場經濟」之路，以支付流落江湖或低階職官文士經濟的來源，姜夔是此類「江湖詩人」的代表。他離開依附的張家之後，仍然留在杭州，乃因為此地的富庶繁華足以提供他賴以生存的條件，這是杭州的經濟環境支持文學、與文化事業一個重要的側面。另外，可從微觀的角度來觀察杭州富裕的經濟面貌，張鎡〈鷓鴣天〉：「同過清夏看新月，茉莉花園小象床」的「小象床」，張炎〈疏影〉：「還驚海上燃犀去，照水底、珊瑚如活」的「犀牛角」，都非南宋時期杭州的產物；張家歌妓們穿著「春風為染作仙衣」的「仙衣」；姜夔載錄「綠萼更橫枝，多少梅花樣」的奇異梅品……，這些眾多的奇貨貴物出現在杭州，展現它是一座流通各地物資的富裕商城。杭州水路、陸路、海路交通發達，是當時沿海地區極為重要的「港都」，也是海上「絲綢之路」興起後一個軸心的輻輳點，海內外貿易商品、物種自然匯聚杭州，進而置入詞家的詞作，便成為理所當然的現象。

杭州詞展現地方自然、人文、經濟特質的面貌如是富雅豐麗，而它作為一個「地方」與「人」更深刻的關係，猶必須從「認同」與「存在」的角度來省察其間的連繫。

「認同」，首先必須來自與當地的環境「為友」之親切感的產生。通常人對地方的認同，源於小時候在某地與之伴隨起來的成長經驗結合而成。因此，對張炎而言，家園、鄰里的每一條路徑，每一處花木扶疏的場所，不只是客體的空間而已，它們為張炎所經驗，所熟悉，倍感親切與喜愛，那是伴隨他自小在此生活成長的「情境」。故而連做夢都「猶記經行舊時路」，回到故地猶能「穿花省路，傍竹尋鄰」。南湖園林對張鎡、張鑑、張樞而言亦是如此。園林居所的建築提供外部的遮蓋，存在的立足點與歸屬的包被。園林山水花木的景觀，有其藝術的成就、審美的價值、樂園的實踐、調節生活的節奏與激發文學創作等多重的意義與功能。張鎡家族詞人的生命與生活，是以南湖為中心基點而向外推擴至整個杭州展開繁盛的榮景。此一有如樂園的南湖園林，有如天堂的杭州都城，在承平時代，為張鎡、張鑑提供穩定、安逸的歸屬感與存在感，因此詞人的心靈與居所，與城市的關係融洽和諧，其所呈顯的世界觀是「幸遇勳華時世好」的豐足、快樂、明朗。

但在權臣史嵩之、賈似道傾軋弄權的理宗、度宗時期，張樞雖然仍舊安逸地生活在南湖，具體的空間居所使生命的存在感有所依歸，但是杭州都城因政治的昏暗，張家與皇室的關係因張鎡坐罪流放之後，發生了裂隙，致使張樞《寄閒集》所表現的地方感已有山雨欲來的陰翳，隱隱發出憂擾的聲音：「苔痕湔雨，竹影留雲，待晴猶未。蘭舟靜艤。西湖上、多少歌吹。」「人歸鶴唳，翠簾十二空捲。」祖父張鎡《玉照堂詞》鋪寫的無邊風月與內在安定的世界觀，在此轉變了聲容。

而張炎前期之詞，因「猶及見臨安全盛之日」，歲月尚稱恬美，猶過著吟詠「柳陰撐出扁舟小」的日子，猶可將精緻的文化品味和生活結合在一起。但是 1276 年元兵攻陷杭州，家園籍沒後，土地失去，認同無憑，歸屬喪失，存在也就形成漂泊。亡國無家的張炎，在異鄉各地客居遷移，其「精神」上的歸向雖然緊繫故鄉杭州，其間也曾幾次回鄉窺看故園，但「現實」上與土地的穩固關係已然裂解，其存在感、世界觀便變得零落虛浮，生命猶如一片「孤雲」，一隻「寫不成書」的「孤雁」，他對杭州的地方感由悲戚的視角泛染一切，杭州重要的地景西湖，也從遊賞逸樂的空間，轉喻為充滿黍離之悲，象徵家國層次的圖景。一直要到六十多歲後的晚年，另覓居所仍然定居杭州以後，張炎漂泊的靈魂方獲得些許的休息與安寧。

杭州綿延百年的張家，家族的興衰與國族的興衰共構疊合，張鎡、張樞、張炎之詞，雖非全然，但在一定的意義上堪可印證《禮記·樂記》所云：「治世之音安以樂，其政和；亂世之音怨以怒，其政乖；亡國之音哀以思，其民困。」[2]之論。

2　周·《禮記·樂記》（臺北：藝文印書館，1982 年《十三經注疏》本），卷 37，頁 663。

世居杭州的張家，對杭州的認同感縱深綿衍長久。而遷居杭州與張家關係密切的詞人姜夔與周密又是如何？

姜夔居杭之前，杭州只是他偶來遊賞的美麗都城。但自慶元二、三年（1196、1197）起，至老死的二十餘年間，杭州成為姜夔現實上為了生存必須賴以依止的歸處。他在杭州曾經長期受到張鑑情甚骨肉的照護，二人的友誼彌足珍貴。張鑑過世之後，杭州人文、經濟並茂的首都環境，可供他鬻文賣字為生，特別是杭州林立的書商，透過商業行銷的方式，應提供給他一定的生活經濟來源。而他一生最為鍾愛的女子（合肥妓），也曾與他來到杭州，攜手共遊西湖。因此，姜夔對杭州地方的認同感情是複雜的，杭州的自然風光令他流連；這片空間也是儲存他私密愛情的幽境；但這裡又是形成他依附與被依附之尷尬雙重身分的城市。張鑑等人儘管敬重他的人格，但他基本上仍是依附在貴家、富商的遮蔽協助底下生活，「怕平生幽恨，化作沙邊煙雨」，這闋詞指涉了男性在城市經濟生活底下的憂患情懷與不堪。此外，他在杭州至少遷居過四次，這種無可真正歸屬的移動，更顯示他生存於杭州之不易與不確定性。他與杭州的連繫關係，不若張鎡家族詞人之深切，之緊密，之穩固，正因為他無法以完全鍾愛的情感認同這片土地，這是他時常會想念年少時期與父、姐相依生活於鄂沔家鄉之故。因為認同感的若即若離，生命的歸屬與存在感自然難以定錨，他的杭州詞自然流露多首冷調的音質。

促使周密來到杭州定居的原因雖與姜夔不同，但中晚年為了生存而留在杭州的情況則一。1276 年以前，他雖寓居吳興，卻時常出遊杭州。杭州的山水、雅集、慶典，對他而言猶如一種美麗的召喚，是他與友人交通生命喜樂的共同觸媒。〈曲游春〉：「看畫船，盡入西泠，閒卻半湖春色」，是《草窗詞》中的名篇。杭州雖非周家世居之地，但他與杭州的連結，一開始就有愉悅的認同體驗。1276 年江山變異，他與吳興故土的關係被迫分解，致使原本恆定的歸屬與存在感因而受到震動。弁山的家業盡毀之後，周密遷至杭州居住。亡國使他對杭州的觀點不復以往充滿詩情畫意，杭州，特別是美麗的西湖，也為他轉喻為帶有悲傷色彩的象徵，一如張炎之詞。因為現實的需要，他居住在杭州，但是故鄉弁山，卻時常令他懷念，一如姜夔之於鄂沔，他把內心真正的歸屬連結在回憶中的家園。至於存在的意義，他放在憶舊的寫作上，他第二個故鄉：杭州，至少提供給他一個足堪寫作的環境，讓他創作大量的詩詞、野史、筆記、雜文，他以這種方式存在自我，讓他漂浮憂傷的心靈得以安定。特別是詞，他將不可忘卻的美麗與哀愁，濃縮為一種最根本的東西，抒發在詞裡，也最為深切。

南宋杭州地方與詞人交織而出的詞作，其地域性與特殊性，以及其間表發的意義如是豐富紛繁。張鎡家族是最貼近杭州地方文學內核的詞人群，其詞揭示了南宋杭州文學一個長期性的發展趨勢；而與張家互動密切的姜夔與周密，則可分別代表南宋中、晚期，進而是跨越到元代，僑居杭州的詞人代表。然而在觀察、理解地方詞作之特質與意義的同時，它在一定程度上仍然連繫著與歷史相應襯的關係，難與時代的背景因素脫離。由於契丹、黨項、女真和蒙古人建立的政權，相繼在兩宋國境的北方與西方形成強大的威脅，因此北宋朝廷君臣接連進行慶曆變法、熙寧變法以自強，但是北宋最終亡於金人之手。接續的南宋在風濤雨霧之中重新屹立江南，然而立國前期，因高宗的私心與畏戰，罷良相、殺良將、阻諫言，加上主和朝臣的爭權符應，致使南宋整體的政治運作翻然轉型，由改革開放，充滿積極批判進取的外向性，轉趨保守謹慎，溫和內斂的內向性。南宋這種外有異族威脅，內有低沈政治的時代壓抑感，深刻影響南宋士子的心理，並進而延及文藝創作的表現。詞人的內在心理，無可避免的受到此一時代氛圍的影響，其詞作內容與藝術風格，多少都浸潤著寧靜、保守、凝練的內向性質素。

以同是頌揚杭州繁華的題材為例，南宋詞人，如本文論述的詞家，其所描述的杭州與北宋柳永的〈望海潮〉相較，在格局上缺少那種揮動奔騰的熱情運轉彩筆，以睥睨萬方的才氣壓倒一切的氣度，柳永採用「大論述」的敘述方式，從地理、歷史、民生、經濟、自然、政治，[3]陳陳鋪展，以大面積的取景方式，「大我」的論斷口吻，歌頌杭州都會的繁華。張先的〈破陣樂·錢塘〉亦是如此，雖然詞作之藝術造詣不如柳永，但樂觀進取態度則一。蘇軾杭州詞甚多，即使是送別詞如〈八聲甘州·寄參寥子〉，也還展現一種高度的姿勢評談古今。但這些昂揚進取的氣象，基本上在南宋杭州詞中是難覓的，如張鎡有多首歡愉之詞，但此中氣象並非恢闊進取，而是傾向當下現樂的滿足；周密、陳允平、張矩的西湖十景詞或其他描寫地方地景之作，主要是就個別空間作陳述，偏尚壓向一個較小面積的容度，而非放置在巨大的時空版圖底下觀看杭州；且詞人文字優雅，音律協美，語氣溫和內斂，一種古典的自制力掌握

3　〈望海潮〉云：「千騎擁高牙，乘醉聽簫鼓，吟賞煙霞。異日圖將好景，歸去鳳池誇。」也可視為是誇耀杭州繁華的一種政治性的宣揚。

了詞體的表現，不容衝撞奔騰潰堤，這在姜夔、張樞、周密、張炎詞中尤為明顯。南宋「進取詞」的呈露，是要在辛派詞人，以家國為念，批判時政的作品中尋得激越高蹈傲岸之氣，但那激越高蹈傲岸之氣是詞人鼓動自我志意發射而出，而非整體時代之雍容大氣滋養而有。此外，許多關於「大我」敘述的作品，主要表現在書寫亡國悲痛的詞作中，彼等把杭州與西湖的象徵層次拔高到表徵國家的高階意義，但其中盈溢的是悲痛的情音。南宋詞人關於杭州的書寫，多數是將個人的生命情懷思致、或與朋友往來的生活情事，結合在西湖的綠波楊柳，城市的煙花夕照中，形成「小我」的敘述。

南宋杭州詞的氣象雖受時代環境影響，多數作品不若北宋之恢闊進取，但宋代文化特有之優雅精醇的人文成就，卻因社會之整體氛圍轉趨溫和內斂的內向性，致使詞人更加關注於內在情感思致的深掘，錘鍊於詞之為「音樂文學」的藝術性表現。詞家語思其工、意思其深、律思其協，練句練意功夫的講求，崇雅擇律的美感祈尚，成為普遍的現象，審美價值的主流。沈義父《樂府指迷》、鮦陽居士《復雅歌詞》、楊纘〈作詞五要〉、張炎《詞源》的出現，是此一社會脈絡意義底下出現的指標。張炎所云，昔在先人侍側，時聞楊守齋、毛敏仲、徐南溪諸公商搉音律之說；周密〈木蘭花慢〉「西湖十景」組詞，字字句句，和楊纘相與訂正數月而後定之論；西湖吟社詞人多次分題賦詠，講論詞法等，不能僅僅視為是文人喜於從事的雅事，或社會經濟富裕底下附帶產生的文藝現象。當它反複地出現，並且確實而認真的進行這類的文學活動，即彰顯了一定的文化意義，此乃是「詞體由坊間俗樂的屬性提升到文人雅致的層次」，「是詞體本質性的演變」之外，[4]已形成一套價值與信仰，長期進入生活的領域，自覺形成一種文化生活模式。南宋時代的氛圍，杭州都城的身分，地理秀美的環境，經濟富裕的支持，成為提供滋養此一精雅文化的沃土，各方面的整體條件助長了它的成熟。

張鎡家族詞人、姜夔與周密，其杭州詞作開展的世界，是個人生活與生命的記錄，是家族的「文學史」，同時也是「地方文學」的代表。他們以「詞」的「文學形式」補充南宋杭州地方史與地方文化的真實內涵，演繹了南宋文化的一個基本原型，即由音樂書畫的文化陶冶，加上自然山水、家產山水的薰染，形塑出南宋士大夫、文人理想的生活圖像，從中體現了南宋高雅的精神文明，也使南宋杭州區域文化在彼等有意鼓倡推波之下獲得了高度的昇華。而此「南宋遺風」的文化型範，行過元、明兩朝，影響直到清代，猶讓浙西詞派以「地方」認同為重要屬性的詞人群，將之發散出更為巨大遠闊的光環。

詞，讓杭州在文字的褶襉處充滿意義與想像，使每一處景致，每一條延伸的邊界，都傳達可掬之無盡的詩意，永恆的凝視。

4　劉少雄：《詞學文體與史觀新論》（臺北：里仁書局，2010 年），頁101。

附　錄

表一　張鎡《玉照堂詞》出現南湖、平湖、湖字表

編號	詞牌	詞題／詞序	詞
1	折丹桂	中秋**南湖**賞月	玉為樓觀銀為地。秋到中分際。淡金光襯水晶毬，上碧虛、千萬里。　香風浩蕩吹蟾桂。影落澄波底。揭天簫鼓要詩成，任驚覺、魚龍睡。
2	謁金門	秋興	秋淡淡。彌望暮天雲黯。窗小新糊便老眼。不應疏酒琖。　菊淨橙香霜晚。何處數聲來雁。飛下**湖**邊紅蓼岸。有詩方許看。
3	好事近	擁繡堂看天花	手種滿闌花，瑞露一枝先坼。拄箇杖兒來看，兩三人門客。　今朝歡笑且銜杯，休更問明日。此意悠然誰會，有**湖**邊風月。瑞露，紫牡丹新名也。
4	眼兒媚	女貞木	山礬風味木樨魂。高樹綠堆雲。水光殿側，月華樓畔，晴雪紛紛。　何如且向**南湖**住，深映竹邊門。月兒照著，風兒吹動，香了黃昏。
5	蝶戀花	**南湖**	門外滄洲山色近。鷗鷺雙雙，惱亂行雲影。翠擁高筠陰滿徑。簾垂盡日林堂靜。　明月飛來煙欲暝。水面天心，兩箇黃金鏡。慢颭輕搖風不定。漁歌欸乃誰同聽。
6	木蘭花慢	癸丑年生日	年年三月二，是居士、始生朝。念綠鬢功名，初心已負，難報劬勞。天留帝城勝處，匯**平湖**、遠岫碧岧嶢。竹色詩書燕几，柳陰桃杏橫橋。　西鄰東舍不難招。大半是漁樵。任翁媼歡呼，兒孫歌笑，野具村醪。醉來便

			隨鶴舞，看清風、送月過松梢。百歲因何快樂，盡從心地逍遙。
7	祝英臺近	邀李季章直院賞玉照堂梅	暖風回，芳意動，吹破凍雲凝。春到**南湖**，檢校舊花徑。手栽一色紅梅，香籠十畝，忍輕負、酒腸詩興。　小亭凭。幾多月魄□□，重重亂林影。卻憶年時，同醉正同詠。問公白玉堂前，何如來聽，玉龍噴、碧溪煙冷。
8	滿江紅	賀項平甫起復知鄂渚	公為時生，才真是、禁中頗牧。擎天手、十年猶在，未應藏縮。說項無人堪歎息，瞻韓有意因恢復。用真儒、同建太平功，心相屬。　忠與孝，榮和辱。武昌柳，**南湖**竹。一簞瓢非欠，萬鍾非足。知命何曾懷喜慍，輕身豈為干名祿。看可汗生縛洗煙塵，機神速。
9	賀新郎	李頤正路分見訪，留飲，即席書贈	看了梅花去。要東風、攀翻飛雪，與君同賦。海內從來天際眼，一笑平窺千古。待翦盡、燭花紅吐。久矣**南湖**無此客，似喬松、萬丈淩霄舉。飛欬唾，掃塵土。　承平氣象森眉宇。想天家、駿鸞洞裏，細煙冰霧。我亦秦關歸未得，誰念干將醉扶。拚良夜、欹橫冠屨。莫歎瀟湘居尚遠，擁戎韜萬騎鳴笳鼓。雲正鎖，汴京路。
10	八聲甘州	九月末**南湖**對菊	對黃花猶自滿庭開，那恨過重陽。凭闌干醉袖，依依晚日，飄動寒香。自歎平生豪縱，歌笑幾千場。白髮欺人早，多似清霜。 誰信心情都懶，但禪龕道室，黃卷僧床。把偎紅調粉，拋擲向他方。□喚汝、東山歸去，正燈明、松戶竹籬旁。關門睡，盡教人道，癡鈍何妨。
11	賀新郎	陳退翁分教衡湘，	桂隱傳杯處。有風流、千巖韻勝，太丘遺緒。

		將行，酒闌索詞，漫成	玉季金昆霄漢侶，平步鸞坡揮麈。莫便駕、飛帆煙渚。雲動精神衡岳去，向君山、帝樂鏘韶濩。蘭藝畹，弔湘楚。　**南湖**老矣無襟度。但尊前、踉蹡醉影，帽花顛仆。只恐清時專文教，猶貸陰山狂虜。臥錦帳、貔貅鉦鼓。忠烈前勳齎萬恨，望神都、魏闕奔狐兔。呼翠袖，為君舞。
12	朝中措	重葺**南湖**堂館，小詞落成	先生心地等空虛。行處幻仙都。點綴玲瓏花柳，翻騰窈窕規模。　三杯兩盞，五言十字，遲老工夫。受用**南湖**風月，何須更到西湖。

說明：

1.表中詞之編號次第按唐圭璋編《全宋詞》之《張鎡詞》先後順序排列。

2.表中的「平湖」、「湖」均指「南湖」。

表二　張炎《山中白雲詞》書寫杭州詞表

編號	詞牌	詞題／詞序	詞
1	南浦	春水	波暖綠粼粼，燕飛來、好是**蘇堤**纔曉。魚沒浪痕圓，流紅去、翻笑東風難掃。**荒橋斷浦**，柳陰撐出扁舟小。回首池塘青欲徧，絕似夢中芳草。　和雲流出空山，甚年年淨洗，花香不了。新淥乍生時，**孤村路**、猶憶那回曾到。餘情渺渺。茂林觴詠如今悄。前度劉郎歸去後，溪上碧桃多少。
2	高陽臺	**西湖**春感	接葉巢鶯，平波卷絮，**斷橋**斜日歸船。能幾番遊，看花又是明年。東風且伴薔薇住，到薔薇、春已堪憐。更淒然。萬綠**西泠**，一抹荒煙。　當年燕子知何處？但苔深韋曲，草暗斜川。見說新愁，如今也到鷗邊。無心再續笙歌夢，掩重門、淺醉閑眠。莫開簾，怕見飛花，怕聽啼鵑。
3	慶宮春	**都下**寒食，游人甚盛，水邊花外，多麗環集，各以柳圈祓禊而去，亦京洛舊事也。	波蕩蘭觴，鄰分杏酪，晝輝冉冉烘晴。罥索飛仙，戲船移景，薄遊也自忺人。短橋虛市，聽隔柳、誰家賣餳。月題爭繫，油壁相連，笑語逢迎。　池亭小隊秦箏。就地圍香，臨水湔裙。冶態飄雲，醉妝扶玉，未應閑了芳情。旅懷無限，忍不住、低低問春。梨花落盡，一點新愁，曾到**西泠**。
4	國香	沈梅嬌，**杭**妓也，忽于京都見之。把酒相勞苦，猶能歌周清真〈意難忘〉、〈臺城路〉二曲，因囑余記其事。詞	鶯柳煙堤。記未吟青子，曾比紅兒。嫻嬌弄春微透，鬟翠雙垂。不道留仙不住，便無夢、吹到南枝。相看兩流落，掩面凝羞，怕說當時。　淒涼歌楚調，嫋餘音不放，一朵雲飛。丁香枝上，幾度款語深期。拜了花梢淡月，最難忘、弄影牽衣。無端動人處，過了

		成以羅帕書之。	黃昏，猶道休歸。
5	臺城路	庚寅秋九月之北，遇汪菊坡，一見若驚。相對如夢，回憶舊游，已十八年矣，因賦此詞。	十年前事翻疑夢，重逢可憐俱老。水國春空，山城歲晚，無語相看一笑。荷衣換了。任京洛塵沙，冷凝風帽。見說吟情，近來不到謝池草。　　歡游曾步翠窈。亂紅迷紫曲，芳意今少。舞扇招香，歌橈喚玉，猶憶**錢塘**蘇小。無端暗惱。又幾度留連，燕昏鶯曉。回首妝樓，甚時重去好。
6	甘州	辛卯歲，沈堯道同余北歸，各處**杭**越。逾歲，堯道來問寂寞，語笑數日，又復別去，賦此曲并寄趙學舟。	記玉關、踏雪事清游。寒氣脆貂裘。傍枯林古道，長河飲馬，此意悠悠。短夢依然江表，老淚灑**西州**。一字無題處，落葉都愁。載取白雲歸去，問誰留楚佩，弄影中洲。折蘆花贈遠，零落一身秋。向尋常野橋流水，待招來、不是舊沙鷗。空懷感，有斜陽處，卻怕登樓。
7	掃花游	臺城春飲，醉餘偶賦，不知詞之所以然。	嫩寒禁暖，正草色侵衣，野光如洗。去城數里。繞長堤是柳，釣船深艤。小立斜陽，試數花風第幾。問春意。待留取斷紅，心事難寄。　　芳訊成撚指。甚遠客他鄉，老懷如此。醉餘夢裏。尚分明認得，舊時羅綺。可惜空簾，誤卻歸來燕子。勝游地。想依然、**斷橋**流水。
8	臺城路	杭友抵越，過鑑曲漁舍會飲	春風不暖垂楊樹，吹卻絮雲多少。燕子人家，夕陽巷陌，行入野畦深窈。籌花鬬草。記小舫尋芳，**斷橋**初曉。那日心情，幾人同向近來老。　　消憂何處最好。夜深頻秉燭，猶是遲了。**南浦**歌闌，**東林社**冷，贏得如今懷抱。吟悰暗惱。待醉也慵聽，勸歸啼鳥。怕攪離愁，亂紅休去掃。
9	疏影	余于辛卯歲北歸，	柳黃未結。放嫩晴消盡，**斷橋**殘雪。隔水人

		與**西湖**諸友夜酌，因有感于舊游，寄周草窗。	家，渾是花陰，曾醉好春時節。輕車幾度**新堤**曉，想如今、燕鶯猶說。縱豔游、得似當年，早是舊情都別。　重到翻疑夢醒，弄泉試照影，驚見華髮。卻笑歸來，石老雲荒，身世飄然一葉。閉門約住青山色，自容與、吟窗清絕。怕夜寒、吹到梅花，休卷半簾明月。
10	渡江雲	山陰久客，一再逢春，回憶**西杭**，渺然愁思	山空天入海，倚樓望極，風急暮潮初。一簾鳩外雨，幾處閒田，隔水動春鋤。新煙禁柳，想如今、綠到**西湖**。猶記得、當年深隱，門掩兩三株。　愁余。荒洲古溆，斷梗疏萍，更漂流何處。空自覺、圍羞帶減，影怯燈孤。常疑即見桃花面，甚近來、翻笑無書。書縱遠，如何夢也都無。
11	瑣窗寒	旅窗孤寂，雨意垂垂，買舟西渡未能也。賦此為**錢塘**故人韓竹閒問。	亂雨敲春，深煙帶晚，水窗慵凭。空簾謾卷，數日更無花影。怕依然、舊時燕歸，定應未識江南冷。最憐他、樹底蔫紅，不語背人吹盡。　清潤。通幽徑。待移燈翦韭，試香溫鼎。分明醉裏，過了幾番風信。想竹間、高閣半開，小車未來猶自等。傍新晴、隔柳呼船，待教潮信穩。
12	憶舊游	新朋故侶，詩酒遲留，吳山蒼蒼，渺渺兮余懷也。寄沈堯道諸公。	記開簾過酒，隔水懸燈，款語梅邊。未了清游興，又飄然獨去，何處山川。淡風暗收榆莢，吹下沈郎錢。歎客裡光陰，消磨豔冶，都在尊前。　留連。殢人處，是鏡曲窺鶯，蘭阜圍泉。醉拂珊瑚樹，寫百年幽恨，分付吟箋。**故鄉**幾回飛夢，江雨夜涼船。縱忘卻歸期，千山未必無杜鵑。
13	憶舊游	余離群索居，與趙元父一別四載。癸	歎江潭樹老，**杜曲**門荒，同賦飄零。乍見翻疑夢，對蕭蕭亂髮，都是愁根。秉燭故人歸

		已春于古杭見之，形容憔悴，故態頓消。以余之況味，又有甚于元父者，抑重余之惜。因賦此調，且寄元父，當為余愀然而悲也。	後，花月鎖春深。縱草帶堪題，爭如片葉，能寄殷勤。　重尋。已無處，尚記得依稀，柳下芳鄰。佇立香風外，抱孤愁淒惋，羞燕慚鶯。俯仰十年前事，醉後醒還驚。又曉日千峰，涓涓露濕花氣生。
14	聲聲慢	送琴友季靜軒還杭	荷衣消翠，蕙帶餘香，燈前共語生平。苦竹黃蘆，都是夢裏游情。西湖幾番夜雨，怕如今、冷卻鷗盟。倩寄遠，見故人說道，杜老飄零。　難挽清風飛佩，有相思都在，斷柳長汀。此別何如，一笑寫入瑤琴。天空水雲變色，任惜惜、山鬼愁聽。興未已，更何妨、彈到〈廣陵〉。
15	水龍吟	春晚留別故人	亂紅飛已無多，豔遊終是如今少。一番雨過，一番春減，催人漸老。倚檻調鶯，捲簾收燕，故園空杳。奈關愁不住，悠悠萬里，渾恰似、天涯草。　不擬相逢古道。纔疑夢、又還驚覺。清風在柳，江搖白浪，舟行趁曉。遮莫重來，不如休去，怎堪懷抱。那知又、五柳門荒，曾聽得、鵑啼了。
16	一萼紅	賦紅梅	倚闌干。問綠華何事，偷餌九還丹。浣錦溪邊，餐霞竹裏，翠袖不倚天寒。照芳樹、晴光泛曉，護么鳳、無處認冰顏。露洗春腴，風搖醉魄，聽笛江南。　樹掛珊瑚冷月，歎玉奴妝褪，仙掾詩慳。謾覓花雲，不同梨夢，推篷恍記孤山。步夜雪、前村問酒，幾消凝、把做杏花看。得似古桃流水，不到人間。

17	祝英臺近	與周草窗話舊	水痕深，花信足，寂寞漢南樹。轉首青陰，芳事頓如許。不知多少消魂，夜來風雨。猶夢到斷紅流處。　最無據。長年息影空山，愁入庾郎句。**玉老田荒**，心事已遲暮。幾回聽得啼鵑，不如歸去。終不似、舊時鸚鵡。
18	月下笛	孤游萬竹山中，閒門落葉，愁思黯然，因動〈黍離〉之感。時寓甬東積翠山舍。	萬里孤雲，清游漸遠，故人何處？寒窗夢裏，猶記經行舊時路。連昌約略無多柳，第一是、難聽夜雨。謾驚回淒悄，相看燭影，擁衾誰語。　張緒。歸何暮。半零落、依依**斷橋**鷗鷺。天涯倦旅。此時心事良苦。只愁重灑**西州**淚，問**杜曲**、人家在否？恐翠袖、正天寒，猶倚梅花那樹。
19	水龍吟	寄袁竹初	幾番問竹平安，雁書不盡相思字。籬根半樹，村深孤艇，闌干屢倚。遠草兼雲，凍河膠雪，此時行李。望去程無數，**并州**回首，還又渡、桑乾水。　笑我曾游萬里。甚匆匆、便成歸計。江空歲晚，棲遲猶在，吳頭楚尾。疏柳經寒，斷槎浮月，依然憔悴。待相逢、說與相思，想亦在、相思裏。
20	綺羅香	紅葉	萬里飛霜，千林落木，寒豔不招春妒。楓冷吳江，獨客又吟愁句。正船艤、流水孤村；似花繞、斜陽歸路。甚荒溝、一片淒涼，載情不去載愁去。　**長安**誰問倦旅。羞見衰顏借酒，飄零如許。慢倚新妝，不入洛陽花譜。為回風、起舞尊前；盡化作、斷霞千縷。記陰陰、綠遍江南，夜窗聽暗雨。
21	新雁過妝樓	賦菊	風雨不來，深院悄、清事正滿東籬。杖藜重到，秋氣冉冉吹衣。瘦碧飄蕭搖露梗，膩黃秀野拂霜枝。憶芳時。翠微喚酒，江雁初飛。　湘潭無人弔楚，歎落英自采，誰寄相思。

			淡泊生涯，聊伴老圃斜暉。寒香應遍**故里**，想鶴怨山空猶未歸。歸何晚，問徑松不語，只有花知。
22	風入松	陳文卿酒邊偶賦	小窗晴碧颭簾波。晝影舞飛梭。惜春休問花多少，柳成陰、春已無多。金字初尋小扇，銖衣早試輕羅。　園林未肯受清和。人醉**牡丹坡**。[1]嘯歌且盡平生事，問東風、畢竟如何。燕子尋常巷陌，酒邊莫唱〈西河〉。
23	臺城路	游北山寺	雲多不記山深淺，人行半天巖壑。曠野飛聲，虛空倒影，松掛危峰疑落。流泉噴薄。自窈窕尋源，引瓢孤酌。倦倚高寒，少年游事老方覺。　幽尋閑院邃閣。樹涼僧坐夏，翻笑行樂。近竹驚秋，穿蘿誤晚，都把塵緣消卻。**東林**似昨。待學取當年，晉人曾約。童子何知，**故山**空放鶴。
24	法曲獻仙音	席上聽琵琶有感	雲隱山暉，樹分溪影，未放妝臺簾卷。篝密籠香，鏡圓窺粉，花深自然寒淺。正人在、銀屏底，琵琶半遮面。　語聲軟。且休彈、玉關愁怨。怕喚起**西湖**，那時春感。楊柳古灣頭，記小憐、隔水曾見。聽到無聲，謾贏得、情緒難翦。把一襟心事，散入落梅千點。
25	鬬嬋娟	春感	**舊家**池沼。尋芳處、從教飛燕頻繞。一灣柳護水房春，看鏡鸞窺曉。暈宿酒、雙蛾淡掃。羅襦飄帶腰圍小。盡醉方歸去，又暗約明朝鬬草。誰解先到。　心緒亂若晴絲，那回游處，墜紅爭戀殘照。近來心事漸無多，尚被鶯聲惱。便白髮、如今縱少。情懷不似前

1　「牡丹坡」應在杭州，周密〈少年游〉：「曉妝日日隨香輦，多在**牡丹坡**。花深深處，柳陰陰處，一片笙歌。」

			時好。謾佇立、東風外，愁極還醒，背花一笑。
26	西河	依綠莊賞荷，分「淨」字韻	花最盛。**西湖**曾泛煙艇。鬧紅深處小秦箏，**斷橋**夜飲。鴛鴦水宿不知寒，如今翻被驚醒。　那時事、都倦省。闌干來此閒凭。是誰分得半機雲，恍疑畫錦。想當飛燕皺裙時，舞盤微墮珠粉。　軟波不翦素練淨。碧盈盈、移下秋影。醉裏玉書難認。且脫巾露髮，飄然乘興。一葉浮香天風冷。
27	淒涼犯	過鄰家見**故園**有感	西風暗翦荷衣碎，柔絲不解重緝。荒煙斷浦，晴暉歷亂，半江搖碧。悠悠望極。忍獨聽、秋聲漸急。更憐他、蕭條柳髮，相與動愁色。　老態今如此，猶自留連，醉筇游屐。不堪瘦影，渺天涯、儘成行客。因甚忘歸，謾吹裂、山陽夜笛。夢**三十六陂**流水，[2]去未得。
28	聲聲慢	別四明諸友歸杭	山風古道，海國輕車，相逢只在東瀛。淡薄秋光，恰似此日游情。休嗟鬢絲斷雪，喜閒身、重渡**西泠**。又溯遠，趁回潮拍岸，斷浦揚舲。　莫向長亭折柳，正紛紛落葉，同是飄零。舊隱新招、知住第幾層雲。疏籬尚存晉菊，想依然、認得淵明。待去也，最愁人、猶戀故人。
29	燭影搖紅	西浙冬春間游事之盛，惟**杭**為然。余冉冉老矣，始復歸**杭**，與二三友行歌雲舞繡中，亦清時	舟艤鷗波，訪鄰尋里愁都散。老來猶似柳風流，先露看花眼。閑把花枝試揀。笑盈盈，和香待翦。也應回首，紫曲門荒，當年游慣。　簫鼓黃昏，動人心處情無限。錦街不甚月明多，早已驕塵滿。纔過風柔夜暖。漸迤

2　「三十六陂」原為揚州地名，此指張炎杭州故園陂塘之多。黃畬校箋：《山中白雲詞箋》，頁 143。

		之可樂，以詞寫之。	邐、芳程遞躩。向**西湖**去，那里人家，依然鶯燕。
30	憶舊游	過**故園**有感	記凝妝倚扇，笑眼窺簾，曾款芳尊。步屧交枝徑，引生香不斷，流水中分。忘了牡丹名字，和露撥花根。甚杜牧重來，買栽無地，都是消魂。　空存。斷腸草，伴幾摺眉痕，幾點啼痕。鏡裏芙蓉老，問如今何處，綰綠梳雲。怕有舊時歸燕，猶自識黃昏。待說與羈愁，遙知路隔楊柳門。
31	春從天上來	己亥春，復回**西湖**，飲**靜傳董高士樓**，作此解以寫我憂。[3]	海上回槎。認舊時鷗鷺，猶戀蒹葭。影散香消，水流雲在，疏樹十里寒沙。難問**錢塘**蘇小，都不見、擘竹分茶。更堪嗟。似荻花江上，誰弄琵琶。　煙霞。自延晚照，盡換了**西林**，窈窕紋紗。蝴蝶飛來，不知是夢，猶疑春在鄰家。一掬幽懷難寫，春何處、春已天涯。減繁華。是山中杜宇，不是楊花。
32	甘州	賦眾芳所在	看涓涓、兩水自東西，中有百花莊。步交枝徑裏，簾分晝影，窗聚春香。依約誰教鸚鵡，列屋帶垂楊。方喜閒居好，翻為詩忙。 多少周情柳思，向一丘一壑，留戀年光。又何心逐鹿，蕉夢正**錢塘**。且休將扇塵輕障，萬山深、不是舊河陽。無人識，牡丹開處，重見韓湘。
33	慶清朝	韓亦顏歸隱**兩水**之濱，[4]殆未遜王右丞茱萸沜。余從之游，盤花旋竹，散	淺草猶霜。融泥未燕，晴梢潤葉初乾。閒扶短策，鄰家小聚清歡。錯認籬根是雪，梅花過了一番寒。風還峭，較遲芳信，恰是春殘。　此境此時此意，待移琴獨去，石冷慵彈。

3　董嗣杲，字靜傳，錢塘人。

4　「兩水」應在杭州。黃畬校箋：《山中白雲詞箋》，頁 155。

		懷吟眺，一任所適。太白去後三百年，無此樂也。	飄飄爽氣，飛鳥相與俱還。醉裏不知何處，好詩盡在夕陽山。山深杳，更無人到，流水花間。
34	探芳信	**西湖**春感寄草窗。	坐清晝。正冶思縈花，餘酲倦酒。甚采芳人老，芳心尚如舊。消魂忍說銅駝事，不是因春瘦。向西園，竹掃頹垣，蔓蘿荒甃。 風雨夜來驟。歎歌冷鶯簾，恨凝蛾岫。愁到今年，多似去年否。舊情懶聽山陽笛，目極空搔首。我何堪，老卻江潭漢柳。
35	一萼紅	**弁陽翁新居**堂名「**志雅**」，詞名蘋洲漁笛譜。	製荷衣。傍山窗卜隱，雅志可閒時。款竹門深，移花檻小，動人芳意菲菲。怕冷落、蘋洲夜月，想時將漁笛靜中吹。塵外柴桑，燈前兒女，笑語忘歸。　　分得煙霞數畝，乍掃苔尋徑，撥葉通池。放鶴幽情，吟鶯歡事，老去卻願春遲。愛吾廬、琴書自樂，好襟懷、初不要人知。長日一簾芳草，一卷新詩。
36	高陽臺	**慶樂園**即**韓平原南園**。戊寅歲過之，僅存丹桂百餘株，有碑記在荊榛中，故末有亦猶今之視昔之感，復歎**葛嶺賈相之故廬**也。	古木迷鴉，虛堂起燕，歡游轉眼驚心。**南圃**東窗，酸風掃盡芳塵。鬢貂飛入平原草，最可憐、渾是秋陰。夜沈沈。不信歸魂，不到花深。　　吹簫踏葉幽尋去，任船依斷石，袖裏寒雲。老桂懸香，珊瑚碎擊無聲。**故園**已是愁如許，撫殘碑、卻又傷今。更關情。秋水人家，斜照**西泠**。
37	臺城路	送周方山游吳	朗吟未了**西湖**酒，驚心又歌**南浦**。折柳官橋，呼船野渡，還聽垂虹風雨。漂流最苦。況如此江山，此時情緒。怕有鴟夷，笑人何事載詩去。　　荒臺只今在否。登臨休望遠，都是愁處。暗草埋沙，明波洗月，誰念天涯羈旅。荷陰未暑。快料理歸程，再盟鷗鷺。只恐空山，近來無杜宇。

38	桂枝香	送賓月葉公東歸	晴江迴闊。又客裏天涯，還歎輕別。萬里潮生一棹，柳絲猶結。荷衣好向山中補，共飄零、幾年霜雪。賦歸何晚，依依徑菊，弄香時節。　料此去、清游未歇。引一片秋聲，都付吟篋。落葉長安，古意對人休說。相思只在相留處，有孤芳、可憐空折。舊懷難寫，山陽怨笛，夜涼吹月。
39	慶春宮	金粟洞天[5]	蟾窟研霜，蜂房點蠟，一枝曾伴涼宵。清氣初生，丹心未折，濃豔到此都消。避風歸去，貯金屋、妝成漢嬌。粟肌微潤，和露吹香，直與秋高。　小山舊隱重招。記得相逢，古道迢遙。把酒長歌，插花短舞，誰在水國吹簫。餘音何處，看萬里、星河動搖。廣庭人散，月淡天心，鶴下銀橋。
40	長亭怨	舊居有感	望花外、小橋流水，門巷愔愔，玉簫聲絕。鶴去臺空，佩環何處弄明月。十年前事，愁千折、心情頓別。露粉風香誰為主，都成消歇。　淒咽。曉窗分袂處，同把帶鴛親結。江空歲晚，便忘了、尊前曾說。恨西風不庇寒蟬，便掃盡、一林殘葉。謝楊柳多情，還有綠陰時節。
41	祝英臺近	重過西湖書所見	水西船，山北酒，多為買春去。事與雲消，飛過舊時雨。謾留一掬相思，待題紅葉，奈紅葉、更無題處。　正延佇。亂花渾不知名，嬌小未成語。短棹輕裝，逢迎段橋路。那知楊柳風流，柳猶如此，更休道、少年張緒。

5　宋·周密：《武林舊事》：「楊和王府有……金粟洞、天砌臺等處。」卷5，頁429。

42	聲聲慢	己亥歲，自臺回**杭**，雁旅數月，復起遠興。余冉冉老矣，誰能重寫舊游編否。	穿花省路，傍竹尋鄰，如何**故隱**都荒。問取堤邊，因甚減卻垂楊。消磨縱然未盡，滿煙波、添了斜陽。空歎息，又翻成無限，杜老淒涼。　一舸清風何處，把秦山晉水，分貯詩囊。髮已飄飄，休問歲晚空江。松陵試招舊隱，怕白鷗、猶識清狂。漸溯遠，望**并州**、卻是故鄉。
43	杏花天	賦疏杏	湘羅幾翦黏新巧。似過雨、胭脂全少。不教枝上春痕鬧。都被海棠分了。　帶柳色、愁眉暗惱。謾遙指、**孤村**自好。深巷明朝休起早。空等賣花人到。
44	瑤臺聚八仙	杭友寄聲，以詞答意	秋水涓涓。人正遠、魚雁待拂吟箋。也知游意，多在**第二橋**邊。花底鴛鴦深處影，柳陰淡隔**裏湖**船。路綿綿。夢吹舊笛，如此山川。　平生幾兩謝屐，任放歌自得，直上風煙。峭壁誰家，長嘯竟落松前。十年孤劍萬里，又何似、畦分抱甕泉。山中酒，且醉餐石髓，白眼青天。
45	摸魚子	寓澄江，喜魏叔皋至	想**西湖**、**段橋**疏樹。梅花多是風雨。如今見說閑雲散，煙水少逢鷗鷺。歸未許。又款竹誰家，遠思愁徐庾。重游倦旅。縱認得**鄉山**，長江滾滾，隔浦正延佇。　垂楊渡。握手荒城舊侶。不知來自何處。春窗翦韭青燈夜，疑與夢中相語。闌屢拊。甚轉眼、流光短髮真堪數。從教醉舞。試借地看花，揮毫賦雪，孤艇且休去。
46	南樓令	送黃一峰游靈隱	重整舊漁蓑。江湖風雨多。好襟懷、近日消磨。流水桃花隨處有，終不似、隱煙蘿。　**南浦**又漁歌。桃雲泛遠波。想**孤山**、山下經過。見說梅花都老盡，憑為問、是如何。

47	摸魚子	別處梅	向天涯、水流雲散，依依往事非舊。**西湖**見說鷗飛去，知有海翁來否。風雨後。甚客裏逢春，尚記花間酒。空嗟皓首。對茂苑殘紅，攜歌占地，相趁〈小垂手〉。　　歸時候。花徑青紅尚有。好游何事詩瘦。龜蒙未肯尋幽興，曾戀志和漁叟。吟嘯久。愛如此清奇，歲晚忘年友。呼船渡口。歎西出陽關，故人何處，愁在渭城柳。
48	南鄉子	為處梅作	風月似**孤山**。千樹斜橫水一環。天與清香心獨領，怡顏。冰雪中間屋數間。　　庭戶隔塵寰。自有雲封底用關。卻笑桃源深處隱，時攀。引得漁翁見不難。
49	南樓令	送韓竹閒歸**杭**，并寫未歸之意	一見又天涯。人生可歎嗟。想難忘、江上琵琶。詩酒一瓢風雨外，都莫問，是誰家。　　憐我鬢先華。何愁歸路賒。向**西湖**、重隱煙霞。說與山童休放鶴，最零落，是梅花。
50	壺中天	客中寄友	西秦倦旅。是幾年不聽，**西湖**風雨。我託長鑱垂短髮，心事時看天語。吟篋空隨，征衣休換，薜荔猶堪補。山能招隱，一瓢閑掛煙樹。　　方歎舊國人稀，花間忽見，傾蓋渾如故。客裏不須談世事，野老安知今古。海上盟鷗，門深款竹，風月平分取。陶然一醉，此時愁在何處。
51	清平樂	題處梅家藏所南翁畫蘭	黑雲飛起。夜月啼湘鬼。魂返靈根無二紙。千古不隨流水。　　香心淡染清華。似花還似非花。要與閒梅相處，**孤山**山下人家。
52	壺中天	詠周靜**鏡園池**[6]	萬塵自遠，徑松存、彷彿斜川深意。烏石岡邊猶記得，竹裏吟安一字。暗葉禽幽，虛闌

6　「鏡園池」應在杭州。黃畬校箋：《山中白雲詞箋》，頁288。

			荷近，暑薄遲花氣。行行且止，枯瓢枝上閒寄。　　不恨老卻流光，可憐歸未得，翻恨流水。落落嶺頭雲尚在，一笑生涯如此。樹老梅荒，山孤人共，隔浦船歸未。劃然長嘯，海風吹下空翠。
53	桂枝香	如心翁置酒桂下，花晚而香益清，坐客不談俗事，惟論文。主人歡甚，余歌美成詞。	琴書半室。向桂邊偶然，一見秋色。老樹香遲，清露綴花疑滴。山翁翻笑如泥醉，笑生平、無此狂逸。晉人游處，幽情付與，酒尊吟筆。　　任蕭散、披襟岸幘。歎千古猶今，休問何夕。髮短霜濃，卻恐浩歌消得。明年野客重來此，探枝頭、幾分消息。望西樓遠，**西湖**更遠，也尋梅驛。
54	霜葉飛	毗陵客中聞老妓歌	繡屏開了。驚詩夢、嬌鶯啼破春悄。隱將譜字轉清圓，正杏梁聲繞。看帖帖、蛾眉淡掃。不知能聚愁多少。歎客裏淒涼，尚記得當年雅音，低唱還好。　　同是流落殊鄉，相逢何晚，坐對真被花惱。貞元朝士已無多，但暮煙衰草。未忘得春風窈窕。卻憐張緒如今老。且慰我留連意，莫說**西湖**，那時蘇小。
55	臺城路	遷居	桃花零落玄都觀，劉郎此情誰語。鬢髮蕭疏，襟懷澹薄，空賦天涯羈旅。離情萬縷。第一是難招，舊鷗今雨。錦瑟年華，夢中猶記豔游處。　　依依心事最苦。片帆渾是月，獨抱淒楚。屋破容秋，床空對雨，迷卻青門瓜圃。初荷未暑。歎極目煙波，又歌**南浦**。燕忽歸來，翠簾深幾許。
56	壺中天	送趙壽父歸慶元	奚囊謝屐。向芙蓉城下，□□游歷。江上沙鷗何所似，白髮飄飄行客。曠海乘風，長波垂釣，欲把珊瑚拂。近來楊柳，卻憐渾是秋色。　　日暮空想佳人，楚芳難贈，煙水分

			明隔。老病孤舟天地裹，惟有歌聲消得。**故國**荒城，斜陽古道，可奈花狼藉。他時一笑，似曾何處相識。
57	新雁過妝樓	乙巳菊日寓溧陽，聞雁聲，因動脊令之感。	遍插茱萸。人何處、客裏頓懶攜壺。雁影涵秋，絕似暮雨相呼。料得曾留堤上月，**舊家**伴侶有書無。謾嗟吁。數聲怨抑，翻致無書。　誰識飄零萬里，更可憐倦翼，同此江湖。飲啄關心，知是近日何如。陶潛尚存菊徑，且休羨、松風陶隱居。沙汀冷，揀寒枝不似，煙水黃蘆。
58	風入松	題蔣道錄溪山堂	門前山可久長看。留住白雲難。溪虛卻與雲相傍，對白雲、何必深山。爽氣潛生樹石，晴光竟入闌干。　**舊家**三徑竹千竿。蒼雪拂衣寒。綠蓑青笠玄真子，釣風波、不是真閒。得似壺中日月，依然只在人間。
59	木蘭花慢		二分春到柳，青未了，欲婆娑。甚書劍飄零，身猶是客，歲月頻過。**西湖故園**在否，怕東風、今日落梅多。抱瑟空行古道，盟鷗頓冷清波。　知麼。老子狂歌。心未歇，鬢先皤。歎敝卻貂裘，驅車萬里，風雪關河。燈前恍疑夢醒，好依然、只著舊漁蓑。流水桃花漸暖，酒船不去如何。
60	南樓令	有懷**西湖**，且歎客游之漂泊。	湖上景消磨。飄零有夢過。問堤邊、春事如何。可是而今張緒老，見說道、柳無多。　客裏醉時歌。尋思安樂窩。買扁舟、重緝漁蓑。欲趁桃花流水去，又卻怕、有風波。
61	南樓令	送**杭**友	聚首不多時。煙波又別離。有黃金、應鑄相思。折得梅花先寄我，山正在、**裏湖**西。　風雪脆荷衣。休教鷗鷺知。鬢絲絲、猶混塵泥。何日束書歸舊隱，只恐怕、種瓜遲。

62	鷓鴣天		樓上誰將玉笛吹。山前水闊暝雲低。勞勞燕子人千里，落落梨花雨一枝。　修禊近，賣餳時。**故鄉**惟有夢相隨。夜來折得江頭柳，不是**蘇堤**也皺眉。
63	壺中天		繞枝倦鵲，鬢蕭蕭、肯信如今猶客。風雪荷衣寒葉補，一點燈花懸壁。萬里舟車，十年書劍，此意青天識。泛然身世，**故家**休問清白。　卻笑醉倒衰翁，石床飛夢，不入槐安國。只恐溪山游未了，莫歎飄零南北。滾滾江橫，嗚嗚歌罷，渺渺情何極。正無聊賴，天風吹下孤笛。
64	甘州	和袁靜春入**杭**韻	聽江湖、夜雨十年燈，孤影尚中洲。對荒涼茂苑，吟情渺渺，心事悠悠。見說寒梅猶在，無處認西樓。招取樓邊月，同載扁舟。 明日琴書何處，正風前墜葉，草外閑鷗。甚消磨不盡，惟有古今愁。總休問、**西湖南浦**，漸春來煙水入天流。清游好，醉招黃鶴，一嘯清秋。
65	長亭怨	別陳行之	跨匹馬、東瀛煙樹。轉首十年，旅愁無數。此日重逢，故人猶記舊游否。雨今雲古。更秉燭、渾疑夢語。袞袞登臺，歎野老、白頭如許。　歸去。問當初鷗鷺。幾度**西湖**霜露。漂流最苦。便一似、斷蓬飛絮。情可恨、獨棹扁舟，浩歌向、清風來處。有多少相思，都在一聲**南浦**。
66	踏莎行	跋伯時弟《撫松寄傲詩集》	水落槎枯，田荒玉碎。夜闌秉燭驚相對。**故家**文物已無傳，一燈卻照清江外。　色展天機，光搖海貝。錦囊日月奚童背。重逢何處撫孤松，共吟風月**西湖**醉。

67	聲聲慢	中吳感舊[7]	因風整帽，借柳維舟，休登故苑荒臺。去歲何年，游處半入蒼苔。白鷗舊盟未冷，但寒沙、空與愁堆。謾歎息，問西門灑淚，不忍徘徊。　　眼底江山猶在，把冰弦彈斷，苦憶顏回。一點歸心，分付布韈青鞋。相尋已期到老，那知人、如此情懷。悵望久，海棠開、依舊燕來。
68	聲聲慢	寄葉書隱	百花洲畔，十里湖邊，沙鷗未許盟寒。舊隱琴書，猶記渭水長安。蒼雲數千萬疊，卻依然、一笑人間。似夢裏，對清尊白髮，秉燭更蘭。　　渺渺煙波無際，喚扁舟欲去，且與凭闌。此別何如，能消幾度陽關。江南又聽夜雨，怕梅花、零落孤山。歸最好，甚閒人、猶自未閒。
69	木蘭花慢	歸隱湖山，書寄陸處梅	二分春是雨，采香徑、綠陰鋪。正私語晴蛙，于飛晚燕，閒掩紋疏。流光慣欺病酒，問楊花、過了有花無。啼鴂初聞院宇，釣船猶繫菰蒲。　　林逋。樹老山孤。渾忘卻、隱西湖。歎扇底歌殘，蕉間夢醒，難寄中吳。秋痕尚懸鬢影，見蓴絲、依舊也思鱸。黏壁蝸涎幾許，清風只在樵漁。
70	清平樂	蘭曰國香，為哲人出，不以色香自眩，乃得天之清者也。楚子不作，蘭今安在？得見所南翁枝上數筆，斯可	三花一葉。比似前時別。煙水茫茫無處說。冷卻西湖風月。　　貞芳只合深山。紅塵了不相關。留得許多清影，幽香不到人間。

7　「中吳」，指蘇州、杭州一帶。黃畬校箋：《山中白雲詞箋》，頁427。

		矣。賦此以紀情事云。	
71	思佳客	題周草窗《武林舊事》	夢裏瞢騰說夢華。鶯鶯燕燕已天涯。蕉中覆處應無鹿，漢上從來不見花。　今古事，古今嗟。**西湖**流水響琵琶。銅駝煙雨棲芳草，休向江南問**故家**。
72	風入松	久別曾心傳，近會于竹林清話。歡未足而離歌發，情如之何？因作此解，時至大庚戌七月也。	滿頭風雪昔同游。同載月明舟。回來又續**西湖**夢，繞江南、那處無愁。贏得如今老大，依然只是漂流。　故人翦燭對花謳。不記此身浮。征衣冷落荷衣暖，徑雖荒、也合歸休。明□□□煙水，相思卻在**并州**。
73	臺城路	歸**杭**	當年不信江湖老，如今歲華驚晚。路改家迷，花空蔭落，誰識重來劉阮。殊鄉頓遠。甚猶帶羈懷，雁淒蛩怨。夢裏忘歸，亂浦煙浪片帆轉。　閉門休歎**故苑**。杖藜游冶處，蕭艾都遍。雨色雲西，晴光水北，一洗悠然心眼。行行漸懶。快料理幽尋，酒瓢詩卷。賴有湖邊，舊時鷗數點。
74	菩薩蠻	曉行**西湖**邊	霜花鋪岸濃如雪。田間水淺冰初結。林密亂鴉啼。山深雁過稀。　風恬湖似鏡。冷浸樓臺影。梅不怕隆寒，疏葩正耐看。
75	尾犯	山庵有梅古甚，老僧云：「此樹近百年矣。」余盤礴花下，竟日忘歸，因有感於**孤山**，為賦此調。	一白受春知。獨愛老來，疏瘦偏宜。古月黃昏，許松竹相依。□暈蘚、枯槎半折，影浮波、渴龍倒窺。歲華凋謝，水邊籬落，雪後忽橫枝。　百花頭上立，且休問、向北開遲。老了何郎，不成便無詩。惟只有、西州倦客，怕說著、**西湖**舊時。難忘處，放鶴山空人未歸。

說明：

1.表中詞之編號次第按黃畬箋校《山中白雲詞箋》先後順序排列。
2.詞中出現杭州之地名、地景、場所皆用標楷粗體標示之。表三、表四之杭州詞亦同。
3.張炎〈聲聲慢·西湖〉一詞之「西湖」是指山陰的鑒湖，[8]故不列入杭州詞。
4.詞中「西州」、「并州」、「長安」均借指杭州。
5.張炎之杭州詞的選擇有時頗難判定，如〈甘州·題趙藥牖山居。「見天地心」、「怡顏」、「小柴桑」，皆其亭名。〉的「趙藥牖山居」未詳何處，故暫不列入。
6.黃畬校箋《山中白雲詞箋》排版偶有錯字，依唐圭璋《全宋詞》本校正。如〈甘州〉：「對荒涼茂苑」，原作「荒瓊」（頁 400）；〈踏莎行〉：「共吟風月西湖醉」，原作「苦吟」（頁 425）；〈清平樂〉：「蘭今安在」，原作「蘭令」（頁 431），應為形近而誤，依《全宋詞》本改之。

8　參閱黃畬校箋：《山中白雲詞箋》，頁 210。

表三　姜夔《白石詞》書寫杭州詞表

編號	詞牌	詞題／詞序	詞
1	念奴嬌	予客武陵，湖北憲治在焉。古城野水，喬木參天，予與二三友日蕩舟其間，薄荷花而飲，意象幽閒，不類人境。秋水且涸，荷葉出地尋丈，因列坐其下，上不見日，清風徐來，綠雲自動，間于疏處窺見遊人畫船，亦一樂也。朅來吳興，數得相羊荷花中。又夜泛**西湖**，光景奇絕；故以此句寫之。	鬧紅一舸，記來時嘗與鴛鴦為侶。三十六陂人未到，水佩風裳無數。翠葉吹涼，玉容銷酒，更灑菰蒲雨。嫣然搖動，冷香飛上詩句。　日暮青蓋亭亭，情人不見，爭忍淩波去。只恐舞衣寒易落，愁入西風**南浦**。高柳垂陰，老魚吹浪，留我花間住。田田多少，幾回沙際歸路。
2	淒涼犯	合肥巷陌皆種柳，秋風夕起騷騷然；予客居闔戶，時聞馬嘶，出城四顧，則荒煙野草，不勝淒黯，乃著此解；琴有淒涼調，假以為名。凡曲言犯者，謂以宮犯商、商犯宮之類，如道	綠楊巷陌秋風起，邊城一片離索。馬嘶漸遠，人歸甚處，戍樓吹角。情懷正惡，更衰草寒煙淡薄。似當時、將軍部曲，迤邐度沙漠。　追念**西湖**上，小舫攜歌，晚花行樂。舊遊在否，想如今、翠凋紅落。漫寫羊裙，等新雁來時繫著。怕匆匆、不肯寄與誤後約。

		調宮「上」字住，雙調亦「上」字住，所住字同，故道調曲中犯雙調，或于雙調曲中犯道調，其他準此。唐人《樂書》云：「犯有正、旁、偏、側；宮犯宮為正，宮犯商為旁，宮犯角為偏，宮犯羽為側。」此說非也，十二宮所住字各不同，不容相犯；十二宮特可犯商、角、羽耳。予歸行都，以此曲示國工田正德，使以啞觱吹之，其韵極美。亦曰〈瑞鶴仙影〉。	
3	暗香仙呂宮	辛亥之冬，予載雪詣石湖。止既月，授簡索句，且徵新聲。作此兩曲，石湖把玩不已，使工妓隸習之，音節諧婉，乃名之曰〈暗香〉〈疏影〉。	舊時月色，算幾番照我，梅邊吹笛。喚起玉人，不管清寒與攀摘。何遜而今漸老，都忘卻春風詞筆。但怪得竹外疏花，香冷入瑤席。 　江國，正寂寂。歎寄與路遙，夜雪初積。翠尊易泣，紅萼無言耿相憶。長記曾攜手處，千樹壓西湖寒碧。又片片、吹盡也，幾時見得？
4	疏影		苔枝綴玉。有翠禽小小。枝上同宿。客裏相逢，籬角黃昏，無言自倚修竹。照君不慣胡

			沙遠，但暗憶、江南江北。想佩環、月夜歸來，化作此花幽獨。　猶記深宮舊事，那人正睡裏，飛近蛾綠。莫似春風，不管盈盈，早與安排金屋。還教一片隨波去，又卻怨、玉龍哀曲。等恁時、重覓幽香，已入小窗橫幅。
5	鶯聲繞紅樓	甲寅春，平甫與予自越來吳，攜家妓觀梅于**孤山之西村**，命國工吹笛，妓皆以柳黃為衣。	十畝梅花作雪飛。冷香下、攜手多時。兩年不到**斷橋**西。長笛為予吹。　人妒垂楊綠，春風為染作仙衣。垂楊卻又妒腰肢。近前舞絲絲。
6	角招黃鍾角	甲寅春，予與俞商卿燕遊**西湖**，觀梅于**孤山之西村**，玉雪照映，吹香薄人。已而商卿歸吳興，予獨來，則山橫春煙，新柳被水，遊人容與飛花中，悵然有懷，作此寄之。商卿善歌聲，稍以儒雅緣飾；予每自度曲，吟洞簫，商卿輒歌而和之，極有山林縹渺之思。今予離憂，商卿一行作吏，殆無復此樂矣。	為春瘦。何堪更、繞**西湖**盡是垂柳。自看煙外岫。記得與君，湖上攜手。君歸未久。早亂落香紅千畝。一葉淩波縹緲，過三十六離宮，遣遊人回首。　猶有。畫船障袖。青樓倚扇，相映人爭秀。翠翹光欲溜。愛著宮黃，而今時候。傷春似舊。蕩一點、春心如酒。寫入吳絲自奏。問誰識、曲中心、花前友。
7	阮郎歸	為張平甫壽，是日	紅雲低壓碧玻瓈，惺憁花上啼。靜看樓角拂

		同宿湖西**定香寺**	長枝，朝寒吹翠眉。　休涉筆，且裁詩，年年風絮時。繡衣夜半草符移，月中雙槳歸。
8	阮郎歸		旌陽宮殿昔裵徊，一壇雲葉垂。與君閒看壁間題：夜涼笙鶴期。　茅店酒，壽君時，老楓臨路歧。年年強健得追隨，名山遊遍歸。
9	齊天樂	丙辰歲，與張功父會飲**張達可之堂**。聞屋壁間蟋蟀有聲，功父約予同賦，以授歌者。功父先成，辭甚美；予裵徊茉莉花間，仰見秋月，頓起幽思，尋亦得此。蟋蟀中都呼為促織，善鬭。好事者或以三、二十萬錢致一枚，鏤象齒為樓觀以貯之。	庾郎先自吟愁賦，淒淒更聞私語。露濕銅鋪，苔侵石井，都是曾聽伊處。哀音似訴，正思婦無眠，起尋機杼。曲曲屏山，夜涼獨自甚情緒。　西窗又吹夜雨，為誰頻斷續，相和砧杵。候館迎秋，離宮弔月，別有傷心無數。豳詩漫與，笑籬落呼燈，世間兒女。寫入琴絲，一聲聲更苦。宣政間，有士大夫製蟋蟀吟。
10	鬲溪梅令	丙辰冬，自無錫歸，作此寓意。	好花不與殢香人，浪粼粼。又恐春風歸去綠成陰，玉鈿何處尋？　木蘭雙槳夢中雲，小橫陳。漫向**孤山**山下覓盈盈，翠禽啼一春。
11	鷓鴣天	丁巳元日。	柏綠椒紅事事新，隔籬燈影賀年人。三茅鐘動西窗曉，詩鬢無端又一春。　慵對客，緩開門，梅花閒伴老來身。嬌兒學作人間字，鬱壘神荼寫未真。
12	鷓鴣天	正月十一日觀燈。	巷陌風光縱賞時，籠紗未出馬先嘶。白頭居士無呵殿，只有乘肩小女隨。　花滿市，月侵衣，少年情事老來悲。**沙河塘**上春寒淺，看了遊人緩緩歸。

13	鷓鴣天	元夕不出。	憶昨天街預賞時，柳慳梅小未教知。而今正是歡遊夕，卻怕春寒自掩扉。　　簾寂寂，月低低，舊情惟有絳都詞。芙蓉影暗三更後，臥聽鄰娃笑語歸。
14	鷓鴣天	元夕有所夢。	肥水東流無盡期，當初不合種相思。夢中未比丹青見，暗裏忽驚山鳥啼。　　春未綠，鬢先絲，人間別久不成悲。誰教歲歲紅蓮夜，兩處沉吟各自知。
15	鷓鴣天	十六夜出。	輦路珠簾兩行垂，千枝銀燭舞僛僛。東風歷歷紅樓下，誰識三生杜牧之。　　歡正好，夜何其。明朝春過小桃枝。鼓聲漸遠遊人散，惆悵歸來有月知。
16	月下笛		與客攜壺，梅花過了，夜來風雨。幽禽自語。啄香心，度牆去。春衣都是柔荑翦，尚沾惹、殘茸半縷。悵玉鈿似掃，朱門深閉，再見無路。　　凝佇。曾遊處。但繫馬垂楊，認郎鸚鵡。揚州夢覺，彩雲飛過何許？多情須倩梁間燕，問吟袖、弓腰在否？怎知道、誤了人、年少自恁虛度。
17	喜遷鶯慢 太簇宮	功父新第落成	玉珂朱組。又占了道人，林下真趣。窗戶新成，青紅猶潤，雙燕為君胥宇。秦淮貴人宅第，問誰記六朝歌舞。總付與，在柳橋花館，玲瓏深處。　　居士。閒記取。高臥未成，且種松千樹。覓句堂深，寫經窗靜，他日任聽風雨。列仙更教誰做，一院雙成儔侶。世間住。且休將雞犬，雲中飛去。
18	念奴嬌	毀舍後作	昔遊未遠，記湘皐聞瑟，澧浦捐褋。因覓孤山林處士，來踏梅根殘雪。獠女供花，傖兒行酒，臥看青門轍。一邱吾老，可憐情事空切。　　曾見海作桑田，仙人雲表，笑汝真

			癡絕。說與依依王謝燕，應有涼風時節。越只青山，吳惟芳草，萬古皆沈滅。繞枝三匝，白頭歌盡明月。
19	卜算子	吏部梅花八詠，夔次韻。	江左詠梅人，夢繞青青路。因向凌風臺下看，心事還將與。　憶別庾郎時，又過林逋處。萬古**西湖**寂寞春，惆悵誰能賦。
20	卜算子		月上海雲沈，鷗去吳波迥。行過**西泠**有一枝，竹暗人家靜。　又見**水沈亭**，舉目悲風景。花下鋪氊把一盃，緩飲春風影。西泠橋在孤山之西，水沈亭在孤山之北，亭廢。
21	卜算子		蘚榦石斜妨，玉蕊松低覆。日暮冥冥一見來，略比年時瘦。　**涼觀**酒初醒，**竹閣**吟纔就。猶恨幽香作許慳，小遲春心透。涼觀在孤山之麓，南北梅最奇。竹閣在涼觀西，今廢。
22	卜算子		家在**馬城西**，今賦梅屏雪。梅雪相兼不見花，月影玲瓏徹。　前度帶愁看，一餉和愁折。若使逋仙及見之，定自成愁絕。馬城在都城西北，梅屏甚見珍愛。
23	卜算子		摘蕊暝禽飛，倚樹懸冰落。**下竺橋**邊淺立時，香已漂流卻。　空遥晚煙平，古寺春寒惡。老子尋花第一番，常恐吳兒覺。下竺寺前磵石上風景最妙。
24	卜算子		綠萼更橫枝，多少梅花樣。惆悵**西村**一塢春，開徧無人賞。　細草藉金輿，歲歲長吟想。枝上么禽一兩聲，猶似宮娥唱。綠萼、橫枝，皆梅別種，凡二十許名。西村在孤山後，梅皆阜陵時所種。
25	卜算子		**御苑**接湖波，松下春風細。雲綠峩峩玉萬枝，別有仙風味。　長信昨來看，憶共東皇醉。此樹婆娑一惘然，苔蘚生春意。聚景官梅，皆植之高松之下，芘蔭歲久，萼盡綠。夔昨歲觀梅於彼，所聞

			於園官者如此，末章及之。
26	法曲獻仙音	張彥功官舍在**鐵冶嶺**上，即昔之教坊使宅。高齋下瞰湖山，光景奇絕。予數過之，為賦此。	虛閣籠寒，小簾通月，暮色偏憐高處。樹鬲**離宮**，水平馳道，湖山盡入尊俎。奈楚客，淹留久，砧聲帶愁去。　屢回顧，過秋風未成歸計。誰念我、重見冷楓紅舞。喚起淡妝人，問逋仙今在何許？象筆鸞牋，甚而今、不道秀句。怕平生幽恨，化作沙邊煙雨。
27	小重山令	趙郎中謁告迎侍太夫人，將來**都下**，予喜爲作此曲。	寒食飛紅滿**帝城**。慈烏相對立，柳青青。玉階端笏細陳情。天恩許，春盡可還**京**。 鵲報倚門人，安輿扶上了，更親擎。看花攜樂緩行程。爭迎處，堂下拜公卿。

說明：

1.表中詞之編號次第按夏承燾箋校《姜白石詞編年箋校》先後順序排列。

2.詞中未出現杭州地景、場所之名詞，而仍視為書寫杭州之詞者，其判定依據參閱第四章之所述。

表四　周密《草窗詞》書寫杭州詞表

編號	詞牌	詞題／詞序	詞
1	大聖樂	次施中山蒲節韻	虹雨霽風，翠縈蘋渚，錦翻葵徑。正小亭、曲沼幽深，簟枕夢回，苔色槐陰清潤。暗憶蘭湯初洗玉，襯碧霧籠綃垂蕙領。輕妝了，裊涼花絳縷，香滿鸞鏡。　人閒午遲漏永。看雙燕將雛穿藻井。喜玉壺無暑，涼涵荷氣，波搖簾影。畫舸**西湖**渾如舊，又菰冷蒲香驚夢醒。歸舟晚，聽誰家、紫簫聲近。
2	木蘭花慢	**西湖十景**尚矣。張成子嘗賦〈應天長〉十闋誇余曰：「是古今詞家未能道者。」余時年少氣銳，謂：「此人間景，余與子皆人間人，子能道，余顧不能道耶？」冥搜六日而詞成。成子驚賞敏妙，許放出一頭地。異日霞翁見之曰：「語麗矣，如律未協何？」遂相與訂正，閱數月而後定。是知詞不難作，而難於改；語不難工，而難於協。翁往矣，賞音	恰芳菲夢醒，漾殘月、轉湘簾。正翠崦收鐘，彤墀放仗，臺榭輕煙。**東園**。夜遊乍散，聽金壺、逗曉歇花籤。宮柳微開露眼，小鶯寂妒春眠。　冰奩。黛淺紅鮮。臨曉鑒、競晨妍。怕誤卻佳期，宿妝旋整，忙上雕軿。都緣探芳起早，看堤邊、早有已開船。薇帳殘香淚蠟，有人病酒懨懨。

		寂然。姑述其概，以寄余懷云。 **蘇堤春曉**	
3	木蘭花慢	**平湖秋月**	碧霄澄暮靄，引瓊駕、碾秋光。看翠闕風高，珠樓夜午，誰搗玄霜。滄茫。玉田萬頃，趁仙查、咫尺接天潢。彷佛淩波步影，露濃佩冷衣涼。　明璫。淨洗新妝。隨皓彩、過西廂。正霧衣香潤，雲鬟紺濕，私語相將。鴛鴦。誤驚夢曉，掠芙蓉、度影入銀塘。十二欄干佇立，鳳簫怨徹清商。
4	木蘭花慢	**斷橋殘雪**	覓梅花信息，擁吟袖、暮鞭寒。自放鶴人歸，月香水影，詩冷**孤山**。等閒。泮寒晛暖，看融城、御水到人間。瓦隴竹根更好，柳邊小駐遊鞍。　琅玕。半倚雲灣。孤櫂晚、載詩還。是醉魂醒處，**畫橋第二**，奩月初三。東闌。有人步玉，怪冰泥、沁濕錦鴛斑。還見晴波漲綠，謝池夢草相關。
5	木蘭花慢	**雷峰落照**	塔輪分斷雨，倒霞影、漾新晴。看滿鑒春紅，輕橈占岸，疊鼓收聲。簾旌。半鉤待燕，料香濃、徑遠趲蜂程。芳陌人扶醉玉，路旁懶拾遺簪。　郊坰。未厭游情。雲暮合、謾消凝。想罷歌停舞，煙花露柳，都付棲鶯。重闉。已催鳳鑰，正鈿車、繡勒入爭門。銀燭擎花夜暖，**禁街**淡月黃昏。
6	木蘭花慢	**麯院風荷**	軟塵飛不到，過微雨、錦機張。正蔭綠池幽，交枝徑窄，臨水追涼。宮妝。蓋羅障暑，泛青蘋、亂舞五雲裳。迷眼紅綃絳彩，翠深偷見鴛鴦。　湖光。兩岸瀟湘。風薦爽、扇搖香。算惱人偏是，縈絲露藕，連理秋房。涉江。采芳舊恨，怕紅衣、夜冷落橫塘。折

			得荷花忘卻，櫂歌唱入斜陽。
7	木蘭花慢	**花港觀魚**	**六橋**春浪暖，漲桃雨、鱖初肥。正短櫂輕蓑，牽筒荇帶，縈網蒓絲。依稀。岸紅溯遠，漾仙舟、誤入武陵溪。何處金刀膾玉，畫船傍柳頻催。　　芳堤。漸滿斜暉。舟葉亂、浪花飛。聽暮榔聲合，鷗沈暗渚，鷺起煙磯。忘機。夜深浪靜，任煙寒、自載月明歸。三十六鱗過卻，素箋不寄相思。
8	木蘭花慢	**南屏晚鐘**	疏鐘敲暝色，正遠樹、綠愔愔。看渡水僧歸，投林鳥聚，煙冷秋屏。孤雲。漸沈雁影，尚殘簫、倦鼓別游人。宮柳棲鴉未穩，露梢已卦疏星。　　重城。禁鼓催更。羅袖怯、暮寒輕。想綺疏空掩，鸞綃翳錦，魚鑰收銀。蘭燈。伴人夜語，怕香消、漏永著溫存。猶憶回廊待月，畫闌倚遍桐陰。
9	木蘭花慢	**柳浪聞鶯**	晴空搖翠浪，畫禽靜、霽煙收。聽暗柳啼鶯，新簧弄巧，如度秦謳。誰紬。翠絲萬縷，颺金梭、宛轉織芳愁。風嫋餘音甚處，絮花三月宮溝。　　扁舟。纜繫輕柔。沙路遠、倦追遊。望**斷橋**斜日，蠻腰競舞，蘇小牆頭。偏憂。杜鵑喚去，鎮綿蠻、竟日挽春留。啼覺瓊疏午夢，翠丸驚度西樓。
10	木蘭花慢	**三潭印月**	遊船人散後，正蟾影、印寒湫。看冷沁鮫眠，清宜兔浴，皓彩輕浮。扁舟。泛天鏡裏，溯流光、澄碧浸明眸。棲鷺空驚碧草，素鱗遠避金鉤。　　臨流。萬象涵秋。懷渺渺、水悠悠。念漢皋遺佩，湘波步襪，空想仙遊。風收。翠奩乍啟，度飛星、倒影入芳洲。瑤瑟誰彈古怨，渚宮夜舞潛虯。
11	木蘭花慢	**兩峰插雲**	碧尖相對處，向煙外、挹遙岑。記舞鷲啼猿，

			天香桂子，曾去幽尋。輕陰。易晴易雨，看南峰、淡日北峰雲。雙塔秋擎露冷，亂鐘曉送霜清。　登臨。望眼增明。沙路白、海門青。正地幽天迥，水鳴山籟，風奏松琴。虛楹。半空聚遠，倚欄干、暮色與雲平。明月千巖夜午，遡風跨鶴吹笙。
12	采綠吟	甲子夏，霞翁會吟社諸友逃暑于**西湖之環碧**。琴尊筆研，短葛綀巾，放舟于荷深柳密間。舞影歌塵，遠謝耳目。酒酣，采蓮葉，探題賦詞。余得塞垣春，翁為翻譜數字，短簫按之，音極諧婉，因易今名云。	采綠鴛鴦浦，畫舸水北雲西。槐薰入扇，柳陰浮槳，花露侵詩。點塵飛不到，冰壺裏、紺霞淺壓玻瓈。想明璫、淩波遠，依依心事寄誰。　移櫂艤空明，蘋風度、瓊絲霜管清脆。咫尺挹幽香，悵岸隔紅衣。對滄洲、心與鷗閒，吟情渺、蓮葉共分題。停杯久，涼月漸生，煙合翠微。
13	曲游春	禁煙湖上薄游，施中山賦詞甚佳，余因次其韻。蓋平時游舫，至午後則盡入**裏湖**，抵暮始出，**斷橋**小駐而歸，非習于游者不知也。故中山極擊節余「閒卻半湖春色」之句，謂能道人之所未云。	**禁苑**東風外，颺暖絲情絮，春思如織。燕約鶯期，惱芳情偏在，翠深紅隙。漠漠香塵隔。沸十里、亂弦叢笛。看畫船，盡入**西泠**，閒卻半湖春色。　柳陌。新煙凝碧。映簾底宮眉，堤上游勒。輕暝籠寒，怕梨雲夢冷，杏香愁冪。歌管酬寒食。奈蝶怨、良宵岑寂。正滿湖、碎月搖花，怎生去得。
14	秋霽	乙丑秋晚，同盟載	重到**西泠**，記芳園載酒，畫船橫笛。水曲芙

		酒為水月游。商令初肅，霜風戒寒。撫人事之飄零，感歲華之搖落，不能不以之興懷也。酒闌日暮，憮然成章。	蓉，渚邊鷗鷺，依依似曾相識。年芳易失。**段橋**幾換垂楊色。謾自惜。愁損庾郎，霜點鬢華白。　殘蛬露草，怨蝶寒花，轉眼西風，又成陳跡。歎如今、才消量減，尊前孤負醉吟筆。欲寄遠情秋水隔。舊游空在，凭高望極斜陽，亂山浮紫，暮雲凝碧。
15	探春慢	**修門**度歲，和友人韻	彩勝宜春，翠盤宵夜，客裏暗驚時候。翦燕心情，呼盧笑語，景物總成懷舊。愁鬢妒垂楊，怪稚眼、漸濃如豆。盡教寬盡春衫，畢竟為誰消瘦。　梅浪半空如繡。便管領芳菲，忍孤詩酒。映燭占花，臨窗卜鏡，還念嫩寒宮袖。簫鼓動春城，競點綴、玉梅金柳。廝句元宵，燈前共誰攜手。
16	月邊嬌	元夕懷舊	酥雨烘晴，早柳盼翾嬌，蘭芽愁醒。**九街**月淡，千門夜暖，十里寶光花影。塵凝步襪，送豔笑、爭誇輕俊。笙簫迎曉，翠幕卷、天香宮粉。　少年紫曲疏狂，絮花蹤迹，夜蛾心性。戲叢圍錦，燈簾轉玉，拚卻舞句歌引。前歡謾省。又輦路、東風吹鬢。醺醺倚醉，任夜深春冷。
17	瑞鶴仙	寄閒結**吟臺**，出花柳半空間，遠迎雙塔，下瞰**六橋**，標之曰：**湖山繪幅**，霞翁領客落成之。初筵，翁俾余賦詞，主賓皆賞音。酒方行，寄閒出家姬侑尊，所歌	翠屏圍晝錦，正柳織煙綃，花明春鏡。層闌幾回凭，看**六橋**鶯曉，**兩堤**鷗暝。晴嵐隱隱，映金碧、樓臺遠近。謾曾誇、萬幅丹青，畫筆畫應難盡。　那更，波涵月彩，露裛蓮妝，水描梅影。調朱弄粉，凭誰寫，四時景。問玉奩西子，山眉波盼，多少濃施淺暈。算何如、付與吟翁，緩評細品。

		則余所賦也。調閒婉而辭甚習，若素能之者。坐客驚詫敏妙，為之盡醉。越日過之，則已大書刻之危棟間矣。	
18	露華	次張窗雲韻	暖消蕙雪，漸水紋漾錦，雲淡波溶。岸香弄蕊，新枝輕裊條風。次第燕歸將近，愛柳眉、桃靨煙濃。鴛徑小，芳屏聚蝶，翠渚飄鴻。　**六橋**舊情如夢，記扇底宮眉，花下游驄。選歌試舞，連宵戀醉珍叢。怕裏早鶯啼醒，問杏鈿、誰點愁紅。心事悄，春嬌又入翠峰。
19	水龍吟	次張斗南韻	舞紅輕帶愁飛，寶韉暗憶章臺路。吟香醉雨，吹簫門巷，飄梭院宇。立盡殘陽，眼迷晴樹，夢隨風絮。歎江潭零落，依依舊恨，人空老、柳如許。　錦瑟華年暗度，賦行雲、空題短句。情絲繫燕，么弦彈鳳，文君更苦。煙水流紅，暮山凝紫，是春歸處。悵江南望遠，蘋花自采，寄將愁與。
20	過秦樓	避暑次窗雲韻	紺玉波寬，碧雲亭小，苒苒水楓香細。魚牽翠帶，燕掠紅衣，雨急萬荷喧睡。臨檻自采瑤房，鉛粉沾襟，雪絲縈指。喜嘶蟬樹遠，盟鷗鄉近，鏡奩光裏。　簾戶悄、竹色侵棋，槐陰移漏，晝永簟花鋪水。清眠乍足，晚浴初慵，瘦約楚裙尺二。曲砌虛庭夜深，月透龜紗，涼生蟬翅。看銀潢瀉露，金井啼鴉漸起。
21	風入松	立春日即席次寄閒韻	柳梢煙軟已璁瓏。嬌眼試東風。情絲又逐青絲亂，剩寒輕、猶戀芳櫳。筍玉新裁早燕，

			杏鈿時引晴蜂。　　當時蘭杜繫花驄，人在小樓東。鶯嬌戲索迎春句，愛露箋、新染香紅。未信閒情便懶，探花拚醉瓊鍾。
22	一枝春	寄閒飲客春窗，促坐款密，酒酣意洽，命清吭歌新製。余因為之沾醉，且調新弄以謝之。	碧淡春姿，柳眠醒、似怯朝來酥雨。芳程乍數，喚起探花情緒。東風尚淺，甚先有、翠嬌紅嫵。應自把、羅綺圍春，占得畫屏春聚。　　留連繡叢深處。愛歌雲裊裊，低隨香縷。瓊窗夜暖，試與細評新譜。妝梅媚晚，料無那、弄顰佯妒。還怕裏、簾外籠鶯，笑人醉語。
23	一枝春	越一日，寄閒次余前韻，且未能忘情於落花飛絮間，因寓去燕楊姓事以寄意，此少游「小樓連苑」之詞也。余遂戲用張氏故實次韻代答，亦東坡錦里先生之詩乎？	簾影移陰，杏香寒、乍濕西園絲雨。芳期暗數，又是去年心緒。金花謾翦，倩誰畫、舊時眉嫵。空自想、楊柳風流，淚滴軟綃紅聚。　　羅窗那回歌處。歎庭花倦舞，香消衣縷。樓空燕冷，碎錦懶尋塵譜。么弦謾賦，記曾是、倚嬌成妒。深院悄，閒掩梨花，倩鶯寄語。
24	齊天樂	紫霞翁開宴梅邊，謂客曰：梅之初綻，則輕紅未消；已放，則一白呈露。古今誇賞，不出香白，顧未及此，欠事也。施中山賦之，余和之。	宮檐融暖晨妝懶。輕霞未勻酥臉。倚竹嬌顰，臨流瘦影，依約尊前重見。盈盈笑靨。映珠絡玲瓏，翠綃蔥蒨。夢入羅浮，滿衣清露暗香染。　　東風千樹易老，怕紅顏旋減，芳意偷變。贈遠天寒，吟香夜冷，多少江南新怨。瓊疏靜掩。任翦雪栽雲，競誇輕豔。畫角黃昏，夢隨春共遠。
25	大聖樂	**東園**餞春即席分題	嬌綠迷雲，倦紅顰曉，嫩晴芳樹。漸午陰、簾影移香，燕語夢回，千點碧桃吹雨。冷落

			錦宮人歸後，記前度蘭橈停翠浦。凭闌久，謾凝想鳳翹，慵聽金縷。　　留春問誰最苦。奈花自無言鶯自語。對畫樓殘照，東風吹遠，天涯何許。怕折露條愁輕別，更煙暝長亭啼杜宇。垂楊晚，但羅袖、暗沾飛絮。
26	徵招	九日登高	江蘺搖落江楓冷，霜空雁程初到。萬景正悲涼，奈曲終人杳。登臨嗟老矣，問今古、清愁多少。一夢**東園**，十年心事，恍然驚覺。　　腸斷，紫霞深，知音遠、寂寂怨琴淒調。短髮已無多，怕西風吹帽。黃花空自好，問誰識、對花懷抱。楚山遠，九辯難招，更晚煙殘照。
27	明月引	趙白雲初賦此詞，以為自度腔，其實即〈梅花引〉也。陳君衡、劉養源皆再和之。會予有西州之恨，因用韻以寫幽懷。	舞紅愁碧晚蕭蕭。溯回潮。佇仙橈。風露高寒，飛下紫霞簫。一雁遠將千萬恨，懷渺渺，翦愁雲，風外飄。　　酒醒未醒香旋消。采江蘺，吟楚招。清徽芳筆，梅魂冷、月影空描。錦瑟瑤尊，閒度可憐宵。二十四闌愁倚遍，空悵望，短長亭，長短橋。
28	明月引	養源再賦，余亦載賡。	雁霜苔雪冷飄蕭。斷魂潮。送輕橈。翠袖珠樓，清夜夢瓊簫。江北江南雲自碧，人不見，淚花寒，隨雨飄。　　愁多病多腰素消。倚清琴。調〈大招〉。江空年晚，淒涼句、遠意難描。月冷花陰，心事負春宵。幾度問春春不語，春又到，到**西湖**，第幾橋。
29	大酺	春陰懷舊	又子規啼，荼蘼謝，寂寂春陰池閣。羅窗人病酒，奈牡丹初放，晚風還惡。燕燕歸遲，鶯鶯聲懶，閒罥秋千紅索。三分春過二，尚剩寒猶凝，翠衣香薄。傍鴛徑鸜籠，一池萍碎，半檐花落。　　最憐春夢弱。楚臺遠、

			空負朝雲約。謾念想、清歌錦瑟，翠管瑤尊，幾回沈醉**東園**酌。燕麥兔葵恨，倩誰訪、畫闌紅藥。況多病、腰如削。相如老去，賦筆吟箋閒卻。此情怕人問著。
30	掃花游	用清真韻	柳花颺白，又火冷餳香，歲時荊楚。海棠似語。惜芳情燕掠，錦屏紅舞。怕裏流芳，暗水啼煙細雨。帶愁去。歎寂寞**東園**，空想遊處。　　幽夢曾暗許。奈草色迷雲，送春無路。翠丸薦俎。掩清尊謾憶，舞鸞歌素。怨碧飄香，料得啼鵑更苦。正愁佇。暗春陰、倦簫殘鼓。
31	憶舊游	次韻貧房有懷**東園**	記花陰映燭，柳影飛梭，庭戶東風。彩筆爭春豔，任香迷舞袖，醉擁歌叢。畫簾靜掩芳晝，雲翦玉璁瓏。奈恨絕冰弦，塵消翠譜，別鳳離鴻。　　鶯籠。怨春遠，但翠冷閒階，墜粉飄紅。事逐華年換，歎水流花謝，燕去樓空。繡鴛暗老薇徑，殘夢繞雕櫳。悵寶瑟無聲，愁痕沁碧，江上孤峰。
32	柳梢青	余生平愛梅，僅一再見逃禪真跡。癸酉冬，會疏清翁**孤山**下，出所藏「雙清圖」，奇悟入神，絕去筆墨畦徑。卷尾補之自書〈柳梢青〉四詞，辭語清麗，翰札遒勁，欣然有契於心。余因戲云：「不知點胸老、放鶴翁	約略春痕。吹香新句，照影清尊。洗盡時妝，效顰西子，不負東昏。　　金沙舊事休論。盡消得、東風返魂。一段真清，風前孤驛，雪後前村。

		同生一時，其清風雅韻，優劣當何如哉。」翁噱曰：「我知畫而已，安與許事，君其問諸水濱。」因次韻載名於後，庶異時開卷索笑，不為生客云。	
33	柳梢青		萬雪千霜，禁持不過，玉雪生光。水部情多，杜郎老去，空惱愁腸。　天寒野嶼空廓，靜倚竹、無人自香。一笑相逢，江南江北，竹屋山窗。
34	柳梢青		映水穿籬，新霜微月，小蕊疏枝。幾許風流，一聲龍竹，半幅鵝溪。　江頭悵望多時，欲待折、相思寄伊。真色真香，丹青難寫，今古無詩。
35	柳梢青		夜鶴驚飛，香浮翠蘚，玉點冰枝。古意高風，幽人空谷，靜女深幃。　芳心自有天知。任醉舞、花邊帽欹。最愛孤山，雪初晴後，月未殘時。
36	齊天樂	余自入冬多病，吟事盡廢。小窗淡月，忽對橫枝，恍然空谷之見似人也。泚筆賦情，不復作少年丹白想。或者以九方皋求我，則庶幾焉。	東風又入江南岸，年年漢宮春早。寶屑無痕，生香有韻，消得何郎花惱。孤山夢繞。記路隔金沙，那回曾到。夜月相思，翠尊誰共飲清醥。　天寒空念贈遠，水邊凭為問，春得多少。竹外凝情，墻陰照影，誰見嫣然一笑。吟香未了。怕玉管西樓，一聲霜曉。花自多情，看花人自老。
37	瑤花慢	后土之花，天下無	朱鈿寶玦。天上飛瓊，比人間春別。江南江

		二本。方其初開，帥臣以金瓶飛騎進之天上，間亦分致貴邸。余客輦下，有以一枝。	北，曾未見，謾擬梨雲梅雪。淮山春晚，問誰識、芳心高潔。消幾番、花落花開，老了玉關豪傑。　金壺翦送瓊枝，看一騎紅塵，香度瑤闕。韶華正好，應自喜、初識長安蜂蝶。杜郎老矣，想舊事、花須能說。記少年，一夢揚州，二十四橋明月。
38	桂枝香	雲洞賦桂[1]	巖霏逗綠。又涼入小山，千樹幽馥。仙影懸霜粲夜，楚宮六六。明霞洞窅珊瑚冷，對清商、吟思堪掬。麝痕微沁，蜂黃淺約，數枝秋足。　別有雕闌翠屋。任滿帽珠塵，拚醉香玉。瘦倚西風，誰見露侵肌粟。好秋能幾花前笑，繞涼雲、重喚銀燭。寶屏空曉，珍叢怨月，夢回金谷。
39	齊天樂		曲屏遮斷行雲夢，西樓怕聽疏雨。研凍凝華，香寒散霧，呵筆慵題新句。長安倦旅。歎衣染塵痕，鏡添秋縷。過盡飛鴻，錦箋誰為寄愁去。　簫臺應是怨別，曉寒梳洗懶，依舊眉嫵。酒滴爐香，花圍坐暖，閒卻珠韉鈿柱。芳心謾語。恨柳外遊韁，繫情何許。暗卜歸期，細將梅蕊數。
40	龍吟曲	賦寶山園表裏畫圖	仙山非霧非煙，翠微縹緲樓臺亞。江蕪海樹，晴光雨色，天開圖畫。兩岸潮平，六橋煙霽，晚鉤簾挂。自玄暉去後，雲情雪意，丹青手、應難寫。　花底朝回多暇。倚高寒、有人瀟酒。東山杖屨，西州賓客，笑談風雅。貯月杯寬，護香屏暖，好天良夜。樂閒中日月，清時鐘鼓，結春風社。

1　宋·施諤：《淳祐臨安志》：「雲洞，在錢塘門外古柳林楊和王園內。因其坡陀，擁土為之，可奪天巧矣。」卷 9，頁 4926。

41	聲聲慢	柳花詠	燕泥沾粉，魚浪吹香，芳堤十里新晴。靜惹遊絲，花邊裊裊扶春。多情最憐飄泊，記章臺、曾綰青青。堪愛處，是撲簾嬌軟，隨馬輕盈。　長是**河橋**三月，[2]做一番晴雪，惱亂詩魂。帶雨沾衣，羅襟點點離痕。休綴潘郎鬢影，怕綠窗、年少人驚。捲春去，翦東風、千縷碎雲。
42	水龍吟	次陳君衡見寄韻	燕翎誰寄愁箋，天涯望極王孫草。新煙換柳，光風浮蕙，餘寒尚峭。倚杖看雲，翦燈聽雨，幾番詩酒。歎**長安**倦客，江南舊恨，飛花亂、清明後。　堤上垂楊風驟。散香綿、輕沾吟袖。麴塵兩岸，紋波十里，暖蒸香透。海闊雲深，水流春遠，夢魂難句。問鶯邊按譜，花前覓句，解相思否。
43	南樓令	又次君衡韻	欹枕聽西風。蛬階月正中。弄秋聲、金井孤桐。閒省十年吳下路，船幾度、繫江楓。　**輦路**又迎逢。秋如歸興濃。歎淹留、還見新冬。湖外霜林秋似錦，一片片、認題紅。
44	點絳唇		雪霽寒輕，興來載酒移吟艇。玉田千頃。橋外詩情迥。　重到**孤山**，往事和愁醒。東風緊。水邊疏影。誰念梅花冷。
45	浪淘沙		柳色淡如秋。蝶懶鶯羞。十分春事九分休。開盡楝花寒尚在，怕上簾鉤。　**京洛**少年游。誰念淹留。東風吹雨過西樓。殘夢宿酲相合就，一段新愁。
46	聞鵲喜	**吳山**觀濤	天水碧。染就一江秋色。鰲戴雪山龍起蟄。快風吹海立。　數點煙鬟青滴。一杼霞綃

2　「河橋」，原為長安東灞橋，此處借指杭州西湖長堤。史克振校注：《草窗詞校注》，頁124。

			紅濕。白鳥明邊帆影直。隔江聞夜笛。
47	（祝）英臺近	賦攬秀園	步玲瓏，尋窈窕，瑤草四時碧。小小蓬萊，花氣透簾隙。幾回翠水荷初，蒼厓梅小，綺寮掩、玉壺春色。[3]　柳屏窄。芳檻日日東風，幾醉幾吟筆。曲折花房，鶯燕似相識。最憐燈影纔收，歌塵初靜，畫樓外、一聲秋笛。
48	掃花游	九日懷歸	江蘺怨碧，早過了霜花，錦空洲渚。孤蛬自語。正長安亂葉，萬家砧杵。塵染秋衣，誰念西風倦旅。恨無據。悵望極歸舟，天際煙樹。　心事曾細數。怕水葉沈紅，夢雲離去。情絲恨縷。倩回紋為織，那時愁句。雁字無多，寫得相思幾許。暗凝佇。近重陽、滿城風雨。
49	探芳訊	西冷春感	步晴晝。向水院維舟，津亭喚酒。歎劉郎重到，依依謾懷舊。東風空結丁香怨，花與人俱瘦。甚淒涼，暗草沿池，冷苔侵甃。 橋外晚風驟。正香雪隨波，淺煙迷岫。廢苑塵梁，如今燕來否。翠雲零落空堤冷，往事休回首。最消魂，一片斜陽戀柳。
50	高陽臺	寄越中諸友	小雨分江，殘寒迷浦，春容淺入蒹葭。雪霽空城，燕歸何處人家。夢魂欲渡蒼茫去，怕夢輕、還被愁遮。感流年，夜汐東還，冷照西斜。　淒淒望極王孫草，認雲中煙樹，鷗外春沙。白髮青山，可憐相對蒼華。歸鴻自趁潮回去，笑倦遊、猶是天涯。問東風，先到垂楊，後到梅花。

3　西湖有小蓬萊、玉壺園。宋·周密：《武林舊事》，卷5，頁411、423。

51	齊天樂	蟬	槐薰忽送清商怨，依稀正聞還歇。**故苑**愁深，[4]危弦調苦，前夢蛻痕枯葉。傷情念別。是幾度斜陽，幾回殘月。轉眼西風，一襟幽恨向誰說。　　輕鬢猶記動影，翠蛾應妒我，雙鬢如雪。枝冷頻移，葉疏猶抱，孤負好秋時節。淒淒切切。漸迤邐黃昏，砌蛩相接。露洗餘悲，暮煙聲更咽。
52	三姝媚	送聖與還越	淺寒梅未綻。正潮過**西陵**，短亭逢雁。秉燭相看，歎俊遊零落，滿襟依黯。露草霜花，愁正在、廢宮蕪苑。明月河橋，笛外尊前，舊情消減。　　莫訴離腸深淺。恨聚散匆匆，夢隨帆遠。玉鏡塵昏，怕賦情人老，後逢淒惋。一樣歸心，又喚起、故園愁眼。立盡斜陽無語，空江歲晚。
53	獻仙音	吊**雪香亭**梅	松雪飄寒，嶺雲吹凍，紅破數椒春淺。襯舞臺荒，浣妝池冷，淒涼市朝輕換。歎花與人凋謝，依依歲華晚。　　共淒黯。問東風、幾番吹夢，應慣識當年，翠屏金輦。一片古今愁，但廢綠、平煙空遠。無語消魂，對斜陽、衰草淚滿。又**西泠**殘笛，低送數聲春怨。
54	聲聲慢	送王聖與次韻	瓊壺歌月，白髮簪花，十年一夢揚州。恨入琵琶，小憐重見灣頭。尊前漫題金縷，奈芳情、已逐東流。還送遠，甚**長安**亂葉，都是閒愁。　　次第重陽近也，看黃花綠酒，也合遲留。脆柳無情，不堪重繫行舟。百年正消幾別，對西風、休賦登樓。怎去得，怕淒涼時節，團扇悲秋。

4　「故苑」，指杭州南宋故宮。

55	踏莎行	題中仙詞卷	結客千金，醉春雙玉。舊游宮柳藏仙屋。[5]白頭吟老茂陵西，清平夢遠沈香北。　玉笛天津，錦囊昌谷。春紅轉眼成秋綠。重翻花外侍兒歌，休聽酒邊供奉曲。
56	高陽臺	送陳君衡被召	照野旌旗，朝天車馬，平沙萬里天低。寶帶金章，尊前茸帽風欹。秦關汴水經行地，想登臨、都付新詩。縱英游，疊鼓清笳，駿馬名姬。　酒酣應對燕山雪，正冰河月凍，曉隴雲飛。投老殘年，江南誰念方回。東風漸綠西湖柳，雁已還、人未南歸。最關情，折盡梅花，難寄相思。
57	慶宮春	送趙元父過吳	重疊雲衣，微茫雁影，短篷穩載吳雪。霜葉敲寒，風燈搖暈，櫂歌人語嗚咽。擁衾呼酒，正百里、冰河乍合。千山換色，一鏡無塵，玉龍吹裂。　夜深醉踏長虹，表裏空明，古今清絕。高臺在否，登臨休賦，忍見舊時明月。翠消香冷，怕空負、年芳輕別。孤山春早，一樹梅花，待君同折。
58	疏影	梅影	冰條木葉。又橫斜照水，一花初發。素壁秋屏，招得芳魂，仿佛玉容明滅。疏疏滿地珊瑚冷，全誤卻、撲花幽蝶。甚美人、忽到窗前，鏡裏好春難折。　閒想孤山舊事，浸清漪、倒映千樹殘雪。暗裏東風，可慣無情，攪碎一簾香月。輕妝誰寫崔徽面，認隱約、煙綃重疊。記夢回，紙帳殘燈，瘦倚數枝清絕。

5　「仙屋」，指王沂孫杭州西湖畔之居室。

59	西江月	**延祥觀**拒霜擬稼軒[6]	綠綺紫絲步障，紅鸞彩鳳仙城。誰將三十六陂春。換得**兩堤**秋錦。　眼纈醉迷朱碧，筆花俊賞丹青。斜陽展盡趙昌屏。羞死舞鸞妝鏡。
60	少年游	宮詞擬梅溪	簾消寶篆捲宮羅，蜂蝶撲飛梭。一樣東風，燕梁鶯院，那處春多。　曉妝日日隨香輦，多在**牡丹坡**。花深深處，柳陰陰處，一片笙歌。

說明：

1.表中詞之編號次第按史克振校注《草窗詞校注》先後順序排列。

2.本表書寫杭州之詞，如〈水龍吟〉、〈過秦樓〉、〈風入松〉、〈一枝春〉等，乃是周密在杭州與張樞酬唱次韻之作；〈明月引〉2 闋為悼杭州楊纘之詞；〈柳梢青〉4 首詠西湖孤山之梅等，詞中雖未出現杭州地方之專有名詞，然確定為杭州之地方與人事風物者亦入列，故周密之杭州詞至少有 60 闋。

3.表中之「長安」、「京洛」均借指臨安杭州。

6　「延祥觀」，在杭州西湖孤山路。宋·周密：《武林舊事》，卷 5，頁 422。

參考及引用書目

一、專書（依朝代、姓氏筆劃排序）

(一)張鎡、張樞、張炎、姜夔、周密著作類

宋·張鎡，《張鎡詞》，北京：中華書局《全宋詞》本，1998
宋·張鎡，《南湖集》，臺北：臺灣商務印書館文淵閣《四庫全書》本，1986
宋·張鎡，《南湖集》，上海：上海商務印書館《叢書集成》初編本，1936

宋·張樞，《張樞詞》，北京：中華書局《全宋詞》本，1998
宋·張樞，《張樞詞》，臺北：新文豐出版公司《叢書集成》續編本，1989

宋·張炎撰，清·江昱疏證，《山中白雲詞疏證》，臺北：臺灣中華書局《四部備要》本，1965
宋·張炎，《張炎詞》，北京：中華書局《全宋詞》本，1998
宋·張炎著，吳則虞校輯，《山中白雲詞》，北京：中華書局，1983
宋·張炎著，袁真校點，《山中白雲詞》，上海：上海古籍出版社，1988
宋·張炎著，黃畬校箋，《山中白雲詞箋》，杭州：浙江古籍出版社，1994
宋·張炎著，葛渭君、王曉紅輯校，《山中白雲詞》，瀋陽：遼寧教育出版社，2001
宋·張炎，《詞源》，臺北：新文豐出版公司《詞話叢編》本，1988
宋·張炎著，夏承燾校注，《詞源注》，臺北：木鐸出版社，1982
宋·張炎著，劉紀華，《張炎詞源箋訂》，臺北：嘉新水泥公司文化基金會出版，1974

宋·姜夔，《白石道人全集》，臺北：臺灣商務印書館《國學基本叢書》本，1968
宋·姜夔，《白石道人詩集》，臨安府陳解元宅書籍舖遞刊本，宋嘉定至景定間（1208-1264）
宋·姜夔，《姜夔詞》，北京：中華書局《全宋詞》本，1998
宋·姜夔著，夏承燾、吳無聞校注，《姜白石詞校注》，廣州：廣東人民出版社，1983
宋·姜夔著，夏承燾箋校，《白石詞編年箋校》，上海：上海古籍出版社，1998
宋·姜夔著，夏承燾編，《白石詩詞集》，臺北：華正書局，1981
宋·姜夔著，陳書良箋注，《姜白石詞箋注》，北京：中華書局，2009
宋·姜夔著，黃兆漢編著，《姜白石詞詳注》，臺北：臺灣學生書局，1998
宋·姜夔著，劉乃昌編著，《姜夔詞新釋集評》，北京：中國書店，2001
宋·姜夔著，鍾夫校點，《白石詞》，上海：上海古籍出版社《詞林集珍》本，1985
宋·姜夔著，韓經太、王維若評注，《姜夔詞》，北京：人民文學出版社，2005
宋·姜夔，《續書譜》，臺北：臺灣商務印書館文淵閣《四庫全書》本，1986
宋·周密著，清·江昱疏證，《蘋洲漁笛譜》，臺北：臺灣中華書局，1965
宋·周密著，鄧喬彬校點，《蘋洲漁笛譜》，上海：上海古籍出版社《詞林集珍》本，1985
宋·周密，《周密詞》，北京：中華書局《全宋詞》本，1998
宋·周密著，史克振校注，《草窗詞校注》，濟南：齊魯書社，1993
宋·周密，《武林舊事》，收於《東京夢華錄——外四種》，臺北：大立出版社，1980
宋·周密，《癸辛雜識》，北京：中華書局，1997
宋·周密，《浩然齋雅談》，臺北：藝文印書館《百部叢書集成》本，1966
宋·周密，《草窗韻語》，臺北：臺灣學生書局，1973
宋·周密，《齊東野語》，北京：中華書局，1997

(二)經書類

周・《尚書》，臺北：藝文印書館《十三經注疏》本，1982
周・《詩經》，臺北：藝文印書館《十三經注疏》本，1982
周・《論語》，臺北：藝文印書館《十三經注疏》本，1982
周・《孟子》，臺北：藝文印書館《十三經注疏》本，1982
周・《禮記》，臺北：藝文印書館《十三經注疏》本，1982

(三)目錄、史地類

清・永瑢等撰，《四庫全書總目》，北京：中華書局，2003
林玫儀主編，《詞學論著總目（1901-1992）》，臺北：中央研究院文哲研究所，1995
黃文吉，《詞學研究書目（1912-1992）》，臺北：文津出版社，1993

唐・魏徵等撰，《隋書》，臺北：鼎文書局新校本，1990
宋・王偁，《東都事略》，臺北：文海出版社，1967
宋・李心傳，《建炎以來繫年要錄》，北京：中華書局，1956
宋・李燾，《續資治通鑑長編》，北京：中華書局，2008
宋・范坰、林禹：《吳越備史》，成都：巴蜀書社《中國野史集成》本，1993
宋・馬端臨，《文獻通考》，臺北：臺灣商務印書館，1987
宋・薛居正等撰，《舊五代史》，北京：中華書局，1976
元・脫脫等撰，《宋史》，北京：中華書局，1977
明・宋濂，《元史》，北京：中華書局，1976
清・高晉，《南巡盛典》，臺北：文海出版社，1971
清・趙翼，《二十二史雜記校證》，臺北：仁愛書局，1984
田慶餘主編，《慶祝鄧廣銘教授九十華誕論文集》，河北教育出版社，1997
何忠禮，《南宋政治史》，北京：人民出版社，2008
李遇春、陳良偉，《七大古都史話》，臺北：國家出版社，2004
陳東原，《中國教育史》，臺北：臺灣商務印書館，1980
曾維剛，《張鎡年譜》，北京：人民出版社，2010
黃寬重主編，《南宋史研究集》，臺北：新文豐出版公司，1985
劉子健著，趙冬梅譯，《中國轉向內在——兩宋之際的文化內向》，南京：江

蘇人民出版社，2002
錢穆，《國史大綱》，臺北：臺灣商務印書館，1985
法·謝和耐著，耿昇譯，《中國社會史》，北京：中國藏學出版社，2006
法·謝和耐著，劉東譯，《蒙元入侵前夜的中國日常生活》，北京：北京大學出版社，2008

宋·西湖老人，《西湖老人繁勝錄》，收於《東京夢華錄——外四種》，臺北：大立出版社，1980
宋·吳自牧《夢粱錄》，收於《東京夢華錄——外四種》，臺北：大立出版社，1980
宋·周淙，《乾道臨安志》，臺北：大化書局《宋元地方志叢書》本，1987
宋·孟元老，《東京夢華錄》，臺北：大立出版社，1980 年
宋·施諤，《淳祐臨安志》，臺北：大化書局《宋元地方志叢書》本，1987
宋·耐得翁，《都城紀勝》，收於《東京夢華錄——外四種》，臺北：大立出版社，1980
宋·樂史，《太平寰宇記》，臺北：文海出版社，1963
宋·潛說友，《咸淳臨安志》，臺北：大化書局《宋元地方志叢書》本，1987
宋·蘇轍，《蘇黃門龍川別志》，上海：上海商務印書館，1936
明·不著編人，《名山勝概記》，明末刊本，1567
明·田汝成，《西湖遊覽志》，臺北：世界書局，1963
明·田汝成，《西湖遊覽志餘》，臺北：世界書局，1963
清·李衛、傅王露，《西湖志》，海口：海南出版社，2001
清·沈翼機，《浙江通志》，臺北：華文書局，1967
清·高晉，《南巡盛典》，臺北：文海出版社，1974
陳橋驛主編，《中國七大古都》，北京：中國青年出版社，2005
程光裕、徐聖謨編著，《中國歷史地圖集》，臺北：中國文化大學出版社，1955
闕維民編著，《杭州城池暨西湖歷史圖說》，杭州：浙江人民出版社，2000
譚其驤主編，《中國歷史地圖集》（第 6 冊宋遼金時期），上海：地圖出版社，1982

(四)雜記類

宋・葉夢得，《石林燕語》，上海：上海商務印書館《叢書集成》初編本，1939
宋・葉夢得，《避暑錄話》，上海：上海古籍出版社《宋元筆記小說大觀》本，2007
宋・趙令畤，《侯鯖錄》，上海：上海商務印書館《叢書集成》初編本，1936
宋・羅大經，《鶴林玉露》，上海：上海古籍出版社《宋元筆記小說大觀》本，2007
元・李有，《古杭雜記》，臺北：臺聯國風出版社《武林掌故叢編》本，1967
元・陸友仁，《硯北雜志》，臺北：新文豐出版公司《叢書集成》三編本，1997
明・李日華，《紫桃軒雜綴》，濟南：齊魯書社，1995

(五)藝術類

宋・郭熙撰，郭思編，《林泉高致》，臺北：臺灣商務印書館文淵閣《四庫全書》本，1986
元・夏文彥，《圖繪寶鑒》，臺北：臺灣商務印書館文淵閣《四庫全書》本，1986
明・朱存理，《珊瑚木難》，臺北：臺灣商務印書館文淵閣《四庫全書》本，1986
明・汪砢玉，《珊瑚網》，臺北：臺灣商務印書館文淵閣《四庫全書》本，1986
明・陶宗儀，《書史會要》，武進陶氏逸園景刊洪武本，1929
明・趙琦美，《鐵網珊瑚》，臺北：臺灣商務印書館文淵閣《四庫全書》本，1986
清・王毓賢，《繪事備考》，臺北：臺灣商務印書館文淵閣《四庫全書》本，1986
清・華琳，《南宗抉秘》，臺北：新文豐出版公司《叢書集成》續編本，1989
王耀廷主編，《故宮書畫圖錄》，臺北：國立故宮博物院，2003
潘臣青輯錄，《西湖畫尋》，杭州：浙江人民美術出版社，1996
日・下中邦彥編輯，《書道全集》，東京：平凡社，1980

(六)詞類

後蜀·趙崇祚編，李保民等注評，《花間集》，上海：上海古籍出版社，2002
清·戈載輯，清·杜文瀾校注，《宋七家詞選》，臺北：河洛圖書出版社，1978
清·朱彝尊，《詞綜》，臺北：臺灣中華書局《四部備要》本，1965
清·沈辰垣、王奕清等編，《御選歷代詩餘》，臺北：廣文書局，1972
清·陳廷敬、王奕清主編，《康熙詞譜》，長沙：岳麓書社，2000
俞陛雲，《唐宋詞選釋》，臺北：廣文書局，1970
胡雲翼，《宋詞選》，上海：上海古籍出版社，1982
唐圭璋編，《全宋詞》，北京：中華書局，1998
馬興榮等主編，《廣選新注集評全宋詞》，瀋陽：遼寧人民出版社，1997
梁令嫻輯，《藝蘅館詞選》，臺北：臺灣中華書局，1970
曾昭岷、曹濟平、王兆鵬、劉尊明編，《全唐五代詞》，北京：中華書局，1999

宋·王沂孫，《王沂孫詞》，北京：中華書局《全宋詞》本，1998
宋·李清照著，王學初校注，《李清照集校注》，臺北：里仁書局，1982
宋·周邦彥，《周邦彥詞》，北京：中華書局《全宋詞》本，1998
宋·柳永，《柳永詞》，北京：中華書局《全宋詞》本，1998
宋·張桂，《張桂詞》，北京：中華書局《全宋詞》本，1998
宋·陳允平，《陳允平詞》，北京：中華書局《全宋詞》本，1998
宋·潘閬，《潘閬詞》，北京：中華書局《全宋詞》本，1998
宋·蘇軾著，鄒同慶、王宗堂校注，《蘇軾詞編年校注》，北京：中華書局，2002

宋·王灼著，岳珍校正，《碧雞漫志校正》，成都：巴蜀書社，2000
宋·鄧牧，《鄧牧詞話》，南京：鳳凰出版社《宋金元詞話全編》本，2008
元·陸輔之，《詞旨》，臺北：新文豐出版公司《詞話叢編》本，1988
清·王又華，《古今詞論》，臺北：新文豐出版公司《詞話叢編》本，1988
清·王國維著，滕咸惠校注，《人間詞話新注》，臺北：里仁書局，1994
清·先著、程洪撰，清·胡念貽輯，《詞潔輯評》，臺北：新文豐出版公司《詞話叢編》本，1988

清·況周頤，《蕙風詞話》，臺北：新文豐出版公司《詞話叢編》本，1988
清·吳衡照，《蓮子居詞話》，臺北：新文豐出版公司《詞話叢編》本，1988
清·宋祥鳳，《樂府餘論》，臺北：新文豐出版公司《詞話叢編》本，1988
清·李佳，《左庵詞話》，臺北：新文豐出版公司《詞話叢編》本，1988
清·沈祥龍，《論詞隨筆》，臺北：新文豐出版公司《詞話叢編》本，1988
清·沈曾植，《菌閣瑣談》，臺北：新文豐出版公司《詞話叢編》本，1988
清·周濟，《宋四家詞選目錄序論》，臺北：新文豐出版公司《詞話叢編》本，1988
清·張惠言，《張惠言論詞》，臺北：新文豐出版公司《詞話叢編》本，1988
清·許昂霄，《詞綜偶評》，臺北：新文豐出版公司《詞話叢編》本，1988
清·陳廷焯，《白雨齋詞話》，臺北：新文豐出版公司《詞話叢編》本，1988
清·馮煦，《蒿庵論詞》，臺北：新文豐出版公司《詞話叢編》本，1988
清·劉熙載，《詞概》，臺北：新文豐出版公司《詞話叢編》本，1988
清·鄧廷楨，《雙硯齋詞話》，臺北：新文豐出版公司《詞話叢編》本，1988
清·謝章鋌，《賭棋山莊詞話續編》，臺北：新文豐出版公司《詞話叢編》本，1988
唐圭璋編，《詞話叢編》，臺北：新文豐出版公司，1988
鄧子勉，《宋金元詞話叢編》，南京：鳳凰出版社，2008

牛海蓉，《元初宋金遺民詞人研究》，北京：中國社會科學出版社，2007
王兆鵬，《唐宋詞史的還原與建構》，武漢：湖北人民出版社，2005
王兆鵬，《唐宋詞史論》，北京：人民文學出版社，2003
王兆鵬，《詞學史料學》，北京：中華書局，2009
王兆鵬、王可喜、方星移，《兩宋詞人叢考》，南京：鳳凰出版社，2007
王偉勇，《南宋詞研究》，臺北：文史哲出版社，1987
朱麗霞，《清代松江府望族與文學研究》，上海：上海古籍出版社，2006
吳熊和，《唐宋詞通論》，北京：商務印書館，2003
李丹，《順康之際廣陵詞壇研究》，上海：上海古籍出版社，2009
林玫儀，《詞學考詮》，臺北：聯經出版公司，1987

邱昌員，《歷代江西詞人論稿》，南昌：百花洲文藝出版社，2004
金啟華、蕭鵬，《周密及其詞研究》，濟南：齊魯書社，1993
金啟華等編，《唐宋詞集序跋匯編》，臺北：臺灣商務印書館，1993
崔海正，《宋代齊魯詞人概觀》，北京：中國文聯出版社，2000
張惠民，《宋代詞學資料匯編》，汕頭：汕頭大學出版社，1993
陶然，《金元詞通論》，上海：上海古籍出版社，2001
馮沅君，《張玉田家世及其詞學》，濟南：山東人民出版社，1980
黃文吉，《黃文吉詞學論集》，臺北：臺灣學生書局，2003
黃瑞枝，《張炎詞及其詞學之研究》，屏東：宏仁出版社，1986
楊海明，《張炎詞研究》，濟南：齊魯書社，1989
楊萬里，《宋詞與宋代的城市生活》，上海：華東師範大學出版社，2006
葉嘉瑩，《唐宋詞十七講》，北京：北京大學出版社，2009
劉少雄，《南宋姜吳典雅詞派相關詞學論題之探討》，臺北：臺灣大學文學院，1995
劉少雄，《詞學文體與史觀新論》，臺北：里仁書局，2010
劉永濟，《微睇室說詞》，上海：上海古籍出版社，1987
劉學，《詞人家庭與宋詞承傳——以父子詞人為中心》，南昌：百花洲文藝出版社，2008
龍榆生，《詞學十講》，北京：北京出版社，2005
薛礪若，《宋詞通論》，臺北：臺灣開明書店，1949
謝永芳，《廣東近世詞壇研究》，上海：上海古籍出版社，2008
蘇淑芬，《辛派三家詞研究》，臺北：文史哲出版社，2006
美·林順夫著，張宏生譯，《中國抒情傳統的轉變——姜夔與南宋詞》，上海：上海古籍出版社，2005

(七)詩文類

唐·白居易，《白居易詩》，臺北：文史哲出版社《全唐詩》本，1987
唐·韓愈著，羅聯添編，《韓愈古文校注匯輯》，臺北：國立編譯館，2003
宋·朱熹撰，郭齊、尹波點校，《朱熹集》，成都：四川教育出版社，1996

宋・周文璞，《方泉先生詩集》，上海：國光社影印朱竹垞手抄本，1909
宋・林逋，《林逋詩》，北京：北京大學出版社《全宋詩》本，1992
宋・范仲淹，《范文正公集》，臺北：臺灣商務印書館《四部叢刊》正編本，1979
宋・陳造，《江湖長翁集》，臺北：臺灣商務印書館文淵閣《四庫全書》本，1986
宋・陸九淵，《象山先生全集》，臺北：臺灣商務印書館，1979
宋・陸游著，錢仲聯校注，《劍南詩稿校注》，上海：上海古籍出版社，1985
宋・楊萬里，《楊萬里詩文集》，南昌：江西人民出版社，2006
宋・楊萬里，《誠齋集》，臺北：臺灣商務印書館《四部叢刊》初編本，1965
宋・樓鑰，《攻媿集》，上海：上海商務印書館《叢書集成》初編本，1936
宋・歐陽修，《歐陽修全集》，臺北：河洛圖書出版社，1975
元・戴表元，《剡源戴先生文集》，臺北：臺灣商務印書館，《四部叢刊》正編本，1979
明・張岱，《夜航船》，汕頭：汕頭大學出版社，2009
清・朱彝尊，《曝書亭集》，臺北：臺灣商務印書館《四部叢刊》正編本，1979
清・聖祖御定，《全唐詩》，臺北：文史哲出版社，1987
清・劉毓崧，《通義堂文集》，上海：上海古籍出版社《續修四庫全書》本，2002
清・厲鶚，《樊榭山房全集》，臺北：臺灣中華書局《四部備要》本，1965
北京大學古文獻研究所編，《全宋詩》，北京：北京大學出版社，1992
宗白華，《宗白華全集》，合肥：安徽教育出版社，1996
夏承燾，《夏承燾集》，杭州：浙江古籍出版社、浙江教育出版社，1997
党聖元編，《六朝悲音——魏晉南北朝詩歌卷》，西安：陝西人民教育出版社，1996
張宏生，《江湖詩派研究》，北京：中華書局，1995
陳寅恪著，劉桂生、張步洲編，《陳寅恪學術文化隨筆》，北京：中國青年出版社，1996
傅璇琮，《唐代科舉與文學》，西安：陝西人民出版社，1986

葉維廉，《中國詩學》，北京：人民文學出版社，2006

漆俠，《漆俠全集》，河北：河北大學出版社，2008

歐陽光，《宋元詩社研究叢稿》，廣州：廣東高等教育出版社，1998

日·高津孝，《科舉與詩藝——宋代文學與士人社會》，上海：上海古籍出版社，2005

(八)其他

李澤厚，《美的歷程》，臺北：三民書局，1996

范銘如，《文學地理——臺灣小說的空間閱讀》，臺北：麥田出版社，2008

曹林娣，《中國園林文化》，北京：中國建築工業出版社，2005

曾大興，《中國歷代文學家的地理分布》，武漢：湖北教育出版社，1995

黃韻靜，《南宋出版家陳起研究》，臺北：花木蘭文化出版社，2006

法·Gaston Bachelard（加斯東·巴舍拉）著，龔卓軍、王靜慧譯，《空間詩學》，臺北：張老師文化公司，2003

英·Mike Crang 著，王志宏、余佳玲、方淑惠譯，《文化地理學》，臺北：巨流圖書公司，2008

美·艾蘭·普瑞德（Allan Pred）等著，夏鑄九、王志宏編譯，《空間的文化形式與社會理論讀本》，臺北：明文書局，1994

挪威·克里斯提安·諾伯－舒茲（Christian Norberg-Schulz）著，施植明譯，《場所精神——邁向建築現象學》，臺北：田園城市文化公司，2002

二、期刊、會議論文（依姓氏筆劃排序）

尹占華，〈論周密等人西湖詞社的創作活動〉，《蘭州大學學報》，2003 年第 31 卷第 3 期

方瑜，〈空間 圖像 靈光——李賀詩中的女性圖像，以鬼神二首為例〉，《臺大中文學報》，2003 年第 19 期

王秀林、王兆鵬，〈張鎡生卒年考〉，《文學遺產》，2002 年第 1 期

王睿，〈姜夔卒年新考〉，《文學遺產》，2010 年第 3 期

任遂虎，〈迢遙秦隴舊家山——南宋詩人張鎡的籍貫、生平及詩作略論〉，《絲綢之路》，2009 年第 4 期

何綿山，〈試論姜夔在南宋音樂史上的貢獻〉，《福建電大學報》，2000 年第 3 期

呂正惠，〈周、姜詞派的美學世界〉，《文學與美學》第 2 集，臺北：文史哲出版社，1991

李金坤，〈海塩腔創始年代及作者辨正〉，《江蘇廣播電視大學學報》，2006 年 5 月

束景南，〈白石姜夔卒年確考〉，《古籍整理研究學刊》，1992 年第 4 期

周建梅，〈雅玩、第三隻淚眼、清涼散——論周密宋末元初詞之功用的衍化〉，《船山學刊》，2007 年第 4 期

金周生，〈論曲詞之陰陽〉，《輔仁國文學報》，1986 年第 2 集

胡新中，〈張炎交遊新考〉，《求是學刊》，1990 年第 4 期

胡樂平，〈周密詞析論〉，《文學遺產》，1987 年第 3 期

胡曉真，〈聲色西湖——「聲音」與杭州文學景味的創造〉，《中國文化》第 25、26 期

郁玉英，〈試論姜夔詞史經典地位的歷史嬗變〉，《2010 西安詞學國際學術研討會論文集》，西安：陝西師範大學影印本，2010

孫煉，〈杭城遺事〉，《黃河》，2007 年第 5 期

徐煉，〈張力的叩求——詞本色論之三〉，《中國韻文學刊》，2001 年第 2 期

馬興榮，〈試論張炎的北行及其《詞源》、詞作〉，《楚雄師專學報》，1991 年第 4 期

張旭、要煒，〈江湖詩人與仕隱傳統的分離——古代城市經濟的繁榮與文人創作主體意識的催生〉，《太原大學教育學院學報》，2008 年 6 月第 26 卷增刊

張希清，〈論宋代科舉取士之多與冗官問題〉，《北京大學學報》，1987 年第 5 期

張高評，〈張鎡《仕學規範·作文》述評——兼論詩法與文法之會通〉，香港中文大學《中國文化研究所學報》，2010 年第 51 期

張雷宇，〈南宋臨安吟社芻議〉，《重慶郵電大學學報》，2007 年第 19 卷第

5 期
張雷宇，〈敲金戛玉，嚼雪盥花——論周密詞之特色〉，《齊齊哈爾大學學報》，2007 年 7 月
郭鋒，〈從張炎北游論其遺民心態〉，《南京師大學報》，2006 年第 3 期
郭學信，〈宋代士大夫生活世俗化探析〉，《歷史教學》，2007 年第 1 期
陳尚君，〈姜夔卒年考〉，《復旦學報》，1983 年第 2 期
彭庭松，〈楊萬里、張鎡交遊考論〉，《畢節學院學報》，2008 年第 3 期
曾維剛，〈張鎡南湖別業與《南湖集》成書考〉，《2010 西安詞學國際學術研討會論文集》，西安：陝西師範大學影印本，2010
楊家俊，〈張鎡研究二題〉，《四川師範學院學報》，2002 年第 3 期
趙曉嵐，〈論姜夔的「中和之美」及其《歌曲》〉，《文學評論》，2000 年第 3 期
劉少雄，〈論張炎的詞學理論及其詞筆〉，《臺北師院語文集刊》，1998 年第 3 期
劉玉平，〈中國古代作家的創傷體驗〉，《西華師範大學學報》，2004 年第 5 期
劉漢初，〈姜夔詞的情性與風度——從〈卜算子〉梅花八詠說起〉，《國文學誌》，2006 年第 12 期
劉漢初，〈清空與騷雅——張炎詞初論〉，《臺北師院語文集刊》，1998 年第 3 期
劉漢初，〈說白石鷓鴣天詞數首〉，《東華漢學》，2009 年第 9 期
鄧喬彬，〈論姜夔詞的清空〉，《文學遺產》，1982 年第 1 期
蕭鵬，〈西湖吟社考〉，《詞學》，1995 年第 7 期

三、博碩士論文（依姓氏筆劃排序）

方瑩，《張鎡詞研究》，北京：首都師範大學中國古代文學碩士論文，2007
王偉勇，《南宋遺民詞初探》，臺北：東吳大學中文研究所碩士論文，1979
伍國任，《蘋洲漁笛譜校箋》，臺北：中國文化大學中文研究所碩士論文，1967
朱靜如，《山中白雲詞箋注》，臺北：輔仁大學中文研究所碩士論文，1973

李周龍，《山中白雲詞校訂箋註》，臺北：臺灣師範大學國文研究所碩士論文，1972
徐信義，《張炎詞源探究》，臺北：臺灣師範大學國文研究所碩士論文，1974
張慧禾，《古代杭州小說研究》，杭州：浙江大學中國古代文學博士論文，2007
張薰，《宋代西湖詞壇研究》，臺北：臺灣大學中文研究所碩士論文，1986
張薰，《周密及其韻文學研究》，臺北：臺灣大學中文研究所博士論文，1994
楊眉，《張鎡研究》，南京：南京師範大學古代文學碩士論文，2007
趙曉嵐，《姜夔與南宋文化》，上海：華東師範大學中國古代文學博士論文，2001
劉靜，《周密研究》，成都：四川大學中國古代文學博士論文，2005
賴橋本，《白石詞箋校及研究》，臺北：臺灣師範大學國文研究所碩士論文，1966

後　記

一闋詞，在蜿蜒的林路低首探問
光自世界的彼端回應了它優雅的存在

對於學問，一直以來，很希望自己能平衡地走在文學與思想的兩端。無論是文學情采的鉤陳，亦或思想義理的辯證，皆是我樂於沉浸其中，以加深、精鍊、豐富我於知識世界的追求。進入師大教書之後，詞之文字的細緻優美，詞之內裡的深情思致，成為我論文寫作的主軸。

本書的論題構思於 2008 年初夏，當時意欲探討張炎的詞論：《詞源》。面對搜羅已來的眾多材料，卻遲遲未能下筆，於思索推敲之際，林玫儀老師來系上演講的內容：以家族詞學為研究方向的話語，瞬間為我的思路注入轉折的靈光。因張炎家族在南宋杭州詞壇，佔有特殊而顯赫的地位，杭州人文薈萃的歷史文明，可在張家詞人及其詞友群的作品中，衍繹出整個南宋杭州的人文、地理、甚至是經濟表現的線索座標。此一思路的湧現，著實令我感到興奮，故立即草擬大綱，e-mail 給一直對我研究詞學鼓勵有加的黃文吉老師，盼其指正。謝謝黃老師對此論題的肯定與意見，是年暑假即完成〈張鎡杭州詞探微〉的初稿，發表於 11 月香港中文大學舉辦的研討會中。在此之後，歷經了近一年的醞釀，方又陸續完成周密、姜夔、張樞、張炎幾個詞人的章節，張鎡之「詞筆特質」一節，也是遲至 2011 年春才做的補述。

為了更具體重構南宋杭州的人文圖景，將詞之文本與圖本、書影等做一相互的照映，我曾多次到國家圖書館調閱典籍。當在善本書室透過微卷查獲南宋陳（起）宅書籍舖刊行的《白石道人詩集》，在延平分館坐賞葉肖巖的「西湖十景圖冊」時，那份得以超越時空尚友古人的單純歡樂，為我的研究工作畫立了一塊明媚的風景。我因詞的「汲引」，而擁有一種精神上的「詩意的棲居」。

此書撰寫的過程頗為漫長，其間承蒙多位師長的指教。本書第三章章節最終的定型，是得益於林玫儀老師的指點；蕭麗華老師亦曾對該章張炎一節，提供美好的建言。周密一文，初發表於 2009 年「敘事文學與文化」學術研討會，講評人王偉勇老師曾惠予多項寶貴的修正意見；蘇淑芬老師亦曾就該文的疏漏之處，給予指引。姜夔一文，始在 2010 年西安的詞學研討會中先行宣讀，與會的王偉勇老師、徐煉老師，即於當時提供應當增補的資料與建議。關於詞之聲律的問題，則是向聲韻學家金周生老師請益，書中幾處論及詞樂聲韻的段落，是老師詳加開示後的成果。

此外，也很感謝論文投稿於期刊時，與形成專書的審查期間，多位委員所惠賜的評審意見。還有婉婷、柏鈞、永德、依足、家賢檢索資料的辛勞，妹妹雅珊和小靉花費多時幫忙校稿，蕙文協助出版編輯事宜等，均在此一併致謝。

林佳蓉於臺灣師範大學國文系

國家圖書館出版品預行編目資料

杭州聲華
以張鎡家族、姜夔、周密之詞為探討核心

林佳蓉著. – 初版. – 臺北市：臺灣學生，2011.09
面；公分

ISBN 978-957-15-1539-7 (平裝)

1. 宋詞 2. 詞論 3. 浙江省杭州市

820.93052　　100015811

杭州聲華
以張鎡家族、姜夔、周密之詞為探討核心(全一冊)

著作者：林佳蓉
出版者：臺灣學生書局有限公司
發行人：楊雲龍
發行所：臺灣學生書局有限公司
臺北市和平東路一段七十五巷十一號
郵政劃撥帳號：00024668
電話：(02)23928185
傳眞：(02)23928105
E-mail：student.book@msa.hinet.net
http：//www.studentbook.com.tw

本書局登記證字號：行政院新聞局局版北市業字第玖捌壹號

印刷所：長欣印刷企業社
新北市中和區永和路三六三巷四二號
電話：(02)22268853

定價：新臺幣四八〇元

西元二〇一一年九月初版

82034

ISBN 978-957-15-1539-7 (平裝)